रवीन्द्र भारती

कवि एवं नाटककार। आपकी प्रकाशित कृतियाँ हैं—'जड़ों की आख़िरी पकड़ तक', 'धूप के और क़रीब', 'यह मेरा ही अंश है', 'नचनिया', 'नाभिनाल' और 'जगन्नाथ का घोड़ा' (क़विता-संग्रह); 'कम्पनी उस्ताद', 'फूकन का सुथन्ना', 'जनवासा', 'अगिन तिरिया', 'कौआहंकनी' और 'हुलहुलिया' (नाटक)।

आपकी कविताएँ कई भाषाओं में अनूदित हुई हैं। नाटकों के भी अनेक मंचन हुए हैं जिन्हें रंगकर्मियों और दर्शकों, सभी ने सराहा है। 'कौआहंकनी' नाटक पर फिल्म भी बनी है।

सम्मान और पुरस्कार : बिहार राष्ट्रभाषा परिषद का 'विशिष्ट साहित्य सेवा सम्मान', 'दिनकर सम्मान', मानव संसाधन मंत्रालय, भारत सरकार से सीनियर फेलोशिप।

सम्पर्क : ravinderbharti12@yahoo.com

जगदम्बा

रवीन्द्र भारती

राधाकृष्ण पेपरबैक्स

राधाकृष्ण पेपरबैक्स में
पहला संस्करण : 2025

राधाकृष्ण पेपरबैक्स : उत्कृष्ट साहित्य के जनसुलभ संस्करण

राधाकृष्ण प्रकाशन प्रा. लि.
जी-17, जगतपुरी, दिल्ली-110 051
द्वारा प्रकाशित

शाखाएँ : अशोक राजपथ, साइंस कॉलेज के सामने, पटना-800 006
पहली मंज़िल, दरबारी बिल्डिंग, महात्मा गांधी मार्ग, प्रयागराज-211 001
1, अनमोल सोराबजी सन्तुक लेन, धोबी तलाव, मरीन लाइंस, मुम्बई-400 002
वेबसाइट : www.radhakrishnaprakashan.com
ई-मेल : info@radhakrishnaprakashan.com

विकास कम्प्यूटर एंड प्रिंटर्स
ट्रॉनिका सिटी-201 102
द्वारा मुद्रित

मूल्य : ₹299

JAGDAMBA
Novel by Ravindra Bharti

ISBN : 978-93-49159-44-0

विदुषी उर्मिला सिंह और
जादुई व्यक्तित्व वाले सत्पुरुष प्रतापधारी सिंह की
स्मृति में

तुम आए कि
पत्थर पर पड़ी इबारत
पत्थर से उठी, जुबान तक पहुँची
और मैं किताब की तरह खुल गया...

धीका हुआ करछुल बटुली में गया कि दाल छनमना उठी।

सबितरी ने चौका में बर्तन रखते हुए कहा—"दीदी कुछ भी हो, आप जब दाल बघारती हैं, घी की गन्ध नाक में समा जाती है। जिसको खाने का मन न हो उसकी भी भूख जग जाए।"

"खा ले एक-दो रोटी। बाढ़ देती हूँ, बैठ जा बोरा खिसकाकर।" अपिया सब्जी की कड़ाही चूल्हे से उतारते बोलीं।

"न, न दीदी, ठाकुर जी को बिना भोग लगाए कैसे खाऊँगी, उन्हें उपास रखकर पाप चढ़ेगा। वैसे भी अनजाने में कितना पाप हो जाता है।"

"कुछ-न-कुछ बहाना तेरा रोज ही रहता है। कभी एकादसी, कभी पुन्नवासी, कभी अमसिया। आज तक यहाँ कभी खाया है? तीज, त्योहार, जग परोजन छोड़कर, वह भी मुँहजुठार किया। बस! क्या मेरे घर का खाना तुझे अच्छा नहीं लगता? गर काटता है?"

सबितरी अपिया को क्या उत्तर देती। टुकुर-टुकुर देखती रही।

"बोल न, सही कह रही हूँ न!"

"आपकी बात को कैसे झुठला सकती हूँ। लेकिन दीदी, सच यह भी है कि दस घर की बखरी है। सभी के यहाँ से बसियवरा ले जाती हूँ, बच्चे खाते हैं लेकिन, मैं तो आपके घर का ही खाती हूँ। आपका बनाया हुआ। जितना कौर खाती हूँ, आपका चेहरा दिखाई पड़ता है। आपके हाथ में जस है दीदी, जो भी राँधती हैं उसका स्वाद सबसे अलग, सबसे निराला। जानती हैं, सच्ची बात यह है कि दूसरे के सामने खाने में मुझे शरम आती है। नहीं खाया जाता।"

"अपने घर में भी नहीं खा पाती!"

"घर में भी नहीं। बच्चों के साथ भी नहीं। मरदाना ने आज तक चना-चबेना भी खाते नहीं देखा।"

अपिया चाय छानकर कप उसकी ओर बढ़ाते बोलीं—"जा दुक्खी को दे आ।"

सबितरी चाय देकर आते समय जवा फूल चौखट पर पड़ा देख उठाकर आँचल में बाँध लिया। उसे लगा कि कुएँ के पास के गाछ से हवा के साथ उड़कर आया फूल देवी मैया का प्रसाद है। उसने तीन बार फूल को माथे से छुआया। खुश होकर अपिया से बोली, "दीदी, कुएँ की जगत के ऊपर जवा के फूल की टहनी ओरम गई है। फूल की परछाईं कुएँ में दिखती है। कुएँ का जल ऐसे ही नहीं मीठा है। पानी पीकर जी जुड़ा जाता है।"

अपिया मुस्करातीं रसोईघर से निकलकर साड़ी-ब्लाउज बदल रसोई का कपड़ा आँगन में धुलनेवाले कपड़े के साथ रख दीं। सबितरी आँगन की अरगनी के कपड़े उतार तह लगाने लगी। अपिया ने धीमे स्वर में अपने आपसे कहा, सिर न जाने क्यों दर्द कर रहा है।

"दीदी, आपके सिर पर तेल रख दूँ क्या?"

"न रे, अभी नहीं। तू ठीक अपनी सासु पर गई है। वह भी तेरी तरह चिन्ता करती थी। जब ब्याहकर वह आई थी उस समय पन्द्रह-सोलह वर्ष की उसकी उम्र रही होगी। ठीक से आँचल नहीं सँभाल पाती थी। जब काम करने आने लगी, हेल-मेल बढ़ा, तब जाना। एक दिन उसका गाना सुना। वह सुकंठी थी। इतनी कम उमर में भजन, सोहर, पूर्वी, कहरवा, दादरा, चइती, कितना सब जानती थी। वह जो हमारे साहेब हैं उसका नाम रखा था गुनिया। गुनिया ही कहकर बुलाते थे। वह कहते थे कि उसे ताल-मात्रा का ज्ञान है। मेरे मन में कई बार आया कि साहेब से कहूँ कि अच्छे उस्ताद से इसे तालीम दिलाने का बन्दोबस्त करें, मगर, हिम्मत न हुई। मन की बात मन में रह गई। सासु-ससुर का ज़माना था। साहेब से भी दिन में बात नहीं हो पाती थी। जैसे नौकर-चाकर डरते थे, वैसे घर की औरतें। चुपके से फल, फूल, क्रीम, पाउडर, होंठ लाली, चोटी, तरकी, साड़ी-ब्लाउज तेरी सासु को दे दिया करती थी। एक बार मेरी सासु ने साड़ी ले जाते हुए उसे देख लिया। टोका। वह रुआँसी हो गई। मैं दौड़कर डियोढ़ी में गई और फाटक की ओट से कहा, चूहे ने कुतर दिया था। कह तो दिया लेकिन डर रही थी कि कहीं उन्होंने साड़ी खोलकर यदि देख लिया तो शामत आ जाएगी। संयोग ठीक था, नहीं देखा। तेरी सासु की जब थोड़ी उमर खुली, वह तेरी जैसी ही रूपवती दिखने लगी थी। दप-दप करता था चेहरा। बड़ी मज़ाक़िया थी वह। रोते हुए आदमी को हँसा देती थी। नाम चन्ना था। चन्ना सचमुच की थी। चन्ना का मतलब समझती है?"

"चना न दीदी!"

"नहीं रे पगली, चन्ना...चन्ना माने चाँद।"

अपिया ने कुर्सी से उठकर कमर सीधा किया। दासे पर रखा बसियवरा का कटोरा उतारकर सबितरी को थमा दिया। सबितरी बसियवरा लेकर जा रही

थी कि फिसलकर गिर गई। अपिया आवाज़ सुनकर दौड़कर गईं। उसे उठाया। हाथ धुलाया। बड़बड़ाने लगीं, "इसीलिए कहती हूँ कि इतना व्रत मत रखा कर। चक्कर आएगा नहीं? दुनिया-भर का काम और खाने से बेख़बर। लेकिन, तू तो भगतिन ठहरी। तू ठीक रहेगी तभी तेरा भगवान भी ठीक रहेगा। काहे नहीं समझती। देख, तेरी दोनों बेटियाँ खुद्दी और सुग्गी रहती हैं मेरे पास। उन्हें समय से खाने-पीने की आदत डाल दी है मैंने। लगता है तेरे माथे पर गरमी चढ़ गई। पानी से सिर धो ले।"

अपिया सबितरी के माथे पर पानी डालने लगीं कि सबितरी ने लोटा पकड़ लिया।

"माथा गरम नहीं है दीदी! आपको कुछ सुनाई दे रहा है?"

"क्या?"

"पूरब की बाग़ में रो रही है चिरई...।"

अपिया डियोढ़ी में जाकर कान पातकर अनकने लगीं। लौटकर आईं। उदास मन से कुर्सी पर बैठ गईं। सन्नाटा छाया रहा।

"दीदी, सुनिए, वह रो रही है। बच्चे की माफिक रो रही है—हूँ, ऊँ, ऊँ..., हूँ, ऊँ, ऊँ...। सब चिरई बोलती है, यह रोती क्यों है दीदी? दिन डूबते ही उसका रोना हो जाता है शुरू।"

अपिया ने अदृश्य में हाथ जोड़कर प्रणाम किया। लम्बी साँस छोड़ते बोलीं, "पता नहीं कौन-से दाह में जल रही है। चूल्हे पर सीझा हुआ अन्न खाने का बदा नहीं होता। हर दूसरे-तीसरे दिन किसी-न-किसी के मरने की ख़बर आती है। कल पता लगा कि बिसातिन की गोद का बच्चा हँसता, खेलता चला गया।"

"किसी ने कहा कि जमोगा हो गया था।" सबितरी रुँधे कंठ से बोली।

"तनिक देर में जमोगा होगा, तनिक देर में मू जाएगा, यह कैसे होगा?

दीदी भर रात नींद नहीं आती। छाती से लगाकर बच्चों को सोती हूँ। रात में उठ-उठकर सुनती रहती छाती पर कान रखकर उसकी धुकधुकी।"

दीया की माँ ने दीवाल के पार से कहा, "क्या यह तेरे अकेले का हाल है? यह तो सभी लड़िकोर भुगत रही हैं। किससे कहें, कौन सुनेगा? और सुन भी लेगा कोई, कर क्या पाएगा। कितना जतन नहीं किया लोगों ने अपने-अपने तईं। कुछ लोगों ने सोते समय अपने कानों में रुई ठूँस ली, कुछ ने दरवाज़े पर मोटे टाट और बोरे के परदे लटका दिये जिससे बाहर की आवाज़ भीतर न घुसे लेकिन कोई जतन काम न आया। चिरई का रुदन किसी-न-किसी करवट आ ही जाता था। पेड़ पर चढ़नेवाले तुरहा बुलाए गए। पूरब की इतनी बड़ी बाग़ जिसमें पाँच, सात हज़ार पेड़ हैं, उन एक-एक पेड़ पर चढ़कर देखा। कहीं नज़र नहीं आई चिरई। टीन बजाया, शोर किया। उस खोजहट में कई पेड़ों की टहनियाँ टूट गईं, कई पेड़ भहरा पड़े। पत्तों से उनके चींटी, माटा बरसने लगे, जिसकी देह पर गिरे, दोदरा पड़ गया।"

दीया की माँ का कोई जवाब सबितरी ने नहीं दिया। हुंकारी भरने के सिवाय।

अपिया उठकर मुँह धुलते आँखों पर पानी का छींटा मारा। गमछे से मुँह पोंछते पूजा की छोटी कटोरी में रखे मुकुन्ददाना और तुलसी के पत्ते को मुँह में डाला। एक तुलसी का पत्ता, चार दाना मुकुन्ददाना सबितरी के हाथ पर रख दिया, "प्रसाद है खा, ले...।"

"दीदी, कहाँ से आता है चिरई का रुदन?"

"पूरब वाली बाग़ से और कहाँ से?"

"दिखाई क्यों नहीं पड़ती?"

अपिया ने खुद्दी, सुग्गी को आवाज़ दी। वे चावल चुन रही थीं। दौड़ती हुई खुद्दी आई, "क्या माई?"

"तू क्या बता रही थी कि किसने उस चिरई को देखा है?"

सबितरी खुद्दी के सिर को सहलाती बोली, "दीदी, यह क्या सुनेगी। कहीं जाती थोड़ो है आपका घर छोड़कर।"

खुद्दी ने कहा, "नहीं माँ, मैया से क्या झूठ बोलूँगी? सच्ची, अनवरी चच्ची चूड़ी बेचने आई थीं, उन्हीं के मुँह से सुना। सुग्गी भी थी। विश्वास न हो, उससे भी पूछ लो। वह कह रही थीं अपना आँख से देखा है। चिरई की आँख लाल हैं, चोंच सफेद, माथे पर काला टीका है। पँख हरा और बैंगनी मिला हुआ। बता रही थी कि वह बाज़ार से चूड़ी बेचकर जब लौट रही थी तब उसने उसे देखा। ढर-ढर ढरता आँसू भी देखा आपन आँख देखा। कह रही थी नज़दीक जाने पर झीन-मून लगती है और दूर से देखने पर हाथी इत्ती बड़ी।"

"अजगुत बात है न दीदी?"

"गाँव वाले उसकी बात को हँसकर उड़ा देते हैं। कहते हैं कि अनवरी गपोड़ी है। कोई नहीं करता विश्वास। मैं तो करती हूँ। आखिर वह बात बनाकर क्यों बोलेगी!" अपिया ने कहा।

"दीदी, छोटकवा के सच का कौन रवा! इसी भय के चलते मैंने नहीं कहा कि...।"

"रुक काहे गई, बोल न...।" खुद्दी को अपिया ने जाने का इशारा किया। उसके जाने के बाद अपिया ने कहा, "तू खुद्दी के सामने नहीं चाहती थी बोलना। अब बोल...।"

"दीदी, डर लग रहा है बोलते।"

"बोल, डरने की क्या बात है?"

"मैंने सपना देखा कि चिरई के रूप में लिली बहिनी आई हैं। वही...।" बात के बीच में गोइन्दा बाबू के खाँसने की आवाज़ आई। सबितरी उठ खड़ी हुई। माथे पर पल्लू रखते कहा, "चलती हूँ दीदी, लगता है साहेब आ रहे हैं।"

अपिया ने हाथ धुल एक अलग बरतन में बसियवरा निकालकर सबितरी को बढ़ा दिया और अपने कमरे में चली गईं।

दो

पनचक्की की पुक-पुक आवाज़ मुँह से निकालते चकरघिन्नी की तरह घूम रहा था आँगन में लड्डन।

गोइन्दा बाबू ने अपिया से कहा, "पकड़ो उसको, घुमरी आ जाएगी।"

अपिया हँसते हुए बोलीं, "वह मेरे पकड़ में आएगा क्या? आपने नाती को सिर चढ़ा रखा है। नचा देता है मुझे। किसी तरह से पकड़कर बड़ी-बड़ी मुश्किल से खिलाती हूँ।"

"नाती अभी नहीं नचाएगा तो कब नचाएगा! तुम मुझे कम नचाती हो, जब से मिली हो, नाच ही तो रहा हूँ...।"

"मैंने कब नचाया आपको? कब किसी बात के लिए चाहिदा की?"

"चाहिदा करने का अवसर कब दिया मैंने! क्या कुछ लेने-देने से आदमी नाचता है? नाचता हूँ जब तुम भर आँख देखती हो मुझे, नाचता, नाचता ही रहता हूँ। कभी मन में कभी मन के बाहर...।"

अपिया मन्द-मन्द मुस्काते पान लगाने लगीं। पनडब्बा खुलने और बन्द होने की आवाज़ इतनी धीमी है, जितनी धीमी अपिया की माँ की आवाज़ थी। पनडब्बा ब्याह के समय अपिया की अम्मा ने दिया था कि दुल्हा को पान खिलाना। अपिया ने पान खाना ससुराल में आकर सीखा, सासु-ससुर के जाने के बाद जब बेरोक टोक साहेब घर में आने-जाने लगे। पान का बीड़ा जब भी उन्हें थमाती थोड़ा-सा उसका हिस्सा अपने हाथ से मेरे मुँह में डाल देते। कहते, खाओ, जर्दा वाला हिस्सा नहीं है यह। वही खाते-खाते जो आदत पड़ी कि अब पान के बिना काम ही नहीं चलता। जर्दा भी फ़क़ीर मुहम्मद, दिलदार हुसैन वाला काला जर्दा और सफेद जर्दा भी साथ में किमाम भी। सुपारी, कत्था, जर्दा से हमेशा भरा रहता है पनडब्बा। पान का कहना ही नहीं।

"देखो, चूना बेसी मत लगा देना। पान लगाते न जाने क्या-क्या तुम सोचने लगती हो। चूना-कत्था का ख्याल ही नहीं रहता।" गोइन्दा बाबू ने मुस्कुराते कहा।

अपिया गोइन्दा बाबू के मुँह में पान का बीड़ा डालते बोली, "मैं आपसे बात में जीत न पाऊँगी?"

"तुम्हीं तो जीतती हो, मैं कब जीता? कभी गलती से मुँह से तेज आवाज़

निकल जाती है, तुम्हारी आँखें भर आती हैं। मैं सहम जाता हूँ। तुम्हें मनाने में चार दिन लग जाते हैं। मैं तुम्हें कुम्हलाते नहीं देख सकता।"

"अच्छा, चुप भी कीजिए, नाती सुन रहा है।"

लड्डन नाना नानी को पान खाते देखकर दौड़ा-दौड़ा आया। जिद करने लगा कि उसे भी पान चाहिए। गोइन्दा बाबू ने अपिया को इशारा किया। तनिक-सा पान कतरकर इसके लिए भी बना दो।

लड्डन बोला, "नहीं, बड़ा-सा, जैसा नानी ने खाया है।"

अपिया की पीठ पर वह दूलने लगा। अपिया पान लगाते हँसते-हँसते गिर गई। कत्था-चूना उनके गाल में लग गया। गोइन्दा बाबू की भी हँसी फूट पड़ी।

"मुझे भी नानी जैसा गाल पे लगाना है।"

लड्डन के गाल पर कत्था, चूना अपिया ने लगा दिया। वह पान खाना भूल गया। गोइन्दा बाबू गोद में उठा उसे दुलारने लगे।

लड्डन खिड़की से बाहर पोखर में नरई को देखकर पूछा, "वह क्या है नाना जो लम्बा-लम्बा निकला है?"

"वह पानी की घास है, नरई नाम है उसका।"

"वह क्या होता है?"

"घोड़ों का चारा है।"

अपिया बोलीं, "नहीं, वह नरई नहीं, अगरबत्ती है। पुरखे जब पोखर में नहाने आते हैं तो अगरबत्ती को पानी में खोंस देते हैं।"

"उसका धुआँ कहाँ है?"

"बादल बन जाता है! वह देखो आसमान में उड़ा जा रहा...।" अपिया आसमान की ओर दिखाते बोली।

"इधर क्यों नहीं आता धुआँ? मुझे पकड़ना है उसे। नाना, मुझे धुआँ वाला बादल ला दो।"

गोइन्दा बाबू ने कहा, "ठीक है, झोला लेकर बाज़ार चलना मेरे साथ, दो झोला बादल ले आएँगे। एक झोला तुम लेना, एक मैं।"

"और नानी!"

"कल बाज़ार चलेंगे, तुम्हारी नानी को भी ले चलेंगे।"

"नहीं, कल मैं घर जाऊँगा। पापा कल आएगा।"

"परसों जाना।"

"नहीं, मुझे कल जाना है...मुझे घर जाना है।"

लड्डन जिद करते रोने लगा। खुद्दी उसे गोद में उठा बहलाते हुए बाहर निकल गई। अपिया ने खुद्दी को चेताया, "घर के दरवाज़े पर रहना। बाहर मत

जाना। गदाबेरिया में नज़र-टोना का डर रहता है। क्या पता किसी टोनहिन की नज़र टेढ़ी हो जाए।"

चिरई का रोना कभी मद्धिम, कभी तेज सुनाई पड़ रहा था। उसके रोने में कलपने जैसा स्वर था। आँसुओं में हूँक का कम्पन। रुदन को सुनकर अपिया गोइन्दा बाबू एक-दूसरे को देखते थे और मौन हो जाते थे।

*

गोइन्दा बाबू गहरी संवेदना वाले व्यक्ति हैं। किसी भी आँख में आँसू देखकर सिहर उठते हैं भीतर-ही-भीतर। बहुत कुछ उनके भीतर घटित होने लगता है। उसे वह व्यक्त नहीं करते। करते भी होंगे, दूसरे को नहीं चलता पता। दूसरे तो सिर्फ़ यह जानते हैं कि वे संगीत के रसिक हैं। उनके पास पुराने उस्तादों के रिकॉर्ड हैं एक से एक। ग्रामोफ़ोन पर जिन्हें वह सुबह-शाम सुनते और करते रहते हैं आह, वाह। विद्यार्थी जीवन से ही उनमें यह रसिकता है। साधन तब नहीं था फिर भी संगीत के साधकों से था हेल-मेल। रेलवे में स्टेशन मास्टर के पद पर ज्वाइन करने के बाद गवैयों के बीच उनकी चर्चा होने लगी। कोई कैसा भी गवैया-बजैया हो, उनके पास आया उसे उन्होंने बहुत मान-सम्मान दिया। रिटायर होने के बाद भी वही भाव बना हुआ है। नौकरी में रहते कइयों को उन्होंने रेलवे में नौकरी दिलवाई। फायरमैन, खलासी के पद पर कई लोग कार्यरत हैं उनके लगाए। वह जब नौकरी में थे छुट्टी में गाँव चले आते थे। शाम में चले जाते थे नदी के पास। नदी के पानी को पीले रंग में बदला देख हो जाते थे चिन्तित। चरवाहों से पूछते थे कि नदी को क्या हो गया! मध्य रात्रि को उठकर तारा-मंडली को निहारते अपने से पूछते कि तारे क्या पुरखे हैं? तारे, क्या समझ रहे होंगे कि मैं उन्हीं का धीया-पूता हूँ? पानी क्यों नहीं बात करता? नदी क्यों नहीं बोलती? आकाश क्यों नहीं कुछ कहता?

नौकरी के समय गोइन्दा बाबू का छोटे-बड़े शहरों में ट्रांसफर होता रहा। जहाँ भी गए वहाँ दस दोस्त बन गए। वे दोस्त भी नहीं जानते पूरी तरह से उन्हें। नौकरी के बाद गाँव में जब स्थायी रूप से रहने लगे तो पूरा जवार ही उनका कुटुम्ब हो गया। कुटुम्ब भी नहीं जानता उनके भीतर के इनसान को उतना। गोइन्दा बाबू का छोटा परिवार है। एक बेटा, एक बेटी है। बेटी का ब्याह हो गया। ससुराल में सुख से है। बेटा एम.ए. करने के बाद एक मिशनरी के स्कूल में टीचर है। नाम है चरी।

यह नाम किसी पंडित, ज्योतिषी ने नहीं रखा। अपिया बताती हैं कि इस नाम के पीछे भी एक कथा है।

चरी, एक घास का नाम है जिसे बोया जाता है बरसात के दिनों में। जब वह तैयार हो जाता है, किसान काटकर उसे अपने मवेशी को खिलाते हैं। मवेशी बहुत चाव से खाते हैं। ऐसी घास का नाम कोई अपने बेटे का थोड़ो रखता है! अपिया

सवाल करती है, खुद जवाब भी देती हैं। दो बच्चे, एक के बाद एक जन्मते चल बसे। तीसरा बच्चा जब जन्मा तब सूरदास और सूरिन जो घर-घर कुटवनी, पिसौनी करते थे, उन्होंने मेरे बच्चे को पुकारा चरी कहकर...चरी...। चरी, नीक नोहर है। वही नाम रह गया। साहेब ने कहा, उनका अनादर नहीं करता है। जैसा भी नाम दिया, उसमें उनका स्नेह है। बेटी को कुक्की कहकर साहेब ने ही पुकारा था। तब से सबके लिए वह कुक्की ही हो गई।

कुक्की में बुद्धिमता बचपन से रही। बिना सिखाए वह तकिये की खोल पर फूल काढ़ती, रंगीन धागों से शेर, हिरन के चित्र आँकती थी। साहेब हारमोनियम ख़रीद कर ले आए थे। एक मास्टर जी संगीत सिखाने आते थे। महीना-दो-महीना सिखाया फिर एक दिन गुरु जी ने यह कहकर आना छोड़ दिया कि तुझे जो मैंने नहीं सिखाया, वह भी तू जानती है, बस अब रियाज करो, जितना मेरे पास था, वह दे दिया। कुक्की की जब शादी हुई अपिया ने हारमोनियम भी साथ में दे दिया। ससुर ने मज़ाक़ किया कि क्या वहाँ नाच-गान का स्कूल चलता था? बड़े मज़ाक़िया हैं ससुर। पुराने मुख्तार थे ससुर। कुक्की के दूल्हा हैं वकील। शहर में नाम है उनका। लोग बताते हैं कि अभी तक कोई केस हारे नहीं। सासु हेडमास्टरनी थीं मिडिल स्कूल की। पटना में मकान है।

अपिया ने जितनी बार गोइन्दा बाबू से कहा कि नात-वात ने लिंटर पिटवा लिया अब आप भी गाँव के खपरैल को उजाड़कर पक्का बनवा लें। गोइन्दा बाबू ने कभी उस पर कान नहीं दिया। उसके बाद अपिया ने कहना छोड़ दिया। जब कोई नात-वात टोकता है तो अपिया बहाना बना देती हैं कि घर में कुलदेवता हैं। उन्हें उजाड़कर महल बनाना क्या अच्छा होगा! जिस दिन कुलदेवता चाहेंगे पक्का में रहना, उस दिन बोलना नहीं पड़ेगा। वही खड़ा होकर लिंटर बनवा देंगे।

अपिया अपनी बातों से सामनेवाले को क़ायल कर देती हैं। अपने मुँह की बोली से उससे भी काम निकाल लेती हैं जिसे करने का मन नहीं होता। नात-वात में उनके शील-स्वभाव की चर्चा तो होती ही है, रूप का भी कम बखान नहीं होता। उस बखान में थोड़ी-थोड़ी ईर्ष्या भी होती है कि इस ढलती उम्र में भी साज-धाज कम नहीं है। जवानी में जो नाक में झुलनी, पाँव में पाजेब, कान में झुमकी, गले में हँसुली हाथ में कड़ा पहना, उसे उतारा नहीं। न उसकी चमक कम हुई। आज भी पीठ तक झूलते केश का बड़े जतन से जूड़ा बाँधकर उसमें फूल खोंसना नहीं भूलतीं। बड़ी, गहरी आँखों में डालती हैं काजल। बेटी के साथ खड़ा होने पर जुड़वा बहन लगती हैं। इसी साज-धाज पर सासु उलाहना देती थी कि साइकिल से स्कूल जानेवाली लड़की कैसी होगी? माय-बाप ने दुलार में बिगाड़ दिया। सब समय सिंगार-पटार...। पका बाँस कहीं सीधा होता है! जब बोलने लगती थीं, थोड़ो उन्हें दिखाई पड़ता था कौन सुन है, कौन नहीं। मर्दाना के सामने कह बैठती थीं कि देखो,

उसने ब्लाउज के अन्दर फिर नहीं पहना कुछ, कैसी खूँटी की तरह निकली हुई है चूची। कपड़ा फेंको टँग जाए। अपिया सुनकर सुबकती रहती थीं और गोइन्दा बाबू बाहर निकल जाते थे। उन्हीं दिनों बारिश में खपरैल घर के आँगन की ओरवनी से गिरते पानी के संगीत को सुनाने के लिए गोइन्दा बाबू अपिया को लेकर भीतरी अलँग में आ जाते थे...चुपके से। कहते थे, देखो यही है बादल राग।

लड्डन खुद्दी की गोद में सो गया। खुद्दी ने उसे ले जाकर अपिया के पलंग पर सुला दिया। अपिया से उसने धीरे से कहा, "अजोरे भगत बोल रहे थे कि डीह बँधेगा तभी चिरई का रोना बन्द होगा। सोखा, ओझा, भगता से बात हो गई है। महीने भर के अन्दर डीह बँध जाएगा। बड़े-बड़े तांत्रिक भी आएँगे।"

"अजोरे भगत ने कहा और तूने मान लिया? तू ऐसे ही हवा में सुनती रहती है। किसी ने कह दिया कि कौआ कान लेकर जा रहा है, तो अपना कान टोकर क्या नहीं देखेगी? कौए के पीछे भागेगी?"

अपिया की बात सुन खुद्दी अपने कान को छूते, कुछ कहने को हुई मगर कुछ कहा नहीं।

गोइन्दा बाबू ने टोका, "खुद्दी ठीक कह रही है। अजोरे भगत ने मुझसे भी कहा था। वह डीह बाँधने के लिए दस-बारह दिनों से दौड़ रहा है झाड़-फूँक करनेवालों के पास।"

"आपने मुझे बताया नहीं कभी?"

"नहीं बताया, मुझे खुद भी उसकी बातों पर शुरू में यकीन कम था। मैं तुम्हें बताकर झूठी आशा नहीं देना चाहता था।"

"क्या डीह बँधने से चिरई का रोना बन्द हो जाएगा?"

"देखो, लोग तो यही कह रहे हैं।"

"आपका दिल क्या बोलता है?"

"मेरे दिल की कौन सुनता है, तुम्हारे अलावा!"

अपिया ने आँख से इशारा किया कि खुद्दी खड़ी है। उसने खुद्दी से पूछा, "और क्या कह रहा था—अजोरे भगत?"

"कह रहा था कि गाजा-बाजा के साथ भूत, प्रेत, पिशाच, जिन्न, चुड़ैल को हाँका जाएगा। देखना मैया, उस दिन कितने मर्द, औरत अभुवाएँगे। उनकी देह को देह थोड़ो बूझता है जो रहता है सवार। हाथ-पाँव पटकता रहता है, माथा फोड़ने लगता है।"

"सुना है कि जिन्न जिस पर रीझ जाता है, उसे राजा बना देता है।" अपिया बोली।

"यह तुमसे किसने कहा!" गोइन्दा बाबू ने पूछा।

"कोइली ने बताया था कि उसकी माँ जिन्न को पूजे हुए है। वह उसके कहने पर गरम-गरम इमरती ला देता है। सोने का जेवर भी।"

गोइन्दा बाबू यह सुनकर हँसने लगे।

"आप यह सब नहीं मानते? मैं मानती हूँ। मुझे कोइली की माँ ने यह भी बताया कि मैं जब कहती हूँ कि दिल्ली, मुम्बई से अमुक सामान ला दो, जिन्न, तब बोलता है कि दुकान का नाम बोल। मैंने जिन्न से कहा बाद में बोलूँगी। मुझसे कोइली की माँ एक दिन मुम्बई, दिल्ली की दुकान का नाम पूछ रही थी।"

"तुमने बताया?"

"मुझे वह सब मालूम है क्या! मैं दिल्ली, मुम्बई गई हूँ? मुझे एक ही चीज़ की चिन्ता सता रही है...।"

"क्या?"

"घर के जो कुलदेवता, रसोईघर के दरवाज़े के दोनों तरफ मिट्टी के ऊँचे पिंड के आसन पर विराज रहे हैं, कहीं उनको भी पकड़कर ओझा-गुनिया प्रेतों के साथ डीह में बाँध न दें।"

"बुरी आत्माओं की बात हो रही है।"

"क्या गेहूँ के साथ घुन नहीं पिसा जाता है? वैसे भी हमारे पितर बहुत सीधे हैं।"

दरवाज़े की कुंडी खटखटाने की आवाज़ हुई। सुग्गी बाहर गई, लौटकर उसने अपिया से अजोरे भगत के आने की सूचना दी। अपिया ने उसे हाँक देकर भीतर बुलाया। खुद्दी ने उसे बैठने के लिए पीढ़ा बढ़ा दिया। अजोरे भगत पियरी पहने हुए सिर को गमछे से ढके हुए था, मुख थोड़ा गम्भीर लग रहा था।

अजोरे भगत बिना पूछे बताने लगा, "आज के पचीसवें दिन डीह बाँधने का बाजा बजेगा। लेकिन, अभी से घर की सर-सफाई करना ज़रूरी है। गोबर से घर लीप देना है और गोबर से घर को गोंठ देना है। दरवाज़े के बाहर चौक पूर कर घी का दीया जलाना है। चँदोवा तान देना है...उसके ऊपर।"

अपिया ने पूछा, "कितना दीया जलाना है?"

अजोरे भगत उठते हुए बोला, "अपनी सरधा...।"

अजोरे भगत बोलकर निकल गया। चिरई का रुदन सुनाई पड़ने लगा—हूँ-ऊँ-ऊँ...!

आँगन में बिछी चौकी पर लपेटकर रखे बिस्तर को खुद्दी ने खोलकर गद्दे के ऊपर बिछी चादर को बदल दिया। सिरहाने के मसनद को नई खोल पहना दी।

सुग्गी अपिया के पास जाकर बोली, "माई बिस्तर लगा दिया, चलिए।"

अपिया बोली, "कहाँ बिस्तर लगाई है?"

"चौकी पर, आँगन में।"

"मैं आँगन में सोती हूँ?"

"नहीं।"

"फिर! पूरी बात तो सुनती ही नहीं। किस हड़बड़ी में रहती है? मैंने अपने लिए

नहीं, तुम दोनों के लिए कहा था इसलिए ही वह चौकी आँगन में बिछवाई है। वहाँ अच्छी हवा लगेगी और सोए-सोए तारों को भी देख सकेगी।"

सुग्गी धीमे से बोली, "चरी चाचा कहते हैं तारे भगवान के घर के दीया हैं। भगवान का घर कहाँ है माई?"

गोइन्दा बाबू ने हँसते हुए कहा, "भगवान होगा तब तो उसका घर होगा।"

अपिया को गोइन्दा बाबू की बात अच्छी नहीं लगी। वह मुँह से कुछ न कहकर उठकर जाने लगीं।

गोइन्दा बाबू रास्ता छेंककर खड़े हो गए। कहा, "क्यों जा रही हो? मैंने कुछ गलत कह दिया?"

"नहीं, मुझे नहीं सुनना है, पाप चढ़ेगा। रास्ता छोड़िए, मुझे आँगन में जाना है। वहाँ बैठकर तारों को देखेंगे, मन का क्लेश मिटेगा।"

"तुम नाराज हो?"

"नहीं तो!"

"फिर क्या सोच रही हो?"

अजोरे भगत जो फरमा गया है, उसी को लेकर गुणा-भाग करने में लगी हुई हूँ।"

गोइन्दा बाबू समझ गए कि अपिया जो कह रही हैं, पूरा नहीं आंशिक सच है। वह दीवानख़ाने में चले गए और अपिया आँगन में।

तीन

मिरदहा के यहाँ कथा हो रही है। कथा के बाहर चल रही है एक अलग कथा। गोलई शुक्ल ने आरती के बाद अपनी झोली में दक्षिणा, शालीग्राम, शंख रखते बैदजी के कान में फुसफुसाते हुए कहा, "डीह बाँधने की पूजा में जब ओझा, सोखा घर में घुसेंगे, उनके साथ ढेर सारे लोग भी होंगे। घर के सर-सामान पर किसकी नीयत डोल जाए...कोई ठीक है! किसके लिलार पर लिखा है चोर, साध!"

बैदजी ने मूड़ी हिलाते हामी भरी, "सो तो ठीक बात। जुग-जमाना जो आया है कि आँख का काजल आदमी निकाल लेता है, पता भी नहीं चलता।"

मिरदहा भाँप गए कि डीह बँधने की कोई बात हो रही है। उन्होंने कान खजुआते कहा, "शुक्ल जी कोई गूढ़ बात है...!"

सूप में रखा सीधा झोली में उझिलते शुक्ल जी बोले, "कोई अपने लिए थोड़ो कह रहा हूँ!"

"कुछ समझा नहीं।"

"इसमें समझने की कौन-सी बात है। डीह बँधने के समय घर में सोखा, ओझा घुसेंगे कि नहीं, और वह अकेले घुसेंगे क्या?"

"हाँ, बिना घुसे घर का अलाय-बलाय कैसे जाएगा बाहर।"

शुक्ल जी हाथ नचाकर रह गए। मुँह से कुछ कहा नहीं। बोलने के लिए बैदजी की ओर देखा। बैद जी ने इशारे से मिरदहा को अपने पास बुलाया और समझाते हुए कहा, "देखिए मिरदहा, घर में घुसने की बात नहीं है...।"

बीच में ही मिरदहा ने मूँड़ी हिलाते कहा, "सब समझ रहे हैं। घाव पोसना ठीक कि फूटकर वह बह जाए सो ठीक!"

मिरदहा की बात सुनकर छपहार हत्थे से उखड़ गए, "हर बात में लबर-लबर बोलना ज़रूरी है। शुक्लजी ठीक बोल रहे हैं। चोरी-चकारी सामान की ही नहीं होती। समझा करो। सयानी लड़की किस घर में नहीं है? गुंडा, बदमाश घुसेगा उस रेला में, रोक पाओगे? ठीक कह रहा हूँ न बैदजी!"

"नहीं, वह तो ठीक ही है लेकिन, कोई बाउर बात मिरदहा भी नहीं कह रहे हैं...। आखिर चिरई रोती है न भर रात, मुँह में घोंटाता है कुछ! किसी तरह दबे मन से खाकर आदमी हाथ धो लेता है। आपको क्या है, आपका लड़िका सूरत में कोनो काम करता है, वहाँ चले जाएँगे दोनों परानी और हम सब कहाँ जाएँगे भागकर। कहाँ ठिकाना है। जो है, सो गाँव ही है। पद बोलिए कुपद नहीं।"

बैदजी बड़बड़ाते हुए गमछा से देह झाड़ते गली में मुड़ गए। उनके पीछे नकछेदी, झन्नू गोवर्धन भी हो लिए। तीनों जन छपहार को दूसते गुपचुप-गुपचुप करते निकल गए सरौता लाल के दरवाज़े पर।

कई तरह की शंकाएँ सिर उठा रही थीं। दो-चार लोग जहाँ भी जुटते कि तरह-तरह की बातें शुरू हो जाती। कोई कहता कि किसी का गड़ा धन होगा, वह भी सोखा, ओझा की आँखों से बच नहीं पाएगा। वह तो पेट का बच्चा भी बता देगा, लड़का है कि लड़की। कई-कई तांत्रिक तो ऐसे हैं कि चेहरा-मोहरा देखकर बोल देते हैं कि मन में क्या चल रहा है। प्रेम यदि किसी का मानो हो गया और वह पोसीदा में रखे हुए है, सोखा, ओझा उसको भी बेपर्द कर देगा। बता देगा कि अमुक का अमुक से चल रहा है, दिन, महीना, साल भी गिना देगा। हाथी, घोड़ा की बात भी जानता है, वह सब। अइसे ही नहीं घोड़े की नाल और हाथी की पूँछ के बाल को मन्तर फूँककर जंत्री बनाता है। सौ की एक बात कि उसकी निगाह से कुछ भी नहीं छिपेगा। कोई कहता कि सोखा, ओझा इसी बहाने अपनी दुश्मनी भी निकाल लेगा। जिनसे बिगाड़ होगा उसके घर में डाइन छोड़ देगा। कोई कहता कि साँप भी तो छोड़ सकता है। और तो और घर की इज़्ज़त बाज़ार में आ जाएगी। हम क्या खा रहे हैं, क्या नहीं कि उपास एक जून कर रह रहे हैं। पूरा जवार जान जाएगा, बिना डुग्गी पिटाए।

सबसे अधिक चिन्तातुर झन्नू गोवर्धन है। उन्हें डर है कि उन्होंने अपने घर की दीवाल पर जो सवा पाँच लाख राम, राम लिखा है रात-दिन एक कर, उसका क्या होगा? उनको भय है कि उसका तप चला जाएगा जिस-तिस के घर में ढुकने से। उन्हें कल नहीं पड़ रहा है। वैसे भी वह अपने को लंकापुरी का विभीषण ही समझते हैं। बातचीत में दर्शा भी देते हैं कि लंका में रह रहा हूँ विभीषण होकर। रात में खाना खाकर बिस्तर पर जाकर लेट गए मगर नींद कहाँ! जब नहीं रहा गया तब बिस्तर से उठकर दरवाज़े की चौखट से लालटेन हाथ में लेकर चल दिये अजोरे भगत के घर। उसके दरवाज़े पर जाकर जंजीर बजाया।

अजोरे भगत ने समझा कि कोई पियक्कड़ बदमाश आ धमका। डरते-डरते उसने दरवाज़ा खोला। देखकर चौंका, "इतनी रात गए झन्नू गोवर्धन चाचा, सब ठीक तो है?"

"न, न, ऐसे मिलने चला आया। डीह बाँधने का तू ही अगुवा है। शुभकामना देने चला आया बच्चा, तुम अच्छा कर्म कर रहा है। चिरई का दुख, अपना दुख समझ रहा है। बैकुंठ में वास करेगा। इतनी कम उमर में इतनी भक्ति, यह भी रघुनन्दन की ही कृपा है। बच्चा, तुमने पूछा कि किस काम से आया हूँ, तो सुनो। हम तुम्हारी तरह सिद्ध पुरुष तो हैं नहीं, दस कोठे में मन भागता है। इतनी कृपा करो कि दीवाल पर जो मैंने राम-राम लिखा है, उसके तप की आँच बची रह जाए। तुम राम-राम देख रहे हो न!"

"देख ही नहीं रहा हूँ, आते-जाते गोड़ भी लगता हूँ।"

"सो तो ठीक है बच्चा लेकिन...।"

"खुलकर बोलिए, हुकुम दीजिए सेवक हूँ।"

"ओझा, सोखा जब आएगा, घर में घुसेगा, उसके साथ मिरदंगिया, ढोलकिया, भगता भी होगा, उसका लावर-पावर होगा—वह सब भी ढुकेगा। ढुकेगा कि नहीं!"

"हाँ, घर में सरसों फेंकेगा मन्तर मारकर, लोहवान का धुआँ दिखाकर घर को अमनिया करेगा...। शुद्ध होगा घर। ग्रह-गोचर, जितना लाग-बाझ है, किया-धिया है, उस सबको घर से भगाया जाएगा। देखिएगा चाचा कि कैसे नाथा जाएगा डोरी में, रेशमा की डोरी में। मन्तर से शुद्ध किया हुआ। किसी दानव का जोर नहीं चलेगा, बजेगा जब मृदंग।"

"करो बच्चा, किसी विध से चिरई का रोना-कलपना बन्द होना चाहिए। लेकिन, बच्चा मुझे अपने राम-राम की चिन्ता है। बस, वही हैं मेरे प्राण आधारे।"

"उसकी चिन्ता राम जी करेंगे।"

"न, न, अजोधाजी से जब वे आ ही जाएँगे, तब मेरा मरजाद क्या रह जाएगा! भगत वही सच्चा है जो अपने देवता की रक्षा करना भी जाने। सब समय देवता ही भक्त की रक्षा काहे करेगा? कहने का मतलब है कि भीड़ के रेला में यदि एक भी

लिखा हुआ राम मिट गया बच्चा अजोरे भगत तो तुम्हें एक के बदले एक लाख राम लिखना पड़ेगा और नगदी भी देना पड़ेगा अलग से। एक राम दस रुपया बूझो, एक लाख राम का दाम कितना हुआ, उतना तुमसे वसूल हम कर लेंगे बच्चा, हमारा नाम झन्नू गोवर्धन है।"

"आप एक राम को एक लाख राम मान रहे हैं।"

"मानना पड़ता है बच्चा, युग-काल ऐसा है। यह देखो मेरे गले की कंठी। तुलसी का टुकड़ा इसे मत बूझो। अजोधाजी में—कौशिल्या जी के राजमहल के आँगन में तुलसी का विरवा देख रहे हो, उसी का है यह टुकड़ा एक लर नहीं, दो लर है।"

"जाइए चाचा, राम-राम को किसी के हाथ नहीं लगने दूँगा। खुद मैं खड़ा रहूँगा। लगा दूँगा अपने आदमी को, खड़ा रहेगा दीवाल घेरकर। निसाखातिर रहिए।"

झन्नू गोवर्धन आश्वासन पाकर आश्वस्त हुए। वह अजोरे भगत की पीठ ठोकते कोई मंत्र बुदबुदाए। आशीर्वाद दिया और विजयी मुद्रा में लालटेन हिलाते राम-राम जपते अपने घर की ओर मुड़ गए।

झन्नू गोवर्धन जैसे गए, वैसे फिर खटखट हुआ। जोर-जोर से जंजीर पीटने की आवाज़ हुई। अजोरे भगत को लगा कि झन्नू गोवर्धन का कोई प्रश्न अधूरा रह गया। वह फाटक खोलते बोला, "क्या, चाचा अब क्या!"

लेकिन जब सामने देखा तो उसकी टिक्की खड़ी हो गई। दो नामी-गिरामी लोग जिनके नाम से इलाका सकते में आ जाता है और थाना पीछे भागता रहता है कभी किसी डकैती को लेकर, कभी किसी कतल ख़ून को लेकर। पाँच-सात वर्ष हो गए इन रणबाँकुरों को वजूद में आए हुए। उनके विरुद्ध कोई सबूत, कोई गवाह नहीं। दो-चार महीना जेल काटकर आ जाते हैं बाहर। सिपाही भी डर के मारे पान लाता है उनका। अजोरे भगत का टिक्की खड़ा होना कोई अचरज नहीं।

मुँह पर बँधे गमछे को बिना हटाए अजोरे भगत ने पहचान लिया कि जयश्री सिह और धमालू पांड़े हैं। उसने झुककर उनके पैर छुए। हकलाते बोला, "मालिक शर्बत बनवाएँ?"

"न, न कुछो नहीं।" जयश्री सिह ने कहा।

"कुछ तो हुक्म दीजिए। इतनी रात में जंजीर बजाया है। गोसइयाँ है आप।"

"गोसइयाँ कहकर फुसलाओ मत। तू मिठबोलवा है। तेरा नस-नस हम जानते हैं। मीठ बोलकर गरदन पर छुरी चलाता है। साला हम लोगों को धुर समझता है।"

इतना कहते हुए जयश्री सिह ने अजोरे भगत का जोर से कन्धा दबाकर नीचे बैठा दिया।

धमालू पांड़े उसके गरदन को सहलाते बोले, "इतनी जोर से दबा दिया बेचारे की हँसुली चटक जाएगी। फिर डीह बँधाने की अगुवाई कौन करेगा? अच्छा, बता अजोरे भगत इस डीह बँधने में तुझे कितना चाभने को मिल जाएगा?"

"कुछो नहीं हुजूर! देवी, डिवहार के काम में जो ऊँच-नीच करेगा अपने आन्हर हो जाएगा।"

"डीह बँधने के समय घर का झाड़-फूँक, जँचइया सब होगा न!"

"जी, हुजूर ग्रह, गोचर निकल जाएगा।"

"इसमें तुझे कुछो तो मिलेगा?"

"बस, एक पियरी धोती। अगुवा के नाते पहिनना पड़ेगा।"

"तू अगुवा?"

"अगुवा नहीं, हरकारा को भगता अगुवा बोलता है। हरकारा बूझिए।"

धमालू पांड़े, जयश्री सिह ने बात करते-करते दरवाज़े के बाहर बिछे तख़्त पर बैठ गए। बोतल निकाला। अजोरे भगत बिना कहे पानी गिलास और नमकीन की प्लेट सामने रखकर बन्दी की तरह खड़ा हो गया सिर झुकाए। अजोरे भगत की आँखों के सामने उस दिन की घटना झिलमिला उठी जब धमालू पांड़े ने भरे बाज़ार में चन्द्रमा सिह के दोनों कान काट लिए थे। हो गई थी भगदड़। तनिक देर के लिए। फिर बाज़ार में ज्यों-का-त्यों ख़रीद-फ़रोख़्त चलने लगा। यानी सहज भाव से सौदा कीनने-बेचने लगे लोग। जैसे कुछ हुआ ही नहीं। अलबत्ता ठठेरा और सोनार अपनी दुकान बढ़ा लिये थे। उस दिन से फिर बाज़ार की तरफ किसी ठठेरा, सोनार ने रूख नहीं किया। एक ठठेरा दबी जुबान से कहा कि बखिरा जैसे अनाचार से झील हो गया, वैसे ही यह बाज़ार भी झील हो जाएगा एक दिन।

दोनों रणबाँकुरों ने जब पी-खा लिया तक अपने शागिर्द को याद किया।

अजोरे भगत हुलसते हुए बोला, "टोनी भइया को बुला लाऊँ?"

हुक्म मिलते वह उनके घर गया और उन्हें साथ लेकर आ गया। हँसी, ठट्ठा करते गाँजा का चिलम चलने लगा। अजोरे भगत की समझ में नहीं आ रहा था कि कभी मेरे घर में ये लोग नहीं आते थे, कैसे उनका आना हुआ, कोई बात ज़रूर है। ऊपर से टोनी को बुला लिया जो हमेशा किसी-न-किसी नशा के हाथी पर रहता है सवार। सीधे-साधे आदमी को दबाने में अपनी बहादुरी समझता है। जेब में कलम, कन्धे पर लाठी लेकर चलता है। कलम से वास्ता तनख्वाह उठाने भर का है। वह भी बाप-दादा ने हाथ-गोड़ जोड़कर हाँकिम से तहसील में किसी तरह पटवारगीरी दिला दिया था। घूँट-भर पीने के बाद पूरे गाँव को आँख तरेरते रहता है मगर उसकी सारी हेकड़ी निकल जाती है जब कोई सीना तानकर खड़ा हो जाता है उसके सामने। मूलतः धमालू पांड़े, जयश्री सिह का टोनी हाबडीब करनेवाला बन्दा है। टोनी भर दिन एक चिलम गाँजा, एक गिलास दारू के रहता है फेरा में।

अजोरे भगत तीन-तीन अगिया-बैताल के फेरा में पड़ गया। वह कभी घर में जाता, कभी बाहर झाँकता। उसे कुछ ठीक नहीं बुझा रहा था। उसने काँपते स्वर में कहा, "हुजूर, कुछ जूड़ी-बुखार बुझा रहा है। दिन से ही मन ठीक नहीं है। हम

तो सोए हुए थे, खड़ा होने में सत नहीं लग रहा है।"

जयश्री सिह ने हाथ पकड़कर अजोरे भगत को अपने सामने खड़ा किया और कड़क आवाज़ में सवाल किया, "डीह बाँधने में कुछ घटेगा, उसका जिम्मेदार कौन होगा?"

"हुजूर कुछो न घटेगा। भगवान के काज में क्या घटेगा?"

"किसी का जेवर गायब हुआ, गाय-भैंस गायब हुई तो नाम हम दोनों का ही न लगेगा। दस नम्बरी में थाना में हमारा नाम लिखाया है। हमीं लोगों से न पूछा जाएगा? बोल, पूछा जाएगा कि नहीं?"

"जी हुजूर! बड़कवा आदमी से दुनिया पूछती है। लेकिन, इतना हम बोलेंगे कि कुछो नहीं होगा। हम हुजूर को वचन देते हैं।"

"न, न, बचन-वचन नहीं। जितना लोग आएगा सभी का नाम काग़ज़ पर लिखकर रखना। दूसरा यह कि हम दोनों के घर में कोई घुसेगा नहीं। बाहर से जो करना है करेगा।"

"हुजूर ई कैसे होगा। मिरदंगिया, ढोलकिया, भगता, भगती, दूत, दूती, करमा, करमइती, गुटगुटिया तो ढुकेगा ही ढुकेगा। मंत्र पर यही सब न खेलेगा! बिना ई सब के ढुके। भगता का कुछ जोर ही नहीं चलेगा। आप लोगों का घर पबित्तर हो जाएगा हुजूर।"

"समझ रहा हूँ लेकिन साला उसमें से यदि कोई चीन्ह लिया कि ई हमारा सामान है तब?"

"नहीं हुजूर! सभी तो मंत्र के नशे में रहेगा। कोई अपने में थोड़ो रहेगा। देवता सवार रहेगा, पूरा पावर रहेगा हुजूर! हाथी का बल आ जाएगा उस समय। लोग-बाग देवता का गोड़ छूने में लगेंगे कि सामान चीन्हेंगे?"

"इतना बड़ा यज्ञ कैसे कर रहा है? चन्दा-चुटकी कितना जुटाया?"

"सोलह सेर चावल, दस सेर आंटा मिलाकर फी घर दे रहा है। दो सेर दाल और दो ठू रुपया। खसी भी कोई-कोई चढ़ाएगा। बाज़ार का बनिया लोग तेल, मसाला और घटा-बढ़ा देगा। कितना आलम आएगा जब बँधेगा डीह, थाह है! प्रसाद सभी कोई खाएगा। कोई, कोई घर भी ले जाएगा।"

"तू भी कुछ देगा?"

"हम गाँव से ऊपर थोड़ो हैं हुजूर, जो जुरेगा, अँटिगा ज़रूरे दिया जाएगा।"

जयश्री ने अपनी सदरी की जेब में हाथ डालकर सौ-सौ के तीन नोट निकाल अजोरे भगत को देते कहा, "डीह बाँधने में इसे लगा देना।"

धमालू पांड़े ने जयश्री सिह को झिड़की दी, "देवी की पूजा में नगदी निकालने में फटती है! क्या करेगा कमाकर? एक गोली की जान है हम लोगों की। वह किस दोस्त, किस दुश्मन की तरफ से आएगी, कौन जाने, लेकिन एक न एक

दिन आएगी ही आएगी। उसके पहले जग, कीर्तन में पाँच सौ, हज़ार यदि निकल ही जाए, क्या हर्जा है।"

टोनी खी-खी हँसने लगा। जयश्री सिह ने कट्टा कमर से निकाल उसके माथे पर भिड़ा दिया, "साला, हँसा क्यों? सरदार बोल रहा है, सुनना चाहिए। उड़ा देंगे यहीं।"

टोनी की सिट्टी-पिट्टी बन्द।

धमालू पांड़े ने अपनी धोती की टेंट से सौ-सौ के दस नोट निकाल अजोरे भगत को देते कहा, "रख लो इसे, एक रुपया भी इधर-उधर मत खर्च करना, जिस जग में लगे हो, उसी जग में सरधा के साथ खर्च होना चाहिए। हर हाल में चिरई का रोना बन्द होना चाहिए। ओझा-सोखा से कहना, यदि डीह बाँधने पर चिरई का रोना बन्द नहीं हुआ तो मारा जाएगा सब। तुझे भी हम मार देंगे। मेरी बात को गाँठ बाँध ले, दुबारा मैं न कहूँगा, न पूछूँगा कुछ। मेरा नाम धमालू पांड़े है। तूने क्या समझा?"

"समझ गया हुजूर!"

"देख, असल बात यह है कि चिरई जब रोती है तो मुझे रोना आ जाता है। लगता है कि हमारी मरी महतारी रो रही है। महतारी का रोना सुनना नहीं चाहता। मैं रोना नहीं चाहता।"

धमालू पांड़े, जयश्री सिह उठ खड़े हुए। टॉर्च जलाकर इधर-उधर देखा। धमालू पांड़े का पिस्तौल चारपाई के नीचे से उठाकर उन्हें देते अजोरे भगत ने झुककर चरण स्पर्श किया। थोड़ी देर तक वे दोनों रणबाँकुरे खड़े रहे फिर निकल गए अँधेरे में किसी अज्ञात दिशा में। और टोनी भी मुड़ गए घर की ओर।

उन दोनों के जाने के बाद देर तक हाथ में नोट लिए सोचता रहा अजोरे भगत धमालू पांड़े की बात कि चिरई के रोने से मुझे रोना आता है। चिरई...महतारी है।

चार

पन्द्रहिया से रुक-रुककर बारिश हो रही है। कभी मूसलाधार, कभी बूनी, कभी-कभी झींसी। नदी-नाला सभी लबालब। बहकर जा रहा दूर की घास में मछलियों के साथ बहुत कुछ...। मेढकों, टिटहरी, साँपों की आवाज़ के बीच गूँज रही थी खेतों में लेवा करते किसान की टिटकारी—त-त-त-अरे-अरे-त-त...ओ-ओ...।

...लेवा में चलना कोई खेल नहीं। बछवा क्या चलेंगे, जितने थे अधेड़ चल रहे हैं उनमें वह धैर्य कहाँ? बैलगाड़ी में चलना, लेवा में चलना एक नहीं। एक टिटकारी दूसरी टिटकारियों से अलहदा है। लगता है मानो किसान की अपनी भाषा का वर्णक्षर गूंज रहा हो।

इस समय लेवा! किसानी करनेवाले समझ गए कि पिछुआ गई खेती। इस समय रोपनी चल रही है। कई की खत्म हो गई और कई की खत्म होने को है।

गोइन्दा बाबू की रोपनी आज निबट जाएगी। वे भोर से ही खेत पर हैं। सीवान से आ रही है रोपनी करती औरतों के गाने की आवाज़। पूरब से, उत्तर से, दक्षिण से, पश्चिम से...। जिधर की ओर करो कान, उधर ही गीत...। तराई से रोपनी करने आए मर्द कुतहा उन औरतों के साथ धान रोपते बने हुए हैं मूक श्रोता। जैसे खेल में रहते हुए भी हैं खेल के बाहर।

गोइन्दा बाबू अइसे ही नहीं कहते कि धान के साथ औरतें खेतों में अपने गीत भी रोपती जा रही हैं। वे गीत भी बड़े होंगे धान के साथ और चले जाएँगे एक दिन किसी राही-बटोही के साथ। किसी लड़की, औरत-मर्द के साथ दूर देश...।

अपिया के कानों में गीत का कोई टुकड़ा हवा में उड़ता पड़ा, वह हाथ का काम छोड़ दरवाज़े के फाटक के पास डियोढ़ी के निकास पर आकर बैठ गईं परदे का करके अलोत। आने लगा गाने का स्वर साफ-साफ।

...एहि दुनौं नैना बीच हटिया लगइबौं घरहीं करहुँ रोजगार
अमली बँवरि कइ कोल्हुआ रे नयका बेल बबुर कइ जाठि
जठिया के ऊपरा ढेकुली पिहिके ओइसे पिहके जिया मोर
आधी-आधी राति पिया लादेलऽ बरधिया कि छतिया कुहुकेला मोर
चुटकी काटि छोटी ननदी जगावे, भइया बनिजिया के जोय
जेकर ऊँच नज़रिया रे नयका ओ कुलवन्ती जोय
ते कइसे जइहे बनिज बिदेसवा घरहीं सवाई होय...।

बीच गाने में खुद्दी ने आवाज़ दी, "माई सब्जी जल रही है, मैं नहा रही हूँ।"

अपिया भागी हुई चौके में गईं! खुद्दी कपड़ा बदलते खी-खी कर हँसने लगी।

अपिया मुँह बिचकाते बोली, "गीत भी नहीं सुनने दिया...। तू बाद में भी नहा सकती थी। वह गीत अब थोड़ो सुनने को मिलेगा।"

सुग्गी खिड़की के रास्ते से तेज कदम चलते आई। आकर अपिया से कहा, "हमारे खेत में रोपा करती औरतों का गीत खिड़की से साफ सुनाई पड़ रहा है माई। साहेब बोल गए हैं कि दोपहर में रोपनी निपटा कर औरतें घर आएँगी।"

अपिया ने पूछा, "कछारेवाली भी रोपनी में है?"

खुद्दी को कुछ मालूम नहीं था फिर भी उसने अन्दाज से कह दिया, "वह तो होगी ही।"

"बड़ी मज़ाक़िया है कछारेवाली। जवानी उसकी अधेड़ उमर में भी कैसा मारती है हिलोर! तुम देखना जब सब औरतें आँगन में कजरी गाते हुए आएँगी...।"

बोलते-बोलते अपिया चुप हो गईं। हवा में काँपते स्वर की लय फिर कानों में पड़ी। अपिया खमिहाँ पकड़ खड़ी हो गईं खिड़की के पास जाकर।

...एक बेरिया अइतऽ भइया हमरो देसवा हो ना
भइया बहिनी के देखि-सुनि जाइतऽ हो ना
तोहरा देसवा बहिनी ढाक ढेकुलिया हो ना
बहिनी रहिया में बाघ-बघिनिया हो ना
भइया, हथवा में तो तरुअरिया हो ना
भइया, का करिहें बाघ-बघिनिया हो ना
जइसे लोहा जरे लोहा के दोकनिया हो ना
तोर बहिनी जरेले ससुररिया हो ना...।

अपिया सुबकने लगीं। खुद्दी, सुग्गी से मुँह छिपाकर। अपनी खाट पर चली आईं और आँचल से मुँह ढककर लेट गईं।

घंटे-भर बाद टोकरी-भर जम्हीरी नेबू लेकर सबितरी आई। अपिया को बिस्तर पर लेटा देख नज़दीक गई। खाट के पास जाकर बोली, "दीदी, मन ठीक तो है?

अपिया मुँह से आँचल हटाकर जम्हाई लेते उठकर बैठ गईं। कहा, "सबितरी, अच्छा हुआ तू आ गई। तुझे ही याद कर रही थी। सब ठीक है। अइसे ही मन लेटने को कहा लेट गई।"

"मुझे पता है आप दिन में बिस्तर पर जातीं नहीं। कुछ लुका रही हैं। बताइए दीदी, ठीक तो हैं न?"

"लुकाऊँगी क्या, रोपनी का गीत सुन रही थी कि मन भारी हो गया।"

"देह सार देती हूँ। आप लेटी रहिए।"

सबितरी कटोरी में तेल लेकर अपिया का मालिश करने लगी। वह समझ गई गीत का असर जो है, सो है, लड्डन के जाने का भी असर है।

"लड्डन बाबू चले गए न! पहुना रुके भी नहीं एकाध दिन।"

"कह रहे थे दिल्ली की बड़ी अदालत में कोई केस है।"

"वहाँ काहे गए, अपनी बहिनी की अदालत छोड़कर?"

"जब आएँगे, तू पूछना। तेरा पद है मज़ाक़ करने का, मुझसे क्या पूछती है।"

मुँह छिपाकर सबितरी हँसने लगी। जो, कहो दीदी लेकिन लड्डन बाबू के रहने से घर कितना मनसाहिन था। घर भरा-भरा लगता था।"

"तू उस दिन कह रही थी कुछ कि तभी साहेब आ गए और तू उठकर चली गई।"

सबितरी सोचने लगी कि कौन-सी बात थी कि तभी उसे याद आ गया। हाँ-हाँ, दीदी, लिली बहिनी के बारे में...।

अपिया कुछ देर तक आँखें बन्द किये रहीं। सबितरी को लगा कि सो गई दीदी। वह तेल की कटोरी को खाट के नीचे रख जाने लगी तभी अपिया ने हाथ पकड़ उसे बैठा लिया। बोली, "सुन तू लिली की बात कर रही थी न! तुझे नहीं पता...

लिली अपने मन की थी। घूमती रहती थी वहबाबाड़ी। दस दुआर से दुरियाई जाती थी, लेकिन, उसका अमरख कहाँ मानती थी, जाती थी वहाँ दुबारा-तिबारा। किसी लड़की को चूड़ी पहनते देख चुड़िहारिन के आगे वह भी अपनी कलाई बढ़ा देती थी। किसी के यहाँ कोई पकवान बनता था, उसकी गन्ध सूँघते पहुँच जाती थी। जैसे वह उस परिवार का अंग हो...।"

"उनका घर कैसा खँडहर हो गया न दीदी!"

बड़ा घर था। चार बैल की खेती थी। उसके बाबा का चला हुआ ज़माना था। दस आदमी चलते थे आगे-पीछे। दो हलवाहे, घर में काम करनेवाली कोइरिन टोला की कुट्टी, सुखमनी, रामसखी। बाप सरकारी हाकिम थे। कोई महकमे में। बेटा कुलांगार निकला। सुन्दरी थी लिली की माँ। पान के पत्ते की तरह पतले होंठ थे। उसकी बोली सुन, जी जुड़ा जाता था। बहुत बात है रे सबितरी...

बेचारी, कुहुक कर मरी। उसका एक-एक जेवर लिली के उस कुलांगार बाप ने बेच दिया। पैसे के लिए मारता था। मायके से मँगवाकर रुपये देती थी, जब तक मँगवा सकी, मँगवाया!"

"नौकरी करते थे सुना है...।"

"पीने की आदत थी और रंगरेली करने की भी। मुझे नाम भी नहीं मालूम। कोई जमीला, रूखसाना, गायत्री, निर्मला करके आती थीं। कोई-न-कोई गाड़ी लगी ही रहती थी दरवाज़े पर। लिली की माँ इस पितकोप से मरीं। जहर खा लिया था। बाहर हल्ला उठा कि साँप के काटने से उनकी मृत्यु हुई। वह घर की लक्ष्मी थीं। उनके जाते ही घर से लक्ष्मी भी चली गईं।"

"कोई रोकने-टोकनेवाला नहीं था?"

"एक छोटा लिली का चाचा था। वह बौड़म, मन्दबुद्धि था। वह क्या बोलता। बाबा-दादी गुजर गए थे। बुआ लोगों की शादी हो गई थी। घर में कोई था ही नहीं, लिली उसके भाई को छोड़कर। उस कुलांगार ने पचास बीघे ज़मीन को कौड़ी के भाव बेच दिया। गाँव के बीच में देख कैसा खँडहर बना है लिली का घर। न घर रहा, न ज़मीन। बाप उसका किराये के मकान में मरा और चाचा उसका कहीं किसी शहर में चलाता था रिक्शा। तपेदिक हुआ, बिना इलाज के वह भी चला गया।

सब कुछ खत्म हो जाने के बावजूद लिली ससुराल से गाँव आती रही। पूरे गाँव को अपना घर समझकर। एक बार इन्हीं बारिश के दिनों में आई थी। हमेशा के लिए ससुराल छोड़कर।"

“पति से झगड़ा हुआ था?”

“नहीं, वह जगदम्बा थी।”

“जगदम्बा!”

“हाँ, जगदम्बा थी। तू नहीं समझेगी बाद में बताऊँगी। उस बारिश में अपने दरवाज़े पर खड़ा नहीं होने दिया किसी ने। तीन दिनों तक रात-दिन पानी बरसता रहा। वह भीगती हुई पूरब वाली बाग़ में चली गई। हकसी-पियासी। पानी जब पटाया तब किसी चरवाहे ने गाँव में आकर ख़बर दी कि लिली के चेहरे पर चींटियाँ रेंग रही हैं। सियार या कोई अन्य जानवर देह का कुछ मांस नोचकर खा लिया है। हम लोग तो थे नहीं गाँव में। साहेब तब रिटायर नहीं हुए थे। उसकी मृत्यु के दसवें दिन हम गाँव पहुँचे थे। तब मालूम हुआ। साहेब ही ने उसका श्राद्ध किया।”

“बस दीदी...!”

सबितरी जोर-जोर से फफकने लगी। रोना सुनकर दौड़कर पास में आ गई सुग्गी, खुद्दी।

“क्या हुआ माँ? बोल न क्या हुआ?”

“कुछ नहीं, माथा चकरा गया था।”

आँसू पोंछते, चुपचाप सबितरी उठी, बाहर निकल गई। अपिया ने उन लड़कियों को समझा-बुझा दिया कुछ-न-कुछ कहकर। सुग्गी कुएँ के पास पुदीना लाने जा रही थी, लौटकर उसने अपिया को जनाया कि रोपनी पूरा कर औरतें गाती हुई आ रही हैं। साहेब भी हैं पीछे-पीछे। यह कहना था कि औरतें आ गईं। आते ही खेत की गीली मिट्टी अपिया के दोनों गाल पर पोत दिया। हाथ में बचा हुआ मुट्ठी भर धान के पौधे को बंडल बनाकर फेंक दिया खपरैल के मुंडेर पर। अपिया ने सभी औरतों का खोंइछा भरा। माँग में सेंदूर लगाया। गुड़ दिया, पानी पीने के लिए और सवा रुपया साड़ी की खूँट में बाँध दिया। गीत के बीच-बीच में कछारेवाली अपिया का आँचल खींच लेती थी। ऐसा करने लगी मज़ाक़ कि हँसते-हँसते आदमी लोट-पोट हो जाए। उत्साह से भरी हुई स्त्रियाँ खेत का अहिबात देखकर नाच रही हैं आँगन में। होली में कोई रंग डालकर इतना ख़ुश नहीं होगा जैसा वे मिट्टी-कादो डालते हुए हो रही हैं।

गोइन्दा बाबू डर के मारे अन्दर छिपे रहे। नहीं तो कछारेवाली उनकी धोती खोल देती। पिछले साल किसी तरह धोती सँभालते भागे थे।

अपिया निहाल हो उठीं। इतनी हँसी को एक साथ होंठों से फूटते देखकर।

खेत में धान के संग गीत रोपकर आई औरतें अब घर में हँसी बो रही हैं...।

गोइन्दा बाबू ने झरोखे से देखा कि औरतें चली गईं तब घर में घुसे। कीचड़ में नहाए, कपड़े फटे हुए।

अपिया देखकर हँसने लगीं, “दूर रहिएगा, मुझे मत छुइएगा।”

गोइन्दा बाबू अपिया को पकड़ने के लिए दौड़े, वह छिप गईं खुद्दी, सुग्गी के पीछे। सुग्गी, खुद्दी हँसने लगी खिलखिलाकर...

पाँच

गोइन्दा बाबू जलपान कर रहे थे कि दौड़ते हुए एक लड़का गोइन्दा बाबू के पास आया और कहने लगा, "चटपट-खटपट एक साधु को बाँधकर पीट रहे हैं। किसी की हिम्मत नहीं पड़ रही है बोलने की। अजोरे भगत ने बीच में कुछ बोलना चाहा कि उसको भी पकड़कर खम्भे से बाँध दिया।"

गोइन्दा बाबू जलपान छोड़ उठ खड़े हुए।

अपिया ने मना किया, "इसमें पड़ने की क्या ज़रूरत? चटपट-खटपट का तो रोज का मामला है। कोई नहीं मिलता तो दोनों भाई आपस में ही मार-पीट कर अपनी खुजली शान्त करते हैं।"

गोइन्दा बाबू माने नहीं, उस लड़के के साथ निकल गए।

चटपट-खटपट सचमुच राड़ हैं। दोनों जुड़वा भाई हैं। बाप-माँ हैं नहीं। ज़मीन अच्छी-खासी है। ख़ुद खेती करते हैं। गाय-गोरू भी है। शादी नहीं की। औरत से एक बाँस की दूरी पर खड़ा होकर बात करते हैं, वह भी नाक पर कपड़ा रखकर। कोई अमल-पानी नहीं। कपड़ा-लत्ता पहनने का शौक नहीं। धोती, गले में गमछा, अंगरखा नहीं। जाड़ा में भी यही पहनावा। आज तक दोनों को जु-काम-बुखार तक नहीं हुआ। हाँ, अलबत्ता, गाल, पीठ, हाथ पर कटे-पिटे और खरोंच के निशान हैं जिसे दोनों भाइयों ने आपसी मार-पीट से बनाया है। विचित्र जीव हैं। किसी-किसी का ही सुनते हैं जिसमें से एक हैं गोइन्दा बाबू।

चटपट-खटपट ने गोइन्दा बाबू को देखते कुर्सी को गमछे से झाड़कर बैठने का इशारा किया।

गोइन्दा बाबू ने कुर्सी की तरफ देखा भी नहीं। पूछा, "साधु को क्यों बाँध रखा है? क्या सचमुच तुम दोनों पागल हो गए हो?"

चटपट ने हाथ जोड़ते कहा, "चाचा, आप न पड़िए ई सब में। यह साधु नहीं, शैतान है। आप तो जानते हैं कि हम दोनों भाइयों को नशा से सख्त नफरत है। साधु, महात्मा हैं, साधु-महात्मा की तरह रहिए। हम तो खुद इन लोगों की सेवा करते हैं। कितना साधु-महात्मा आता है, महीनों पड़ा रहता है। उन्हीं का बनाया प्रसाद हम दोनों भाई पाते हैं। चूल्हा कहाँ फूँकते हैं! इनसे कहा, महात्मा जी रहिए, गाय का घी खाइए, भंडारा बनाइए, हम दोनों भी पा लेंगे उसी में। लेकिन गाँजा मत पीजिएगा।

आज सवेरे मैदान से आया खटपट। उसने इन्हें गाँजा पीते धर लिया। अब आप ही बोलिए जूता खाने का काम किया कि नहीं...?"

"छोड़ दो इन्हें। छोड़ो, रस्सी खोलो, जाने दो।"

चटपट ने कुनमुनाते हुए साधु के हाथ की रस्सी खोल दी और घर से निकालकर उनकी झोली उनके आगे फेंक दिया। झुककर प्रणाम किया। साधु दरवाज़े के नीचे उतर गए। थोड़ी दूर गए होंगे कि पीछे से खटपट चिल्लाया, "महात्मा चिमटा आपका छूट गया है," लेकिन महात्मा ने कान नहीं दिया बल्कि क़दम की रफ़्तार और तेज कर दी।

अजोरे भगत ने कातर दृष्टि से चटपट की ओर देखते अनुनय किया, "मुझे भी छोड़ दीजिए चटपट बाबू।"

"हाँ, छोड़ दो उसे। तुम लोगों ने इस बेचारे को भी पकड़ लिया। तुम सभी के काम के लिए रात-दिन एक किये हुए हैं। छोड़ो, छोड़ो।" गोइन्दा बाबू ने आदेशात्मक मुद्रा में कहा।

खटपट आँख मटकाते बोला, "चाचा, आप नहीं न बूझिएगा। इसके पेट में दाँत है। डीह जब बँधेगा तो गाँव में कंटहा बाभन भी घुसेगा जबकि किसी के मरने पर दान, दक्षिणा लेने गाँव के बाहर-बाहर ही आता है, जाता है। अशुभ है वह। हम दोनों भाई गाँव का अशुभ होने नहीं देंगे, चाहे जान चली जाए। दूसरा यह कि दरवाज़े के बाहर जो चन्दोवा लोगों ने टाँगा है, कहता है कि उसके नीचे दीया जलाना है। चटपट ने जलाकर रखा कि चन्दोवा में कैसे न कैसे आग लग गई। अब नया चन्दोवा तो इसे देना ही पड़ेगा। बिना दिये कल्याण नहीं। चाचा, इसने चोर, डकैत, पियक्कड़ से भी चन्दा लिया। पाप कर्म का पैसा अच्छे कर्म में लगाने से अच्छे कर्म का फल थोड़ो मिलेगा! आप बोलिए, मिलेगा?"

गोइन्दा बाबू उन दोनों की ज्ञान-वार्ता कुएँ के चबूतरे पर बैठकर सुन रहे थे और बीच-बीच में कभी चटपट, कभी खटपट अजोरे भगत के कान पर भोंपू बजाकर हँसता था।

"तुम दोनों की बात खत्म हो गई?"

"एक ठू बात और सुन लीजिए चाचा।"

खटपट का मुँह हाथ से बन्द कर चटपट खुद बोलने लगा, "कंटहा बाभन भरभट कर देगा। वह मानेगा नहीं। भीड़ के रेला में घुसकर आ जाएगा। कौन चीन्हेगा उसे? हम लोगों पर तो अपने देवता सवार रहेगा। चलिए, वह भी छोड़ दिया। लेकिन, इसने जो छल किया हम दोनों भाइयों के साथ, वह क्षमा के जोग नहीं है।"

"क्या छल किया?"

चटपट जोर से हँसा।

हँसी का मर्म अजोरे भगत नहीं बूझ पाया। उसने मेंमियाते कहा, "चटपट बाबू,

छल हम कभी कर सकते आप बड़कवा लोगों से, यह अकलंक मत लगाइए।"

जोर से डाँटा खटपट, "चुप! बोलेगा नहीं कुछ चाचा सामने हैं नहीं तो तुम्हारे कान में अब तक एक हज़ार भोंपू बज गया होता। कान का परदा हो गया होता जय सियाराम।"

"तुम बताओ कि किया क्या इसने?"

चटपट गोइन्दा बाबू के नज़दीक आकर उकड़ू बैठ अपने हाथ पर चट्टी मारते कहा, "आप जानते हैं कि हम दोनों भाई बाल ब्रह्मचारी हैं। जनाना का छुआ हुआ पानी तक नहीं पीते। इसको भी मालूम है। इसको कहा हमने कि सिल कुटवाया है। तुम मेरा मसाला पीसकर ला दे। यह ला दिया। लेकिन रात में खटपट जगाकर बोला—हो-न-हो यह उसी सिल पर मसाला पीसा होगा जिस पर जनाना मसाला पीसती होगी। बाद में कबूला कि गलती हो गई।"

गोइन्दा बाबू ने उन दोनों की मूर्खतापूर्ण बातों पर बिगड़ने के बजाय हँसते हुए कहा, "नादान है अजोरे भगत, क्षमा कर दो।"

चटपट हाथ झाड़ते उठा, रस्सी अजोरे भगत के हाथ की ढीली कर दी। विजयी भाव मुँह पर लाते हुए बोला, "जाओ, चाचा के कहने पर क्षमा किया।"

बरामदे में टँगे झोले से नारियल का एक गोला हाथ में देते अजोरे भगत से खटपट ने कहा, "खाना इसको, पुष्टई की चीज़ है।"

चटपट ने पीछे से एक मुट्ठी किशमिश भी अजोरे भगत की जेब में डाल दिया, "दूध के साथ लेना, ख़ून सफा है यह।"

इस दृश्य को देखकर गोइन्दा बाबू की हँसी रोकते नहीं रुक रही थी। दूर खड़े होकर तमाशा देख रहे लोग भी हँसने लगे।

*

उमस के बाद थोड़ी हवा चलनी शुरू हुई। अरगनी पर कुछ भीगे हुए कपड़े मेहरा गए। काली-काली बुनकियाँ पड़ गई थीं उनमें। लोग कहते हैं मक्खियों ने टट्टी कर दी है। धोने से भी नहीं जाएँगी।

दीया की माँ दीदी-दीदी पुकारते घर में आईं। आग लेने के लिए खपड़े का एक टुकड़ा पकड़े हुए। आँगन में किसी को न देख ख़ुद बोरसी से आग चिमटा से निकालने लगी। अपिया नहाकर निकलीं, उन्हें देख हँसते दीया की माँ ने कहा, "दीदी, थोड़ी आग ले रही हूँ। दियासलाई मेहरा गई। बीसों काठी बर्बाद।"

"हाँ, खपरैल घरों की दियासलाई का हाल यही है। हमारी सासु दियासलाई को कपड़े में लपेटकर रखती थीं। मैं भी वही करती हूँ लेकिन तब भी फुस्स करके रह जाती है तीली।"

"इस उमर में औरत, मरद भी फुस्स करके रह जाते हैं।" हँसते हुए दीया की माँ ने कहा।

अपिया हँसी छिपाते हुए बोली, "तेरे मुँह में कुछ अँटता नहीं। बता क्या राँधने जा रही है?"

"आम की गुठली इकट्ठा करके रखा था। उसे फोड़कर गिरी उसका निकाल लिया। पीसकर आटा गूँथ लिया। रोटी बनाऊँगी। उसके साथ चटनी। कभी आम की गुठली की रोटी खाई हो दीदी?"

"दे जाना आधी रोटी, खाकर देखूँगी।"

"आधी क्या पूरी रोटी ले आऊँगी। गोइन्दा बाबू को देना आधा, गिजा बहुत है उसमें।"

"कोई कुश्ती लड़ना है क्या।"

"क्या कुश्ती लड़ना छोड़ दिया?"

अपिया दीया की माँ को झिड़कते मारने के लिए दौड़ी। दीया की माँ खी-खी करने लगी। तनिक देर के बाद अपिया ने एक मुट्ठी करैले का सुखौता, एक मुट्ठी फूल गोभी का सुखौता दीया की माँ के आँचल में बाँध दिया। कहा, "बनाना इसे, रख मत देना अगले साल के लिए।"

"न दीदी, आपका दिया हुआ जाने कितने फल-फूल और करौंधे का अचार होगा। कितना खाती। आप तो कटहल, बड़हर, मिरचा, शहतूत सब का अचार बनाकर रखती हैं लेकिन मुझे करौंधे का अचार अच्छा लगता है।"

अपिया खटाईवाले कमरे में जाकर दो कटोरी में अचार लाकर दीया की माँ के आगे रख दिया। दीया की माँ काली चींटियों को जाते हुए देखने में मग्न थीं।

"क्या देख रही है?"

"लगता है बारिश होगी, चींटियों की बारात जा रही है।"

"गोरैया धूल में नहाती है तब भी तो बारिश होती है।"

"हमारी बारिश तो रोज रात हो जाती है और तुम्हारी दीदी?"

"चुप कर, नहीं तो मैं सच्ची कुछ उठाकर मार दूँगी।"

अपिया ने आँख तरेरा कि खुद्दी, सुग्गी सुन रही हैं। दीया की माँ समझ गई। बात बदलकर बोली, "दीदी, दूसरी कटोरी में क्या है?"

"मछली का अचार।"

आश्चर्य से उछलती दीया की माँ बोली, "मछली का अचार! सुना नहीं कभी, खाने को कौन कहे। अइसहे सबितरी कहती है कि आप जो भी चीज छूती हैं, उसमें स्वाद पड़ जाता है। आपको बनाने भी ख़ूब आता है...किसिम-किसिम।"

अपिया ने दीया की माँ का मुँह बन्द करने के लिए अपने उँगली उनके होंठ

पर रख दिया, "चुप कर, बोलती है तो बोलती ही रहती है। तेरी आग कब से बाहर पड़ी है बुझ जाएगी?"

"आग नहीं बुझेगी दीदी, जिला लूँगी थोड़ी-सी जान उसमें रहनी चाहिए।"

"हाँ, वह तो मैं मानती हूँ। तेरा साहस तुझे हमेशा टूटते से बचाता रहा है। बैद, डॉक्टर सभी ने जवाब दे दिया था लेकिन अपनी सासु को यमराज के यहाँ से भी खींच लाई थी। इतनी सेवा...। पेशाब, पैखाना उठाना, नहलाना, समय पर खाना-पीना देना, मन को बहलाए रखना, तेरे जैसा था कि बुढ़िया को टनटन करके खटिया से उतारकर चला दिया। पूरी उमर जीकर मरी। उनका गहना-गुरिया सुना कि चोरी हो गई।"

"नहीं, चोरी नहीं, ननद को उठाकर सब दे दिया। बार-बार बीमारी के समय जब देखने आती थीं, उनकी निगाह अपनी माँ के बिखय्य पर रहता था। दे दिया उठाकर। अपने पास नाक की कील तक नहीं रखा।"

"ठीक किया। जिसको जो चाहिए, देकर हटा देना चाहिए। रिश्ता मालूम हो जाता है।"

दीया की माँ जब जाने लगी अपिया ने उनसे कहा, "बताना कि अचार का टेस्ट कैसा है?"

"किससे टेस्ट पूछ रही हो?"

अपिया ने चौंककर पीछे मुड़कर देखा, गोइन्दा बाबू।

"हमारा जी धक से हो उठा कि कौन खड़ा है पीछे!"

गोइन्दा बाबू ने पूछा, "चरी आ गया?"

"हाँ, घंटा भर हुआ है। जोगियों के टोला गया है।"

"वहाँ क्या है?"

"उसे जोगियों से सोरठी-वृजाभार सुनना अच्छा लगता है।"

"आखिर बेटा किसका है?"

गोइन्दा बाबू अपिया का हाथ धरे दीवानख़ाने में आ गए। आराम कुर्सी पर अपिया को बैठाते पूछा, "बोलो, तुम्हें किसे सुनने का मन है? गौहरजान, अख्तरी बाई, रसूलन बाई या अलाउद्दीन साहेब को?"

अपिया थोड़ी देर चुप रही। उसके बाद बोली, "सबितरी पूछ रही थी जगदम्बा किसे कहते हैं। मैंने नहीं बताया, टाल दिया। कैसे उसे समझाती, लाज आती थी।"

"जगदम्बा-जगदम्बा तुम्हारे मुँह से कई बार सुना लेकिन सच पूछो, मुझे भी नहीं मालूम तुम किसे जगदम्बा कहती हो। कौन है जगदम्बा। जगदम्बा, देवी का एक नाम है। बस, इतना ही जानता हूँ।"

"वह तो है, लेकिन वह जगदम्बा दूसरी हैं। आप नहीं बूझिएगा।"

"बुझाओगी तभी न बूझूँगा?"

"वह औरत जो मर्द के साथ सोना नहीं चाहती।"

"माने? क्या औरत, औरत के साथ सोना चाहती है?"

"नहीं।"

"फिर?"

"कैसे समझाऊँ आपको? उसका मन नहीं करता।"

"शादी क्यों किया?"

"शादी करने से सोना ही पड़ेगा बिस्तर पर मर्द के साथ? उसका अपना कोई मन नहीं हो सकता?"

गोइन्दा बाबू अपिया का मुँह देखने लगे। एक शब्द मुँह से नहीं फूटा।

"इस गाँव में चार लड़कियाँ जगदम्बा थीं। एक तो लिली थी। तीन ब्याहकर आई थीं। संजू बहू जो तीन महीने में गुजर गई। मालूम हुआ कि पीलिया हो गया था। दूसरी ननकऊ बहू थी वह तीन महीने भी संसार नहीं किया कि गाड़ी से चापा पड़ गई, नैहर में थी, कुछ सामान लेने गई थी। बस, खाको बहू जिन्दा है। वह मायके आती-जाती है। कुछ दिनों से मायके में है। खाको ही अच्छा निकला इन तमाम लोगों में। अच्छा, मान लीजिए मैं जगदम्बा होती तो क्या मुझे आप छोड़ देते?"

गोइन्दा बाबू उठकर टहलने लगे। थोड़ी देर बाद कहा, "तुम्हें क्या लगता है?"

"मैं आपसे पूछ रही हूँ, मेरे लगने को छोड़िए।"

"अपने से मैं पूछकर बताऊँगा।"

"मुझे अभी जानना है।"

गोइन्दा बाबू जानते हैं कि अपिया के उठाए गए सवालों को टाला नहीं जा सकता। जब भी अनसुनी की गई उनकी बात, तबीयत खराब हो गई। ऐसा भी नहीं है कि झूठ-मूठ कुछ कहकर आदमी निकल जाए। वह पकड़ लेती हैं। बात करने के लहजा से तो सबसे पहले।

"तुम्हें मैं प्यार करता हूँ बेहद। कुछ है तुम्हारी आँखों में मेरी आँखों का, जिसे मन भावन कहते हैं, वही मन भावन है। छोड़ता हरगिज नहीं, छोड़कर तुम्हें रह नहीं पाता वैसा जैसा रहना होता है। लेकिन अपने को सँभालने में काफी यत्न करना पड़ता। बहक भी सकता था...। बहुत मुमकिन था कि किसी और के साथ हो जाता शरीर का सम्बन्ध। फिर कहता हूँ अन्तरंगता तो तुमसे रहती। तुमसे मैं पूछता हूँ कि क्या यह सब जानते हुए तुम मुझसे तब भी ऐसा ही प्यार करती?"

"क्यों नहीं, मेरा प्यार ही आपको एक दिन दूसरी जगह जाने से रोकता।"

"क्या मैं बदल जाता कि तुम बदल जाती?"

"जब हमें एक-दूसरे में जीना आ जाता फिर किसी के बदले का प्रश्न कहाँ उठता है।"

अपिया इतने गहरे में उतरकर जीवन को देखती हैं—इसका अन्दाजा गोइन्दा

बाबू को तनिक-सा न था। उन्होंने अभी तक एक कुशल गृहिणी और प्रेममयी के रूप में ही जाना था उन्हें।

इसी बीच चरी माँ-माँ पुकारते घर में घुसा। अपिया दीवानख़ाने से निकलकर बोलीं, "आई।"

चरी नहाने चला गया। अपिया ने खुद्दी के हाथ से थाली ले लिया और चावल चुनने लगी। चरी नहाकर निकला। देह-हाथ पोंछते अपिया के पास आकर बैठ गया।

अपिया ने चरी को निहारते हुए पूछा, "कहाँ गप मार रहा था?"

"जोगी टोला में जुमराती को सारँगी बजाते सुना। यह पहली लड़की है जोगी टोला की जो सारँगी बजाती है। कैसे सीखा, नहीं मालूम। पूछने पर कहा, बजाते-बजाते अपने आप बजाने लगी। ऐसा भी कहीं होता है माँ! झींगुर की आवाज़ भी सारँगी से निकाल लेती है।"

"लगन से क्या नहीं होता।"

"बाबूजी ने खा लिया?"

"नहीं, तुझे उनके पास बैठना चाहिए। वह मुँह से कुछ नहीं बोलते लेकिन समझती हूँ...बैठना ठीक रहेगा।"

चरी के मन में एक बार आया कि वह अपिया से कह दे कि बाबूजी को डीह बाँधने की राजनीति में नहीं पड़ना चाहिए। उन्हें मना करो। लेकिन कहने से अपने को रोक लिया।

"सुन रहा है न चिरई के रोने की आवाज़? मन छोटा हो जाता है उसका रोना सुनकर। कैसे कोई खाएगा, पीएगा, सोएगा जब कोई रात-भर रोता हो। तेरे मिशनरी में कोई मशीन नहीं है जिसे लगाकर पूरब की बाग़ में चिरई को खोजा जा सके?"

"देखता हूँ माँ!"

अपिया चौके में चली गईं। भात पकने के करीब जब आ गया तब खुद्दी ने कम्बल की आसनी बिछा चौका पूर कर लोटा गिलास रख दिया।

अपिया ने गोइन्दा बाबू को आवाज़ लगाई, "आ जाइए, परोस दी हूँ।"

गोइन्दा बाबू और चरी बिछे कम्बल की आसनी पर आस-पास बैठ गए। खाते-खाते चरी ने कहा, "माँ, सबितरी कह रही थी लिली बहिनी चिरई के रूप में रो रही है पूरब की बाग़ में। कैसा अन्धविश्वास है? तुम इस सब पर ध्यान मत देना।"

अपिया चुप होकर रोटी सेंकती परोसती रहीं। बीच-बीच में सब्जी, दाल को पूछती रहीं।

"मुझे लगता है कि जब लिली बुआ की मृत्यु हुई उस समय मैं छोटा रहा होऊँगा।"

"तू दस-बारह साल का रहा होगा।" अपिया ने कहा।

"मुझे याद है कि मेरी खाट के आस-पास कपड़े की कितनी रंग-बिरंगी चिड़ियाँ झूलती रहती थी। तुमने बनाया था?"

"तेरी नानी ने भेजा था।"

"नानी भी चिड़िया की तरह सुन्दर थी।"

"थी, ही।"

"मामा लोगों ने उतना ख्याल नहीं रखा। एक विदेश से लौटे नहीं, दूसरे को तो तुम जानती हो। बाबूजी ही खोज-ख़बर रखते थे। नानी के पास कोई कमी नहीं थी लेकिन, अन्तिम समय में मुँह में गंगाजल डालनेवाले अपना धीया-पूता कोई नहीं था। वह एक टीस लेकर गईं। नानी चिरई का गीत गाती थीं। तुम्हें याद है माँ?"

अपिया कहीं और खो गईं। गोइन्दा बाबू खाकर उठ गए। खुद्दी ने तौलिया बढ़ा दिया। खाते समय गोइन्दा बाबू कुछ नहीं बोलते। अपिया जब नई-नई ब्याहकर आई थीं, उस समय अपिया को बोलने, बात करने का अवसर दिन के उजाले में कहाँ मिलता था! खाने के समय जब बैठते थे गोइन्दा बाबू उस समय जो कहना होता था कहती थी। बच्चे बड़े हो गए, बात बदल गई।

चरी जब भी अपिया को देखता है, चिन्ता में पड़ जाता है मुँह देखकर। दिन-भर ठीक रहती है, साँझ होते चिरई का रोना कान में पड़ता नहीं कि विषाद में डूब जाती हैं। कोई एक चिरई नहीं, सैकड़ों चिरई मानो उनके आकाश में रोने लगती हैं एक साथ।

चरी खाकर उठा, हाथ धुलकर अपिया के आँचल में आकर मुँह पोंछते बोला, "माँ अब तुम भी बैठ जाओ खाने, सुग्गी, खुद्दी को लेकर।"

अपिया कुछ नहीं बोलीं, हाथ धुलकर अपने कमरे में चली गईं।

छह

"उनके पाँव के नाप का जूता बाज़ार में नहीं मिला।" कहकर हँसने लगी दीया की माँ।

जाँता में गेहूँ पीस रही सुखिया ने पूछा, "तब क्या हुआ दादी?"

"होना क्या था खाली गोड़ ब्याहने आए मुझे।"

"लोग देखकर हँसे नहीं?"

"हँसी खूब हुई। लोगों ने समझा कि लड़कियों ने जूता छिपा दिया, बाराती समझे कि कुत्ता उठा ले गया।"

"तुम क्या समझी दादी?"

"मैं क्या समझती! अभी ही कहाँ समझ सकी हूँ। औरत मर्द को समझते-समझते

समझती है। जब तेरा ब्याह होगा तब बूझेगी। उस समय डोली में बैठते इतना तो पता चल गया था कि भोलेनाथ के किसी गण के साथ हुआ है ब्याह।"

दीवाल के पार से आती दीया की माँ की आवाज़ सुनकर अपिया ने घड़ी देखा दो बज रहे थे रात के। अपिया करवट बदलते बोली, "निशाचर है...नींद नहीं आती...बकर-बकर कर रही है...। दूसरे को भी सोने नहीं देती...। एक बार नींद टूट गई फिर कहाँ!"

इधर-उधर करवट बदलती रहीं अपिया और गड़ी-गड़ाई बातों का उसे आने लगा ध्यान। बचपन की छोटी-छोटी घटनाएँ जिनका ताप इतने दिनों के बाद भी वैसा ही बना हुआ है। हँसाता है, रुलाता है।

नववें दर्जे में जब थी उस समय ढेर सारे मोर आते थे घर के बगीचे में। उनके मोर पँखों को चुनकर रखती थी। माँ से कहती कि यह अमुक मोर का पँख है, यह अमुक का।

पूछती थी माँ कि यह तुझे कैसे मालूम? तब मुस्कराकर कहती थी मैं पहचानती हूँ सभी को, उन्हें गोद में उठाया है, नाचा है। मन-ही-मन गुनगुनाती थी—

मुरैला, खूब नाचो मधुबन में
मुरैला...
राधे को रिझाया, किसुन को रिझाया
मुझको भी रिझाया मधुबन में...।

गीत सुनकर माँ हँसते हुए चूम लेती थी मुझे कि बिटिया को हमारे नज़र न लगे। "हे किसुन, हे राधे, हे मुरैला रक्षा करो—यह मेरी ही नहीं, तुम्हारी भी दुलारी है, दुलारी धीया।"

दरवाज़े की कुंडी बजी। अपिया उठके बैठ गईं। समझ गईं कि मिशनरी जाने के लिए चरी तैयार हो गया।

"माँ, मैं निकलनेवाला हूँ, पौने चार बज गए। सड़क पर पहुँचने में दो घंटे से अधिक लग जाते हैं।"

अपिया कमरे से निकल रसोई में गई। टिफिन में रखे जलपान को चरी के हाथ में थमाते, दही-चीनी एक चम्मच उसे खिला दिया।

चरी के निकल जाने के बाद अपिया की दिनचर्या शुरू हो गई। नहाते-धोते, तुलसी को जल देते, पूजा-पाठ करते-कराते आठ बज गए। सबितरी बर्तन माजकर चौके में रखकर अपिया के सामने खड़ी हो गई। प्रसाद लेने के लिए हाथ आगे बढ़ा दिया।

अपिया ने डाँटा, "कब समझेगी कि एक हाथ से प्रसाद कभी नहीं लेते। एक हथेली के ऊपर दूसरी हथेली रखकर उसे दोना बना ले, फिर प्रसाद ले। पात्र बनाएगी तभी तो कुछ पाएगी।"

सबितरी मुस्कुराते फिर एक बार हाथ धुला और हथेली मोड़ने के चक्कर में पैर भी मोड़ लिया। आधा प्रसाद मुँह में आधा हवा में।

अपिया हँसते हुए बोली, "हाथ धोकर मेरे पास बैठ बौरहिया।"

सबितरी अपिया के नज़दीक में जाकर बैठ गई। उम्र में छोटी है फिर भी अपिया सखी भाव रखती हैं। सखी बराबर उम्र की हो, ज़रूरी नहीं। कम उम्र की हो सकती और अधिक उम्र की भी। सखी वही जिससे दिल मिले दिमाग़ भले न मिले।

"क्या सोच रही हैं दीदी?"

"मेरे मन में एक ख्याल आया है। सोचा तुझे बता दूँ और पूछूँ तुझसे कि मेरा सोचना सही है कि गलत। तू जानती है कि लिली पूरब वाली बाग़ में मरी, हकसे-पियासे। मैंने तय किया है कि खाना बनाकर शाम की शाम एक पत्तल में पहले उसका हिस्सा निकाल दूँगी। उसे ले जाकर पूरब की बाग़ में रख दूँगी। दीया जलाकर, साथ में एक कोसे में पानी भी। ऐसा मैं रोज शाम करूँगी। तेरा क्या कहना है?"

सबितरी उछल पड़ी, "दीदी, आपकी बात सुनकर छाती जुड़ा गई। मैं भी ऐसा ही करूँगी। खाना बनाकर पहले लिली बिहनी को दे आया करूँगी। दीदी, आप...!" सबितरी कहते-कहते भावुक हो गई। आँखों से टपक पड़े दो बूँद आँसू।

"औरत का दुख औरत नहीं समझेगी, दूसरा कौन समझेगा। कई बातें औरत अपने से भी छिपाती रहती हैं, नहीं कहती।

...बाबा बिटिया के जनि केहु दुख देहुँ
बिटिया चिरइया के नाईं, बलइया लेईं वीरन।

"अयोध्या जी से जब निकाली गईं जानकी जंगल के बीच वाल्मीकि आश्रम में छोड़ दी गईं। वहाँ से कितना परग था नैहर जनकपुर! मगर नहीं गईं। औरत का अपना भी कुछ होता है, उसी को नहीं समझता कोई।"

"तू बूझती है वह अपना...?"

"बूझती हूँ दीदी, कह नहीं पाऊँगी।"

अपिया को अपनी जेठानी याद आ गईं। मेरे जेठानी, जेठ हमारे बहुत अच्छे थे। बनारस पढ़ने गए जेठ, वहाँ नौकरी लगी। वहीं पर रह गए। पहले आते-जाते थे गाँव। बच्चे हुए, जिम्मेदारी बढ़ी आना-जाना कम हो गया। शादी-ब्याह या कोई ज़रूरी काम से ही आ पाते थे। जेठ बीमार रहने लगे। आना-जाना एकदम कम हो गया। हमी लोग जाते थे मिलने। न जाने किसके कहे में जेठ आ गए कि अपने हिस्से का खेत बेचकर गाँव से हाथ धो लिया। जेठानी नहीं चाहती थीं लेकिन उनका नहीं चला। वे बराबर चिट्ठी लिखती थीं मुझे। याद आती है बहुत उनकी। जेठानी को गए दस साल हो गए। वह ऐसी वैसी नहीं थी। देखने में, परी लगती थीं। बुद्धिमत्ता भी थी उतनी। जेठ बनारस के एक कॉलेज में पढ़ाते थे। दो लड़के, तीन लड़कियों

के बाप थे। जेठानी को एक दिन कैसे-न-कैसे बाज़ार में एक लड़का टकरा गया। वह उन्हें एकटक देखने लगा, जेठानी भी उससे आँखें नहीं हटा पा रही थीं। लगा पूर्व जनम के बिछुड़े दो मिल गए हों। पहले से कोई जान-पहचान नहीं। जेठानी उससे बात करने लगीं। बात करते-करते अपना घर दिखा दिया। लड़के का मन भी उनमें लग गया। मिलना-जुलना शुरू हुआ। धीरे-धीरे इतनी नज़दीकी बढ़ी कि जेठानी उसके लिए सुबह-शाम खाना पहुँचाने लगीं। मकान भाड़ा, जेब ख़र्च उठाने लगीं। यहाँ तक कि अपना कान का झाला बेचकर उसके लिए अँगूठी बनवा दीं। आलम यह कि बिना मिले चैन नहीं।

यह बात कब तक छिपती। जेठ को मालूम हो गया। उसके बाद जो यातना जेठानी की शुरू हुई, सो हुई, उस लड़के के पीछे भी गुंडे लगा दिये गए। जेठानी जान पर खेलकर उस लड़के से मिलीं और मिलकर कहा तुम्हें मार डालेंगे गुंडे, चले जाओ छोड़कर बनारस। लड़का एम.ए. करने के बाद पी-एच.डी. करने की तैयारी कर रहा था, उसने पूछा—तुम क्या चाहती हो? लड़का बोला, मुझे किसी से डर नहीं लगता। जेठानी क्या बोलतीं, उन्होंने कहा, हाँ, चाहती हूँ तुम चले जाओ यहाँ से कहीं दूर। वह लड़का चला गया दूसरी रात। चला गया तो चला गया।

जेठानी के लड़के से एकाध साल छोटा ही रहा होगा वह। उनका लड़का लेक्चरर हो गया था उस समय।

जेठानी से मेरा बहुत बनता था। मुझे सखी मानती थीं अपनी। कुछ छुपाती नहीं थीं। उन्होंने बताया मुझसे कि उस लड़के से शरीर का सम्बन्ध नहीं था। मैंने पूछा कि क्या कहकर बुलाती थीं आप और वह क्या कहता था आपको?

वह हँसने लगी। कहा, दोनों के पास कोई सम्बोधन नहीं था। तुम-तुम कहते थे। पूर्व जन्म में वह बेटा था, पति था, प्रेमी था, पता नहीं क्या था। न उसके अन्दर कभी काम की इच्छा जगी और न मेरे अन्दर। प्रेम था, प्रेम। उस प्रेम में मैं युवा हो रही थी, फुटबॉल के उस खिलाड़ी की तरह जो गोल दागकर मैदान से निकल रहा हो। मैं अपने को विजयी महसूस कर रही थी। मेरे उस विजय को, मेरे उस युवापन को लोगों ने नहीं रहने दिया। छीन लिया।

"तू बता, जेठानी ने कोई पाप किया था? कुछ गलत किया था? किसी को दुख दिया था?"

"नहीं दीदी! एकदम नहीं!"

"तू मानती है पूर्व जन्म?"

"हाँ, पहले जनम ही का नाता रहा होगा।"

"जेठानी इतनी जल्दी नहीं जातीं।"

"उस लड़के को मालूम हुआ कि वे गुजर गईं?"

"मालूम होने से क्या होगा, जिससे नाता था, वह तो चला गया। जेठानी की

चाहना को छीनकर किसी को कुछ मिला नहीं सिर्फ़ अहंकार की तुष्टि हुई कि मैंने अपने पैरों के नीचे दबा दिया।"

"दीदी आप ठीक कहती हैं औरत चिरई की जाति है। पिजरा में डाल दो...।"

"नहीं, पिजरे में नहीं है चिरई। वह आज़ाद है मगर उसे उड़ना है मर्द के बनाए आकाश में। उसे अपने बनाए आकाश में उड़ने की आज़ादी नहीं। उड़ेगी तो रंडी, पतुरिया कहाएगी।"

"दीदी आपकी जेठानी की जगह मैं होती, जान पर खेल जाती उस उमर में भी। बदनाम कर दिया झूठ-मूठ बिना सोचे-समझे।"

सबितरी से बातचीत में कितना दिन चढ़ गया, पता ही नहीं चला।

बिन बोले सबितरी चाय बनाकर ले आई। बोली, "साहेब को दे आऊँ?"

"वह काम से गए हैं।"

चाय पीकर सबितरी आटा गूँधने लगी। लालटेन का शीशा साफ करने लगी सुग्गी।

सात

अपिया ने पूरब की बाग़ में चिरई के लिए साँझ में खाना रखते हुए दीया क्या जलाया कि पूरे गाँव की औरतें भी उनके पीछे हो गई। पूरा गाँव क्या, कोइरी टोला, पासी टोला, बाभन टोला भी जुड़ गया। दीयों की रोशनी से पूरब की बाग करने लगा जगर-मगर। धीरे-धीरे औरतें वहाँ सोहर, भजन भी गाने लगीं ढोल-मजीरा के साथ।

पासी टोला की देवन्ती सबसे बड़ी भगतिन निकली। वह औरतों के जाने के दो-तीन घंटे के बाद जाती थी घर। बैठी रहती हाथ में लाठी लेकर अकेली वहाँ। सियार, विगवा, साँप का उसे नहीं लगता था डर। भगाती रहती थी कुत्तों को जब वे खाने के लिए लपकते थे पत्तलों के पकवान की तरफ। मानो किसी सयाने आदमी को डाँट रही हो, समझ में नहीं आ रहा कि यह खाना चिरई के लिए है! रो रही है, सुन नहीं रहे हो, बहरे हो क्या! जब वह खा लेगी, तब खाना।

शिववाला के गोसाईं ने देवन्ती को बाज़ार में देखा तो उसे असीसने लगे, "तुम्हारा हमेशा कल्याण होगा। जिस तरह तुम कुत्ता-सियार से पूरब की बाग़ में जेवनार को जूठा करने से बचाती हो, चिरई देख रही है। त्रिलोकीनाथ देख रहे हैं। कभी तुम्हें अन्न-वस्त्र की कमी नहीं होगी।"

देवन्ती गोसाईं की बात सुनकर जुड़ा गई। उसने दो-तीन बार सिर झुकाकर प्रणाम किया। जीवन में आज तक किसी ने किसी काम के लिए नहीं सराहा था उसे जैसा गोसाईं ने सराहा। देवन्ती की खुशी का ठिकाना न था। बाज़ार में आधा

सामान लिया, आधा सामान दुकान में ही भूल गई।

पूर्ववाली बाग़ की दीयों की रोशनी से जोगी टोला में फैल गया उजाला। जुमराती, रूमा अपनी खिड़कियों से देखती रहती। सुनती रहती थीं गाना-बजाना।

जुमराती, रूमा की खिड़कियाँ थीं पास-पास। दोनों पक्की सहेली थीं। अपनी-अपनी खिड़की से करती थीं बात घर के चुपके से आहिस्ते-आहिस्ते।

जुमराती को पूरब की बाग़ समुद्र में जहाज की तरह लग रहा था रोशनी में नहाया हुआ।

रूमा ने एक दिन कहा, "मुझे तो लगता है कि रोशनी की चिड़िया फुदक रही है कोई यहाँ कोई वहाँ। कल साँझ में जब औरतें आएँगी जेवनार लेकर, नजदीक जाकर देखूँगी, चलेगी?"

"मेरा भी मन करता है कि मैं भी कुछ बनाकर ले जाऊँ।" जुमराती ने कहा।

रूमा बोली, "ऐसी गलती मत करना, गुनाह है। अल्ला ताला से डर।"

"कैसा गुनाह?"

"वह हिन्दुआनी औरतों की चिरई है।"

"उससे क्या? खाना-पानी देना भूखे को क्या गुनाह है? चिरई हिन्दू, मुसलमान कहाँ होती है! किसी को दाना-पानी देने से अल्ला खुश होगा। उसकी दुआ बरसेगी।"

"लेकिन वह तो लिली दीदी हैं, क्या हमारे घर का खाएँगी?"

"काहें नहीं खाएँगी, चरी क्या नहीं खाता?"

"बात तो ठीक कहती है। चल, कल अमरूद और शहतूत चुपके से पूरब की बाग़ में रख आते हैं।"

"मैं तो चिरई उर्फ़ लिली दीदी के लिए सेवई बनाकर ले जाऊँगी। तुम चुक्के में पानी ले लेना।"

बातचीत करते रूमा के हाथ से टकराकर बधना नीचे गिर गया।

अम्मी ने चिल्लाकर पूछा, "क्या गिराया। तू अभी तक सोई नहीं...।"

रूमा ने आवाज़ बदलकर कहा, "नींद में हूँ, क्यों जगा दिया...। चूहा होगा...।"

जुमराती, रूमा मुस्कराते धीरे से खिड़कियाँ ओठँगा कर अपने-अपने बिस्तरों पर चली गईं।

*

गाँव में सूता पड़ने के बाद बागुन बाबा घूमने निकलते हैं। नदी तक चले जाते हैं पैदल। उनकी इस आदत को आस-पास के गाँव के लोग जानते हैं। उनके बारे में हल्ला है कि भूत-प्रेतों से वह डरते नहीं। खैनी, बीड़ी माँगते हैं भूत उनसे। निचलाई रात में उन्होंने देखा एक रात कि पूरब की बाग़ में एक पेड़ के नीचे बैठकर कोई

पत्तल का जेवनार उठाकर खा रहा है। उन्हें लगा कि चिरई होगी मानुस के रूप में। टॉर्च जलाया, सामने था लखनपुरवा का मनुआ पगलवा। उन्होंने पुकारकर पूछा, "कौन, मनुआ?"

सिर उठाकर अँधेरे में मनुवा बोला, "बागुन बाबा...!"

"हाँ, खा ले, खा ले...।"

मनुआ बागुन बाबा को नज़दीक आते जानकर पत्तल उठाकर भाग गया। बागुन बाबा ने सोचा कि चिरई के बहाने मनुआ को भात, दाल, घी, खीर, सब्जी, पूड़ी, बजका खाने को तो मिल रहा है...कौन देता उसे! इस बात को अपने पेट में ही रखना है नहीं तो कल रात से देवन्ती डंडा लेकर भर रात पूरब की बाग़ में पहरा देने लगेगी।

जोगी टोला में सोरठी वृजाभार का कथा गायन करनेवाले जोगी चिरई के प्रसंग को अपने गायन में जोड़ने की कर रहे हैं कोशिश। दिल मुहम्मद, जलील की पंक्तियों में करुणा अधिक है, सुलेमान में दुख का विस्तार है सूफियाना मिजाज लिए हुए। बागुन बाबा को उन लोगों ने थोड़ा सुनाया। वह बाग-बाग हो गए।

जोगिन औरतें जब काम निबटाकर दोपहर में बैठती हैं दबी जबान से आपस में चर्चा करती हैं कि डीह बँधेगा, बाँधे, लेकिन चिरई को पकड़कर मारना ठीक नहीं। हिन्दुआनी औरतें खाना दे रही हैं, पानी दे रही हैं उसे कि जिससे उसका रोना बन्द हो जाए। मारने के लिए या चिरई को डीह में बाँधने के लिये, कुछ समझ में नहीं आता!

रूमा की अम्मी ने कहा, "औरतों का नहीं चलेगा मर्दों के आगे। डीह बँधेगा, चिरई को पकड़कर उसी में बाँध दिया जाएगा। जब मर जाएगी तो रोना भी बन्द हो जाएगा। यही होगा।"

"औरतें जब अपने पर आ जाएगी तब?" रूमा बोली।

सारी औरतें रूमा को घूरकर देखने लगी। लगा कि उस बच्ची ने कोई बड़ा गुनाह कर दिया। एक पतली छपकी उठाकर दो छपकी पीठ पर उसकी अम्मी ने जमा दिया, "कैंची की तरह बहुत जबान चलती है। यह उन लोगों का मसला है, तुम्हें टपर-टपर बीच में बोलने को कौन कहा? बड़ा खैरख्वाह बनती हैं हिन्दुआनी की, तो जा कल से कुछ बनाकर पूरब की बाग़ में तू भी रख दिया कर।"

रूमा सिसकते कमरे में चली गई। जुमराती की अम्मी को रूमा पर हाथ उठाना अच्छा नहीं लगा—वह तमककर बोली, "सयानी लड़की पर हाथ उठाना हैवानियत है। उसने कौन-सी बेजा बात कर दी थी? चिरई रोती है, मुझे भी उसका रोना अच्छा नहीं लगता।"

रूमा की अम्मी सिर नीचे कर सुनती रही। कुछ न बोली। जलील के गायन की आवाज़ आने लगी तभी।

"एकिया हो, चिरई रोवे रतिया नू

एकिया हो, पाथर की छतिया से दुधवा फूटे नू...।"

रूमा चिरई का गीत सुनकर पीठ के दर्द को भूल गई। प्लेट में ढके खाने को उसने उठाया और दबे पाँव घर के पिछवाड़े से निकलकर पासी टोली में देवन्ती के यहाँ चली गई। जाकर देवन्ती से सहमते-सहमते बोली, "चच्ची, मैं खाना लेकर आई हूँ, किसी बरतन में रख लो और पूरब वाली बाग़ में चिरई को दे देना। मेरा नाम भी बोल देना।"

देवन्ती आश्चर्य ढंग से उसे देखने लगी। कुछ वह कहे कि उसके पहले रूमा देवन्ती की थाली में प्लेट का खाना रखकर चली गई। देवन्ती कुछ देर तक चुपचाप बैठी रही। थाली में जब निगाह गई, देखा कि मुर्गा का मांस और रोटी है। उसके दिमाग़ में चलने लगा कि चिड़िया को मांस रोटी देना ठीक होगा कि नहीं? चिड़िया खाएगी कि नहीं? क्या पता, वह मांसाहारी है कि नहीं? उसने सोचा क्यों न चन्दर पासी की माँ से पूछा जाए कि क्या करना चाहिए। फिर उसे लगा कि रूमा ने नाम लेने से मना किया है। मैं यदि कहूँगी कि मैंने मांस पकाया था तो वह विश्वास नहीं करेगी। यहाँ तो एक आदमी के यहाँ कुछ चटक-मटक बनता है कि पूरे टोले को ख़बर हो जाती है।

देवन्ती यह सोच ही रही थी कि तभी अजोरे भगत आ गया मिट्टी की हाँड़ी लिए हुए। देवन्ती को थमाते अजोरे भगत ने कहा, "देवन्ती काकी, इस हाँड़ी को पूरब की बाग़ में पानी भरकर रख देना चिरई के पानी पीने के लिए। कुम्हार ने अपनी तरफ से दिया है। पैसा नहीं लिया, सेती में..."

देवन्ती ने पूछा, "चिरई मांस खाती है कि भगतिन है?"

"दोनों है, सरधा से जो दिया जाए, वह ग्रहण कर लेती है, देवता है।" अजोरे भगत ने श्रद्धा भाव से कहा।

"चिरई देवता है?"

"और क्या!"

आठ

बागुन बाबा अपने घर के ओसारे में मवेशी के लिए कोयर काटते हुए गा रहे थे जोगियों का गीत। दीया की माँ कई बार खाने के लिए आवाज़ दे चुकी थीं लेकिन, वह तो अपने ही धुन में थे। कोयर काटकर जब भूसा घर में ले जाकर उसे रख दिया, तब ध्यान में आया कि कोई बुला रहा था उन्हें। वह कुएँ से एक गगरा पानी

निकालकर ले आए। हाथ-मुँह धोकर, पुआल का बिड़वा पर जा बैठे। दीया की माँ को खाने के लिए कहने ही वाले थे कि वह थाली लेकर आ गईं।

"अब खाने की याद आई? कब से आवाज़ दे रही थी!"

थाली में महुए का लाटा देखकर बागुन बाबा की हँसी छूट गई। उन्होंने कहा, "आज फिर महुए का लाटा?"

"दो परानी के लिए क्या बनाती?"

"काहे, बच्चे?"

"आज अपिया दीदी के यहाँ खाना है।"

"क्या है उनके यहाँ?"

"ऐसे ही, कुछ बनाती हैं, बच्चों को खाने के लिए बुला लेती हैं। पीठा और रिकवच बनाया है।"

"कल जलपान में नोनबरिया बनाओ।"

"बुढ़ापे में बहुत चटर-पटर खाने का मन होता है।"

"बुढ़ापा तुम्हारा आया होगा मेरा नहीं।"

"तुम अभी छोकड़ा हो।"

"छोकड़ा तो हूँ ही। अस्सी-बरासी साल की उमर कोई उमर है!" बागुन बाबा ने हुलसकर कहा।

सचमुच बागुन बाबा पर उम्र का कोई असर नहीं। रात-बिरात खैनी चुनियाते जहाँ-तहाँ निकल जाते हैं अपनी मौज में। साल-दो साल में कभी किसी नात-वात के यहाँ जाना पड़े तब अंगरखा पहन लिया तो पहन लिया। घर पर कभी किसी ने उन्हें अंगरखा पहने नहीं देखा। घुटने तक धोती, नँगे पैर, दाढ़ी औसत बढ़ी हुई, सिर पर थोड़े-से छोटे बाल कटे हुए घास की तरह, कसरती देह-ध्वजा। कोई औरत, कोई मर्द फरमा दिया कि अमुक चीज बाज़ार से लानी है, बच्चे की दवा लानी है, नदी से मछली लानी है। बागुन बाबा न नहीं कहते। खैनी चुनियाते चले जाते हैं, पैदल गाते निर्गुन। सबके हरज-गरज में दौड़-धूप करने वाले उस बागुन बाबा का मुँह देखने से बचते हैं यात्रा के समय गाँव के लोग। पहले पता कर लेते हैं कि बागुन बाबा रास्ते में तो कहीं नहीं हैं। मानते हैं लोग कि उन्हें साढ़े साती लगी हुई है। उनका मुँह देखकर यात्रा करना ठीक नहीं।

बागुन बाबा ने खाते-खाते दीया की माँ से कहा, "महुआ के लाटा में मिरचा अधिक हो गया है। गुड़ की मात्रा कम है।"

"हाथ ही है, कम-बेसी तो हो ही जाता है। कौनो दूसरे को खिला रही हूँ। अच्छा, समझ में नहीं आता कि चरी इतना पढ़ा-लिखा होकर ईसाई स्कूल में क्यों पढ़ा रहा है? ईसाई सब कैसा होता है? अंगरेज ही न है ईसाई? देस पर वही राज किया था न!"

"वह दूसरा था, यह दूसरा है। चरी आएगा उससे पूछ लेना।"

"तुमको बुझाता नहीं कुछ। अंगरेज को गान्ही महात्मा ने भगाया था। उनके मरते ही फिर दूसरे आ गए गुलाम बनाने के लिए।"

"बुद्धि से भी कभी काम लिया करो। देश आज़ाद है। बाहरी गया।"

"बड़ी बुद्धिवाली हो तो तभी कहती हो कि ईसाई सब पावरोटी पैर से गूँधे गए आटा का खाता है!"

"पावरोटी चरी ने खिलाया था।"

"जिसको खाना हो खाए, यहाँ पैर से गूँधा गया आटा की रोटी कौन खाएगा?"

"तुम्हारा ब्याह कहीं और हुआ होता और यही बुद्धि यदि रहती तो कब का छोड़ा-छोड़ी हो गया होता।"

"धन्य मनाओ! करम अच्छा किये थे कि मैं मिल गई नहीं तो जीवन भर रंडुआ रह जाते।"

बागुन बाबा हँसने लगे। उठकर हाथ धुला खेत की ओर जाने का सोचा कि तभी ताजिए का दाहा का बाजा कान में पड़ा। मति बदल गई। जोगी टोला की ओर मुड़ गए। बाजा पूरी लय में बज रहा था।

करे, करे, कर, धम्मर, धम्मर, धम्म
करे, करे, कर, धम्मर, धम्मर, धम्म...

कानीहौद के मुंशी नकछेदी ने हाँक देकर बागुन बाबा को बुलाया। बागुन बाबा लौटकर आए और नकछेदी के आगे जाकर खड़े हो गए।

"हाँ, बोलो नकछेदी।"

"यही कि इस बार नीलगाय बहुत आई है। न जाने कहाँ से, पूरी फसल तहस-नहस कर रही है। कोई उपाय है?"

"टीन पीटने के अलावा दूसरा क्या उपाय!"

हें, हें हँसते हुए नकछेदी ने कहा, "अपना आप टीन पीटते ही हैं, मेरे भी खेत में एकाध टीन बजा दीजिएगा, कृपा होगी।"

"बजा दूँगा लेकिन नकछेदी कब तक दूसरे के जूजी से काम चलाओगे, पेशाब करने लिए अपनी जूजी खोलनी पड़ती है।"

नकछेदी को ऐसे जवाब की अपेक्षा न थी। उनका चेहरा उतर गया। दायें-बायें देखने लगे। उनकी समझ में नहीं आ रहा था कि किस बात को उभारने से बागुन बाबा सहज होंगे। दाहा के बाजा से गुरखेत के मेले की बात, पैकर बनकर ताजिया के पीछे भागने, सिन्नी खाने की बात याद आ गई उन्हें।

"बागुन बाबा गुरखेत के मेला में चटकीडाढ़ खेलते समय रामदास बाबा जो पैंतरा लेते थे, वैसा पैंतरा लेनेवाला दूसरा नहीं था न!" नकछेदी ने आत्मीय ढंग से पूछा।

"छांगुर भाई थे, चवन्नी तिवारी, असगर...ई सब क्या कम थे? लाठी खेलनेवाले भी थे। पीठ छू नहीं पाता था कोई उनका। बिनवट के उस्ताद थे।"

"हसी, हुसेन मुहम्मद साहेब के नवासे थे न?"

"तुम क्या जाहिल हो? नाम भी शुद्ध नहीं बोल सकते। तुमने तो उर्दू भी पढ़ी है। उनका नाम हसन, हुसेन था। वे पैगम्बर के नाती थे। हसन को धोखे से ज़हर देकर मार दिया गया और हुसेन को करबला के मैदान में यजीद ने तड़पा-तड़पाकर मारा। यजीद म्वाविया का बेटा था। अली भी कहीं लड़ते-लड़ते मारे गए।"

"मुहर्रम गम्मी का त्योहार है न!"

बागुन बाबा ने कोई जवाब नहीं दिया।

नकछेदी ने वाहवाही में अपने घरवाली की प्रशंसा करते कहा, "पूजा की माँ रोज शाम सबसे पहले पूरब की बाग़ में चिरई को खाना धर आती हैं। पानी भी और दीया भी जला देती हैं।"

"खाना देने से होगा?"

"किससे होगा?"

बागुन बाबा टेंट से खैनी निकालकर चुनियाते हुए नकछेदी के ओसारे से उतर गए बोलते हुए, "जानकारी धेले भर की नहीं, गुधुल्ली छाँटते में उस्ताद...।"

नकछेदी ने पीछे से हाँक दिया कि, "बागुन बाबा जोगी टोला की ओर साँड़ गया है। पागल है वह। कई लोगों को घायल कर चुका है।"

बागुन बाबा ने कोई ध्यान नहीं दिया। वह बढ़ते चले गए।

दाहा के बाजा की आवाज़ और साफ सुनाई पड़ने लगी।

करे, करे, कर, करे, करे, कर
धम्मर, धम्मर, धम्म...

बागुन बाबा के जाने के बाद अपने दरवाज़े से टिटकारी मारते चटपट ने कहा, "नकछेदी भाई, बागुन बाबा का थाह नहीं पाइएगा। बरम पूजे हुए हैं।"

नकछेदी हकलाते बोले, "चिरई का रोना रुकना चाहिए कि नहीं?"

"कौन रोकेगा, तुम रोकोगे? बागुन बाबा ने ठीक ही कहा कि खाना देने से होगा, क्या बुझाया।"

"हम उनकी बात नहीं बूझ पाते।"

"कैसे बूझोगे, वह अपना गोड़ खुद छूकर प्रणाम करते हैं।"

"देखे हो कभी?"

"देखे हैं कि नहीं देखे, तुम्हें हिसाब देंगे। गतका खेलने की बात कर रहे थे, चलो गुरखेत के मेला में दोनों भाई में से जिससे तुम्हारा मन हो, गतका खेलने का, खेलो। सौ-सौ रुपये की हारी-बाजी। तुम जीत गए हम देंगे, हम जीत गए तुम्हें देना होगा।"

नकछेदी नाक से मुनुर-मुनुर कुछ बोलने लगे कि खटपट ने सुन लिया। उसने कहा, "मुनुर-मुनुर क्या बोलते हो, मरदा-मरदी बोलो।"

नकछेदी ने बात बदलते कहा, "न-न, हम डीह बँधने की बात कर रहे थे कि चन्दा-चुटकी जो देना था, वह हमने दे दिया।"

खटपट ने थोड़ी देर के बाद पूछा, "आज दिन कौन-सा है?"

नकछेदी ने कहा, "सोमवार।"

यह सुनकर हँसने लगा खटपट, "सोम नहीं, मंगल है।"

तू-तू, मैं-मैं दोनों में होने लगी।

नकछेदी की बहू ने आहिस्ते से कहा, "उन लोगों के मुँह मत लगाइए, अगिया-बैताल हैं, उधिया जाएँगे, रात-भर लड़ते रहेंगे।"

"बोलो, नकछेदी, चुप क्यों हो गए?" खटपट ने तीखे स्वर में कहा।

"नहीं बोलेगा क्या करोगे?" चटपट ने जवाब दिया।

दोनों भाई आपस में उलझ गए। मार-पीट शुरू हो गई, गाली-गलौज होने लगा।

नकछेदी दबे पाँव अपने घर में गए और अन्दर जाकर धीरे से किवाड़ लगा लिया।

चटपट-खटपट जब शान्त हुए उस समय रात थोड़ी बीत चुकी थी। खेतों से सियार की आवाज़ के बीच चिड़िया का रुदन रुक-रुककर आ रहा था। नकछेदी को याद आया कि उनकी साइकिल दरवाज़े पर ही रह गई। वह उसे अन्दर लाने के लिए उठने लगे कि पत्नी ने रोका, "कहाँ जा रहे हैं? निशाचर दोनों जगे हुए होंगे। देखेंगे आपको फिर टिटकारी शुरू कर देंगे।"

नकछेदी बोले, "उनके डर से आदमी बाहर नहीं निकलेगा क्या! कोई साइकिल चुरा लेगा तो डियुटी कैसे करूँगा, बोलो!"

"मैं क्या बोलूँ। यदि साइकिल लाना ज़रूरी है तो दबे पाँव जाइएगा और साइकिल को बरामदे में चढ़ाकर ताला मार दीजिएगा।"

नकछेदी ने आहिस्ते से दरवाज़े की किवाड़ की किल्ली खोल, दरवाज़े के फोफर से टॉर्च जलाकर देखा, तुरत टॉर्च बन्द कर दिया। पत्नी से बिस्तर के पास जाकर कहा, "सुनती हो, लगता है कोई है?"

"कौन है?"

"टॉर्च जलाकर देखा, मुझे लगा कि कोई भालू बैठा हुआ है बाहर।"

"भालू कहाँ से आ जाएगा?"

"जंगल से आएगा और कहाँ से आ सकता है?"

नकछेदी बहु बिस्तर से उठी, नकछेदी के हाथ से टॉर्च लेकर दरवाज़ा खोलकर देखा, बाहर निकल गईं। साइकिल उठाकर बरामदे में खड़ा कर दिया।

कुएँ के चबूतरे पर खड़ा चटपट जोर से चिल्लाया—"चोर...चोर...। चोर... साइकिल चोर...।" दोनों भाई लाठी लेकर दौड़ गए। आसपास घरों के लोग भी

आ गए हाथ में हथियार लिये। नकछेदी का किवाड़ खटखटाने लगे दोनों भाई।

झन्नू गोवर्धन ने जोर गले से कहा, "नकछेदी भाई, घर में चोर घुसा है। दरवाज़ा खोलिए, हम लोग आ गए हैं। घबराना नहीं है, दरवाज़ा खोलिए।"

नकछेदी दरवाज़ा खोलकर बाहर आए। कहा, "चोर किधर गया?"

चटपट ने कहा, "साइकिल छोड़कर भागा पश्चिम की तरफ कहीं।"

नकछेदी बोले, "चटपट-खटपट भाई आप दोनों के ही बल पर हम सोते हैं चैनपूर्वक।"

चटपट-खटपट ने समवेत स्वर में कहा, "ठीक है, ठीक है।"

*

दो दिनों पहले चरी की चिट्ठी आई। कोई बाज़ार का दुकानदार आकर दे गया था। चिट्ठी में उसने अपिया को लिखा कि 'माँ, चिरई वाली बात की मैंने मिशनरी में चर्चा की। यहाँ एक-दो लोग वैज्ञानिक हैं और पंछियों के बारे में भी काफी शोध किया है। उन्हें बताया कि दिन डूबने के बाद गाँव के पूरब वाली बाग़ से चिड़िया रोने की आवाज़ आती है और मेरी माँ सो नहीं पाती उसका रोना सुनकर।

अच्छी बात है कि वे लोग गाँव आने को तैयार हो गए। रविवार के दोपहर तक पहुँच जाएँगे। मेरे साथ आएँगे फ़ादर फिनिक्स, सिस्टर हेनी। वे लोग चिड़िया की बोली सुनकर बताएँगे कि वह सचमुच रो रही है कि उसकी बोली ही वैसी है। फोटो भी लेंगे। मैं चाहता हूँ कि उस अवसर पर जोगी टोला में रानी पिगला, भरथरी, सदावृक्ष, वृजाभार का कथा गायन भी वे सुनें। वे लोग रात में रुकेंगे नहीं। खाने में मसाला, तेल कम देना, मिरचा भी कम।

चिट्ठी आने के बाद इन्तजाम-बात में अपिया, गोइन्दा बाबू दोनों लग गए। यह ला रहे हैं, वह ला रहे हैं। किसिम-किसिम की खाने की चीज़ दो दिन आगे से ही कठवत में खड़ा उड़द भिगो दिया गया, बड़ा बनाने के लिए। चटइल, कुनरू, करमकल्ला, फूलगोभी, अरवी, भिंडी, सरपुतिया, बैगन, टमाटर कोयरिन टोला से मँगवा कर पहले से ही रख लिया सब्जी बनाने के लिए। गोइन्दा बाबू ने बागुन बाबा को जना रखा है कि रविवार की सुबह जाकर नदी से ताज़ा मछली ले आएँगे। माल भोग केला सरौता लाल ने बिना कहे भेजवा दिया। पता नहीं उन्हें कैसे ख़बर हो गई कि मिशनरी के लोग आ रहे हैं।

आगम जान लेते हैं सरौता लाल। उनका अपना स्रोत है। गाँव-जबार में हर दस आदमी में पाँच आदमी उनको अपना नेता मानता है। जबकि वह एम.एल.ए., एम.पी. नहीं हैं, मुखिया नहीं हैं। यहाँ तक कि किसी पार्टी के मेम्बर भी नहीं हैं। तब भी इज़्ज़त उनकी तहसील-जिला भर में है। राज्य के मंत्रियों से

लेकर केन्द्र के मंत्रियों के बीच उनका आना-जाना है। नेवता-हकारी चलता है। कौन ऐसा मंत्री, विधायक है जिसको सरौता लाल ने आमंत्रित किया और वह न आया हो।

उनके घर के बरामदे में एक छोर से दूसरे छोर तक फ्रेम में बँधा फोटो लटका हुआ है एक-से-एक। किसी में पंडित जवाहरलाल नेहरू, किसी में पटेल, किसी में शास्त्री जी, किसी में जयप्रकाश नारायण और किसी में सरहदी गांधी अब्दुल ग़फ़्फ़ार खाँ से मिलाते हैं हाथ।

सरौता लाल सम्पन्न व्यक्ति हैं और शौकीन भी। रहते हैं देहात में मगर उनके कपड़े की क्रीज कभी नहीं टूटती। खादी पहनते हैं। सफ़ेद कुरता, धोती ऊपर से सदरी। एक दिन जिस कपड़े को पहना उसका नम्बर चार दिनों के बाद आता है। बुढ़ापे में भी अपने को जवान बनाए रखने के लिए च्यवनप्रास, किशमिश, बादाम, अखरोट, स्वर्णभस्म तो खाते ही हैं, आँखों में सुरमा लगाना भी नहीं भूलते।

जैसे बिल्ली को दूर से मछली पकने की गन्ध मिल जाती है, वैसे ही सरौता लाल जान जाते हैं जब कोई बाहर का प्रतिष्ठित व्यक्ति आने को होता है। वह आया नहीं कि उसकी अगुवानी करने को सबसे पहले हो जाते हैं हाजिर।

दीवानख़ाने में अपिया के साथ गोइन्दा बाबू मेहमानों के खान-पान की चर्चा कर रहे थे कि सरौता लाल सिब्बन यादव के साथ टहलते हुए आ गए।

हहक के साथ गोइन्दा बाबू गले मिले। अपिया नमस्ते कर घर में जाने लगी कि सरौता लाल ने रुकने का इशारा किया और अपने जाकिट के एक पॉकेट से चार अंडे, दूसरे पॉकेट से तीन अंडे निकालकर देते कहा, "देसी है दुलिहन...।"

अपिया ने अंडा लेने के लिए हाथ आगे नहीं बढ़ाया। सकुचाते बोली, "भाई साहेब, मैं अंडा नहीं छूती।"

गोइन्दा बाबू ने कहा, "ले लो एक दिन छूने से कुछ नहीं होगा?"

"आपके कहने से नहीं होगा! ज़िन्दगी में कभी नहीं छुआ है। मुझे उबकाई आ जाती है उसका नेटा-पोटा देखकर।"

"मछली कैसे खाती हो?"

"उसकी बात दूसरी है। वह अच्छी लगती है मुझे। अंडा की दूसरी बात है, नेम-धर्म...भी एक चीज़ है।"

"क्या जो अंडा खाता है वह नेम-धर्मवाला नहीं होता।"

सिब्बन ने हँसते हुए कहा, "भौजी का प्वाइंट भी ठीक है, आपका प्वाइंट भी। लेकिन सवाल है भौजी कि यह अंडा मिशनरी के मेहमान के लिए है। इज़्ज़त, पानी देखना है न! आमलेट बनाकर दीजिए या उबालकर...।"

"दीया की माँ आमलेट बना लेती है। उसी से कह दूँगी।" अपिया बोली।

सरौता लाल ने परफ़्यूम निकालकर अपने कपड़े पर छिड़का, गोइन्दा बाबू और

अपिया के कपड़े पर भी छिड़क दिया। पूरा दीवानख़ाना खुशबू से मह-मह हो गया।

"भाई साहेब, मुझे दूसरी पहननी है नहाकर।"

"कौन कहे कि परफ़्यूम खत्म हो गया। इसे छोड़ जाऊँगा। कोई एक ही परफ़्यूम थोड़ो है।"

"यह कौन-सा इत्र है? छोटी शीशी में देखा था, इतने बड़े में नहीं...।" अपिया ने पूछा।

सरौता लाल हँसने लगे, "नहीं...यह शीशी-फीसी वाला इत्र नहीं हैं जिसे जामडीह का करीमन बक्सा में लेकर घूमता है, यह विलाइती चीज़ है। एक का दाम पचास है। दो बैल का दाम। बैल क्या, बाँका बछवा आ जाएगा इतने में।"

अपिया के मन में आया कि वह उन्हें सुना दे कि इतना महँगा इतर छिड़कते हैं देह पर मगर चिरई की चिन्ता नहीं। उसकी चिन्ता करते तो शहर से किसी जानकार को बुलाकर पूरब की बाग़ को दिखला देते। जब मन दुखी हो तो इत्र, फुलेल नहीं सुहाता।

सिब्बन यादव ने पूछा, "भौजी, मिठाई मँगवाना है तो बोलिएगा, बालूशाही एक नम्बर का ले आऊँगा।"

"गोंद का लड्डू बना लिया है।" कहते हुए अपिया भीतर चली गई। खुद्दी के हाथ से चार लड्डू एक प्लेट में और चाय-नमकीन भिजवा दिया।

सिब्बन ने गोइन्दा बाबू के कान में फुसफुसाते कहा, "मेहमान की खातिरदारी सरौता बाबू करना चाहते हैं। फोटोग्राफर शहर से बोलवाया है। उनका घर मेरा घर है, मेरा घर उनका। कोई फर्क नहीं है।"

गोइन्दा बाबू बोले, "इसमें हर्जा क्या है।"

सरौता लाल चाँदी वाली मूठ की छड़ी पर हाथ फेरते बोले, "गोइन्दा बाबू, क्या है कि हम चाहते हैं एक फोटो फ़ादर का भी मेरे बरामदे में टँगा जाए। उसमें उनकी ही इज़्ज़त में इज़ाफ़ा होगा, मेरा क्या होना, जिसने जवाहिरलाल जी से सैकड़ों बार हाथ मिलाया और एक प्लेट में नाश्ता-पानी किया। फिर भी गले में रुद्राक्ष की माला की लट में नगीना गूँथने में हर्जा क्या? रुद्राक्ष, रुद्राक्ष है, नगीना, नगीना। दोनों का अपना महातम है। लेकिन रुद्राक्ष का आसन शास्त्र में ऊँचा है। वह रहेगा। जवाहिरलाल रुद्राक्ष हैं। कहने का मतलब कि पूरब की बाग़ से लौटने की बेरा में हम चाहेंगे कि चाय मिशनरी के लोग मेरे यहाँ लें। कैसा रहेगा?"

"इसमें कहना क्या है, मेरे मेहमान आपके मेहमान। वैसे भी आप मिशनरी के लोगों से मिलेंगे, उन्हें भी इसका गर्व होगा कि देश के प्रथम प्रधानमंत्री के मित्र से मिल रहे हैं और उस हाथ को छू रहे हैं जिसने कितनी विभूतियों के हाथ छुए हैं।" गोइन्दा बाबू ने कहा।

गोइन्दा बाबू की बात सुनकर सिब्बन ने कुर्सी आगे खिसकाते कहा, "सरौता

बाबू डिल्ली की गद्दी पर कब का बैठ गए होते मगर...। सरौता बाबू बोलिए कि कोई इसमें गलत है?"

"गलत कैसे कहूँ! जवाहिरलाल जी ने कितनी बार कहा था कि जहाँ से लड़ना हो, बोलिए। हम ही नहीं हामी भरे, वरना मुँह खोलने भर की देर थी, टिकट जहाँ से चाहते, वहीं से मिल जाता।"

"गद्दी पर आप होते रेल दौड़ जाती इलाके में। आने-जाने में कितनी दिक्कत होती है।"

"दोस्ती का फायदा उठानेवालों में अपने राम नहीं हैं। गोइन्दा बाबू। दोस्ती में लेन-देन से दोस्ती में बट्टा लगता है।"

सरौता लाल अपने अतीत को नये-नये ढंग से याद करते हैं। उन्हें सूई की छेद से हाथी को पार करने की महारत हासिल है। थोड़ी-बहुत उनकी वाहवाही जहाँ कम पड़ती है, उसको पूरा करने के लिए अपने साथ सिब्बन को रखते हैं। सिब्बन उनके मुँह की बात को और नमक-मिर्च के साथ आगे बढ़ाता है। उनसे यदि कभी चूक हो जाती है तो उसे सँवारना जानता है महीनी के साथ। जहाँ बातों से बात नहीं बनती वहाँ लाठी चलाने में भी सिब्बन नहीं रहता है पीछे।

गोइन्दा बाबू ने तश्तरी का पान बढ़ाते सरौता लाल से कहा, "पान खाकर किमाम, जर्दा के बारे में बताइए कि ठीक है?"

सरौता लाल ने पान का बीड़ा मुँह में रखते ही माथा हिला दिया। मुस्कराते कहा, "एक नम्बर, बहुत बढ़ियाँ। पान घुलेगा जैसे-जैसे उसका जायका और खुलेगा।"

सिब्बन कलाई की घड़ी देखते हुए कुछ कहना चाह रहा था कि सरौता उठ खड़े हुए, "चलता हूँ, दरवाज़े पर मिलनेवालों की भीड़ होगी। मेहमान आएँगे, आऊँगा।"

सरौता लाल, सिब्बन के जाते खुद्दी कप-प्लेट उठाते बोली, "बुढ़ापा में बाल रंगते हैं, गाल में लगा है करिया...करिया...।"

गोइन्दा बाबू अपनी हँसी रोकते बोले, "कूड़ी में कड़ुआ तेल ले आओ। नहाने जा रहा हूँ।" वाक्य पूरा कर भी नहीं पाए कि हँसी फूट पड़ी। खुद्दी भी हँसने लगी...।

पीछे से अपिया ने कहा, "एक बार चटपट-खटपट के पास जाकर कह दीजिए कि मेहमान आनेवाले हैं, जब तक वे रहें, भगवान के लिए दोनों भाई आपस में गाली-गलौज, मारपीट न करें। कहकर आइए तब स्नान कीजिए। दो घंटे में लोग आ जाएँगे।"

"कहती हो, चला जाता हूँ लेकिन मेरे कहे का कितना असर उन पर होगा?"

गोइन्दा बाबू ने सोचा कि अपिया ठीक कहती है। अपनी तरफ से कह देना चाहिए हाल-चाल लेने के बहाने। गोइन्दा बाबू चटपट-खटपट के घर मिलने के लिए गए। पहुँचकर देखा कि खटपट, चटपट के सिर पर तबला बजाते मुँह से बमचिक-बमचिक बोल रहा है। गोइन्दा बाबू पर नज़र पड़ते दोनों भाई उठकर खड़े हो गए।

"बैठिए, बैठिए चाचा...।"

तख्ते को गमछे से खटपट साफ करने लगे। गोइन्दा बाबू न-न करते बैठ गए। हाल-चाल पूछने के बाद कहा, "तुम्हें तो मालूम होगा कि मिशनरी के फ़ादर, सिस्टर चरी के साथ दो घंटे में पहुँच रहे हैं। पूरब की बाग़ में चिरई का पता करेंगे कि वह रो रही है तो कहाँ छिपकर रो रही है। खाना तो तुम दोनों भाई औरत के हाथ का बना हुआ खाते नहीं। पूछने आया हूँ कि यदि चरी मिशनरी से पावरोटी ले आएगा, तो खाओगे?"

दोनों भाइयों ने एक साथ नकारात्मक मूड़ी हिला दिया।

खटपट ने कहा, "न-न, बिलाइती चीज़ नहीं। घोटाएगा ही नहीं। उल्टी हो जाएगी।"

"तुम्हारा मतामत क्या है चटपट?"

"वही, जो भाई बोला। तब है कि दरसन करने ज़रूर पहुँच जाऊँगा। सरौता लाल के मुँह से सुना है कि ईसाई साधु-सधुआइन आ रहे हैं। बड़े जोग वाले लोग हैं। हम समझ गए सातवें दर्जे में इतिहास की किताब में वास्कोडिगामा को पढ़ा था। ख्याल आ गया एकदम। हो-न-हो, उसी वास्कोडिगामा का ही लर-झर होगा फ़ादर, सिस्टर।"

खटपट ने चटपट को बीच में रोका। एक-दो भद्दी गाली से विभूषित करते हुए कहा, "देखिए चाचा, भले वे लोग वोस्कोडिगामा का लर-झर हो, हैं तो साधु-सधुआइन ही न! आप जानते ही हैं कि हम दोनों भाई साधु की कितनी सरधा करते हैं। हम चाहते हैं कि हमारे दरवाज़े पर लिट्टी, चोखा का भंडारा बनावें। हम लोग भी उसका बनाया प्रसाद पा लेंगे। दूध, दही, घी की कोई कमी है नहीं। दो गाय ब्यायी है महीना भर पहले।"

"नेक सोच है चटपट-खटपट लेकिन वे लोग रात में रुकेंगे नहीं, चले जाएँगे। दुबारा जब आएँगे, अपनी सरधा पूरी कर लेना।"

गोइन्दा बाबू यह कहकर उठ गए। चटपट ने गमछे में बाँधकर ओल उन्हें थमा दिया, "ओल है, ओल, बजका बनवा दीजिएगा। थोड़ा-बहुत मुँह काटेगा लेकिन किसी-किसी को बुझाता ही नहीं। साधु-सधुआइन को क्या, वह तो पहुँचल पुरुख हैं ईसाई मसीही वाले।"

घर पहुँचकर नहा-धोकर कपड़ा जब पहनने लगे गोइन्दा बाबू तब उन्हें ख्याल आया कि जो कहने गया था वह कह नहीं पाया...। ऊपर से दोनों भाइयों को आमंत्रित करके चला आया। न जाने कहाँ सोई हुई थी छठी इन्द्री! इसे कहते हैं जान-बूझकर हड्डा के खोंते में अँगुली डालना।

अपिया पूजा का बर्तन धुलकर, तुलसी चौरा के पास रखकर, अगरबत्ती दिखा घंटी टुनटुनाते बाहर आई और इशारे-इशारे में गोइन्दा बाबू से पूछा कि कह दिया?

गोइन्दा बाबू क्या जवाब देते। उन्होंने भी इशारे-इशारे में अपिया को बता दिया कि काम हो गया।

खाना खाने जब गोइन्दा बाबू बैठे अपिया ने उन्हें चेताया, "मेहमान लोगों के सामने कुछ खाते समय प्लेट में हाथ मत धोइएगा। वे लोग समझेंगे कि हम लोग देहाती भुच्चड़ हैं।"

"क्या अपने को देहाती कहने में शर्म आती है?"

"देहाती कहने पर नहीं। भुच्चड़ कहने पर।"

"और बोलो।"

"मुझे और कुछ नहीं कहना। बस, गले और छाती पर थोड़ा पाउडर छिड़क लीजिएगा।"

"फिर सरौता लाल के इत्र का क्या होगा?"

अपिया आँचल में मुँह छिपाकर हँसने लगी।

नौ

हचके पर हचका...।

फादर के हाथ से छूट-छूटकर गिर जा रही किताब। रास्ता इतना खराब कि कमर की रीढ़ से लेकर सिर तक झनझना उठता। ड्राइवर सीट के बगल में बैठा चरी पीछे की सीट पर बैठे फ़ादर, सिस्टर को गाड़ी के शीशे में देखकर सिहर उठता। उसने इतना हचका नहीं सोचा था। ऐसा हचका होता रहा तो गाँव पहुँचते-पहुँचते अपने पैर पर उन्हें खड़ा होने में जोर नहीं लगेगा।

फ़ादर फिनिक्स दो-चार पेज मुश्किल से पढ़ पाए होंगे। अन्ततः हारकर किताब बन्द कर सीट के एक कोने रख दिया।

कन्हाई होशियार ड्राइवर है। चरी के इलाके का है। मिशनरी से चरी ने ही उसे जोड़ा था पाँच साल पहले। रास्ता-घाट की बात कन्हाई से थोड़ो छिपा है! उसने चलते समय फ़ादर, सिस्टर को बता दिया था, "देहात, देहात है। रास्ता-घाट भी देहाती है। हचका-वचका मानकर चलिए थोड़ा-बहुत लेकिन सीन, सीनरी देखकर मन आन हो जाएगा। बुझाएगा नहीं। ठंडी बयार ऐसी मिलेगी कि पँखा-तँखा उसके आगे कुछो नहीं।" सिस्टर सुनकर हँसने लगी थी।

कन्हाई को अब मन में पाप का बोध हो रहा है। इतना हचका मिलेगा, उसको भी उम्मीद नहीं थी। कच्ची सड़क जो बनी थी नदी ने उसे निगल लिया पिछले साल, दूसरी सड़क जो बनी है उस पर गिट्टी का ढेर है, कहीं खाल, कहीं ऊँच।

ऐसा लगता है कि कहीं तो ऊँट बैठा है, कहीं हाथी। तीसरी सड़क लोगों ने अपनी बनाई है, खेत ही खेत। खेत के बीच से निकाला है तिरपट रास्ता।

पहले कन्हाई की समझ में भी नहीं आया कि चरी ने गाड़ी में कुदाल क्यों रखा है। अब बात समझ में आ रही है जब मेड़ काटकर गाड़ी के लिए रास्ता बनाना पड़ रहा है।

फ़ादर कई बार बोल चुके कि रास्ता बहुत ख़राब है...। एक-दो बार चरी ने जी-जी, कहकर सांत्वना भी दिया कि बस आगे ठीक है। उतना नहीं है। लेकिन, अब कुछ कहने की हिम्मत नहीं हो रही है। हालांकि कन्हाई अपने जान भर इस तरह गाड़ी निकाल रहा है जिससे कि कम-से-कम जर्क लगे।

सिस्टर ने पूछा, "क्या चरी तुम इन्हीं रास्ते से आते-जाते हो?"

"जी, सिस्टर।"

"तुम्हारे कमर में दर्द नहीं होता?"

"मैं पैदल आता-जाता हूँ। पक्की सड़क पहुँचने पर बस पकड़ता हूँ।"

"पैर नहीं दुखता?"

"अभ्यास हो गया है सिस्टर। दूसरा कोई चारा नहीं।"

"हम खेत में चल रहे हैं, सड़क कहाँ है?"

कन्हाई हँसने लगा। हँसते-हँसते बोला, "जैसे बच्चा कुछ लिखकर स्लेट पर मिटाता है, वही माफिक सड़क भी है। अभी जो देख रही हैं, आगी बारी आइएगा, वह नहीं मिलेगी। बरखा में यहाँ हाथी-डुबान होता है। नाव चलती है, नाव...। उसी से आते-जाते हैं लोग। पढ़वइया लड़के तैरकर निकल जाते हैं पक्की सड़क तक। तब है कि मछली चलते-चलते पानी में हाथ से धरा जाती है। छोट मछली नहीं, बड़ी-बड़ी मछली, पढ़िन तक आ जाती है। कभी-कभी बड़का सौर भाकुर भी लग जाता है किसी-किसी के हाथ...।"

गाड़ी का हचका थोड़ा कम हुआ। खेतों से निकलकर गाड़ी ठीक-ठाक खडंजा वाली सड़क पर आ गई।

फ़ादर ने पूछा, "अब तुम्हारा गाँव और कितनी दूर है?"

कन्हाई बोला, "अब कहाँ दूर, समझ लीजिए आ ही गए, बस एक धाप और।"

"धाप मिन्स?"

"एक कोस बूझिए मोटा-मोटी।"

"कोई अच्छा रास्ता नहीं है?"

चरी क्या बोलता! यदि दूसरा रास्ता होता तो जान-बूझकर थोड़ो इस हचका में गाड़ी लेकर आता। वह फ़ादर को समझाते बोला, "जिस भी अच्छे रास्ते से आते यह रास्ता पड़ता ही, इसको बाद करके नहीं पहुँचा जा सकता। जिस रास्ते से कन्हाई गाड़ी लेकर आया है, वह सबसे छोटा रास्ता है।"

उसने छूटे हुए रास्ते के गाँवों के नाम गिनाना शुरू किया—साड़ी, मिश्रौलिया, बुढ़वा, एकडेगवा, चौरी, रिउना...जैसे कितने नाम।

फ़ादर सुनकर हँसने लगे, "नाम विचित्र है, रास्ता भी विचित्र।"

कन्हाई बोला, "फ़ादर, रास्ता, गाँव ही विचित्र नहीं है, यहाँ का लोग-बाग भी विचित्र हैं। जाएगा पूरब, पूछिएगा तो बोलेगा पश्चिम से आ रहे हैं।"

फ़ादर फिनिक्स मुस्करा कर रह गए। वह वृक्षों के बीच उड़ते पंछियों और उन खँडहरों को देखने में मग्न थे जिसकी दीवाल लाल पत्थर की चमक ली हुई थी। एक-दो खँडहर नहीं, दस-ग्यारह खँडहर—किलेनुमा—थोड़ी-थोड़ी दूरी पर...।

फ़ादर फिनिक्स ने गाड़ी रुकवाते चरी से कहा, "मुझे ये खँडहर इतिहास की याद दिला रहे हैं। ऐसा क्यों लग रहा है मुझे कि किसी राजा, बादशाह रियासत के गवाह हैं ये खँडहर।"

फ़ादर फिनिक्स के अनुमान पर अपनी सहमति व्यक्त करते हुए चरी ने सिर हिलाया और गाड़ी को रुकने का इशारा किया। गाड़ी रुकी। फ़ादर-सिस्टर को लेकर चरी उन्हें एक खँडहर में लेकर चला गया। पीछे-पीछे कन्हाई भी हो लिया। खँडहर के नीचे की फ़र्श नीले, लाल पत्थर के बड़े टुकड़े से समतल थी। उसमें कई तरह के चित्र बने थे जिनमें प्रमुख था स्त्री-पुरुष के बीच खड़ा वह राक्षस जिसका मुँह दोनों ओर था। उसे ध्यान से देखने पर पता चलता था कि स्त्री-पुरुष को उसकी आँखें घूर रही हैं।

फ़ादर ने चरी से जानना चाहा कि स्त्री-पुरुष के बीच जो राक्षस खड़ा है, वह क्या हिन्दू की धार्मिक कथाओं का कोई चरित्र है? चरी को याद आ गया कि उसने इस चित्र की चर्चा अपने विद्यार्थी जीवन में दोस्तों से की थी और अपने उन अध्यापकों से भी जो उसे मानते थे। किसी ने कुछ कहा, किसी ने कुछ, मगर समुचित उत्तर उसे नसेमनपुर नाच कम्पनी के लबरा से मिला था। उसने बताया था कि औरत-मर्द के बीच में वह राक्षस नहीं, सन्देह खड़ा है। सन्देह को हाथ से ढककर देखोगे, स्त्री-पुरुष नजदीक आ जाएँगे।

चरी ने राक्षस को दिखाते कहा, "फ़ादर, वह राक्षस सन्देह का प्रतीक है। लोकगाथा का है चरित्र। एक बार उस राक्षस को हाथ से ढककर देखिए।"

सिस्टर ने राक्षस के चित्र को हाथ से जैसे ढका कि स्त्री-पुरुष दोनों के चित्र हो गए एक। फ़ादर फिनिक्स भौंचक होकर देखने लगे।

"यह किसका किला था?"

"अलग-अलग कथन है। कुछ लोग इन खँडहरों को मानते हैं कि अंग्रेज बहादुर के हैं। कुछ लोग कहते हैं कि अकबर बादशाह ने गवैयों के लिए बनवाया था। पहले पूरा इलाका जंगल था। जंगल में कोठियाँ थीं। बादशाह ख़ुद चलकर

उन गवैयों के पास आता था। साल-दो-साल में एकाध बार। छावनी पड़ती थी। किसी से कोई बन्दिश सुनी, किसी का कोई आलाप और जिस गवैया की गायकी ने मन मोहा, वहाँ बादशाह ठहर गया भर रात। सुनता रहा, हीरे-मोती लुटाता रहा।"

"हिस्टोरिकल जगह है!"

"जी फ़ादर लेकिन कोई इसे मानता नहीं। अब ये खँडहर चोर-उचक्कों की जगह बनकर रह गए हैं। दिन में भी और रात में भी जंगली जानवर आ जाते हैं। एक खँडहर में खस्सी कटता है। दूर-दूर के लोग गोश्त लेने आते हैं। इन खँडहरों से लाल पत्थर निकालकर कई लोग अपने घर ले गए। उस पर कपड़ा धोते हैं।"

अफ़सोस व्यक्त करते फ़ादर गाड़ी में आकर बैठ गए। सिस्टर को चलने में दिक्कत हो रही थी, चढ़ाव-उतार के चलते। कन्हाई सहारा देकर उन्हें गाड़ी तक ले आया।

सिस्टर को विश्वास ही नहीं हो रहा था कि वहाँ उन्होंने जादुई चित्र को स्पर्श किया। आश्चर्यजनक सम्मोहन में भूल गईं कमर-घुटने का दर्द, भूल गईं झाड़ना देह पर आई हुई रास्ते की धूल।

"लौटते समय मैं उन चित्रों को कैमरे में उतारना चाहूँगी। याद दिलाना चार्ली।"

"ठीक है सिस्टर! समय होता यदि तो नदी पर ले जाता।" चरी ने कहा।

"वहाँ कुछ ख़ास है?"

फ़ादर फिनिक्स ने मुस्कराते कहा, "नदी अपने में ख़ास है। दूसरा ख़ास क्या होगा सिस्टर! कुछ भी होगा, नदी, नदी से ही जुड़ी होगी।"

"फ़ादर, उस नदी का नाम है बुद्धा।"

"बुद्धा मिन्स सिद्धार्थ, गौतम बुद्ध!"

"जी फ़ादर! किवदन्ती है कि बुद्ध ने घर से निकल इसी नदी के तट पर राजसी पोशाक उतार धारण किया था गैरिक वस्त्र।"

"क्या नाम बताया?" फ़ादर ने पूछा।

"बुद्धा।"

बातचीत करते रास्ते की थकान फुर्र हो गई। गाड़ी गाँव में घुसते खूँटे के बैल छान-पगहा तुड़ाने लगे उसकी आवाज सुन कुत्तों का भौंकना भी तेज हो गया। बच्चे गाड़ी के पीछे-पीछे दौड़ने लगे और चटपट-खटपट कुएँ के चबूतरे से भागकर अपने ओसारे में चले गए।

चरी के दरवाज़े पर जैसे गाड़ी रुकी, सिस्टर, फ़ादर गाड़ी से बाहर निकले। सरौता लाल ने उन दोनों के गले में गेंदा, गुलाब के फूल की माला डाल दिया। सिब्बन यादव ने उच्च स्वर में फ़ादर, सिस्टर की जय ध्वनि की। तालियों की गड़गड़ाहट गूँज गई। मिरदहा, बफाती, सिब्बन यादव अपने-अपने गमछे से सिस्टर,

फ़ादर के कपड़ों की धूल झाड़ने लगे। धूल झाड़ते सिब्बन यादव के गमछे का टोंग सिस्टर की आँख में लग गई। सिस्टर ने आँख पर हाथ रख लिया।

चरी ने डाँटते कहा, "बन्द कीजिए धूल झाड़ना। सिस्टर की आँख लाल हो गई। रहने दीजिए। देखते नहीं?"

"रहने क्या दें, स्वागत-सत्कार करने का धर्म बनता है।" झन्नू गोवर्धन बोलते हुए चन्दन का टीका फ़ादर और सिस्टर के माथे पर कर दिया। कटोरी में जो बच गया था चन्दन उसमें से सरौता लाल ने अपने मस्तक पर लगाया और नकछेदी ने अपने मस्तक पर। मिरदहा मुँह ताकते रह गए खाली कटोरी देखकर।

चटपट सहमते-सहमते गाड़ी के करीब आकर कन्हाई से बोले, "गाड़ी को छूकर देखें?"

"हाँ-हाँ, देखिए।"

कन्हाई मुँह-हाथ धोने लगा।

खटपट पीछे से चटपट की गर्दन पकड़ खींचते एक झापड़ रसीद कर दिया, "साले, बुझाता है कुछ...! मशीन है, मशीन। मरकही गाय नहीं है कि जाकर नथ पकड़ लिया काबू में आ गई। मशीन चढ़ जाएगी बेटा, चल जाओगे बूँट लादने।"

कन्हाई ने खटपट को समझाया, "ऐसा कुछ नहीं है। इंजन बन्द है। गाड़ी छूने में क्या है, बैठने का मन है बैठ जाइए।"

खटपट ने कन्हाई को अपने पास बुलाया। एक किनारे ले जाकर उससे कहा, "धुर समझता है हमें। अइसा-अइसा कितना हवा गाड़ी देखा है। अजोधाजी नहाने जाता हूँ दोनों भाई। नहान के महीने में। पैदल जाता हूँ, यहाँ से चालीस-पचास कोस है। कभी गाड़ी-घोड़ा पर नहीं बैठा। कितना गाड़ी, घोड़ा उलटा हुआ रास्ता में देखा। कहता है कि कुछ नहीं होगा, भाई तो मेरा मारा जाएगा, तुम्हारा घंटा बिगड़ेगा...!"

कन्हाई समझ गया कि यह वही महाशय हैं जिसकी चर्चा चरी के मुँह से अनेक बार सुन चुका हूँ। तुरन्त उसने खटपट के चरण को स्पर्श किया। अपनी गलती के लिए क्षमा माँगते गाड़ी में पड़े फूल के हार से दो गुलाब के फूल तोड़कर एक-एक फूल दोनों भाइयों को थमा दिया। दोनों भाई फूल सूँघते माथा हिलाने लगे गली की मोड़ पर खड़े होकर।

चाय-नाश्ता के बाद फ़ादर फिनिक्स के साथ पूरा क़ाफ़िला पूरब की बाग़ को चला। दिन डूब गया था। गाएँ चरकर लौट रही थीं घरों की ओर। गोधूलि होते ही पूरब की बाग़ में घुप्प अन्धेरा हो जाता है लेकिन, कुछ दिनों से औरतें वहाँ दीप जलाकर रोशनी कर देती हैं।

दीयों की रोशनी के बीच भी आगे-पीछे टॉर्च दिखाते चल रहे हैं बफाती। फ़ादर, सिस्टर को कुछ दिखा-बता रहे हैं सरौता लाल और झन्नू गोवर्धन। चरी पीछे है।

सरौता लाल से फ़ादर फिनिक्स इतना प्रभावित हुए कि चरी से उन्होंने कहा,

"सरौता लाल जीनियस हैं। इतिहास में गहरी पैठ है। संस्कृति की बात करते हैं। क्यों नहीं इन्हें स्कूल में व्याख्यान देने के लिए आमंत्रित किया जाए?"

चरी को समझने में देर नहीं लगी कि सरौता लाल के जादू में फँस गए फ़ादर। जादू से बाहर निकलने में थोड़ा समय लगेगा, फिर, उन्हें पता चलेगा कि सरौता लाल किस तरह के जीनियस हैं।

"जैसा आप उचित समझें फ़ादर।"

चिरई के रोने की आवाज़ आने लगी हूँ, ऊँ, ऊँ...। रोना सुनकर फ़ादर फिनिक्स, सिस्टर दोनों रुक गए। कान लगाकर सुनते रहे। तनिक देर के बाद रोना रुक गया। फ़ादर फिनिक्स टॉर्च हाथ में लेकर पेड़ों पर रोशनी फेंकने लगे, कभी इस पेड़ के पास जाकर, कभी उस पेड़ के पास जाकर।

अजोरे भगत बोला, "हुज़ूर, चिरई नहीं दिखेगी। वह यहाँ नहीं है। सरग से उतरकर बोलती है। वह पूरी रात सरग और पूरब की बाग़ एक किये रहती है। कोई देख नहीं पाता। एक-एक पत्ता उलटकर देख लिया गया। डीह बँधेगा, तभी उसका रोना रुकेगा।

फ़ादर फिनिक्स ने पूछा, "डीह मिन्स?"

चरी कुछ कहे कि उसके पहले सरौता लाल बोले, "फ़ादर डिटेल में समझाना पड़ेगा, बाद में। बस, इतना समझ लें कि यह दैवी मामला है। विज्ञान काम में नहीं आएगा।"

"क्यों?"

"हम लोगों ने कितने दिनों से अपना-अपना विज्ञान लगाया मगर नतीजा निकला सिफ़र। आप अपना विज्ञान लगाइए शायद रुक जाए चिरई का रोना!"

फ़ादर ने सिर हिलाया, हाँ, न से अलग। आगे-पीछे के पेड़ों को कदमों से नापने लगे मुँह से सीटी बजाते, हाथ से ताली पीटते। काग़ज़ में कुछ नोट भी किया। टेप करने के लिए चिड़िया के रोने की प्रतीक्षा होने लगी। लगभग डेढ़ घंटे बाद फिर चिड़िया का रुदन सुनाई पड़ा।

रुदन टेप होने के बाद फ़ादर स्थिर हुए। चरी से कहा, "चलो, रुदन से चिड़िया पकड़ में आ जाएगी।"

फ़ादर फिनिक्स का नाम लेकर फिर एक बार सिब्बन ने जयघोष किया। झन्नू गोवर्धन ने भी जोश से भर उचक-उचककर नारा लगाया, "फ़ादर फिनिक्स जिन्दाबाद! सिस्टरो जी जिन्दाबाद...!"

छपहार, मिरदहा मन-ही-मन कुढ़ रहे थे कि फ़ादर, सिस्टर को सरौता लाल, झन्नू गोवर्धन ने छेंक लिया है। बोलने-बतियाने का दाँव ही नहीं मिल रहा है। मन-ही-मन छपहार ने सोच लिया कि जैसे ही फ़ादर से बात करने का मौका मिलेगा सरौता लाल, झन्नू गोवर्धन की सारी पोल-पट्टी खोल दूँगा।

चरी सभी को लेकर जोगी टोला आ गया जहाँ पहले से अली मोहम्मद, जलील प्रतीक्षा कर रहे थे। फ़ादर, सिस्टर को चरी ने कथा गायकों से परिचय कराया। उन कथा गायकों के बारे में बताया कि ये लोग गोरखनाथ के अनुयायी हैं। इस्लाम धर्म मानते हुए, गोरखनाथ को गुरु मानते हैं। सूफी हैं। सोरठा-बृजभार सुनाते यहाँ से असम, डिब्रूगढ़, कामरूप, कामख्या से कन्याकुमारी तक चले जाते हैं पैदल।

अली मोहम्मद चरी से बोला, "भरथरी सुनावें कि सदावृक्ष?"

"दोनों में क्या अन्तर है?" फ़ादर फिनिक्स ने पूछा।

"प्रेम, वैराग दोनों में है। प्रेम का विरह है हुजूर। बोलकर नहीं बुझाएगा, गाकर कहना पड़ता है।"

साराँगी पर गज फेरते आलाप लिया अली मोहम्मद, जलील ने अलग-अलग।

एकिया हो रामा दिन पर दिन
मोहनी सूरतिया जोगिनिया भइले रे की
एकिया हो रामा धोबिया के हवलिया
अब सुन लेहु रे की...।

चरी अंग्रेजी में अनुवाद कर बताने लगा गीत का मर्म। सदावृक्ष की पूरी कथा भी फ़ादर, सिस्टर को कह सुनाया। इस बीच दिलरुबा ने चरी के पास आकर आदाब जनाया।

चरी ने फ़ादर को बताया, "दिलरुबा पान की दुकान चलाती है। हँसमुख है, गाने-बजाने का शौक है। कुछ दिनों तक नाच में भी थी।"

दिलरुबा ने इशारे में पूछा कि पान चलेगा!

चरी ने मना कर दिया, "ये लोग नहीं खाते।"

सुनकर वह चली गई चुटकी बजाते, गुनगुनाते अपनी दुकान पर।

झन्नू गोवर्धन ने सिस्टर के कान में कहा, "सी इज प्रास्टीच्यूट।"

सिस्टर ने झन्नू गोवर्धन की बात को जैसे सुना ही नहीं, वह अली मोहम्मद की ओर देखने लगीं।

अशरफ को बैद जी ने कोहनी से मारकर झन्नू गोवर्धन की बात का डिट्टो करने का इशारा किया। अशरफ फ़ादर के पास इलायची की तश्तरी लेकर गया।

धीरे स्वर में फ़ादर से बोला, "लिया जाए, हूजूर इलायची। पूरा इलाका जानता है, न हो तो बैद जी से पूछ लिया जाए, दिलरुबा रंडी है।"

फ़ादर कुछ समझें कि उसके पहले अपनी जगह से उठकर नारद कनगोजर और बैद जी अशरफ के नजदीक आकर बैठ गए। फादर को सुनाते बैद जी ने कहा, "इसमें पूछना-पाछना क्या है। सही, सही है। पान की दुकान से कोई भला घर पक्का कर लेगा?"

फ़ादर फिनिक्स कुछ समझ न सके कि वे लोग किस प्रसंग में कौन-सी बात कह रहे हैं। चरी से उन्होंने जानना चाहा। चरी ने नासमझी की बात कहकर टाल दिया। उसकी नज़र घड़ी पर गई, वह फ़ादर-सिस्टर के साथ उठ खड़ा हुआ और कथा-गायकों से विदा लेकर चल दिया। चलते-चलते फ़ादर ने दोनों गायकों को पाँच-पाँच रुपये देकर प्रणाम किया।

चरी अपने घर की तरफ न मुड़कर फ़ादर-सिस्टर को लेकर सरौता लाल के दरवाज़े पर चला आया। फ़ादर से कहा, "चाय के लिए सरौता लाल का आग्रह है, एक मिनट के लिए...।"

फ़ादर मुस्करा के रह गए। जैसे फ़ादर, सिस्टर के साथ क़ाफ़िला सरौता लाल के दरवाज़े पर पहुँचा कि बैंड बाजा बजने लगा। शादी के जश्न जैसा। फूल की बारिश औरतें करने लगी; फ़ादर-सिस्टर के ऊपर। घूम-घूमकर सरौता लाल बरामदे में टँगे फोटोग्राफ़्स को फ़ादर-सिस्टर को दिखाने लगे, व्याख्या के साथ! फोटोग्राफर आगे-पीछे से फोटो लेने लगा। हाथ मिलाते, गले मिलते, हँसकर बात करते। कई मुद्राओं में।

कचौड़ी, जलेबी, चाय चलने लगी। भीड़ में जितने लोग थे उन्हें पँगत में बैठाकर परोसा जाने लगा भात-दाल, तरकारी, बजका। फ़ादर, सिस्टर के न-न कहने के बावजूद सरौता लाल ने उन्हें खिला-पिला दिया। बनवाया था उनके लिए स्पेशल चिकेन करी। चरी के घर का खाना धरा-का-धरा रह गया।

सिस्टर ने अपिया से हाथ जोड़कर कहा, "अगली बार जब आऊँगी, कहीं नहीं जाऊँगी। आपके हाथ का बना खाऊँगी।"

फ़ादर भी नहीं खाने का अफ़सोस जाहिर करते रहे बार-बार। कहने लगे, "शर्मिन्दा हूँ कि न डिनर आपके साथ कर सका, न बात ही कुछ हो सकी।"

गोइन्दा बाबू ने फ़ादर फिनिक्स से चिड़िया के बारे में उनका मन्तव्य जानना चाहा। फ़ादर ने स्पष्ट शब्दों कहा, "रोने की आवाज़ है, बोलने की नहीं।" उन्होंने आश्चर्य व्यक्त किया, "हर बार रोने का अन्दाज बदल जाता है।"

सिस्टर से जब पूछा गया कि उन्हें क्या अनुभव हुआ। उनका जवाब था, "दर्द का पर्यायवाची नहीं है मेरे पास। दर्द, दर्द है। टॉर्चर...लग रहा है मुझे। चिड़िया टॉर्चर हो रही है।"

गाड़ी में बैठ गए विदा लेकर फ़ादर, सिस्टर। चरी भी माँ और बाबूजी के चरण स्पर्श कर ड्राइवर की सीट की बगल में जाकर बैठने लगा कि अपिया ने पीछे से कटोरदान थमा दिया, "इसमें खाना रख दिया है। खा लेना, खिला देना। बड़ा भी रख दिया है।"

"माँ, क्यों इतना...!"

गाड़ी गाँव से निकलते चटपट, खटपट मिल गए। फूल गोभी चरी को देते

बोले, "अपने खेत का है। ईसाई साधु-सधुआइन के लिए। सेवा करने का बहुत मौका नहीं मिला तो इतना ही सही...।"

चरी ने गाड़ी से हाथ हिलाया। चटपट-खटपट ताली बजाकर नाचने लगे गोल-गोल।

गाड़ी जाने के बाद दीया की माँ ने अपिया से धीरे से पूछा, "दीदी, अंडा का क्या करें?"

"खा ले, नहीं तो अचार डालेगी क्या!"

"एक बात कहें दीदी, सिस्टर से हाथ मिलाने का मेरा बड़ा मन था।"

"तो मिला लेती।"

"सरौता लाल, मिरदहा, झन्नू गोवर्धन मधुमक्खी की तरह घेरे हुए थे। सिस्टर की कैसी नरम-नरम चिरई की तरह अँगुली थी...।"

अपिया ने कहा, "थोड़ी देर में आना खाना ले जाना। इतना सब रखा रह गया ज़स-का-तस।

दीया की माँ चली गईं।

भीड़ छँटने के बाद जब सब कुछ स्थिर हो गया तब गोइन्दा बाबू ने अपिया को बुलाया। आत्मीय स्वर में कहा, "मेहमान नहीं खाए इसलिए उदास हो? मन छोटा मत करो। होता है...।"

"मेहमान नहीं खाए, बेटा भी नहीं खाया। जब नहीं खाना था तो क्यों कहा था कि माँ खाना ऐसा बनाना, वैसा बनाना...।"

"सरौता लाल ने जबरिया खिला दिया...।"

"सरौता लाल...!"

"चलो खाना खा लेते हैं।"

"एक बात पर ध्यान दिया?"

"क्या?"

"मुझे अच्छा नहीं लगा फ़ादर-सिस्टर चरी को चार्ली-चार्ली बोल रहे थे।" अपिया ने कहा।

"अच्छा, मैं कह दूँगा...।"

"नकछेदी फ़ादर को पादरी-वादरी बोल रहा था। कानीहौद का मुंशी क्या हो गया, अपने को कलक्टर समझने लगा।"

"वह बात छोड़ो, चटपट-खटपट की बात सुनो। उन दोनों भाइयों की इच्छा थी कि ईसाई साधु-सधुआइनी उसके दरवाज़े पर चूल्हा फूँके। अपने भी खाएँ और उसे भी खिलावें।"

अपिया हँसने लगी। हँसते-हँसते लोट-पोट हो गई...। बफाती भी अपनी हँसी रोक नहीं पाए।

"नमूना हैं दोनों...।"

"नमूना नहीं अजूबा हैं।"

बफाती ने अपिया से कहा, "भौजी, अजूबा नमूना एक ही हुआ न!"

"न, दो हैं, जैसे तुम और मिरदहा।"

"मैं समझ गया भौजी।"

"बोलो क्या समझे?"

"धोबियापाट मारकर चित्त कर दिया।"

गोइन्दा बाबू मुस्कराते बोले, "भौजाई किसकी हैं...। चलो, हाथ धुले, भूख लगी है।"

बफाती कुआँ पर पानी निकालने चले गए, गुनगुनाते हुए...।

दस

मिशनरी के भीतरी मोरंगवाली सड़क पर रोज रात खाना खाने के बाद टहलते हैं फ़ादर फिनिक्स, फ़ादर पेस्टो, एलर्ट, सिस्टर केरी और चरी। माइकल, फ़ादर होहो नहीं टहलते। वे सीमेंट की बेंच पर कहीं किसी कोने में प्रकाश के नीचे किताब पढ़ते रहते हैं। बारिश के दिनों में छाता लेकर।

चौरासी एकड़ में फैला मिशनरी का क्षेत्र एक समय अपने नाना गतिविधियों के चलते विख्यात था। कपड़ा बुनाई, बेकरी, डेरी फार्म, जच्चा घर, अस्पताल, साबुन, तेल उद्योग, मुर्गी फार्म आदि। सैकड़ों लोग काम करते थे। यहाँ की बागवानी के आम, अमरूद, पपीता की बड़ी माँग थी। फ़ादर कुक के जाने के बाद धीरे-धीरे न जाने कौन-सी आँधी आई कि सब छिन्न-भिन्न हो गया। अब सिर्फ़ कॉन्वेंट स्कूल चल रहा है। वह भी कब तक चलेगा, कहना मुश्किल है।

मिशनरी की इस जगह को यहाँ के एक ज़मींदार ने सिस्टर विंडो की सेवा से प्रभावित होकर उन्हें दान में दिया था। अब ज़मींदार की दूसरी पीढ़ी के लोग दान की ज़मीन वापस लेना चाहते हैं। यहाँ की ज़मीन काफ़ी महँगी हो गई है। मिशनरी की चारदीवारी के बाहर बाज़ार ही बाज़ार है। मिशनरी पर मुकदमा चल रहा है। फ़ादर पेस्टो को विश्वास है कि फ़ैसला मिशनरी के पक्ष में आएगा।

मिशनरी की चारदीवाली ऊँची है। चारों दिशाओं में चार लोहे के बड़े गेट हैं। तीन में ताला जड़ा रहता है। चौथा गेट जो मुख्य प्रवेश द्वार है, उस गेट में भी लोहे की मोटी जंजीर पहनाई हुई है। मगर वह ढीली है, उसे उठाकर लोग आते-जाते हैं। गेट सिर्फ़ स्कूल की बस आने-जाने के लिए खुलता है। कैम्पस में बटलपाम,

सुपारी, सागवान, चीड़, अशोक, देवदार के पेड़ों के अलावा पचासों तरह के दुर्लभ फूल हैं। एक झील भी है जिसमें एक नाव डोलती रहती है। झील में मछलियाँ हैं। जिन्हें मारना वर्जित है। गिरजाघर का द्वार उसी झील की ओर खुलता है।

दूर-देहात के लोग जब बाज़ार आते हैं, मिशनरी आना नहीं भूलते। गिरजाघर के आगे सिर झुका सीमेंट की बेंच पर बैठते हैं कुछ देर। उनमें से कुछ लोग बुखार, जुकाम, सिरदर्द की दवा लेने आते हैं। फ़ादर कुक के ज़माने से होम्योपैथ की दवाइयाँ नि:शुल्क दी जाती हैं। उसके लिए कोई अलग डॉक्टर नहीं है बल्कि कोई भी मिशनरी का व्यक्ति दवा दे देता है। सभी होम्योपैथ में मोटा-मोटी दक्ष हैं। चरी भी।

सीमेंट की बेंच पर बैठकर किताब पढ़ रहे फ़ादर होहो ने चरी को आवाज़ दी। चरी गोल चक्कर पूरा कर उनके पास आकर खड़ा हो गया। लैम्पपोस्ट के प्रकाश-क्षेत्र के भीतर, ध्यान रखते हुए कि उसकी छाया से फ़ादर के पढ़ने में बाधा न पड़े।

"जी सर!"

"सिट हियर।"

फ़ादर होहो की बगल में थोड़ा फासले पर बैठ गया चरी।

फ़ादर होहो ने किताब के पेज में पंछी के पँख को रखते कहा, "फ़ादर फिनिक्स, सिस्टर को अच्छा लगा आपका गाँव। लेकिन वह वीपिंग बर्ड...। उसे टेप में सुना...। मैंने चिड़ियाँ के स्वभाव के सन्दर्भ में कुछ महत्त्वपूर्ण किताबों को देखा। लगता है अफ्रीका में पाई जानेवाली 'टैप्बू' नाम की चिड़िया की प्रजाति है।"

"सर, टैप्बू चिड़िया भी शाम होते रोने लगती है?"

"नो-नो, ऐसा नहीं है। उस समय रोती है जब धरती पर भूकम्प आनेवाला होता है। डे-नाइट की बात नहीं...।"

"सर, वह चिड़िया अलग है।"

"क्या आपने कभी ध्यान दिया किस तरह वह रोती है?"

"सर, रोने की तरह रोती है वह...।"

"नो-नो, मेरे कहने का मतलब है कि उस रोने में मेमोरी है?"

"ध्यान नहीं दिया।"

"मदर ने कुछ कहा।"

"नो सर, माँ दिन-भर खुश रहती है। शाम होते चिड़िया का रोना उसके कानों में जैसे पड़ता है, वह मुरझा जाती है। न ठीक से खाना खा पाती और न सो। समझाने पर कहती है कि कोई एक रो रहा हो, ऐसे में खाना कैसे खाया जाएगा?"

"कब से यह हो रहा है?"

"महीना भर हो गया सर, ठीक से मुझे नहीं मालूम। अन्दाज है।"

"चलो, मैं देखता हूँ। मेरे एक दोस्त हैं, वे पंछियों के डॉक्टर हैं। दुनिया में

घूमते रहते हैं। वह भी एक तरह से पंछी हैं। उनसे बात करने की कोशिश करता हूँ। खोज करता हूँ कि अभी वे किस फ़ोन पर उपलब्ध हैं। उन्हें शायद कुछ पता हो।"

"थैंक्यू सर!"

चरी से नज़रें हटाकर मरियम की प्रतिमा की ओर देखने लगे फ़ादर होहो। फिर आँखें बन्द कर ली। डैची पास में आई। वह केले बाँट रही थी। दो केले फ़ादर होहो के पास उसने रख दिए। दो केले चरी को देते बोली, "देहात से कोई पेसंट आया है तुम्हारी प्रतीक्षा में बैठा है सबसे आगेवाली बेंच पर।"

चरी वहाँ से टहलते हुए कमरे में आया। होम्योपैथ की दवाई का बक्सा लेकर मरीज के पास चला गया। रात के लगभग दस बजते होंगे। इतनी रात गए देहात से कम ही कोई दवा लेने के लिए मिशनरी आता है। वैसे भी मिशनरी में दवा के लिए मज़दूर और प्राइमरी स्कूल के मास्टरों को छोड़कर दूसरा भूले-भटके भी नहीं पहुँचता। चरी को लगा कि निश्चय ही इतनी रात गए जब कोई आया है, तबीयत अधिक ख़राब होगी।

मरीज को आला लगाया, बुखार देखा, ब्लड प्रेशर चेक किया। जीभ, आँख देखा।

"हाँ बताओ, क्या परेशानी है?"

"क्या बोलें?"

"अपनी तकलीफ़ को बोलो। वैसे मैंने देख लिया बुखार नहीं है, ब्लड प्रेशर नॉर्मल है। कहीं कोई दर्द है? या घर में किसी को दवा चाहिए, उसके बारे में बताओ।"

"न-न, घर के लिए नहीं, अपने लिए दवा चाहिए।"

"बोलो, क्या मचली आती है? पेट में गैस बनता है?"

"भूख लगती है डागदर बाबू।"

"यह तो अच्छी बात है। लोग भूख लगने की दवा खाते हैं।"

"मुझे तो भूख नहीं लगने की दवा चाहिए।"

चरी आला को कान से निकाल किनारे रखते बोला, "क्या बात है, बोलो...।"

चरी को बोलने के लिए शब्द नहीं मिल रहे थे। उसे पूछने की हिम्मत नहीं हो रही थी, "इतनी रात गए? भूख नहीं लगने की दवा के लिए...!"

मरीज चुपचाप उठा और गेट के बाहर चला गया। गेट की मोटी जंजीर से टुन्न की आवाज़ हुई और उसकी तरंग गूँज गई चहुँओर।

मूर्तिवत चरी बेंच पर बैठा रहा। उसके मन में एक बार आया कि पीछे से पुकार कर, माँ ने जो लड्डू दिये हैं, उसे वह दे दे, फिर उसे भान हुआ कि यह तो दया दिखाना होगा। उसके स्वाभिमान को ठेस लग सकती है। वह खो गया अपने स्कूल के दिनों में...। सहपाठी रामदत्त का ख्याल आ गया कि वह कैसे स्कूल से लौटते समय राह के गाँवों से गरदन तोड़ का नाम लेकर पाँच घरों से भीख माँगता था। चावल, आँटा, दाल मिल जाया करता था। सम्मानजनक वह भीख थी। बड़ा

आदमी भी माँगता था। टोटका था कि बैल को गरदन तोड़ की बीमारी से बचाने के लिए भिक्षा ही एक रास्ता था। पाँच घरों से भिक्षा। पशु डॉक्टर भी कोई जीव है, नहीं जानता था कोई।

रामदत्त आठवीं क्लास के बाद आगे पढ़ नहीं पाया। घर के चूल्हे की भी व्यवस्था उस उम्र में करता था। फसल कटने के बाद खेतों में चूहों के बिलों से अन्न की बालियाँ खोदकर निकालना उसकी दिनचर्या थी। छह बहनों, पाँच भाइयों में वही जेठ था। स्वाभाविक रूप से कम उम्र में अभिभावक हो गया। हालाँकि माँ-बाप जीवित थे। सयाना हुआ जब तब कैसे-न-कैसे उसे रेलवे में पानी पिलाने की नौकरी मिल गई। वह स्टेशन पर यात्रियों को पानी पिलाता था।

रामदत्त को याद करते-करते कितने लोग उसे याद आते गए जो ऐसी ही, विपन्नता में जीवन बिता रहे।

चरी बेंच से जब उठा उस समय रात के दो बज रहे थे। अपने कमरे में जाकर हाथ-मुँह धोकर बिस्तर पर लेट गया, लेकिन, नींद तो आँखों में थी ही नहीं, वह तो उस आदमी ने चुरा ली थी जिसे भूख नहीं लगने की दवा चाहिए थी...।

चरी इधर-उधर करवट बदलता रहा। किसी करवट नहीं पड़ रहा था कल। उसने 'अचीन्हा मानुस' किताब को उलटते-पुलटते सुबह कर ली।

सुबह की सैर में चरी न दिखा, न प्रार्थना में। फ़ादर फिनिक्स को लगा कि कहीं तबीयत तो नहीं ख़राब हो गई उसकी! वह किसी दूसरे से न पूछकर ख़ुद उसके कमरे में चले गए। घंटी दबाई दरवाज़े की।

"कहाँ हो चरी? ठीक तो हो।"

चरी कपड़ा बदल रहा था। कमीज गर्दन में डालते कमरे से निकलकर बोला, "यस फ़ादर...।"

"नाश्ते के टेबुल पर आओ, एक खुशख़बरी है।"

खाने की मेज़ पर हर कुर्सी के आगे एक गुलाब का फूल रखा हुआ था। एलर्ट के आते सभी लोग अपने-अपने आगे के फूल को उठा उनके हाथों में अभिवादन करते हुए भेंट कर दिए। तालियाँ बज उठीं।

चरी को इस सम्मान का उत्स बाद में मालूम हुआ। एलर्ट ने ऐसा विलक्षण शोध किया है कि फूलों में रंग कहाँ से आते हैं और उन रंगों के करीब कैसे पहुँच सकते हैं बच्चे। फ़ादर फिनिक्स ने विस्तार में इसकी चर्चा की।

खिल गए सभी के चेहरे। फ़ादर फिनिक्स ने एलर्ट के हाथ को अपने हाथ में लेकर चूमा। पलकों को भी। अनुपम खोज की बधाई दी।

फ़ादर होहो, जूली, सिस्टर और चरी ने आपस में मंत्रणा कर फ़ादर फिनिक्स

को अलग में ले जाकर बताया कि हम सभी चाहते हैं कि शोध पूरा करने की ख़ुशी में एलर्ट सर की पार्टी की जाए।

फ़ादर फिनिक्स ने कुछ देर रुककर कहा, "लेकिन एलर्ट अपने शोध को जब तक अपनी तरफ से पूरा होने की घोषणा नहीं करते हैं पार्टी देना ठीक नहीं होगा। जबकि हमें मालूम है उन्होंने शोध पूरा कर लिया है। फिर भी वेट करना है। अभी एलर्ट पार्टी के लिए राजी नहीं होंगे।"

फ़ादर फिनिक्स ही नहीं, उनसे जुड़ा हर व्यक्ति जानता है एलर्ट बेहद संकोची, विनम्र हैं। मिशनरी की लायब्रेरी के लायब्रेरियन के पद पर कार्य करते हुए कितने बच्चों, बड़ों के अन्दर पढ़ने की आदत को उन्होंने विकसित किया और उनकी रुचियों के अनुकूल किताबें दिया और अमुक-अमुक किताब पढ़ने की सलाह भी दी।

बच्चों का एलर्ट से बेहद लगाव है। उन्हें रंगों पर शोध करने की प्रेरणा विक्टर नाम के बच्चे से मिली जो सात साल पूर्व यहाँ के कॉन्वेंट का पाँचवीं जमात का छात्र था।

उस बच्चे ने एक दिन छुट्टी के समय एलर्ट से यूँ ही पूछा, "सर, फूलों को कौन रंगता है? फूलों को रंगनेवाले ने ही आसमान को रंगा है? बारिश में फूलों का रंग नहीं धुलता, आसमान का भी रंग नहीं धुलता।"

विक्टर की बात उस समय तो नहीं मगर घंटे-दो-घंटे बाद एलर्ट को कौंधने लगी। सुबह-शाम एक ही बात—कि फूलों को कौन रंगता है?

पिछले कई वर्षों में उन्होंने प्रकृति के रहस्य और जीवों की उत्पत्ति पर सैकड़ों किताबें पढ़ीं। फूलों की घाटियों में रातें बिताईं, जंगल में ख़ानाबदोशों के साथ कुछ दिन रहे। इतिहासविद्, समाजशास्त्रियों, वैज्ञानिकों से विमर्श किया और न जाने क्या-क्या किया। मगर, किसी को अपने ध्येय के बारे में भनक तक न लगने दी।

एलर्ट की मित्र क्रिस भी नहीं जान सकीं कि वह किस उधेड़बुन में लगे हुए हैं। उन्हें शक था कहीं एलर्ट डिप्रेशन के शिकार तो नहीं हो गए? न ठीक से बात करते हैं और न खाने में कोई रुचि रह गई है। उन्होंने फ़ादर फिनिक्स और फ़ादर होहो से चर्चा की। फ़ादर होहो और फ़ादर फिनिक्स दोनों ने क्रिस को समझाया कि एलर्ट मूडी हैं। अपनी धुन में रहते हैं, डिप्रेशन में रहने का प्रश्न ही नहीं। वह तो खुद दूसरों को डिप्रेशन से निकालनेवालों में हैं।

क्रिस से जब फ़ादर फिनिक्स ने फ़ोन पर एलर्ट के शोध की चर्चा की, क्रिस नाच उठीं। फ़ोन पर चिल्लाने लगीं, "मेरा वोल्ड यंग ब्वॉय...कहाँ है? उसे लेकर नाचने का मन करता है। करेबियन डांस करने का मन करता है। एक-दूसरे को कमर में लपेटकर, कन्धे पर उठाकर, बाँहों में भरकर...नहीं बल्कि नाचते हुए एक-दूसरे को चूमकर, दूर-दूर होकर, पास-पास होकर...।"

फ़ादर फिनिक्स ने मुस्कराते पूछा, "क्या यह सब अभी भी कर सकती हो क्रिस?"

"ह्वाई नॉट?"

फ़ादर फिनिक्स हँसने लगे, क्रिस और जोर से हँसने लगीं। फ़ोन रखने के बाद भी फ़ादर फिनिक्स की हँसी नहीं रुकी।

एलर्ट चाहते हैं शोध के दौरान हुए अपने अनुभवों को बच्चों के साथ साझा करना। उन्हें विश्वास है उनकी तरह बच्चे भी फूलों के रंगों के करीब जा पहुँचेंगे और देख सकेंगे रंगों का नर्तन...।

वह उसी तैयारी में लगे हुए हैं। सिर्फ़ अपने उस ख़ास समय में फूलों की दुनिया में अकेला जाना नहीं चाहते, बच्चों को भी ले जाना चाहते हैं। तभी तो वह भी देख सकेंगे जो देखा है उन्होंने। एक थियेटर के अभिनेता की तरह वह रिहर्सल कर रहे हैं कई दिनों से अकेले में।

पेस्टो ने एलर्ट के मुँह से अजीब-सी आवाज़ सुनकर खिड़की से झाँककर देखा। उनके हाव-भाव को देखकर उन्हें विश्वास हो गया कि कुछ गड़बड़ है। उन्होंने जूली से कहा, "अब और अधिक दिन नहीं है एलर्ट को पागल होने में।"

जूली चौंक उठीं, "क्या हुआ उन्हें?"

"होना क्या है, मुँह बनाते हैं, आँखें नचाते हैं, कपड़े उतारते हैं पैन्ट को सिर पर रखकर अंडरवियर में करते रहते हैं कदमताल।"

"क्या बोल रहे हो?"

"वह क्या दुबारा बोलना पड़ेगा?"

"मुझे यकीन नहीं।"

"जाओ, कमरे में देख लो।"

जूली ने केक के टुकड़े को पेस्टो के आगे दिखाते कहा, "तुम केक के सामने बोल रहे हो, इसे याद रखना।"

"इस केक में क्या ख़ास है, इसकी गवाही को महत्त्वपूर्ण मान रही हो?"

"यह क्रिसमस का केक है!"

"अभी तक तुमने इसे बचाकर रखा था?"

"हाँ, इन्हीं दिनों के लिए जब कोई नक़ली बात कहे, तो वह पकड़ में आ जाए। तुम बोलो, इस केक के सामने बोलो।"

"क्या तुम्हें सचमुच यक़ीन नहीं हैं?

"नहीं।"

पेस्टो ने एक झटके से जूली के हाथ का केक छीनकर मुँह में डाल लिया। कहा, "माई डियर जूली, प्लीज मेरी बात पर यक़ीन करो और जाकर एक बार देख आओ।"

"जा रही हूँ, यह याद रखना तुमने केक भी खा लिया है।"

पेस्टो हँसने लगे। जूली लायब्रेरी की ओर बढ़ गई।

लायब्रेरी में एलर्ट वनस्पतियों के रंग से रंगा आदिवासियों के एक-दो कपड़ों के टुकड़ों को टाँगकर उस पर चिप्पी चिपका रहे थे ए, बी लिखकर।

चरी थोड़ी दूर पर खड़ा सोच रहा था कि अभी कुछ बोलकर एलर्ट के कार्य में व्यवधान डालना ठीक नहीं होगा, इधर जब देखेंगे, तब ही ठीक होगा। इतने में जूली धड़धड़ाते हुए आ गई चिल्लाते—"एलर्ट...एलर्ट...!"

एलर्ट कुर्सी से उठ खड़ा हुए क़लम, काग़ज़ छोड़कर।

"अरे, क्या हुआ जूली! ओ, चार्ली, तुम भी? प्लीज बैठो!"

चरी सामने की कुर्सी पर बैठ गया। जूली खड़ी रही। वह नज़र घुमाकर इधर-उधर देखने लगी।

"हाँ, बोलो जूली, कुछ काम तुम्हारा कर सकता हूँ?"

"प्लीज एलर्ट पेस्टो के लिए कुछ करो।"

"क्या हुआ उसे?"

"कैसा, कैसा जोक करता है। मैं उसके जोक में हमेशा फँस जाती हूँ। दौड़ती रहती हूँ गिलहरी की तरह पेड़ के ऊपर नीचे।"

"तो तुम्हारा यह प्रॉब्लम है?"

"येस!"

"आधी से अधिक दुनिया का प्रॉब्लम है कि उसे हँसी नहीं आ रही है। जोक सुनने के लिए कमेडियन की माँग बढ़ रही है। प्रभु दयालु है कि तुम्हें बैठे-बैठाए पेस्टो जैसा कमेडियन मिल गया।

जूली मुँह बिचकाकर एलर्ट के टेबुल से स्केल उठाकर निकल गई। पीछे से एलर्ट ने चिल्लाकर कहा, "स्केल वापस कर देना।"

जूली बिना मुड़े ऊँचे से बोली, "एक-दो स्केल पेस्टो को लगाकर वापिस कर दूँगी।" एलर्ट मुस्कराने लगे।

चरी को देर शाम गए अपने कक्ष में देखकर एलर्ट को लगा कोई काम होगा। थोड़ा पास में कुर्सी खिसकाकर एलर्ट ने कहा, "हाँ, बोलो चार्ली। उसकी बात को छोड़ो। ऐसे ही अपनी ख़ुशी का इज़हार करते हैं पेस्टो, जूली...। अच्छा लगता है। तुम बताओ दोस्त...।"

"ऐसे ही सर, आपको थैंक्यू बोलने के लिए आ गया।"

"किस बात के लिए।"

"आपने नई क़लम मुझे भेंट की, वह भी मेरी अनुपस्थिति में। मेरे बिस्तर पर रखी हुई मिली। बाद में मालूम हुआ कि आप रख गए हैं।"

"तुम्हें ज़रूरत थी, तुम्हारी क़लम पुरानी भी हो गई थी।"

"ख़ुशियाँ रंग पैदा करती हैं। रंग न हो तो ख़ुशियाँ कहाँ जन्मेंगी?"

"जी, सर...!"

फ़ादर होहो को आते देखकर एलर्ट कुर्सी से खड़े हो गए और चरी भी खड़ा हो गया।

"आइए प्लीज, यह कौन-सी तितली है आपकी अँगुली पकड़े?"

"नहीं एलर्ट, यह मेरी अँगुली नहीं बल्कि मैं काइट की अँगुली पकड़े आ रहा हूँ इसके पीछे-पीछे। इसने कहा कि एलर्ट के पास चलना है।"

सिर के हैट को हवा में लहराते एलर्ट ने सिर झुकाकर कहा, "वेलकम, वेलकम...डियर काइट।"

फ़ादर होहो काइट को एलर्ट के पास छोड़कर चले गए।

"चार्ली सर को हलो बोलो।" एलर्ट ने कहा।

"हलो चार्ली सर!"

हाथ मिलाते हुए चरी ने भी दुहरा दिया, हलो। काइट चरी और एलर्ट के बीच छोटी-सी तिपाई पर बैठ गई।

काइट ने धीमे स्वर में एलर्ट से पूछा, "रंग कहाँ हैं?"

"कौन रंग माई डियर काइट?"

"सिस्टर ने बोला कि आपके पास है। मुझे ड्राइंग करना है रंग चाहिए।"

"अच्छा-अच्छा, रंग...। कौन-सा रंग चाहिए?"

"ओ वाला।"

"दिखाओ मुझे।"

"ओ वाला।"

खिड़की से आसमान में उड़ते बादलों को दिखाते काइट से एलर्ट ने कहा, "इसमें से कोई है, देखकर बोलो।"

काइट कुछ देर देखती रही। हठात् चिल्लाई, "ओ वाला, ओ वाला...।"

"कौन वाला?"

मायूस होकर काइट बोली, "आप देखते भी नहीं, वह छिप गया। मुझे वही वाला रंग चाहिए।"

खिड़की के पास से वापस आकर पुनः तिपाई पर बैठ गई।

एलर्ट ने काइट को गोद में उठा लिया और पुचकारते कहा, "मुझसे भी रंग यही पूछते हैं कि कौन-सा रंग चाहिए। मैं भी उनसे यही कहता हूँ ओ वाला, ओ वाला...। इस तरह हम दोनों एक पायदान पर खड़े हैं। दूसरे लोग समझते हैं कि रंग ने मुझसे बात कर ली काम बन गया। काम तभी बनेगा जब रंग हमारी मदद करेंगे। तभी हम बता सकेंगे उनसे कि कौन-सा 'ओ वाला' रंग चाहिए।"

"सर, एक जिज्ञासा...।" कहते-कहते चरी रुक गया।

"कैरी ऑन चार्ली।"

"सर, मुझे कहना नहीं आ रहा है। काइट की तरह संवाद नहीं कर पा रहा

हूँ। वयस्क मन अपने ज्ञान को लेकर रास्ते में खड़ा हो जाता है। मुझे लगता है सर सहजता बड़ी अमूल्य चीज़ है, वह जहाँ-जहाँ पहुँचने में सक्षम होती है, वहाँ दूसरे उपक्रम से नहीं पहुँचा जा सकता।"

एलर्ट ने कोई उत्तर नहीं दिया। उन्होंने कपड़े के टुकड़ों को निहारने के लिए लाइट को बन्द कर माचिस की तीली जलाई। फिर कुछ देर अन्धेरा छाया रहा। फिर टॉर्च की रोशनी कपड़ों पर फेंकी।

काइट चिल्लाकर बोली, "ओ वाला, ओ वाला। फिर गायब हो गया।"

एलर्ट ने कहा, "क्या मैंने गायब कर दिया, बोलो!"

"टॉर्च ने...टॉर्च ने मिटा दिया।"

"उसी ने दिखाया था न...!"

"कम लाइट था, ओ वाला उसी में था।"

"निकालने की कोशिश करता हूँ।"

घंटा बजने की आवाज़ हुई, चरी उठ गया। विनम्रतापूर्वक एलर्ट से विदा लेकर। काइट को भी हाथ हिलाया।

बाहर निकलते फ़ादर फिनिक्स मिल गए। उन्होंने कहा, "मैं तुम्हें ही खोज रहा था चार्ली।"

"जी, फ़ादर!"

"चलते-चलते बात करेंगे।"

फ़ादर फिनिक्स को मिशनरी की व्यवस्था सम्बन्धी कोई निर्णय लेना होता है, उसमें चरी की सलाह ज़रूर लेते हैं। कमिटी का सदस्य न रहते हुए भी वह सदस्य की भूमिका में रहता है और उसकी बात को गम्भीरता से लिया जाता है।

"देखो चार्ली—बाज़ार के कुछ दुकानदार आए हुए हैं। वह चाहते हैं मिशनरी के गोडाउन में अपना सामान रखना। उसका वह मासिक किराया देंगे और तीन महीने का अग्रिम भी देने को तैयार हैं। किराया आने से मिशनरी के हाथ में कुछ पैसे आ जाएँगे। अनेक अधूरे काम पड़े हुए हैं। कुछ काम तो चलेगा।"

"लेकिन सर...!"

"हाँ, बोलो।"

"आपने क्या सोचा है...?"

"अलग-अलग क्या सोचना है। आपस में बात कर सभी की सहमति से कुछ निर्णय होगा। मेरे अकेले के सोचने का क्या अर्थ है। चलो वर्कशॉप में दुकानदार बैठे हुए हैं।"

"वहाँ और कौन है?"

"फ़ादर होहो, माइकल, जूली, एन्ट्रो।"

चरी बाज़ार के दुकानदारों की धूर्तता और वाक्पटुता दोनों से परिचित है। मुँह

पर वाहवाही, पीछे मिशनरी की निन्दा। आते-जाते कई बार उसके कानों में पड़ा है कि हिन्दू को ईसाई बनाने के लिए रुपया दिया जाता है, लड़की दी जाती है, ब्रेड-अंडा दिया जाता है, विदेश भेजा जाता है, जहाज से सैर कराया जाता है... वगैरह, वगैरह...।

चरी ने तय किया कि कुछ भी हो जाए, बाज़ार के दुकानदारों को गोडाउन किराये पर देने में अपनी सहमति नहीं दूँगा।

चरी फ़ादर फिनिक्स के साथ वर्कशॉप में जैसे पहुँचा वैसे अधेड़ दुकानदार आह्लादित स्वर में बोला, "चार्ली बाबू, आप तो जानते हैं कि हम लोग कैसा आदमी हैं। लफड़ा-वफड़ा से दूर रहते हैं। सिस्टर-फ़ादर को गुरजन मानते हैं। ईसा मसीही भगवान को कौन नहीं जानता। देखिए, गले में सोना के चेन में सूली पर कैसे लटके हैं भगवान। तमगा भी सोने का है। ऊँचा आसान। क्रिसमस, इस्टर सब त्योहार में रहते हैं हाजिर। सिस्टरो तो जानती ही हैं।"

बूढ़ा दुकानदार सुँघनी सूँघते हाथ से मुँह पोछा। फ़ादर होहो की ओर देखकर कहा—"साहेब जी जानते हैं टोनी साहेब जब थे, उस समय हम बच्चा थे। माँ बताती थी कि ट्रक का ट्रक माल मुम्बई, कलकत्ता से आता था। यहीं मिशनरी के गोडाउन में रखाता था। सस्ती का जमाना था। एक आना, दो आना किराया दिया जाता था। साहेब जी, कभी कोई शिकायत नहीं हुई। हम लोग तिजारती हैं। झगड़ा-झंझट से दूर रहते हैं। जब कहिएगा खाली कर देंगे।"

दुकानदारों की बात जब ख़त्म हो गई। जूली ने उन्हें आश्वस्त किया, "घबराने की ज़रूरत नहीं। हम लोग विचार कर बताएँगे।"

टेढ़ी आँखवाला दुकानदार मुखमुद्रा देखकर समझ गया कि टालने की बात हो रही है, देने की नहीं। वह अपने फँसे गले से घर्र-घर्र की आवाज़ में बोला, "फ़ादर, बहुते भरोसा लेकर हम लोग आए हैं। ईसीमसीही के दरबार से से खाली हाथ...न-न भगत को लौटाइए मत। चार्ली बाबू अपने कुछ बोलूँ।"

"क्या बोलें सेठ, भरोसा खंडित हो गया। पिछले बरसात के दिनों में बाज़ार के लोहा व्यापारी भगेलू एंड संस के मुंशी के अनुरोध पर दस दिनों के लिए गोडाउन दिया गया था। खाली कराने में नौ डिबिया तेल जल गया। काफ़ी मशक़्क़त के बाद से तीन महीने के बाद जाकर खाली हुआ।"

टेढ़ी आँखवाला दुकानदार जोर गले से बोला, "समझ गया। लेकिन चार्ली बाबू पाँचों अँगुल बराबर नहीं होता। वह जो किया उसका धर्म-कर्म...उसके साथ जाएगा। हमरा कौन दोस। चाल चले झिगवा मारा जाए सौर...! एक काँटा में मत तौलिए। हम लोग को काहे सजा दे रहे हैं!"

"न-न, मिशनरी किराये पर गोडाउन नहीं लगाएगी। सारे बन्द उपक्रम फिर शुरू होंगे। किराये पर देने के लिए खाली कुछ भी नहीं है।"

"जब शुरू कीजिएगा, खाली कर देंगे। पानी में रहकर घड़ियाल से झगड़ा थोड़ो बनिया करेगा। बुड़बक करता है। चार पैसा कमाने के लिए बैठे हैं। मुहदुब्बर आदमी भी दू बात बोलकर चल जाता है। गुटुर-गुटुर सुन लेते हैं, काहे, कि दुकानदारी है। सबुर का काम है। फ़ादर, बोलिए सबसे बड़ा हाकिम तो आपै हैं।"

"चार्ली ने जो कहा वही हम सभी का मत है। हमें बेकरी, कपड़ा बुनाई, डेरी फार्म, जच्चा घर सब शुरू करना है।"

दुकानदार देह झाड़ते निराश मन से उठ गए। आधे मन से नमस्ते कर गेट के बाहर आते ही उनके शरीर में जान आ गई। भीतर में दबा गुस्सा बलबला के फूट पड़ा।

टेढ़ी आँखवाला सिर खुजलाते बोला, "लगता है चार्ली देसिया ईसाई है।"

"न-न, ईसाई होता तो पट जाता। ई कायथ, भूमिहार, कुर्मी, यादव, बाभन, ठाकुर में से कोई होगा। रोंवा-रोंवा में साले की अकिल है।"

"बुझाता है कुछ, नाम के पीछे पूँछी कटा हुआ है। बंडा है।" बूढ़ा दुकानदार इधर-उधर देखते धीमे स्वर में बोला।

पूरी तरह से दुकानदारों की समझ में आ गया कि अब जितना भी अकल क्यों न दौड़ा लें मिशनरी का गोडाउन मिलनेवाला नहीं।

अधेड़ दुकानदार जम्हाई लेते बोला, "केस चल रहा है मिशनरी की ज़मीन पर, डिग्री होते ही ज़मींदार इसे बेच-बिकीन देगा। हमी लोग कीनेंगे। बेसी दिन नहीं है।"

टेढ़ी आँखवाला दुकानदार चलते-चलते रुक गया। कहा, "सेवा-भाव देखकर बड़का ज़मींदार ने ज़मीन दिया था। लोग कहते हैं। वाजिब बात सबको थोड़ो पता है। सुनोगे तो सुनो, सही बात यह है कि कोई किसी को कुछ देता है मुफ़्तिए?"

"भितरिया बात यह है कि लाट से ख़िताब पाने के वास्ते दिया था। ईसाई जनाना का अंग्रेज हाकिम के बीच उठना-बैठना था। बूढ़-पुरनिया बताते थे कि लाट से खिताबो नहीं मिला, मू गया ज़मींदार बाट जोहते-जोहते। छोटे सरकार के अपने बाबा के सगा भाई थे बाबू जिदोधर सिह। नावल्द थे। छोटे सरकार कुनकुन सिह बाज़ार में कतना द-फा बोले हैं कि बाबा साहेब लिखकर थोड़ो दिये हैं स्टाम्प पर मिशनरी को ज़मीन! छोटे सरकार की ज़मींदारी लाख चली गई हो, फिर भी वह मन से ज़मींदार है। कितना बड़ा दिल है उसका। बेटा-बेटी की शादी हो या कोई जग हो, बाज़ार के बनियों को नेवता देना नहीं भूलता। मैंने दो साल पहले बिटिया का बियाह किया। दरबार में नेवता देने गया था। खाट, कुर्सी के लिए मुँह खोला कि बाबू कुनकुन सिहवा ने कहा जाओ पाँच पेड़ नीमन देखकर सखुआ का काट लो। यह होता है बड़ा आदमी। कहने से नहीं होता। चलो, उससे मिलकर आते हैं। प्रणाम-पाती करने के बहाने दुकान के बारे में भी बतिया लेना है।"

"कब चलना है?"

"कल ही चलो। किशमिश, मुनक्का हम ले लेंगे, तुम क्या लोगे?"

"बालूसाही।"

"और भी कुछ ले लो गिजावाला चीज़।"

"खजूर का गुड़ ले लें।"

"न-न ऊ सब नहीं। कुनकुन सिहवा उधर ताकेगा भी नहीं। हम उसका नस-नस जानते हैं। वह बिलाइती शराब का शौकीन, मछली, गोस खानेवाला, रास-रंग का आदमी है। लेना है तो रम एक बोतल कीन लो।" इस बीच बारिश आ गई।

बातचीत करते दुकानदार एक टीन की छत के नीचे जा खड़े हुए। बाहर हो रही बारिश की बौछार भिगो रही थी उन्हें। पीछे खिसकने की जगह नहीं थी, वहाँ लड़ रहे थे कुत्ते...।

पास में खड़ी कुतिया के कान को सहलाते अधेड़ दुकानदार कुछ देर चुप रहने के बाद बोला, "न मिठाई, न दारू-गोस। बिना एक छदाम गँवाए काम हो जाएगा।"

"सो कैसे?" टेढ़ी आँखवाला दुकानदार ने पूछा।

"देखिए, बाबू कुनकुन सिह रसिया है। रसिया बूझाता है?"

"बुझाएगा नहीं? कोई हम लोग बच्चा हैं?"

"बस-बस, काम हो गया।"

"बोलो भी सही, हमारे पास एक ठू जनाना का फोटो है। देह पर उसके बसतर नहीं है। केले का पत्ता से ढका है शरीर। बाकी सब उघारे हैं। कहना है बाबू कुनकुन सिह से कि हुजूर, देख लीजिए...हमरे दाब में है। जब कहिएगा हाज़िर कर देंगे।"

"अगर कह देगा कुनकुन सिहवा कल ले आओ, तब क्या करोगे? कहाँ से ले जाओगे।"

"उसका उपाय है न!"

"बुझाओ मत, कहकर मुकर जाओगे तो कुनकुन सिहवा छोड़ेगा नहीं।"

"घबराते काहे हो। मुझ पर न छोड़ो। हम उसको फोटो दिखाकर दुह लेंगे। देखना।"

सभी दुकानदार टेढ़ी आँखवाले दुकानदार का मुँह देखने लगे।

ग्यारह

चरी मिशनरी से गाँव लौटते समय अकसर रास्ते की एक नामचीन दुकान से अपिया के लिए मिठाइयाँ ले जाता है। पनपियाव, लकठो और गोइन्दा बाबू के लिए खीरमोहन या छेना की जलेबी। अपिया को गुड़ की जलेबी पसन्द है। बड़ी

काकी भी उसकी गुड़ की जलेबी चाव से खाती थीं। मिठाई खरीदते समय कितना कुछ आ जाता है। चरी को याद है शादी-ब्याह में मिठाई बनाने के लिए हलवाई बुलाए जाते थे, बीसों तरह की मिठाइयाँ बनती थीं लेकिन अपिया और बड़ी काकी अपने लिए गुड़ की जलेबी जोर देकर बनवाती थीं। कुक्की की शादी में अपिया को हलवाई ने गुड़ की जलेबी बोलकर छेना की जलेबी दे दिया था। कुछ दिनों के बाद जब भेद खुला, अपिया ने हलवाई से रिश्ता ही तोड़ लिया। गोविन्द मिष्ठान्न भंडार का कानू आज भी अपनी गलती पर पछताता है। तनिक-सी दिल्लगी में पुराने घर से रिश्ते में दरार आ गई।

मिठाई की वह दुकान बन्द थी और दूसरी दुकान में पनपियाव को छोड़कर कोई मिठाई लेने लायक नहीं थी। पनपियाव ले लिया। उसने सोचा कि गाँव के पास के बाज़ार से लकठो ले लेंगे। लेकिन बाज़ार की मिठाई की दुकान में चरी को जाने की हिम्मत नहीं हुई। वहाँ चटपट-खटपट जमे हुए थे।

चरी दुकान की बगल के रास्ते से निकल गया लेकिन खटपट ने कनखी से देख लिया उसे और देखकर मन्द-मन्द मुस्कराया, चटपट को भी आँखों के इशारे से दिखाया। फिर तेज कदमों से खटपट-चटपट बढ़ गए चरी के पीछे। बाज़ार के बाहर लघुशंका के लिए चरी खड़ा था और जब पलटा तो देखा पीछे चटपट-खटपट। चरी की जब दोनों भाइयों से आँखें मिलीं, वे हँसने लगे। चरी भी मुस्कराया। पूछा, "चटपट भाई, बाज़ार कर लिया?"

"बाज़ार क्या करना, बाज़ार आने का हिरिस मिटाने आए थे। फिर भी कुछ-न-कुछ टेंट से निकल ही जाता है। गरी के अलावा हम लोग कुछ खाते नहीं। मिठाई साल में एक बार...वही दीवाली में। बस, एक दिन।"

"मिठाई अच्छी नहीं लगती?"

"मेहरारू की चीज़ है मिठाई। मरद गया जो खाए मिठाई नारि गई जो खाए खटाई। तुम मिशनरी से आते हो, उधर कँवलगट्टा पोखरा से निकालता है। यदि मिले, लेते आना! वह फल दैवी फल है। गिजा ही गिजा है।"

कहते हैं न घर के धुआँ से आप बच जाएँगे, बाहर के धुआँ से कैसे बचेंगे! चटपट-खटपट घर-बाहर दोनों धुआँ हैं। धुआँ पर नाराज नहीं हुआ जा सकता, न ही प्रेम किया जा सकता है। आँख में लगता है धुआँ। लाल हो जाती है आँख। उपाय क्या है! आँख बचाकर चलने के अलावा।"

"आप हमारी आँख से बचकर निकल रहे थे।"

"न-न खटपट भाई, ऐसा नहीं है।"

खटपट ने क्या जवाब दिया चरी सुन नहीं सका। हवा तेज थी। आगे चलने में जोर लगाना पड़ रहा था। चटपट की कमीज का कालर, हवा से फरफर कर रहा था गरदन से लगकर। चटपट ने एक-दो बार कालर को ठीक किया फिर भी

उसका फटफट होना नहीं रुका। अन्त में गुस्से में चटपट ने कमीज को निकाल दो हिस्से में चीर दिया।

गुस्से से लाल-पीला होते फटी कमीज से चटपट ने कहा, "बजो, बजो साले, बहुत फटफट-फटफट कर रहे थे। अब करो, करो न फटफट!"

चरी ने पीछे मुड़कर देखा, हतप्रभ रह गया, "कमीज क्यों फाड़ दी चटपट भाई?"

"गरदन पर कालर चोट कर रहा था। पूछते हो कि फाड़ क्यों दिया!"

चरी उस मूर्खता पर क्या कहता! कितना भी सोच-समझकर उन दोनों भाइयों से कोई बात करे लड़ने-झगड़ने का दाँव दोनों भाई उसी में खोज लेते हैं। कन्धे से झूलती चटपट की कमीज की फटी बाँह को छूते खटपट बोला, "आज ही दर्जी के यहाँ से आया, आज ही जय सियाराम...।"

"मेरा मन, तुम चाहो तुम भी फाड़ सकते हो अपनी कमीज।"

"मैं नहीं फाड़ूँगा। तुम्हारी कमीज के टुकड़े से लालटेन का शीशा साफ करूँगा।"

इतना सुनना था कि चटपट ने कमीज के और कई टुकड़े कर रास्ते में फेंक दिया गरदन से निकालकर। आँख नचाते बोला, "अब साफ करो लालटेन का शीशा!"

खटपट कुछ क्षण चुप्पी साधे रहा। लगा कि बात में भाई ने बाजी मार ली, उसे पराजय का बोध होने लगा। तनिक देर के बाद नाक फुलाते कहा, "मेरे पास कमीज नहीं है क्या?" उसने अपनी कमीज को निकाल हवा में लहराया फिर हाथ से उसे चीर दिया, बोला, "लालटेन का शीशा साफ करना होगा, अपनी कमीज से करूँगा।"

खाली बदन दोनों भाई मकुना हाथी की चाल में चलते रहे। जैसे कोई युद्ध जीतकर आ रहे हों। परम सन्तुष्टि का भाव था चेहरे पर। इनके पिता झक्कड़ मिसिर भी इन्हीं की तरह हवा से लड़ते थे। किसी भोज में जाते थे तो दस गाँव को मालूम हो जाता था कि अमुक भोज में झक्कड़ मिसिर गए हैं। उनका आहार होता था पाँच सेर चूड़ा, उतना दही उसके बाद लगभग तीन सौ पूड़ियाँ, उसी मात्रा में सब्जी। मीठा ऊपर से एकाध सेर। इसमें कुछ कम होगा यदि तो भोज देनेवाले के सात पुश्त को नेवतने लगते थे। ग़नीमत है कि चटपट-खटपट किसी के घर भोज में नहीं जाते।

खेत से मूली उखाड़ा, बगल के कुएँ पर जा उसे धोया और खाते हुए चटपट ने कहा, "मूली खाओगे चरी?"

"नहीं, चटपट भाई, बाद में।"

"वैसे एक बार में कितनी मूली खा सकते हो?"

"एक।"

"मैं पच्चीस और खटपट मुझसे दो मूली बेसी खा लेता है। चालाकी करता है। बड़ी मूली के साथ छोटी मूली भी मिला देता है। डीह जब बँधेगा मैं अपने खेत

की सौ मूली दे दूँगा। प्रसाद में खाएगा गाँव-जबार का लोग। डीह बँधने में तुम्हारी तरफ से क्या रहेगा?"

"माँ को मालूम है।"

"न-न, घर की बात नहीं कर रहा हूँ। तुम्हारा व्यक्तिगत योगदान...।"

चरी ने हाथ हिलाकर बता दिया कि कुछ नहीं। चटपट ने समझा डमरू। डमरू का गुणगान चटपट करने लगा। अपनी बात से यह साबित करने लगा कि डमरू बजाने में उससे कोई जीत नहीं सकता। कभी कोई साधु आए थे उसके घर। उनका डमरू छूट गया था। मदारी के डमरू की चर्चा करने लगा कैसे उससे हारी बाजी में उसे हराकर, डमरू जीत लिया था।

"तो तुम डमरू दोगे चरी? मेरे पास भी दो डमरू हैं। एक मैं भी दे दूँगा।"

चरी समझ नहीं पाया कि डमरू की बात उसने कब कही। वह हाँ, न कुछ नहीं बोला। अपने घर की ओर मुड़ गया।

घर पहुँचकर चरी ने अपिया से चटपट, खटपट की चर्चा करते हुए कहा कि कैसे दोनों ने बारी-बारी से अपनी कमीज निकालकर फाड़ दिया।

अपिया हँसने लगी। वह बोली, "सचमुच उलँग पागल है। पता नहीं कौन-सी लकड़ी सुँघाते हैं तेरे बाबूजी, उनके सामने दोनों गऊ की तरह शान्त बने रहते हैं।"

चरी बोला, "बाबूजी ही क्यों बागुन बाबा को भी कभी उन दोनों ने कोई जवाब नहीं दिया। बाबूजी कहाँ हैं?"

"दीवानख़ाने में बैठे हैं। जा, वहाँ बागुन बाबा भी हैं। तेरे बाबूजी को दिखा रहे हैं नदी से लाकर कोई गाछ...। कह रहे हैं कि दुर्लभ है...।"

बिना कपड़े बदले चरी बागुन बाबा से मिलने चला गया। गोइन्दा बाबू और बागुन बाबा का चरण स्पर्श कर हुलसते पूछा, "यह किसका पौधा है बागुन बाबा?"

"नन्नेरेगी का पौधा है। कभी-कभी दिखाई पड़ता है। इसके बारे में कहते हैं कि हज़ार वर्ष इसकी उम्र है।"

पानी भरा परात बागुन बाबा के सामने रखा हुआ था। उन्होंने नन्नेरेगी का एक पत्ता उसमें डाल दिया था। वह पानी में पड़ते ही फूल बन गया। धीरे-धीरे लाल से पीला, पीले से काला, काले से सफेद, सफेद से बैगनी रंग का हो गया।

अवाक् होकर चरी फूल को रंग बदलते देखता रहा। कभी परात के पानी को कभी बागुन बाबा को। मिशनरी में एलर्ट और गाँव में बागुन बाबा। दोनों अन्वेषी हैं। एक पढ़ा-लिखा विद्वान, दूसरा किताबी दुनिया के परे विचरण करनेवाला गिरस्त। कई तरह के प्रश्न चरी के मन में उमड़ने लगे।

"बागुन बाबा, नदी पर चलकर हमें दिखाएँगे इसका पौधा?" चरी ने कहा।

"दिखेगा, तभी तो दिखाएँगे। आदमी को देखकर छिप जाता है।"

"आपको कैसे मिल गया?"

"अचक्के में आँख पड़ गई। देख लेने पर रुक जाता है नन्नेरेगी। यह तो घूमनेवाला पौधा है। हवा से भी तेज है इसकी रफ़्तार। एक महात्मा ने बहुत पहले इसके बारे में बताया था मुझे। कहा था कि इसके सामने सिर हिलाओ, वह भी हिलाएगा। यदि तुम थक गए तो वह गायब हो जाएगा और यदि तुम जीत गए तो उसके सारे पत्ते फूल हो जाएँगे। मैंने उसके सामने सिर हिलाना शुरू किया। नन्नेरेगी भी उसी गति से सिर हिलाने लगा। आधा घंटा से ऊपर हो गया। अन्तत: मैं जीत गया। उसे फूल-फूल कर दिया।"

चरी को यक़ीन हो गया कि बागुन बाबा वनस्पति सिद्ध हैं। वह सोचने लगा यदि बागुन बाबा और एलर्ट एक साथ हो जाएँ तो चमत्कार हो जाए। एलर्ट इतने वर्षों से इतनी किताबों की खाक छानने के बाद फूलों के रंगों की उत्पत्ति की जिस तह तक पहुँचे हैं, बागुन बाबा यूँ ही टहलते हुए पहुँच गए। बिना किसी पूर्व तैयारी के खोज कर लिया चुटकी में पत्तों को फूल में परिवर्तित होनेवाला पौधा।

"बागुन बाबा, एक बार मिशनरी चलने का मन बनाइए।"

"मैं जाकर वहाँ क्या करूँगा? दर्जा पाँच पास आदमी।"

"आप जिस विद्या को जानते हैं, वह स्कूल कॉलेजों में नहीं पढ़ाई जाती। उस विद्या के अध्यापक ही नहीं हैं।"

बागुन बाबा चुप रहे। कोई जवाब नहीं दिया। सिर खुजलाते उठने लगे कि गोइन्दा बाबू ने हाथ पकड़कर उन्हें बैठा लिया।

"रस पीकर जाइए। चाय तो आप पीते ही नहीं।"

चरी घर के अन्दर आकर खुद्दी से बोलकर राब का रस घुलवाया और उसमें दही की मोटी साढ़ी डलवाकर मथवा दिया। ऊपर से एक-दो बूँद केवड़ा जल छिड़ककर लोटा-गिलास के साथ खुद ले गया। दो गिलास बागुन बाबा और न-नू करते एक गिलास गोइन्दा बाबू ने लिया। चरी की उत्कंठा शान्त नहीं हुई। उसने पूछा, "बागुन बाबा, लोग कहते हैं कि आप बरम पूजे हुए हैं।"

"हाँ, ठीक बात। बरम कोई देवी-देवता नहीं। हमीं, तुम्हीं बरम हैं। पौधा, जानवर, पंछी सभी बरम हैं। कीड़ा-मकोड़ा भी बरम हैं। पानी, आग भी बरम हैं। बरम वह सब है जितना देख रहे हो। नहीं देख रहे हो, जिसे सुन रहे हो, वह भी बरम है।"

"आपने बहका दिया।"

"बहकाया नहीं। तू बाद में समझेगा।"

बागुन बाबा खैनी रगड़कर उसकी गर्द को सूँघा, टेंट से निकालकर सरसों चुटकी भर कबूतरों के आगे डाला और निकल गए।

*

अपिया बागुन बाबा को औघड़ कहती हैं। वह जब ब्याह कर आई थीं, उस समय सासु ने बागुन बाबा का चरण स्पर्श करने के लिए भेजा था। दरवाज़े पर वह बैठे थे। देखने में साधु दिखे...जटा, कमंडलहीन साधु। ननद ने लखाते हुए दूर से बताया था कि वही हैं जो पूरबवाली कुर्सी पर बैठे हैं उघारे देह।

चरण स्पर्श करते समय लगा कि बर्फ़ की शिला पर हाथ रख दिया। मुँह देखाई में कासमूँज का बुना एक मौनी दिया था उन्होंने। कहा था, 'दुल्हिन इसे मैंने बुना है। जंगल की मूँज-कुशा से, बिना रंगे हुए इसमें रंग है। इस मौनी में कुछ भी रखिएगा, शुभ-ही-शुभ होगा।'

मौनी लेकर घर में आईं। सासु-ननद ने जब सुना कि मुँहदेखाई में मौनी मिली है, खिल्ली उड़ाकर हँसने लगी, 'बरम आदमी और क्या देगा...?' मौनी को उठाकर घर के एक कोने में फेंक दिया। बहुत दिनों तक वह मौनी पड़ी रही वैसे ही। एक दिन जी नहीं माना, अपिया ने उठाकर उसे अपने लोहे के बक्से में रख लिया। बाद में कुक्की, चरी उसमें अपना कलम रखते रहे।

पता नहीं क्यों जब बागुन बाबा पर कोई बिगड़ता था, चाहे वह दीया की माँ ही क्यों न हों अपिया को बुरा लगता था। वह कई बार बातचीत में बोल चुकी है कि बागुन बाबा में कुछ अलग है, उन्हें समझ नहीं रहे हैं लोग।

चरी को जब बागुन बाबा के करीब अपिया देखती हैं, उन्हें अच्छा लगता है, मगर, डर भी जाती हैं कि कहीं हमारा चरी भी उनकी संगत में औघड़मता न हो जाए। दीया की माँ से तरह-तरह के किस्से सुना है, 'आदमी के कंकाल की खोपड़ी में अपनी चुनौटी, खैनी रखते हैं। सुबह उठकर अपना पैर छूते हैं। और जब दीया की माँ के साथ रात में शयनकक्ष में बात करते हैं, कृष्ण हो जाते हैं...।' यह सब एक औघड़ ही कर सकता है—मोही, निर्मोही दोनों होकर।

अपिया चरी को निर्मोही नहीं देखना चाहती। चरी को चेताती है, "ठीक है, बागुन बाबा अच्छे, गुनिया मानुस हैं, लेकिन, अधिक घुलना-मिलना ठीक नहीं।"

"क्यों माँ!" चरी ने पूछा।

"औघड़मता हैं। मुर्दघट्टी में रात-रात-भर घूमते रहते हैं। सुना है कि मुर्दों से भी उनकी दोस्ती, यारी है।"

चरी माँ की बात पर हँसने लगा। कहा, "तुम भी लोगों की सुनी-सुनाई बात पर जाती हो। बागुन बाबा, दूसरी तरह के इनसान हैं।"

"मुझे नहीं सुनना है बागुन बाबा की रामायण।"

दीवानख़ाने से ग्रामोफ़ोन पर जद्दनबाई की ठुमरी छनकर आने लगी। अपिया को लेकर चरी दीवानख़ाने में चला गया, "क्या गला है...।"

"माँ यह जद्दनबाई है...ठुमरी की मुरकी सुन रही हो..."

"तुम बाप-बेटा, मुरका-मुरकी जानो। इतना महीनी मैं नहीं जानती। रसियाव की

मिठास है, यह पता है...।" मुझे तो उनकी ठुमरी रसियाव लगती है।"

गोइन्दा बाबू ने मुस्कराते कहा, "कोई रसिक ही रसियाव के मर्म को समझ सकता है। तुमने विलक्षण कमेंट किया।"

"वह सब छोड़िए मुझे फुसलाइए मत। कुक्की के बारे में क्या सोचा?"

"किसके बारे में?"

"बिटिया के बारे में। आजकल ऊँचा सुनने लगे हैं आप। एक बात को दो बार कहना पड़ता है।"

"एक तरफ जद्दनबाई, एक तरफ तुम। दो तरफा आवाज़ गूँजेगी तो आदमी गड़बड़ा ही जाएगा।"

"मैं जाती हूँ, जद्दनबाई को लेकर रहिए।"

चरी हँसने लगा। गोइन्दा बाबू ने अपिया का हाथ पकड़ बैठने के लिए कहा। ग्रामोफ़ोन का टोन आर्म उठाकर स्टैंड पर रख दिया। बन्द कर दिया टर्न टेबुल का चलना। तावा निकालकर रख दिया।

"हाँ, बोलो क्या कह रही थी।"

"डीह बँधने में अब समय नहीं है। कुक्की आ जाती तो अच्छा होता। उसका भी ग्रह-गोचर चला जाता डीह में।"

"तुम्हें विश्वास है ग्रह-गोचर में?"

"आपको भी तो है।"

"तुम्हारे लिए मैं विश्व़ास करता हूँ। वैसे मुझे एक पैसा भी उसमें विश्वास नहीं है।"

"मेरे लिए विश्वास करते हैं तो कुक्की को बुलवा लीजिए। महीना-दो-महीना न सही चार दिन के लिए ही आ जाए।"

"वे लोग भेजेंगे इतनी जल्दी?"

"इतनी जल्दी कहाँ है!"

"डीह बँधने में अभी दिन है। अजोरे भगत रात में ही फरमान जता गया है ग्यारह तारीख़ को डीह बँधेगा।"

"ग्यारह तारीख़!"

"भगता, ओझा, गुनिया देख-सुनकर साइत निकाला होगा। कोई मुँह का कौर है डीह बाँधना। शैतानी शक्ति को परास्त करने की बात है...। चरी को भेज दीजिए कुक्की को लाने।"

"भेज दो, अच्छा है। बेटी के आने से घर मनसाहिन हो जाएगा। देखे हुए उसे कितने दिन हो गए।"

चरी उन दोनों की बात सुनता रहा। बीच में कुछ बोलने का मन हुआ लेकिन अपने को रोक लिया। वह बहुत पहले से चाहता था कि कुक्की कुछ दिनों के लिए

आ जाए, माँ का मन आन हो जाएगा। डीह बँधने को लेकर उसे कोई उत्सुकता नहीं है। लड्डन जब आया था, कुक्की को भी साथ आना था लेकिन ऐन समय पर उसके सास-ससुर अपनी बेटी के यहाँ चले गए। लड्डन जिद करने लगा कि नानी के पास जाएँगे...नानी के पास जाएँगे। तब जाकर वकील साहेब एक सप्ताह के लिए उसे छोड़कर गए। लड्डन के जाने के बाद कौन ऐसा दिन होता है जिस दिन उसकी चर्चा किसी-न-किसी प्रसंग में अपिया न करती हो।

"चरी तू कुक्की को लाने जाएगा तो?"

"कब जाना है माँ?"

"पंडित जी से साइत निकलवाना पड़ेगा। कल किसी को भेजकर उन्हें बुलवाती हूँ।"

"डीह बँधने के पूर्व साइत निकल जाएगा?"

"पंडित जी से बोलूँगी, बेटी की बात है। कोई उपाय कर देंगे।"

"बिना साइत के साइत निकाल देंगे?"

"इधर-उधर ग्रह-गोचर को खिसकाकर निकाल देंगे। ज़रूरी काम में ऐसे ही होता है।"

गोइन्दा बाबू बोले, "अपनी माँ को क्या समझ रखा है, वह किसी पंडित से कम हैं!"

अपिया गम्भीर मुद्रा में बोली, "यह सब क्या अपने लिए करती हूँ धीया-पूता, स्वामी के लिए देवी-डिवहार का गोड़ लगती हूँ। कुक्की को अपने पेट से जन्माया है। क्या उसकी चिन्ता नहीं होगी? दुलारी धीया कैसे अँचरा के पीछे घूमती रहती थी माँ-माँ कहते...।" बोलते-बोलते अपिया की आँखें डबडबा आईं।

खुद्दी, सुग्गी अपिया के पीछे आकर खड़ी हो गईं। बोली, "रामायणी दादी आई हुई हैं, जनेऊ लेकर।" अपिया घर में चली गईं।

बारह

चरी नाच की जगजगी में चला गया। गाँव के पश्चिमी कोने पर देवी स्थान के पास वाले टीले पर रेवटी को कनात से घेरकर नाच की जगजगी सात दिनों से चल रही है। जब चरी पहुँचा नाच का पूर्वाभ्यास शुरू था।

नचनिया मुरदाशंख गाल में पोतकर गोलाकार में बैठे हुए हैं। बीच में हैं मिरदंगिया, ढोलकिया, पेटी मास्टर। झाँझ और तुरही बजानेवाले घेरे के बाहर हैं। नचनिया के पीछे...लबरा के साथ।

पाँच, छह कुर्सियाँ दूर पर लगी हैं जिन पर सरौता लाल, झन्नू गोवर्धन, छपहार को छोड़कर सबकी कुर्सी अस्थायी है, कोई उम्रदराज आ गया उसके लिए खाली हो जाती है।

मिरदंगिया ने मृदंग पर थाप दिया कि सभी साज में सुरसुरी जग गई। नचनिया झूमते हुए पचरा गाने लगे—

निमिया की डाढि मइया, लावेली हिडोलवा कि झूली झूमि
मइया मोरी गावेली कि झूली-झूमि...
झूलत-झूलत मइया के लगली पियसिया कि चली भइली
मलोहिरा दुआर चली भइली
सुतल बाड़ू कि जागल ए मालिन, वून एकऽ
मोहि पनिया पियावऽ कि वून एकऽ...।

भक्ति भाव में हाथ जोड़कर बैठे हैं बाभन टोला, कोयरी टोला, पासी टोला, कहार टोला, ठाकुर टोला, कायथ पुरवा के लोग। कायथ, बाभन, राजपूत टोला की औरतें छिपकर दूर से देख रही हैं। बाकी जाति की औरतें बैठी हुई हैं नचदेखवा के साथ। कुछ औरतों के सिर पर पचरा का असर देखा जा रहा है। वह सिर आगे-पीछे हिला रही हैं।

नचनिया को बीच-बीच में रोककर सरौता लाल अदा बुझाते हैं। ऐसे नहीं, ऐसा करो। बाँस की टुटही फट्टी लेकर लबरा गाल में कालिख, चूना पोतकर ठुमकता है। हुड़का बजाते पासी टोला का चन्नर ने कढ़ाया—

मधुबना में चोलिया छिपवला हो कान्हा
राधा की चोलिया...।

सरौता लाल ने सीटी बजाई कि साज बन्द।

मास्टरी मुद्रा में सरौता लाल ने समझाते हुए कहा, "देखो दो टू बात है। लहँगा की डोरी के साथ जो घुँघरू बँधा है, उसकी आवाज़ आनी चाहिए। दस दाना बजता है, चार दाना चुप रहता है। कमर हिलाओ तो छाती हिल जाए। नाभि के नीचे का भाग भी चकरी माफिक घूम जाए।"

नकछेदी मुँह बिचकाते राघव तिवारी से बोले, "सुन रहे हैं न, बुढ़वा नाभि के नीचे की चकरी हिलवा रहा है। देखते जाइए पचरा में कैसे फेटा गया मधुबनवा में चोलिया...।"

राघव तिवारी रूद्राक्ष का माला थैली में हाथ डालकर डुलाते नकछेदी से कहा, "सब देवी-देवता की बात है नकछेदी भाई। सुनने दीजिए...।"

"मधुबनवा में चोलिया छिपवला हो कान्हा राधा की चोलिया...।"

"वह जो लवंडा लहँगा पहनकर नाच रहा है, कौन है ऊ?" झन्नू गोवर्धन ने नकछेदी की ओर मुँह करके पूछा।

"वही झिनिया है। चगरमँगता। पम्पापुरवाला।"

"एकदम फिल्मी हिरोइन माफिक है। एक भी रोंवा नहीं है गाल पर। आँख में भरपूर काजल दिए हुए हैं। होंठ देखो, कइसा रसदार है!"

"खर्चा उठानेवाला, खर्चा उसका उठाया है। अइसे ही रूप-रंग रहता है।"

सरौता लाल ने फिर सीटी बजाई। साज बन्द। सरौता लाल ने नीचे से एक पीपल के सूखे पत्ते को हाथ में उठाया। उसे दिखाते बोले, "यही मान लो फोटो है। इसी को जब लबरा दिखाएगा मास्टर को, मस्टरवा गाएगा फोटो का गीत।"

लबरा ने कहा, "नहीं हुजूर, मास्टर नहीं, दिलजानी गाएगी। दिलजानी को न भेजा है फोटो सुनरका सिपहिया...।"

नकछेदी ने तनतनाते कहा, "न-न, इश्क मिजाजी का खेला नहीं। डीह बँधेगा, देवी-देवता की सुमिरनी हो, पचरा हो, निरगुन हो।"

बैदजी ने जोर से डपटा, "चुप, नकछेदी, चुप। सरौता बाबू, मिरदहा, झन्नू गोवर्धन, पूजन यादव, चानिर मिसिर, रामबली सिह, मूरख हैं? तुम बड़े अकलमन्द हुए हो। बिच्छू का मन्तर मालूम नहीं, गेहुअन के बिल में हाथ डालने चले हो। बुझाता है तुम्हें कि यह इन्द्रासन का खेला है। देवता विराजे हुए हैं, कुपित हो गए तो लोटा लेकर दौड़ते रहोगे रात-दिन। न फोटो का गीत बूझता है, न गुरवानी।"

नकछेदी एक चुप, हज़ार चुप! मुँह से चूते लार को राघव तिवारी के गमछे में पोंछने लगे कि तिवारी वहाँ से उठकर पीछे खड़े हो गए चरी के पास।

झन्नू गोवर्धन ने सरौता लाल के कान में जाकर धीरे से कहा, "लवंडा का बिलाउज जरा देखिए। एक ठू स्तन नीचे सरक गया है। सीटी बजाकर ठीक कराइए।" इतना कहना था कि तुरन्त सरौता लाल ने सीटी में फूँक मारी। साज बन्द।

सरौता लाल ने सूत्र वचन में लबरा को संकेत किया कि दिलजानी के वस्त्र पर थोड़ा ध्यान दिया जाए।

लबरा बोला, "समझ गया हुजूर! दिलजानी का ऊ चीज़ नज़र अभी नहीं आएगा। डाइन ने बान मारा है। सुनरका सिपहिया आएगा और सुमिरनी करेगा तब दूसरका भी पहले वाले की तरह हो जाएगा। नाच है हुजूर, एक लर नहीं, कई लर है। यह दुसरका लर है! डीह बँधने के समय नाच का पाठ जब होगा, सुबह से रात नौ-दस बज जाएगा। चार नचनिया राधा, सीता, द्रौपदी, अहिल्या, वही राम किसुन, हिरनाकश्यपु-नरसिह भगवान सजेगा। भूमंडल और जीवयोनि का लीला अइसहि नहीं हो जाता हुजूर!"

सरौता लाल ने मूँड़ी हिलाते आँख बन्द कर लिया। झन्नू गोवर्धन हाथ जोड़ सिर झुकाकर धीरे से अज्ञात में कहा, "जय सुरसती मइया, चौरा का बाबा...।"

दिलजानी के सुर में लबरा ने सुर मिलाते लम्बा आलाप लिया—

मधुबनया में कान्हा...
राधा का चोलिया...या...याऽ...।

चटपट-खटपट हुल्ल से इधर, हुल्ल से उधर आते-जाते हुलकते निकल गए। अजोरे भगत के जान-में-जान आई। उसे डर लग रहा था कि कहीं नज़र पड़ गई चटपट-खटपट की, हाथ का सिघा लेकर अपने बजाने लगेंगे। उन दोनों के जाते ही दिल खोलकर अजोरे भगत ने सिघा में फूँक मारी...टू-टू-टू-ई-ई...। भगता दिलजानी को आरती का थाल दिखाकर दर्शकों के बीच घूम गया। लोग आरती की थाली में पइसा डालने लगे। नकछेदी ने थाली में जलते कपूर की लौ को प्रणाम करते भगता से मुनमुनाते कहा, "यमराज गरम कड़ाहे में छानकर निकालेगा तुम्हें भी।" भगता मुस्कराकर उनके माथे पर लाल सेन्दुर का टीका लगा दिया।

नकछेदी को लगा जैसे उन्हें यमराज कह रहे हों कि तुम्हारी दीन-दशा ठीक नहीं चल रही है। बोलना चाहते हो कुछ मुँह से निकल जाता है कुछ।

नकछेदी वहाँ से जाकर बैठ गए शिववाला के चबूतरे पर चुपचाप। भीड़-भाड़ से अलग, निरगुनिया भाव में।

नाच के बीच में कई लोग उठकर दिलजानी के साथ नाचने लगे, लबरा को धकियाते। बैद जी टीन के भोंपू से बोले, "जिसको नाचना है, वही नाचे सब नहीं। कूदिए मत गरम जलेबी देखकर, मुँह जल जाएगा। हिरिस मिटाने की जगह नहीं है। दूर से देखिए, अजोधाजी, मथुराजी सब उसी में हैं। देखो भाई मास्टर, घुसने मत पावे बाइली आदमी।"

चरी को विश्वास नहीं हो रहा था कि नाच में काम करनेवाले कम पढ़े-लिखे लोग कैसे नाच के इतनी परतों को उघारकर दिखा रहे हैं। सुना रहे हैं कथा की कथा। सुनाना, दिखाना साथ-साथ चल रहा है। सरौता लाल, मिरदहा, बैदजी, छपहार का इस पर नहीं है ध्यान। वे कहीं और हैं। इस मर्म को जानता है लबरा।

लबरा कहरवा नाच से नौटंकी में आया। पहले का मैट्रिक पास है। अपनी अदा से घंटों लोगों को हँसाता रहता है। हित-नात भी स्टेज पर उसे पहचान नहीं पाते। चरी को सातवें-आठवें में उसने टियुशन पढ़ाया था। वह भूलता नहीं लबरा गाया वह गीत—

डोन टच माई बॉडी डियर रसिया...
डियर रसिया, डियर रसिया...।

सरौता लाल की निगाह चरी पर पड़ी। इशारे से बुलाया, "देखो सुर-असुर की भिड़न्त होगी। दिलजानी को सुनरका सिपहिया लेकर भाग जाएगा। बस, इसी लर के बाद। उसे देखकर जाना। सारा रस उसी में है।"

चरी को भुइलोटन पांड़े ने कनखी मारकर अपने पास बुलाया। फुसफुसाते कहा, "घंटा भर देरी है। अभी तेतर नक्षत्र में लड़िका जन्मेगा। धान में जब फूल आएगा, वही फूल देखकर सुमिरनी होगी, तब तेतर लड़िका बरदान पाएगा। वही न हिरनाकसयपवा है। उसके एक लर के बाद सुर-असुर की भिड़न्त, तब सुनरका सिपहिया दिलजानी को लेकर भागेगा। सरौता लाल के कहने से होता है!"

*

चरी इतना सुनने के बाद धीरे से खिसक लिया। सरौता लाल दिलजानी को कुछ समझाने में व्यस्त थे। चरी को घर में घुसते ही मछली पकने की गंध आ गई। घर की डियोढ़ी में पहुँचकर उसने अपिया को आवाज़ दी, "माँ, मछली पका रही हो?"

अपिया ने रसोई घर से ही कहा, "तेरी तो बिल्ली की नाक है। घर में घुसते ही सूँघ लिया...।"

"आखिर बेटा किसका हूँ? कौन-सी मछली है?"

"सब मिली हुई...थवई, पतीसी, सुम्हा, ढेबरी, करवछ, टेंगना...।"

"बाबूजी बाज़ार गए थे?"

"आज कोई बाज़ार का दिन है! चाई नदी से मारकर ले आया था।"

चरी मन-ही-मन मुस्काया। वह जानता है कि बाज़ार के दिन चाई लोग कैसे बाबूजी का इन्तज़ार करते हैं। वे जब मछली चुन लेते हैं, तब दूसरों को बेचते हैं सब। अपिया भी भोज-भात के प्रसंग में अपने ससुर का नाम लेना नहीं भूलती। वह बताती है कि बुढ़ऊ के ज़माने में ढाका का ढाका मछली, ढाका का ढाका नारंगी-सेब आता था। गाँव में बाँट दिया जाता था।

अपिया चरी से बोली, "कितनी याद आ रही है कुक्की, वह होती, तो चाव से खाती। उसे सुम्हा पसन्द है।"

"पटना में भी सुम्हा मिलता है माँ। वहाँ उसे कवई कहते हैं। कुक्की के यहाँ रोज सब्जी के साथ मछली आती है।"

"माँ के हाथ का बना तो नहीं न मिलता होगा!"

चरी बोलते-बोलते बोल गया, "वह तो ठीक है लेकिन, एक बार बाबूजी जब कुक्की के यहाँ गए थे तो उन्हें मछली का मूड़ा नहीं मिला। आधा पेट खाकर उठ गए। भरा कटोरा मछली को यूँ ही छोड़ दिया।

अपिया ने पूछा, "यह सब क्या तेरे बाबूजी कह रहे थे? मुझे विश्वास नहीं कि

कुक्की ऐसा करेगी। वह तो बच्चे से जानती है उनकी पसन्द-नापसन्द। मुझसे अधिक।"

चरी बोला, "कुक्की की तबीयत ख़राब थी। परोस रहा था कोई रसोइया। मुझसे बसन्ती ने बताया था।"

"तू बसन्ती को नहीं जानता? वह पानी में आग लगाती है। वही तो मैं कह रही थी...। तेरे बाबूजी ने कुक्की को चूल्हे में लकड़ी जोड़ना सिखाया था। उस समय तू पैदा हुआ था। वह बाबूजी का गुन गाते नहीं थकती...।"

"कहाँ की बात, कहाँ ले जाती हो।"

"तेरी तरह मास्टर बुद्धि नहीं है मेरी...। अभी भी मेरी तबीयत ख़राब होती है कि तेरे बाबूजी खाना-पकाने के लिए चूल्हे के पास बैठ जाते हैं। कुक्की पिछली बार जब आई थी, बिगड़कर गई कि भइया क्या बुढ़ापे में शादी करेगा? उसे थोड़ी भी तुम्हारी और बाबूजी की चिन्ता नहीं है!"

सुग्गी मन्द-मन्द मुस्कराने लगी। सूप से चावल फटकते बोली, "कुक्की फुआ ठीक बोलती हैं। इस लगन में चरी चाचा का गोड़ रँगा जाए। शादी में मैं कान का टपस नेग में लूँगी। कुक्की बुआ की शादी में नेग में सिंगारदान मिला था। उसमें होठ लाली, रेजा, शीशा, ठंढा तेल, सुरमेदानी था। और भी ढेर चीज़।"

चरी ने कहा, "क्या कभी लगाती है सुरमा?"

सुग्गी फट से बोली, "काहे नहीं? मेला-ठेला के दिन।"

प्लेट में दो पीस तली हुई मछली अपिया ने चरी की ओर बढ़ा दिया। मछली का काँटा निकालते उसे नैया का ख्याल आ गया। लड़ाकी नम्बर एक...। नाक पर रहता था गुस्सा उसके। लगता था कहाँ की इन्दरपरी है। इतना ही तो कहा था कि बन्दर की तरह गाल लाल है...। पर कितना आग-बबूला हुई थी कि उदाहरण देना नहीं आता। गँवार भी ऐसा नहीं बोलेगा। उसके बोलने में ही कौन-सा साहित्य का रस रहता है! कानी-खोतर से आदमी ब्याहकर ले मगर नैया जैसी पिनकाहिन से कभी नहीं।

"तूने शादी के लिए क्या सोचा?"

"माँ, बस एकाध साल रुक जाओ। थोड़ा पैर जम जाए, बस...।"

"एकाध साल में क्या होनेवाला है जरा सुनूँ!"

"मिशनरी में बन्द उपक्रम बस शुरू हो जाए। वह चलने लगेगा कि मैं मिशनरी छोड़कर चला आऊँगा। एक नये ढंग का स्कूल खोलूँगा। नदी के द्वीप में छात्रों की पढ़ाई होगी। उस द्वीप में कक्षा लगेगी। उसमें पढ़ानेवाले दुनिया के नामचीन हस्ती होंगे अपने-अपने क्षेत्र के और वह निःशुल्क पढ़ाएँगे। उनका वस्त्र भी अलग होगा। हर विषय की पढ़ाई होगी। सूई बनाने से लेकर जहाज बनाने, उड़ाने तक की शिक्षा दी जाएगी। अंग्रेजी, संस्कृत, अरबी, फारसी, उर्दू, जर्मन, फ्रेंच, रशियन, चाइनीज, लैटिन—जैसी दुनिया की अन्य भाषाओं का ज्ञान भी दिया जाएगा। एक

वृहत् पुस्तकालय होगा। वहाँ अतिथि अध्यापकों के ठहरने की व्यवस्था होगी। सादा जीवन होगा।"

अपिया ने बीच में चरी को टोका, "बस कर, सुन लिया। इतना करने के बाद शादी करेगा तब तक तो बूढ़ा झामलाल हो जाएगा।"

न-न, कहते चरी हँसने लगा।

गोइन्दा बाबू पीछे खड़ा होकर सब सुन रहे थे। खाँसी की आवाज़ सुनकर पीछे मुड़कर चरी ने देखा। वह उठकर खड़ा हो गया।

गोइन्दा बाबू ने कहा, "बैठो-बैठो, आइडिया बुरा नहीं है। हम दोनों तब तक ऊपर चले जाएँगे। वहाँ से आशीर्वाद देंगे वधू को और तुम्हें कि जुड़न नहाओ, पूतन फलो!" यह बोलते हुए उन्होंने पनडब्बे से पान का बीड़ा निकाला, मुँह में डालकर दीवानख़ाने में चले गए। चरी चुप रहा। गोइन्दा बाबू नाप-तौलकर बोलते हैं। सौ बात कोई करेगा उसमें दो-चार बात का जवाब देंगे। वह दुष्कर से दुष्कर समय में अपना आपा नहीं खोते। धीरज बनाए रहते हैं। कुछ करना होता, मुँह से प्रकट नहीं करते। करने के बाद दूसरे की प्रतिक्रिया सुनना उन्हें अच्छा लगता है। सबसे अच्छी बात है कि वह किसी से डाह नहीं करते।

अपिया थोड़ी भिन्न हैं उनसे। तनिक-तनिक-सी बात उनके दिल को छू जाती है। आँखों से बहने लगती है गंगा-यमुना...। ममत्व ऐसा कि आन गाँव की भी बेटी विदा हो रही हो तो देखकर उनका चेहरा वियोगमय हो जाता है।

अपिया ने कटोरदान दिखाते चरी से कहा, "चार रोटियाँ, पाँच पीस मछली कटोरदान में रख दिया। रास्ते में खा लेना।"

"मैं रास्ते में कभी खाता हूँ? नाहक देती हो।"

"फेंक देता है जो देती हूँ?"

"फेंकता नहीं। उसे मिशनरी के किसी साथी के साथ बैठकर खाता हूँ।"

"उसी तरह इसे भी खा लेना...।"

बोलते-बोलते अपिया रुक गईं। चिरई का रोना सुनाई पड़ने लगा—हूँ, ऊँ... ऊँ...ऊँ...ऊँ...ऊँ...।

"तू क्या कह रही थी?"

"चिरई रो रही है।"

"अब कितने दिन की बात है? डीह तो बँधने ही जा रहा है। डीह बँधते ही चिरई का रोना रुक जाएगा।"

"अगले शनिवार को जब तू आएगा, मिशनरी में बोल के आना कि बहिन के यहाँ जाना है। दस-बारह दिन की छुट्टी ले लेना। डीह बँधेगा उसमें तेरा रहना ज़रूरी है। बाबूजी अकेले क्या-क्या करेंगे?"

"और कुछ?"

"और यही जाते समय बाज़ार में मेवा हलवाई से कहते हुए जाना कि बालूशाही, बड़का बताशा, बुनिया और मोतीचूर का लड्डू बना दे। कुक्की के यहाँ क्या खाली हाथ जाएगा?"

"और कुछ?"

"चूड़ा-दही घर का है।"

चरी इतना सब कुछ सुनकर घबरा गया कि कैसे मैं इतना सब सँभाल पाऊँगा। पूछने पर एक बात में दस बात बोलेगी कि सोमई महरा तो जाएँगे ही, तुझे चिन्ता करने की क्या ज़रूरत है। उसे कैसे समझाए कि सोमई महरा एक नम्बर के बौक हैं। पिछली बार बस स्टैंड पर उन्हें खोजने में सुबह से शाम हो गई थी। वह तो संयोग से नज़र पड़ गई नहीं तो भुतला ही गए थे। मन्दिर में बैठकर किर्तनियों के बीच में झाल बजाते रामा-रामा, हरे-हरे कर रहे थे।

"क्या सोमई महरा जाएँगे साथ में?"

"और क्या, वह गदू आदमी हैं, बूढ़-पुरनिया। सीधा भी। उन्हें कुक्की के घरवाले कितना मानते हैं! जब गए थे परसाल कितना कुक्की के यहाँ काम किया। उनके काम की नेकनामी हुई। उसके घर के सारे पँखे उतारकर साफ किया। कोठिला का अनाज धूप में सुखा-फटककर कुठिला में रख दिया। लड्डन के जूता से लेकर कुक्की के ससुर के जूता तक चमचमा के रखते थे। कुक्की बताती थी कि बरतन माँजनेवाली के आने के पहले सोमई महरा बरतन को धुलकर रसोईघर में रख आते थे। गुनी आदमी की हर जगह पूछ होती है।"

अब चरी के लिए कुछ बचा नहीं था, बोलने के लिए। उसने मान लिया कि कुक्की के यहाँ सौगात लेकर सोमई महरा ही जाएँगे। कोई लाख उनके विरुद्ध कुछ कहता रहे, उसका अपिया पर कुछ असर नहीं होनेवाला। इस मामले में दादी का लक्षण पाई है।

"थोड़ा अमावट भी लेते जाना। कुक्की की सासु को अच्छा लगता है। घी पोतकर रख दिया है।"

शरारती लहजे में चरी बोला, "माँ अचार भी तो बनाई हो एक-से-एक। सोमई महरा जब जा ही रहे हैं, तो उसे भी दे दो, एक मटकी में।"

"बेटी के यहाँ अचार नही भेजते। वह आएगी तब खाएगी।"

चिरई के रोने की आवाज़ तेज हो गई। अपिया के बोलने का स्वर ठंडा पड़ गया जैसे थाली में काढ़ा हुआ गरम भात सेरा जाता है दाल से मिलते...।

खुद्दी अपने हाथ की कटोरी ताखे पर रखकर अपिया के नज़दीक आकर बोली, "माई कुक्की बुआ के यहाँ जब चरी चाचा जाएँगे मैं एक चीज़ दूँगी लड्डन को देने के लिए।"

"क्या भेजेगी?" अपिया ने उसके सिर को सहलाते पूछा। खुद्दी कुछ न बोली।

सिर झुकाकर अपिया के कन्धे को हाथ से दबाने लगी।

"बोल न क्या भेजेगी?"

सुग्गी ने कहा, "दीदी ने बत्तख बनाया है। मोती का आँख है उसका। वह सुन्दर है। ले आएँ?" और बिना उत्तर की प्रतीक्षा किये सुग्गी खुद्दी के झोले से कपड़े के बत्तख को जतन से सँभालते हुए अपिया के पास ले जाकर मेज़ पर रख दिया।

उसे निहारते हुए अपिया अपने हाथ में बत्तख को लेकर चरी को दिखाते बोली, "देख कितना सुन्दर बनाया है...।"

चरी ने हाथ में बत्तख को लेना चाहा कि खुद्दी ने मना कर दिया, "नहीं चाचा, अभी नहीं। उसके पंख की रुई उड़ जाएगी। अभी चिपका नहीं है।" बत्तख को खुद्दी ने आहिस्ते से उठाया और लेकर अपने कमरे में चली गई।

चरी ने अपिया से कहा, "माँ, देखा!"

*

चरी ने बागुन बाबा से शाम में ही कह रखा था कि सुबह चार बजे मैं मिशनरी के लिए निकलूँगा, आप रास्ते में गाँव के बाहर वाले बेल के पेड़ के पास खड़ा रहिएगा। बागुन बाबा ने वैसा ही किया।

लाख मना करने पर कि बागुन बाबा का मुँह देखकर यात्रा करना ठीक नहीं, उन्हें साढ़े साती लगी हुई है, चरी मानता नहीं। अपिया ने बागुन बाबा को रास्ते पर खड़ा देखा और अपना सिर पीट लिया। वह बड़बड़ाने लगी कि हमेशा मिशनरी जाते समय भोर में उन्हें ले जाकर बाज़ार में खैनी की दुकान खुलवाकर खैनी दिलवाता है। इतना ही नहीं खैनी के अलावा उनकी प्रिय मिठाई सोहन हलुआ खाने के लिए चार पैसा भी उन्हें चुपके से थमा देता है।

बागुन बाबा तीन बजे से ही बेल के पेड़ के पास खड़े थे। चरी के आते उसके पीछे हो लिए। चरी जब भी बागुन बाबा के पास होता है, उसे लगता है कि किसी देवदूत के पास है।

चरी ने आत्मीय स्वर में पूछा, "बागुन बाबा आप क्या गाते हैं सुबह-सुबह, कौन-सी प्रार्थना है और इसके मायने क्या हैं?

नखत...जरत
मूरत, सयानी, भाखा, ताखा ओरानी...।

बागुन बाबा ने कहा, "उसके आगे का पद जब तक नहीं सुनो, तब अर्थ कैसे खुलेगा?"

"उसके आगे बुदबुदाने की आवाज़ आती है। पद की नहीं।"

"हाँ, वह बुदबुदाना ही तो बाकी पद है।"

चरी ने आगे कुछ नहीं पूछा। बाज़ार आ गया था और उसे निकलना भी था। उसने उनके हाथ में काग़ज़ में लपेट कर एक-एक का दो नोट रख दिया। चरण स्पर्श कर आगे बढ़ गया।

*

बाज़ार के बनिया पीठ पीछे बोलते हैं कि खूब चरी का मन लगता है बागुन बाबा में। ऐसे मलँग के फेरा में जो एक बार पड़ा वह निकल नहीं पाया। वशीकरण मंत्र जानते हैं। गुदरी बहू गाँव-गाँव कहती फिरती है, "बागुन बाबा के पुण्य-प्रताप से बाझिन की कोख खुल गई। साल भर के लड़के को देखाती चलती है। सब्जी खरीदने के बहाने बड़के घर की मँझली बहुरिया कूट करती थी कि बागुन बाबा का मुँह की छापी लड़का का जैसा होना चाहिए, वैसा है नहीं।"

तौली हुई सब्जी पलड़े की गुदरी बहु ने टोकरी में पलट दिया। झनझनाती बोली, "मँझली बहुरिया, हम छोकड़ी नहीं हैं दाँत में सोने की बतीसी लगाकर घूमनेवाली। गट्टा की कमीनी खाती हूँ। उनका नाम लेकर हँसी-ठट्ठा मनाता है आपको! लड़के पर हमारे मर्द की छापी है। बागुन बाबा, गुरुजन हैं, बाप दाखिल। आपके मुँह में नहीं अटता है, क्या कहती है। कतना बाउर बात बोल गईं? मुझे आपको नहीं देना है सौदा।"

मँझली बहुरिया खिसियाकर रह गईं। इस बात को बाज़ार के लोगों ने दही में सही मिलाकर फैला दिया कि मँझली बहुरिया भुजाली निकाल ली थी गुदरी बहू गोड़ पर गिरकर रोने लगी, तब जाकर माफी हुई...।

*

चरी एक मील गया होगा कि पीछे से किसी ने आवाज़ दी, "चरी बाबू!"

पीछे मुड़कर देखा कि लदुआ घोड़े पर बोरा लादे रामदेव कलवार आ रहे हैं।

चरी ने सोचा किसी और को उसने बुलाया होगा। लेकिन नजदीक पहुँचकर रामदेव खी-खी हँसते हुए बोला—"वही तो मैं कहूँ, चरी बाबू के अलावा दूसरा कौन हो सकता है, राम बनगमन की चाल में। हम भी उधर ही चल रहे हैं। आप तो सड़क से बस धरिएगा?"

चरी ने स्वीकारात्मक सिर हिला दिया।

रामदेव ने सदरी की जेब से किशमिस मुट्ठी भर निकाला जो काला हो चुका था। चरी को देते हुए बोला, "चरी बाबू गिजा लिया जाए।"

"न, न, गिजा नहीं, सौंफ होता तो और बात थी।"

रामदेव ने घोड़े की पीठ पर लदे बस्ते की एक थैली से चुटकी भर सौंफ निकाला और चरी के हाथ में रख दिया, "सौंफ की चाह है, वही लीजिए। तनी हमारा भी ध्यान रखिएगा चरी बाबू!"

"कैसा ध्यान?"

"अब लीजिए, यह भी बताना पड़ेगा! मिशनरी का जो बाज़ार है, उसके दो कोस उत्तर लड़कियाँ ब्याही हुई है। उसी ने बताया कि मिशनरी में दुकान बननेवाला है। एक ठू दुकान साइड का रखिएगा। मार्केट का रेट हम देंगे चरी बाबू आपको दबाएँगे नहीं।"

रामदेव की बात सुनकर चरी मुस्कराने लगा। कहा, "रामदेव सेठ, झूठ बिना पैर के कहाँ-कहाँ घूमता रहता है! तुम्हारे पास भी पहुँच गया। झूठ के फेरा में मत पड़ो दुकान पर ध्यान दो।"

"ठीक ही कहते हैं लेकिन, सुना, तब मैंने सेठानी से कहा कि घर का लड़िका हैं चरी बाबू, कहनाम टालेंगे नहीं। मान लीजिए अभी नहीं बना, भगवान चाहेंगे कभी बनवे करेगा, भूलिएगा नहीं रामदेवा को चरी बाबू!"

रामदेव पहले गाँव-गाँव घूमकर मसालपट्टी आम का मुरब्बा बेचता था और बाज़ार के दिन बाज़ार के रास्ते पर दरी बिछाकर अनाज की करता था नपउनी। औने-पौने भाव पर मजदूरों, किसानों का अनाज खरीदता था। धीरे-धीरे उसने उसी धन्धे से खिर्ची-मिर्ची की दुकान कर ली। फिर कुछ ही दिनों में टीन के चदरा से दो तल्ला मकान बना लिया। किरासन तेल, कपड़ा, मसाला, चीनी, तावा, करछुल, बटुली क्या सब नहीं मिलता उसके यहाँ।

उसने आज तक कभी किसी से ऊँची आवाज़ में बात नहीं की। देह गिराए रहता है। बाज़ार के दुकानदारों में सबसे महीन आदमी के रूप में गिना जाता है। जब सौदा लेकर अपने लदुवा घोड़े पर निकलता है तो लोग समझ जाते कि कहीं बड़ी मछली दिख गई है उसे। कितने लोगों के जेवर को गिरवी रखकर रुपया दे रखा है। मजबूर लोग लिया रुपया दे नहीं पाते और उसका सूद भी बढ़ता रहता है। अधिकतर मजदूर छोटे किसान होते हैं जेवर गिरवी रखनवाले। उनके पास रुपया उतना जुटता ही नहीं कि वह जेवर छुड़ा सकें। जेवर तो जेवर न जाने कितने घरों के फूल के बरतन को भी गिरवी रखा है। और, बात जब करेगा ऐसा लगेगा कि इससे अधिक दुखिया संसार में नहीं है।

चरी ने पूछा, "सवारी कहाँ निकली है सेठ?"

रामदेव घोड़े को बेलीक से लीक पर किया। चश्मे के भीतर से गोल-गोल आँख नचाते बोला, "कहाँ जाएँगे चरी बाबू, पेट जहाँ ले जाए। अनबोलता जानवर को दाना-पानी देना ही है। अपने भसुक लेने से काम चलेगा! जा रहे हैं बबुआन

गाँव में। ठाकुर साहेब की डियोढ़ी अब रही नहीं। सब मलिकार जर-ज़मीन बिकन कर शहर धर लिया। वही हवेली का चौखट, दरवाज़ा और पलंग हमरा मिला है। दाम देने का हमरा का औकात! झूठ नहीं बोलेंगे, मुँह से बबुनी ने कुछ नहीं कहा। बोली, उचित जो बुझाए वह दे, दो। हम इसे बेच नहीं रहे, अपना कलेजा काढ़कर दे रहे हैं। हमरा भी दुख हुआ बबुनी की बोली सुनकर। हमरा से रहा नहीं गया, कहा कि बबुनी घर में हमरा आपकी लछमी जो जा रही है वैसे ही लछमी माफिक रखूँगा। बचन देता हूँ। सदरी से निकालकर पाँच सौ नोट गिन दिया। हाथ जोड़कर सिर झुकाकर चौखट को प्रणाम किया। वही चौखट, दरवाज़ा बैलगाड़ी पर लदा के आएगा। औरो ढेर बात है। बबुनी भी शहरमुँहा हो गई हैं...। यहाँ रहकर क्या करेंगी? उनका कहनाम है कि और जो बचा है तुमको दे देंगे। चोर को दे देंगे, लेकिन भाई-पट्टीदार को नहीं देंगे।"

बात करते-करते सड़क आ गई। संयोग से बस सवारियों के लिए रुकी हुई थी जिस बस से चरी जाता है। चरी ने दौड़कर बस पकड़ ली और रामदेव सेठ का घोड़ा पक्की सड़क पार कर कच्ची में उतर गया।

तेरह

बस के ड्राइवर, खलासी चरी की इज्जत करते हैं। टिकट का पैसा कभी नहीं लेते। हर बार चरी जेब से पैसा निकालता है, हर बार कंडक्टर मना कर देता है। चरी को आज तक समझ में नहीं आया कि वे मेरे कौन-से गुन पर फिदा हैं। बस की जिस सीट पर बैठा था चरी उसकी पिछली सीट से हाथ बढ़ा चरी के कन्धे को छुआ। दुबारा जब अँगुलियाँ ने पीठ को स्पर्श किया उसने तब पीछे मुड़कर देखा। ठीक से बैठने के लिए कहना चाहा लेकिन मुँह की बात मुँह में रह गई। वह एकटक देखता रहा। पुलकित होकर आश्चर्य से बोला, "अरे, नैया तुम? कहाँ से?"

नैया मुस्कराते बोली, "गनीमत है, पहचान तो लिया।"

"कितने दिनों के बाद देख रहा हूँ तुम्हें।"

"पाँच साल के बाद।"

बस में गाना बज रहा था। आवाज़ कट-कट जा रही थी। चरी ने कंडक्टर से गाने का स्वर धीमा करने का आग्रह किया। उसने समझा तेज करने को कहा गया है। जाकर उसने टोन बढ़ा दिया। थोड़ी-बहुत बात जो हो रही थी, वह भी गई। अन्ततः चरी उठकर जब खलासी को समझाया तब उसने धीमा करने को कौन कहे, बन्द ही कर दिया। नैया ने सुकून की साँस ली।

"आजकल कहाँ हो?"

"वही तो मैं तुमसे पूछनेवाला था कि क्या कर रही हो?"

"मैं पटना में रह रही हूँ। वहाँ एक कॉलेज में हूँ।"

"पटना में मेरी बहन भी रहती है। वहाँ जाता रहता हूँ। इधर कहाँ से आ रही हो?"

"मौसी के यहाँ गई थी। नेपाल की सीमा को छूकर आ रही हूँ। जगह का नाम है नौतनवा। मौसी की लड़की मेरे साथ जा रही है। सबसे पीछेवाली सीट पर बैठी है। वह मेरी सहेली भी है। कुछ दिन रहेगी साथ में। मेरा भी मन लगा रहेगा।"

चरी ने पीछे मुड़कर देखा। गोरी-सी लड़की नैया के डील-डौल वाली बैठी है अपने आधे चेहरे को दुपट्टे से ढके। लग रही थी गुड़िया।

थोड़ी देर तक दोनों चुप रहे। दोनों के मन में अनेक बातें उठने लगीं। नैया की बगल वाली सीट खाली हुई कि नैया ने चरी को अपने पास बुला लिया।

सड़क के ब्रेकर को बस पार करते, जब थोड़ी हिलती कि नैया के कन्धे से चरी का कन्धा टकरा जाता। एक सुरसुरी दौड़ जाती। वैसी ही सुरसुरी जो किताब देते-लेते कॉलेज में उसकी अँगुलियाँ छू जाने से होती थी। जैसी शर्मीली कॉलेज के दिनों में थी, सम्भवत: वैसी ही है। कुछ कहना होता था तो एक चिट पर लिखकर किताब में रख देती थी और चरी भी ऐसा ही करता था। वह चिट कोई प्रेमपत्र थोड़ो होता था बल्कि यह कि मैंने अमुक किताब पढ़ ली है। तुम्हें अमरूद कैसा लगा? दशाश्वमेध घाट पर, शाम में, बैठकर गंगा को देखना अच्छा लगता है। लंका पर लस्सी पीते हुए तुम्हें देखा आदि।

"ट्रेन पकड़ोगी?"

"तीन बजे के आसपास है।"

"यह बस स्टेशन तक जाती है। डेढ़-दो बजे तक स्टेशन आराम से पहुँच जाओगी।"

"तुम्हारे परिवार में कौन-कौन है?"

"माँ, बाबूजी और मैं। कुक्की की शादी हो गई। वह पटना में है। उसको एक बेटा है। कुक्की का दूल्हा पटना हाईकोर्ट में प्रैक्टिस करते हैं। यही है परिवार। तुम माँ से मिली हो, बनारस आई थीं जब...।"

"हाँ-हाँ याद आया। बात कहाँ हो सकी थी। उसी दिन वह घर गाँव जा रही थीं। तनिक-सी बात हुई। उस तनिक-सी बात में जो अपनापन माँ में दिखा, उसे आज तक भूल नहीं पाई हूँ। माँ की आँखों में स्नेह भरा हुआ था, चरण स्पर्श करते ही उन्होंने अंकवार में मुझे ले लिया था। असीसती रही थी देर तक।"

चरी के मन में आया कि वह भी उससे पूछे कि तुम्हारे परिवार में कौन-कौन है लेकिन, चाहकर भी पूछने का साहस न कर सका। वह नज़र बचाकर उसके कान के बुनके को देखता रहा।

"तुम मिशनरी में रहते हो? यहाँ कहाँ गए थे?"

"गाँव से आ रहा हूँ। हर शनिवार की शाम गाँव आ जाता हूँ। सोमवार को लौट जाता हूँ।"

"मिशनरी के स्कूल में ही रहने का इरादा है कि कॉलेज ज्वाइन करोगे?"

"देखो, क्या होता है। अभी कुछ सोचा नहीं है।"

नैया हँसने लगी। जैसा वह हँसती कॉलेज के दिनों में, चिढ़ाते हुए।

"इसमें हँसने की कौन-सी बात है?"

"तुम वैसे ही हो, जैसे पहले थे...।" नैया ने पर्स खोलकर अपना कार्ड चरी को देते कहा, "मेरा पता है इसमें। फ़ोन नम्बर भी है। फ़ोन करोगे अपना फ़ोन नम्बर लिखाओ।"

चरी ने एक चिट पर अपना नम्बर लिखकर नैया को थमा दिया। नैया ध्यान से नम्बर देखने लगी।

चरी के पास खलासी आकर खड़ा हो गया। बोला, "क्या चरी बाबू आज मिशनरी नहीं उतरना है? बीस मिनट से गाड़ी खड़ी है। चरी नैया को हाथ हिलाते हुए हड़बड़ाकर बस से उतर गया। बस के दरवाज़े तक नैया छोड़ने गई और बस की खिड़की से चरी को देखती रही जब तक कि वह ओझल न हो गया।

नैया ने अपने पास पीछे से सलिला को बुला लिया। इतने में उसके बगल वाली सीट खाली जानकर कोई और यात्री आकर बैठ गया। वह यात्री सुनने को तैयार नहीं कि यह खाली नहीं है। वह अखबार पर नज़र गड़ाए बहरा बना हुआ था।

नैया के दो-चार बार अनुरोध करने पर यात्री ने अपनी गम्भीर वाणी में कहा, "देवीजी जहाँ बैठी थीं, वहीं बैठें। मैं यहाँ बैठ गया हूँ। जब उतरूँगा, बुला लीजिएगा। पढ़ने दीजिए।"

खलासी ने तकरार बढ़ते देखकर यात्री से कहा, "इन्हें बैठने दीजिए। दूसरी सीट पर चले जाइए।"

"काहें चले जाएँ, फोकट में बैठे हैं?"

"जनाना है।"

"कोनो ई जनानी सीट है?"

आवाज़ की तल्खी सुनकर ड्राइवर ने गाड़ी रोक दी। जोर से बोला, "कौन हुज्जत कर रहा है?"

खलासी ने कहा, "अरे चरी बाबू का जाना-सुना जनाना हैं। उनकी बगल वाली सीट पर उनकी बहन बैठना चाहती थीं। अब पहलवान जी उठ ही नहीं रहे हैं। गुधुल्ली छाँट रहे हैं। कहते हैं कि यह क्या जनाना सीट है?"

ड्राइवर अपनी सीट से उठकर आया। त्योरी कड़ा कर बोला, "पहलवान जी, इस गाड़ी का नाम है भवानी। मेरा भी नाम भवानी ही है। हम मालिक हैं और डरेबर

भी। सीट छोड़कर दूसरा सीट देखिए। नहीं तो खड़े-खड़े चलिए। जनाना सीट पूछ रहे थे? बूझिए यह जनाना सीट है। जबुर बुझाता है, भाड़ा वापिस लीजिए नीचे उतरकर पहलवानी कीजिए।"

पहलवान जी ज़हर का घूँट पीकर रह गए। सीट छोड़कर पिछली सीट पर जा बैठे। वहाँ से देर तक नैया को घूरते रहे।

सलिला उस सीट पर आकर बैठ गई। गाड़ी ने रफ़्तार ले लिया। सलिला मुस्कराई और नैया को थपथपाने लगी। नेपाल के किसी मेडिकल कॉलेज में एम.बी. बी.एस. के अन्तिम वर्ष की छात्र है सलिला। नैया जितनी शर्मीली है, सलिला उतनी ही मुखर। सलिला ने एक आँख दबाकर नैया से पूछा, "उसका नाम चरी है?"

"तुझे कैसे मालूम?"

"अभी सुना, खलासी ने कहा कि चरी का जाना-सुना जनाना है। गनीमत है कि यह नहीं कहा कि उनकी जनाना है।"

नैया ने प्यार से सलिला का कान ऐंठ दिया।

सलिला खी-खी करती हुई बोली, "बनारस का दोस्त है?"

"हाँ, एक ही कॉलेज में थे।"

"एक ही कॉलेज में थे कि और भी कुछ था?"

"और क्या रहेगा। अच्छा लगता था इससे मिलना-जुलना। लड़कियाँ इसे मृगा कहकर चिढ़ाती थीं। मृगवा, मृगवा...।"

"मृगा!"

"देखा नहीं, उसकी आँखें कैसी मृगा जैसी हैं...। उसे कॉलेज में देख मुझे सहेलियाँ कहती थीं देख तेरा मृगवा आ रहा है।"

"उसके मन में तुझे लेकर कुछ था...।"

"उसके भीतर की बात मुझे क्या मालूम।"

"तू अपनी बोल।"

"क्या बोलूँ, वह समझता नहीं कुछ। एकदम बुद्धू है। वही उसका बुद्धूपन मुझे मोहता है।"

"पिक्चर वगैरह कभी साथ गई?"

"नहीं, नहीं। चाची को पढ़ाता था, उनका म्यूजिक टीचर था।"

"बिन्दा चाची?"

"हाँ, बिन्दा चाची को हारमोनियम बजाना सिखाता था।"

नैया यह सलिला से छिपा ले गई कि चाची उसका गाना सुनकर कॉलेज में उस पर मोहित हो गई थीं। कहने लगी कि मुझे इस लड़के से म्यूजिक सीखना है। तुम बोलो उसे। चरी किसी तरह तैयार नहीं हो रहा था तब उसे मैंने अपनी कसम दी कि यदि तनिक भी मुझे मानते हो तो चाची को हारमोनियम बजाना सिखा दो

बस। ऐसा नहीं करोगे, कभी बात नहीं करूँगी। अपना वास्ता नहीं दिया होता, वह पढ़ाने के लिए हरगिज तैयार नहीं होता।

"वह हारमोनियम मास्टर है?"

"नहीं, मिशनरी के स्कूल में पढ़ाता है।"

नैया सलिला से कहना चाहती थी कि जिस ढंग से तू उसे ले रही है, वह वैसा नहीं है। वह जीनियस है। अच्छी बात है कि झूठ नहीं बोलता। हारमोनियम बजाने की बात छेड़ने पर उसने सहजता से कहा कि उसके गाँव में नाच का कई डेरा है। उनके बीच आते-जाते, पेटी पर हाथ फेरते-फेरते अपने आप सीख गया।

चरी को इधर-उधर के लफंडूबाजी से कभी मतलब नहीं रहा। लायब्रेरी, स्पोर्ट या फिर अकेले में कहीं किसी झुरमुट में बैठा देखते रहना आकाश का विस्तार। फुटबॉलर भी अच्छा था...।

"तूने उसका नम्बर नहीं लिया?"

"क्या करेगी जानकर, फ़ोन करेगी?"

"कहेगी तो कर दूँगी।"

"मेरे कहने पर करेगी?"

सलिला हँसने लगी। बोली, "अच्छा है तेरा बन्दर। इसके साथ तुझे मनाता है। लगता है कि हाँ, कोई जोड़ी है। उसके गाल की ठुड्डी पर जो तिल है, वह बहुत जानमारू है। देखकर उसे लगता है कि आगे के दिनों में वह कोई बड़ी छलाँग लगाएगा।"

"तुझे कैसे मालूम? ज्योतिष जानती है?"

"बॉडी लैंग्वेज।"

"बड़ी बॉडी लैंग्वेज वाली है तू, तो बता, मेरी बॉडी लैंग्वेज क्या कहती है?"

"वही, जो उसकी कहती है।"

"तू थिएटर करती है क्या?"

"क्या थिएटर करनेवाला ही बॉडी लैंग्वेज समझता है, दूसरा नहीं।"

"बिन्दा चाची यदि होतीं, खोद-खोदकर पूछतीं कि मुझे बताओ कि क्या होता है बॉडी लैंग्वेज। जब तक उन्हें बताया नहीं जाता, वह जान खाए रहतीं।"

सलिला नैया का पर्स खोलकर देखने लगी। काग़ज़ का चिट निकालकर फ़ोन नम्बर चरी का पढ़ने लगी—जोर से बोल-बोलकर।

"क्या कर रही। लोग देख रहे हैं।"

"देखने दे। उसकी राइटिंग अच्छी है। जानती है तू कि राइटिंग से आदमी के स्वभाव का पता लगता है।"

नैया की आँखें नींद से अलसाने लगी थीं। वह ठहरी हुई-सी आवाज़ में बोली, "अच्छा है।"

सलिला ने काग़ज़ को मोड़कर बत्ती बनाया और धीरे से नैया के कान में घुसा दिया। नैया चौंककर हाथ से कान को मलने लगी। आँख की झपकी टूट गई। ठीक से लगी भी नहीं थी। घूरकर सलिला को देखने लगी।

"ऐसे ही तेरा दूल्हा तुझे नींद से जगाएगा। सोने न देगा मेरी जान।"

"मुझे शादी ही नहीं करनी।"

"जिस बन्दर का फ़ोन नम्बर लिया है क्या उससे इश्क ही करेगी।"

"बन्दर-बन्दर क्यों बोलती है उसे। वह लाखों में एक है।"

"तुम्हें चिढ़ होती है?"

नैया ने कोई जवाब नहीं दिया। फिर उसने आँखें बन्द कर लीं। सलिला किताब निकालकर पढ़ने लगी। पढ़ते-पढ़ते उसे ख्याल आया कि उसने नैया से पूछा ही नहीं कि उसने चरी को अपना फ़ोन नम्बर दिया है कि नहीं।

कोहनी मारकर नैया को जगाते कहा, "टनकपुर लुट गया तू सो रही है?"

नैया की आँख से नींद की खुमारी खत्म हो गई। वह जम्हाई लेते बोली, "हाँ, कौन-सा टनकपुर लुट गया?"

"लुट नहीं जाएगा यदि फ़ोन नम्बर उसे नहीं दिया होगा?"

"तुझे रह-रहकर शरारत सूझती है?"

"बोल, दिया है कि नहीं?"

"दे दिया है। क्यों?"

सलिला आँख मटकाने लगी।

बस तनिक देर के लिए रुकी कि पूरी भीड़ चढ़ गई बस में। उस रेलम-पेल के बीच दन्त-मंजन, बाम बेचनेवाला सेल्समैन अपने मोटे गला से अपने आइटम बखान करता हाथ में मंजन को लहराते बोलने लगा, "चार आना, चार आना, बाम भी चार आना...। एक टिकट में दो खेल। दाँत भी साफ, कीड़ा भी साफ...।"

नैया कान को दुपट्टे से बन्द कर आँखें खोलती, बन्द करती रही। सलिला सेल्समैन के परचे को पढ़ने लगी। पढ़ते-पढ़ते कलम से शुद्ध करने लगी..."स्व, इकार, उकार, ईकार...।"

अगले पड़ाव पर बस रुकी चाय-पानी के लिए। लगभग सभी यात्री उतर गए। नैया और सलिला बैठी रहीं। कंडक्टर दो कुल्हड़ में चाय और दो प्लेट में समोसा लेकर नैया को थमाते कहा, "बहिन जी लीजिए, पकड़िए।"

नैया सकुचाती हुई बोली, "लेकिन मैंने इसके लिए कहा नहीं था।"

"मैंने कब कहा कि आपने कहा था। चरी बाबू की करीबी हैं आप। यह तो मानती है न! लीजिए, यह उन्हीं की तरफ से है।"

"क्या उन्होंने इसके लिए आपसे कहा था?"

"कितना सवाल करती हैं बहिन जी, चाय ठंडी हो रही और समोसा भी। गाड़ी

भी चलने ही वाली है। ड्राइवर आकर सीट पर बैठे नहीं कि स्टार्ट।"

सलिला ने चाय और समोसा हाथ में ले लिया। कंडक्टर ने नीचे उतरकर सीटी बजा दी। यात्री सीटी सुनकर बस में धड़ाधड़ चढ़ने लगे। चाय की चुस्की लेते सलिला ने कहा, "चाय अच्छी है और समोसा भी। तुझे कैसी लगी चाय नैया?"

"चाय सचमुच अच्छी है। अदरक भी पड़ी है इसमें। समोसा तो समोसा है। लेकिन, आश्चर्यचकित हूँ बस में इतनी मेहमानबाजी का सुख पाकर।"

"प्यार का चमत्कार है।"

"कैसा प्यार!"

"हम तो पाँच वर्षों के बाद मिले हैं एक-दूसरे से और इस बीच कोई संवाद नहीं था। हम जानते भी नहीं थे कि कौन कहाँ है।"

"अब तो जान गए।"

नैया ने कोई जवाब नहीं दिया। झोले से किताब निकालकर उलटने-पुलटने लगी। सलिला समझ गई कि नैया कॉलेज के दिनों में है, बस में नहीं। उसने नैया को दुबारा छेड़ा नहीं। उसे अपने एकान्त में रहने दिया और चलती हुई बस में गुजरते हुए रास्ते को देखती रही अपने में खोई-खोई-सी...।

*

पियानो आनेवाली है
वह गानेवाली है
नहीं-नहीं, वह आएगी नहीं
गाना तो हमी को गाना होगा
वह गाने का सुर देगी
देखो, पियानो आ गई, आ गई, देखो...।

कविता सुनाते फ़ादर होहो ख़ुद बच्चों के बीच पियानो बन गए। कविता के बीच-बीच में बोलने लगे म्याऊँ-म्याऊँ...। बच्चे हँसते रहे। घंटी जब बजी तब उन्होंने अपने सिर के हैट को उतारा, हवा में उसे लहराया और सिर झुकाकर बच्चों का धन्यवाद जताया, क्लास से निकल गए।

बच्चों की उन्मुक्त हँसी टीचररूम तक गूँज गई। अध्यापक समझ गए कि क्लास में फ़ादर होहो सर हैं। वह बच्चों से बातचीत करते-करते न्यूटन, आइंस्टीन को घर-परिवार का सदस्य बना देते हैं। उनके आविष्कार को आविष्कार के रूप में नहीं बल्कि किस्सागोई में सुनाते हैं। जैसे अलीबाबा चालीस चोर या बिल्ली की शादी में चूहे को न्योता की कथा सुना रहे हों।

टीचर रूम में फ़ादर होहो के घुसते ही बैठे हुए अध्यापक उठ खड़े हुए।

चरी बोला, "सर, बच्चों के भीतर की उमस आपने खत्म कर दी। इसी की ज़रूरत थी। सर, यह कला मुझे भी सीखनी है।"

फ़ादर होहो मुस्करा के रह गए। फ़ादर फिनिक्स ने कहा, "फ़ादर होहो को बच्चों के बीच बच्चा होना आता है। तुम्हारे भीतर भी चार्ली एक बच्चा है, तभी तो बच्चें तुम्हें घेरते हैं। अपनी मुक्तता को तुम्हारे साथ साझा करते हैं।"

जूली क्लास में जाते-जाते बोली, "फ़ादर होहो पियानो मैडम को लेकर इतना कुछ कहते हैं, उन्हें कितना बुरा लगता होगा!"

फ़ादर फिनिक्स आश्चर्य से फ़ादर होहो का मुँह देखने लगे, "कौन है पियानो मैडम?"

पेस्टो ने गम्भीर स्वर में कहा, "क्या सचमुच फ़ादर, आपको पियानो मैडम के बारे में कुछ पता नहीं?"

"नहीं।"

"यह कैसे होगा कि फ़ादर होहो की मैडम को आपने न देखा हो।"

"मैडम!"

"हाँ, मैडम, वह डाइनिग टेबुल से किचन तक घूमती रहती हैं। कितना मेहमानों का ख्याल रखती हैं। फ़ादर होहो डार्लिंग, डार्लिंग पुकारते पीछे-पीछे घूमते रहते हैं। उनका इसी तरह मॉर्निंग, इवनिग-वॉक भी हो जाता है।"

फ़ादर फिनिक्स और चरी को अब जाकर समझ में आया। वे मन्द-मन्द मुस्काने लगे।

लाइब्रेरी से एलर्ट ने ऊँचे स्वर में कहा, "फ़ादर होहो ने पूसी कैट डार्लिंग पर कविताएँ लिखी हैं। बच्चों को उनकी कविताओं के बारे में पता है।"

चरी ने फ़ादर होहो से चहकते स्वर में कहा, "सर, उन कविताओं को पढ़ने की भूख जग गई। कब मुझे वह सौभाग्य मिलेगा सर!"

फ़ादर होहो ने मुँह से कुछ नहीं कहा। चरी के कन्धे को थपथपाकर जता दिया कि जल्दी ही तुम्हारी इच्छा पूरी होगी। उन्होंने चरी को अपनी कलाई की घड़ी दिखाते संकेत कर दिया कि समय हो गया, क्लास में जाओ।

चरी चॉक और डस्टर उठा क्लास रूम में चला गया।

बच्चों की तरह चरी भी मूडी है। रम गया तो रम गया। समय का ध्यान नहीं रहता। क्लास में बच्चों के साथ एकदम बच्चा हो जाता है। कोई सयानी बात नहीं। ज्ञानियों, पंडितोंवाली कोई बात नहीं। किताब उठाकर रख देता है किनारे। फिर जो वह कहता है, उसके बाद बच्चे किताब हाथ में लेते हैं।

चरी का शुमार अच्छे टीचरों में होता है। वह सिर्फ़ टीचर भर नहीं है। जहाँ कुछ कमी देखता है वहाँ एक सहयोगी के रूप में जाकर हो जाता है खड़ा। हाथ

में झाड़ू लेकर सफाई करने लगता है। खेत में जाकर स्टार्ट को थोड़ी देर के लिए आराम करने के लिए बोलता है और ख़ुद ट्रैक्टर चलाने लगता है।

चरखी की तरह नाचता रहता है। वह जितना कर्मठी है, उतना हँसोड़ भी।

क्लास से छूटने के बाद बच्चों के साथ चरी बाहर निकला। भीतरी सड़क के गड्ढों को माइकिल को भरते देखकर वहाँ रुक गया। मेढ़क को खंचोली में कूदते देखे, जाते हुए बच्चों को उसने आवाज़ देकर बुलाया।

"देखो बच्चों, यह है पानी साफ करनेवाला राजा।"

हुल-हुल करते बच्चे चरी को घेरकर खड़े हो गए। पानी और मेढ़क के रिश्ते को चरी बताने लगा दादी-नानी की तरह।

"मेढ़क की बोली बोल सकते हो? कौन-कौन बोल सकता है?"

कई बच्चों ने हाथ उठाए। चरी ने कहा, "मेढ़क की बोली ही बादलों की बोली है। बादल, मेढ़क भाषा-भाषी हैं।"

छोटी बोली, "सर, यहाँ मेढ़क गेस्ट होकर आया है?"

"नो, डार्लिंग छोटी, वह तो होस्ट है। गेस्ट तो हम लोग हैं।"

"यह बादलों का देश है।"

बातचीत को बढ़ते देख सिस्टर स्कूल के बरामदे से बोली, "चार्ली, बच्चों को जाने दो, बस उनकी प्रतीक्षा में खड़ी है। दूर गाँव है उनका...।"

चरी ने बच्चों को जाते देख हाथ हिलाया और अपने काम में लग गया।

घूमते-घामते थोड़ी देर में एलर्ट आ गए। उन्होंने चरी के हाथ की कुदाल अपने हाथ में ले ली। कहा, "तुम जाओ, फ्रेश हो लो। मैं भी पीछे से आ रहा हूँ, साथ में कॉफी लेंगे। तुम जाओ, यह मेरा ऑर्डर है।"

चरी जाने लगा कि तभी पेस्टो ने चिल्लाकर कहा, "तुम्हारा फ़ोन। तीन बार आ चुका है। आठ बजे फ़ोन पर रहने को कहा है। किसी लेडी की आवाज़ थी।"

चरी सोचने लगा कि कुक्की ने कभी फ़ोन किया नहीं। उसे नम्बर भी नहीं मालूम। अपिया के करने का सवाल ही नहीं उठता। कौन हो सकता है? अचानक उसे नैया का ख्याल आया। वह हो सकती है। झांवा...।

चरी नैया को दोस्तों के बीच झांवा कहता था, साँवलेपन के कारण। उसके साँवलेपन का लावण्य, कौतुक पैदा करता रहा है उसके भीतर। आज भी वह जस-का-तस बना हुआ है। उसने महसूस किया अकसर खिलन्दड़पन में उसका लावण्य निखर जाता है। एक बार चरी के टिफिन से रोटी लेकर बन्दर पेड़ पर चला गया। चरी हक्का-बक्का। नैया यह देखकर खूब हँसी और मजे के लिए चरी के एक पैर की चप्पल झाड़ी में छिपा दिया। वह नँगे पैर कॉलेज से घर गया। लेकिन उसे गुस्सा नहीं आया। नैया अपनी सहेलियों के साथ खड़ी पुकारती रही लेकिन चरी पलटकर ताका नहीं। सहेलियाँ भी मृगवा-मृगवा आवाज़ देकर कर रही थीं चीत्कार।

रात में दो बार नैया का फ़ोन आया। एक बार आठ बजे दूसरी बार रात ग्यारह बजे। दूसरी बार पेस्टो ने आकर चरी को जगाया। उन्हें लगा कि घर से आया होगा, कोई इमरजेंसी होगी लेकिन चरी फ़ोन का चोंगा रख फ़ोन घर से जब निकला, उसकी मुख-मुद्रा देख पेस्टो को समझने में देर नहीं लगी कि यह प्रेम लगन है...।

सुबह नाश्ते की मेज़ पर कॉफी पीते हुए पेस्टो ने मज़ाक़ में चरी से कहा, "फ़ोन का चोंगा ठीक रखा करो, आवाज़ कटती नहीं, सन्नाटे में गूँजती रहती है।"

चरी मुस्करा उठा। वह जान गया कि पेस्टो कहाँ से बोल रहे हैं।

एलर्ट थोड़ी देर से नाश्ते के लिए पहुँचे। उस समय डाइनिग टेबुल पर चरी अकेला था। फ़ादर फिनिक्स, माइकल, पेस्टो अपने कमरे में जा चुके थे। चरी को नाश्ता करने में समय लगता है, वह अख़बार भी देखता रहता है। एलर्ट को देखकर चरी ने अख़बार को मोड़कर किनारे रख दिया।

"चुप-चुप से हो, क्या बात है!" एलर्ट ने आत्मीय लहजे में पूछा।

"कोई बात नहीं सर! सब ठीक-ठाक है।"

"वह चिड़िया तुम्हारे गाँव की बाग़ में अभी भी है?"

"जी सर! शाम होते ही उसका होना मालूम होता है।"

"उसका रोना रुका नहीं?"

"नो सर, मुझे किसी रिचुअल में विश्वास नहीं फिर भी कुछ अविश्वसनीय घटनाएँ घटती हैं, जिन्हें देखकर चमत्कृत हो जाता हूँ। तब लगता है कि हम बहुत कुछ नहीं जानते और अपनी सुविधा के अनुसार अपनी एक धारणा बना लेते हैं।"

"परमेश्वर बहुत दयालु है। वह हमारी चिन्ता करता है।"

"सर, आप बेल्जियम के रहनेवाले हैं न?"

"लेकिन तीस वर्षों से इस देश का नागरिक हूँ।"

"वहाँ कोई है सर?"

एलर्ट कुछ देर चुप रहे। कॉफी में चम्मच डालकर घुमाते न जाने कहाँ खो गए। चरी ने समझा कि लगता है एलर्ट सर ने सुना ही नहीं। वह दुबारा कुछ पूछने ही वाला था कि एलर्ट ने कॉफी की चुस्की लेते कहा, "ओके, फ़ादर-मदर दोनों ईश्वर के पास हैं। भाई एक है, वह वहाँ के एक चर्च में रहता है। पादरी हैं। सिस्टर एक थी, पता नहीं कहाँ है। पहले कभी-कभार चिट्ठी, फ़ोन आ जाया करता था। इधर कुछ वर्षों से कोई सूचना नहीं। तुमने ऐसे ही एक दिन इसी डाइनिग टेबुल पर कॉफी लेते हुए मुझसे पूछा था कि ब्रीथिग कौन है? उस समय तुम्हें बताना भूल गया था कि वह मेरी दोस्त थी। थोड़ी-बहुत आज भी है। वह चाहती थी कि मैं उसके साथ रहूँ और चर्च छोड़ दूँ। मैं जाने को तैयार नहीं हुआ उसके साथ। वह यहाँ आने को तैयार नहीं हुई। उसने शादी कर ली। तीन बच्चों की माँ है। इंडिया

जब आती है, मिलने आ जाती है। इधर नहीं आई दो-ढाई साल हुए। फ़ोन नहीं करता मैं...वह भी तो नहीं करती...।"

एलर्ट बोलते-बोलते रुक गए फ़ादर फिनिक्स को आते देखकर। फ़ादर फिनिक्स को ऑफ़िस की चाभी चाहिए थी। वह पेस्टो को ढूँढ़ रहे थे। झाँककर चले गए।

चरी एलर्ट के साथ कुछ देर बैठा रहा चुपचाप। मानो मौन प्रार्थना में हो। दोनों साथ निकले। बिना किसी संवाद के बाहर आकर सीमेंट के बेंच पर बैठ गए।

छुट्टी के दिन नाश्ते के बाद सभी अलग-अलग बेंचों पर दिखते हैं आदतन। बातचीत हो, हाथ में किताब हो यह ज़रूरी नहीं। मिशनरी की शब्दावली में यह रिलेक्स पीरियड कहलाता है। कोई घंटी की आवाज़ नहीं, कोई भाग-दौड़ नहीं।

मिशनरी के मुख्य गेट पर गाड़ी के हॉर्न बजने की आवाज़ आई कि दौड़कर पेस्टो गए। उन्हें लगा कि दूसरे चर्च की सिस्टर आनेवाली थी, उन्हीं की गाड़ी होगी।

गेट पर कुनकुन सिह की गाड़ी लगी थी।

कुनकुन सिंह को पता था कि गैर-मिशनरी के लोगों के लिए गेट नहीं खुलता फिर भी हॉर्न बजा दिया। वे अपने लाव-लश्कर के साथ गाड़ी से उतरे और पेस्टो के साथ पैदल मिशनरी के भीतर आ गए।

कुनकुन सिह ने चारों ओर नज़र दौड़ाकर देखा फिर आकर एलर्ट, चरी के पास बैठ गए। इतने में फ़ादर फिनिक्स भी आ गए। फ़ादर को देखकर खड़े हो गए कुनकुन सिह। फ़ादर ने बैठने का इशारा किया। अपनत्व भरे स्वर में कहा, "आप तो बाज़ार शाम में घूमने आते हैं। आज बाज़ार सुबह-सुबह...।"

"नहीं फ़ादर, बाज़ार नहीं आया। नेवता बाँट रहा हूँ। पहला नेवता राजनीतिक पार्टियों के प्रमुखों को, दूसरा प्रशासन के प्रमुखों को और तीसरा आपको देने चला आया। यहाँ तो सभी प्रमुख हैं। सभी प्रमुखों को आना है। चार्ली बाबू, भूलिएगा नहीं।"

लिफाफे से कार्ड निकालने की आवश्यकता नहीं पड़ी। कुनकुन सिह के साथ आए लोगों ने जोश में नारा लगाना शुरू कर दिया, "सनातन पार्टी जिन्दाबाद! हमारा नेता कैसा हो? कुनकुन सिह जैसा हो।"

"...नाम नहीं-नाम नहीं, अभी नाम नहीं।" कुनकुन सिह ने साथ आए लोगों को समझाते कहा, "नहीं, नाम नहीं...! कल शाम चार बजे टाउन एरिया के हॉल में हमारी नई सनातन पार्टी का विधिवत उद्घाटन होगा। अध्यक्ष चुनाएगा। तब नाम का नारा। अभी नहीं...नाम नहीं...।"

चरी बोला, "झंडा की छापी नहीं देख रहे हैं?"

"सब देखिएगा चार्ली बाबू, उद्घाटन तो हो जाने दीजिए। कल के बाद झंडी, पताका गाँवा-गाई का परिक्रमा...दीवाल, कुआँ सब छापी से रंग जाएगा।"

कुनकुन सिह ने विस्तार से अपनी योजना क्रमबद्ध गिनाना शुरू किया। इस बीच चाय आ गई। सभी ने लिया मगर कुनकुन सिह ने मना कर दिया।

फ़ादर फिनिक्स ने कहा, "आपके लिए कॉफी मँगवा दूँ?"

"नहीं फ़ादर, कॉफी भी नहीं पिऊँगा। मैंने तो पहले ही कह दिया कि मुकदमा के फैसला आने के बाद पानी, चाय चलेगा मिशनरी में।"

"मुकदमा अपनी जगह है। रिश्ते में कड़ुवाहट नहीं आनी चाहिए।"

कुनकुन सिह ने कोई जवाब नहीं दिया। वह सभी लोगों, खासकर चरी और फ़ादर फिनिक्स से आग्रह करने लगे कि कल के समारोह में ज़रूर पधारें।

जाते-जाते कुनकुन सिह ने फ़ादर फिनिक्स से कहा, "फ़ादर मुकदमा हमारे पक्ष में ही आएगा...।"

कुनकुन सिह के जाने के बाद पेस्टो बोले, "राजनीतिक पार्टी खड़ा करना, इंडस्ट्री खोलने जैसा है। क्यों चार्ली?"

"फ़र्क़ है दोनों में। इंडस्ट्री में अपनी टेंट से ख़र्च करना पड़ता है कुछ दिनों तक और राजनीतिक पार्टी में ठीक इसका उलट है। वह खुली नहीं कि पैसा आना शुरू हो जाता है। पहले कम बाद में अधिक...।"

"तुम्हें क्या लगता है इसकी सनातन पार्टी चल निकलेगी?"

"दौड़ेगी...। अब यह मत पूछिएगा कैसे? वह आपको भी मालूम है।"

फ़ादर फिनिक्स कुछ चिन्तित हो गए। सम्भवत: कुनकुन सिह के आत्मविश्वास को देखकर।

चरी फ़ादर फिनिक्स के चेहरे को देखकर भाँप गया। उसने फ़ादर से इशारे-इशारे में कहा, "गरजनेवाले बादल बरसते नहीं। वह गरजकर अपनी भूख मिटाते हैं।"

फ़ादर फिनिक्स कुछ न बोलकर चरी को अपने साथ लेकर ऑफ़िस की ओर निकल गए।

फिर मुख्य गेट पर गाड़ी का हॉर्न बजा।

पेस्टो कुनकुन सिह के अन्देशा में थे लेकिन, गेट पर दूसरी मिशनरी की गाड़ी थी जिसमें सिस्टर क्रेजी थीं। गेट खुला, गाड़ी अन्दर आई।

सिस्टर क्रेजी अपने साथ ढेर सारा फल और चार बोरियाँ मूँगफली, दो बड़े बोरे में डाभ ले आई थी। वह जब आती है मिशनरी में रौनक आ जाती है।

फ़ादर होहो, एलर्ट, फ़ादर फिनिक्स, माइकल सभी के लिए व्यक्तिगत रूप से कुछ-न-कुछ देने के लिए उपहार उनके पास रहता है।

चरी से अभी क्रेजी की भेंट नहीं है। सिस्टर का आना रविवार के दिन होता है। उस दिन चरी अपने गाँव में रहता और जब लौटता है तब तक क्रेजी जा चुकी होती हैं।

यह पहला रविवार है जब चरी यहाँ है क्योंकि कल से उसे लम्बी छुट्टी पर जाना है। वह अपने बाकी काम पूरा कर लेना चाहता है।

क्रेजी के साथ सात रंगों वाली एक बिल्ली है। जिसे देखकर पेस्टो ने उत्सुकता भरे स्वर में कहा, "क्या यह तुम्हारे साथ लौट जाएगी सिस्टर या हम लोगों के बीच रहेगी कुछ दिन?"

"आपको क्या लगता है पेस्टो?"

"मेरे लिए कुछ कहना मुश्किल है जिस तरह वह आपकी गोद से चिपकी है।"

सिस्टर क्रेजी हँसने लगी। सिस्टर डॉली को देखकर सिस्टर क्रेजी दौड़ गई उनके पीछे बच्चों की तरह।

फ़ादर होहो धूप घड़ी बना रहे थे झील के पास। जब बन गई वह एक कोने में बैठ गए। हाथ के इशारे से एलर्ट और माइकल को बुलाया। होंठ पर उँगली रख, बोलने के लिए मना किया।

दूर से ही घड़ी पर पड़ रही सूर्य की रश्मियों को इंगित किया। धूप-छाँव के बीच समय का कितना सटीक ज्ञान धूप घड़ी बताती है, उतना मशीनी घड़ी नहीं।

इसका आभास प्रति रविवार को फ़ादर होहो कराते रहते हैं बार-बार।

फ़ादर होहो ने इसे नाम दिया है धूप घड़ी उत्सव।

चरी को जब मालूम हुआ कि फ़ादर होहो धूप-घड़ी का उत्सव मना रहे हैं, वह भागा हुआ आया तब तक धूप घड़ी को छोड़कर जा चुकी थी धूप। फ़ादर होहो, एलर्ट, माइकल नाव में सवार होकर झील की मछलियों को चारा खिला रहे थे।

चरी उन्हें देखकर मुस्कराया और बिना किसी आवाज़ के चुपचाप लौट गया।

पेस्टो रास्ते में मिल गए। बच्चों को चॉकलेट बाँट रहे थे। चरी को बुलाकर उसे भी एक चॉकलेट दिया।

चरी ने कहा, "पेस्टो यह बच्चों के लिए है, मुझे क्यों?"

पेस्टो ने पलटकर जवाब दिया, "क्या इस पर बच्चों का नाम लिखा हुआ है? यदि ऐसा होता, तब भी तुम्हें देता। तुम भी एक बच्चा ही हो। जिस व्यक्ति में कौतूहल हो, वह बच्चा नहीं तो और क्या है!"

पेस्टो के जवाब ने चरी को निरुत्तर कर दिया। वह कुछ कह न सका। धीरे से पेस्टो की हथेली को अपनी हथेली में लेकर दबा दिया।

पेस्टो का भोलापन आँखों में उतर आया।

फ़ादर फिनिक्स ने हाँक देकर चरी को पुकारा। दौड़कर चरी उनके पास यानी मिशनरी स्कूल के पास पहुँचा।

"तुम्हारा फ़ोन आया है।"

चरी फ़ोन रूम में चला गया। आधे घंटे बाद निकला। निकलते निगाह सिस्टर क्रेजी पर पड़ी। उसे विश्वास ही नहीं हुआ कि यह वही क्रेजी है जो साथ में पढ़ती थी। असमंजस में था, उसने नहीं टोका। आगे निकल गया।

पीछे से सिस्टर क्रेजी ने आवाज़ दी, "चरी...!"

मिशनरी में पहली बार किसी ने चरी कहकर सम्बोधित किया उसे। सिस्टर क्रेजी ने ठीक पास पहुँचकर चरी से कहा, "मुझे पहचाना...?"

"क्रेजी, मैं पहचान तो तुम्हें पहली नज़र में लिया था लेकिन विश्वास नहीं जम रहा था। तुम यहाँ?"

फ़ादर फिनिक्स ने पीछे से परिचय कराते कहा, "सिस्टर क्रेजी, यह चार्ली है। हमारे कॉन्वेंट स्कूल का एक बेहतरीन टीचर। साथ-ही-साथ मिशनरी के मिशन से जुड़ा भरोसे का साथी।"

क्रेजी मुस्कराते बोली, "हम कॉलेज में साथ थे। पहली बार मेरी सहेली ने इनसे कराया था परिचय। शायद पहली ही बार मैं इन्हें चर्च लेकर आई थी। उस समय जीसस के पास पहुँचकर यह द्रवित-से हो गए थे। उस दिन के बाद फिर कभी चर्च नहीं आए। मैंने एक दिन पूछा कि चर्च क्यों नहीं आते?

इन्होंने दो टूक शब्दों में कहा कि कैसे आऊँ। जीसस को सूली पर लटका रखा है आप लोगों ने। मैं नहीं देख सकता उन्हें इस तरह। कुछ दिनों के बाद नैया ने बताया कि चरी गांधी और जीसस के सामने जाने से डरता है। कहता है कि एक-दो गलती हो आदमी तो कंफेस कर सकता है लेकिन, पचासों गलतियाँ करके सामना करना मुश्किल है।

फ़ादर फिनिक्स बोले, "ठीक बोलती हैं आप सिस्टर, यहाँ भी चार्ली कभी प्रेयर में नहीं आता। परमेश्वर को प्रेम करने का अपना-अपना तरीका है। परमेश्वर भी अपने बच्चों को अपने तरीके से प्यार करता है। उसकी ख़बर लेता है। चार्ली परमेश्वर का प्रिय है तभी तो प्रेम से भरा हुआ है।"

माइकल ने चरी को अपने पास आने का इशारा किया। जब चरी माइकल के नज़दीक पहुँचा, उसे मालूम हुआ कि फ़ोन आया है। वह तेज कदम चलकर फ़ोन घर में चला गया।

पूरी मिशनरी को ख़बर हो गई कि चरी का कहीं कुछ है...। जिस व्यक्ति का कभी एक फ़ोन नहीं आता था अब दिन-रात में इतनी बार आता है कि गिनना मुश्किल। सन्देह नहीं होगा क्या?

बड़े-तो-बड़े छोटे भी चरी को देखकर चुटकी लेते हैं और कीट्स की कविताएँ सुनाते उसका अर्थ भी समझाने लगते हैं।

चरी के भीतर उठ रही गोपनीय ख़ुशी, सातवें आसमान में तारों से लगती है खेलने। आँखों में उसका अक्स देखकर फ़ादर होहो यूँ ही नहीं कहते कि मैं चाहता हूँ चार्ली का फ़ोन ऐसे ही आता रहें...।

चरी फ़ोन घर से बाहर निकला कि पीछे से उसकी आँखें पेस्टो ने हाथों से ढक ली।

हाथ के स्पर्श से चरी ने पकड़ लिया। बोला, "डियर पेस्टो, पेस्टो तुम्हारे अलावा दूसरा कौन दे सकता है इतनी सुखद अनुभूति।"

पेस्टो ने हाथ नीचे कर लिए। मुस्कराते कहा, "मैं बहुत खुश हूँ कि तुम दुबारा गाँव में रात्रि पाठशाला चलाने को लेकर उत्सुक हो।"

"ठीक सोचा है न!"

"बिलकुल ठीक। जिन लड़कियों की बढ़ती उम्र के साथ किसी कारणवश पढ़ाई छूट गई, उनके टूटे क्रम को जोड़ा जा सकेगा।"

"आप साइकिल चलाने में थकेंगे नहीं?"

"क्या लगता है मुझे देखकर कि मैं थक जाऊँगा।"

"नहीं, सर...!"

पेस्टो बेंच पर बैठ गए। आँखें बन्द कर लीं। अपने आप से बोलने लगे कि अहा! कोई बँधी गाँठ कस्तूरी की खुल गई। तालाब के ऊपर काले-काले भँवरे चित्रांकन कर रहे हैं।

चरी के भीतर बागुन बाबा की छवि उभर आई। वह महसूस करने लगा कि बागुन बाबा उसके पास बैठकर सुना रहे हैं यात्रा करनेवाले फूल की कथा।

रात में जब दुबारा नैया का फ़ोन आया चरी ने तल्ख शब्दों में अपनी नाराजगी व्यक्त की। कहा, "तुम्हारे फ़ोन से पूरी मिशनरी को पता हो गया। एक-दो बार, तीन बार कि बार-बार। मैं कल से छुट्टी पर घर निकल रहा हूँ। पटना आनेवाला हूँ। आने पर बाकी बातें होंगी फ़ोन नहीं करना इस बीच।

नैया एक शब्द भी नहीं बोली। ना, हाँ, कुछ भी नहीं। चरी को घंटे भर बाद एहसास हुआ कि कहीं नाराज तो नहीं हो गई नैया। फ़ोन घर में जाकर फ़ोन खटखटाया।

नैया बेरुखी से बोली, "अब क्या है, क्यों फ़ोन किया?"

चरी हँसने लगा। फ़ोन नैया ने काट दी।

दस मिनट हुए होंगे कि सिस्टर क्रेजी चरी के कमरे में आ गई। बिना कॉलबेल बजाए। क्रेजी को देखकर झट से उठकर बैठ गया चरी।

"तुम पानी पियोगी। पानी ले आऊँ।"

"धन्यवाद! यहाँ जिसके मुँह से सुनो वही चार्ली-चार्ली चिल्लाता है। क्या करिश्मा कर दिया?"

"कुछ नहीं। प्रेम है लोगों का कि गलतियों पर ध्यान नहीं देते। तुम बताओ क्या सधुआइन होकर काटना है सारा जीवन?"

"नहीं, ऐसा नहीं है। जिस दिन लगेगा कि गृहस्थ जीवन में अब जाना चाहिए चली जाऊँगी।"

"उसकी सम्भावना है?"

"जीवन सम्भावनाओं से भरा है।"

"सच बताना क्रेजी अन्यथा मत लेना। एक दोस्त की हैसियत से पूछ रहा हूँ कि तुम्हारा प्रेम किसी से हुआ?"

"हाँ, हुआ लेकिन, उससे मैं कह नहीं सकी और वह भी समझ नहीं सका।"

"क्या उसको मैं जानता हूँ?"

क्रेजी ने कोई जवाब नहीं दिया। चरी किचन में जाकर कॉफी बनाने लगा।

क्रेजी आलमारी में किताबें देखने लगी। शेक्सपियर के नाटकों को लगी उलटने-पलटने...।

चरी कॉफी का मग क्रेजी को थमाते बोला, "बिस्कुट लोगी न?"

"नहीं, अभी नहीं।"

"तुम यहाँ एकाध दिन रहोगी?"

"कल चली जाऊँगी। सुनी हूँ कि तुम भी कल से छूट्टी पर जा रहे हो। कब लौटकर आओगे?"

"आठ-दस दिन लग ही जाएँगे।"

क्रेजी ने नज़र घुमाकर कमरे को देखा। स्केल उठाया और टेबुल पर खड़ी होकर मकड़े का जाल साफ करने लगी।

"अरे-अरे क्या कर रही हो? उसका घर उजाड़ रही हो। ऐसा घर बनाना आसान है क्या?"

"मकड़े का जाला है। घर नहीं।"

"घर कैसे नहीं?"

"जिस घर में एक-दूसरे को मारकर खा लिया जाता हो, क्या उसे घर कहोगे? वह घर नहीं जाला है।"

"सॉरी!"

कॉफी पीने के बाद दोनों मग उठाकर क्रेजी अन्दर चली गई। मना करने के बावजूद और धुलकर करीने से रख दिया। रख ही नहीं दिया बल्कि अव्यवस्थित चीजों को व्यवस्थित करने लगी। डिब्बा खोलकर देखा, गोंद का लड्डू पड़ा हुआ था। उसे एक प्लेट में निकालकर ढक्कन को बन्द कर दिया।

चरी को आधा तोड़कर दिया, आधा अपने मुँह में डाल लिया। खाते-खाते बोली, "शुद्ध घी की बास है इसमें।"

चरी बोला, "माँ ने बनाया है। तुम्हें अच्छा लगा तो मैं माँ से कहकर तुम्हारे लिए बनवाकर ले आऊँगा।"

क्रेजी चरी का मुँह देखने लगी। बोली, "यह बात समझ में आ गई, दूसरी बात समझ में नहीं आई थी?"

"कौन-सी बात"

क्रेजी ने कोई जवाब नहीं दिया।

"तुम जिस मिशनरी में हो, वह दूर है?"

"चार-पाँच घंटे का रास्ता है।"

"एक बार आऊँगा वहाँ।"

"एक बार क्यों?"

चरी चुप रहा।

"तुम्हारा वह एक दिन जब आएगा बोल देना। गाड़ी भेज दूँगी।" यह बोलते क्रेजी फ़ादर फिनिक्स के कमरे में चली गई।

चौदह

ट्वेंटी के हाफ पैंट की डोरी अकसर ढीली हो जाती है। वे कमर में बार-बार कसते हैं उसे और झाड़ू लगाते रहते हैं। लोगों से बात करने की अपेक्षा अधिकतर अपने से बात करना उन्हें अच्छा लगता है। अपवाद में चरी है। चरी के पास पहुँचकर जो कुछ बातें उनके पास इकट्ठा रहती हैं, वह सब उझिल देते हैं।

झाड़ू लगाकर, हाथ धुलने के लिए चरी के बाथरूम में ट्वेंटी घुस गए। वहाँ से देह-हाथ गमछे से पोंछते हुए बोलते हुए निकले कि सिस्टर, फ़ादर होहो क्रिसमस में फ्रांस में रहेंगे। किसी ट्रेनिग में जा रहे हैं। मिसेज ग्लोरी अपने सिस्टर के यहाँ जा रही हैं पटियाला। शायद पेस्टो भी नहीं रहेंगे। माइकल अपने ब्रदर-इन-ला के यहाँ जाएगा।

पीस चिल्लाकर बोली, "प्लीज ट्वेंटी मेरा हेल्प करो। कूड़ा थोड़ा उठाकर कूड़ेदान में डाल दो। फ़ादर राउंड पर निकलनेवाले हैं। देखते ही बोलेंगे तुम वाइफ, हसबैंड अपना काम ठीक से नहीं करता।"

"आता हूँ। जोर से बोलने की ज़रूरत नहीं। चरी को मैसेज देने आया हूँ।"

चरी ने मुस्कराकर पूछा, "मेरे दोस्त ट्वेंटी, कैसा मैसेज?"

"वहाँ उस बेंच पर देखो, चैपलिन-सी मूँछवाला मैन बैठा है। देखा, ओ देखो। तुम्हें खोजता है।"

चरी ने देखा कि वह तो छपहार हैं। वह सोचने लगा कि अचानक वह कैसे आ गए। वह भागा हुआ गया। छपहार का पैर छूकर प्रणाम किया। पूछने पर मालूम हुआ कि सरकारी काम से आए थे, मिलने आ गए।

चरी आनन्दित होते कहा, "खुशी का ठिकाना नहीं मेरे, आपको देखकर। अच्छा हुआ आ गए। मैं भी घर निकल ही रहा हूँ। साथ चलेंगे।"

छपहार इतना बड़ा परिसर चकर-मकर देखने लगे। चरी समझ गया उनके भीतर का कौतूहल। उन्हें लेकर आधे घंटे में जितना दिखा सका, दिखाया। फ़ादर फिनिक्स, फ़ादर होहो, एलर्ट से परिचय कराया।

फ़ादर होहो सर्वाधिक आनन्दित हुए। कैमरा निकलकर ताबड़तोड़ दस फोटो उनके उतारे। ऐसे-वैसे खड़ा कर। एक-दो फोटो छड़ी थमाकर उतारी।

ट्वेंटी ने जो कहा था उसी कौतूहल से फ़ादर होहो ने कहा, "चैपलिन... आपरूप चैपलिन...।"

फ़ादर होहो चरी को कैमरा देकर छपहार के पास जाकर खड़े हो गए। फोटो उतारने को कहा। उनका देखा-देखी माइकल, पेस्टो, ट्वेन्टी, पीस सभी ने बारी-बारी से छपहार के साथ खड़ा होकर अलग-अलग पोज में फोटो खिचवाए।

एलर्ट के पूछने पर चरी ने जब छपहार का अर्थ बताया तो विहँस उठे सभी।

गाँव के लोगों की सचमुच अपनी भाषा है। इतनी कम्युनिकेटिंग कि उसके लिए किसी सहारे की ज़रूरत नहीं। वैक्सीनेटर यानी टीका देनेवाला। हाथ पर टीका दिया छाप पड़ गई।

छाप से छपहार। छाप देनेवाला। क्या बात है...!

एलर्ट ने छपहार से टीकाकरण से लेकर उनकी दिनचर्या तक बात की और उन्हें एक कलम भी गिफ़्ट में दिया साथ एक डिब्बा दूध का पाउडर।

छपहार गद्गद। उतना ही नहीं फ़ादर होहो ने एक हैट भी उनके सिर पर रख दिया। फिर उतारने लगे फोटो।

सिस्टर जूली, सिस्टर चंकी, माइकल के साथ उन्हें देखने आ गईं।

"आप चार्ली के फ्रेंड हैं?" सिस्टर जूली ने पूछा।

"नहीं, चाचा लगता हूँ उसका।"

"अंकल!"

"अंकल, छपहार मिंस?"

"छापी देनेवाला।"

छपहार ने जूली से कहा, "दिखाओ, अपनी बाँह दिखाओ। नहीं लगा होगा टीका, अभी लगा देता हूँ।"

मुँह कपड़े से ढककर सिस्टर जूली हँसने लगीं। हँसते-हँसते अपनी बाँहें आगे बढ़ा दी।

छपहार ने पूरी बाँह घुमा-सुमाकर देखा। कहा, "यह देखो, यही दो छापी पड़ा है बड़ा-बड़ा। मतलब टीका लग चुका है। सभी लोगों को यह छापी होगा। अपनी-अपनी बाँह खोलकर देखो।"

छपहार के सामने बीसों बाँहें आ गईं। चरी देर होते देख छपहार को वहाँ से खींचकर बाहर लाया। अपना बैग उठाया। सभी से विदा लेकर निकल पड़ा।

चलते समय फ़ादर होहो ने कहा, "छपहार को फिर एक बार लाना।"

छपहार जहाँ जाते हैं वहीं हो जाते हैं आकर्षण के केन्द्र। उनसे बात करने को लोग हो जाते आतुर।

जब बोलते हैं फुदकती रहती है उनकी तितली कट मूँछ। इलाके में दिमाग़वाले आदमी के रूप में जाने जाते हैं। ज़मीन का पुराना नक्शा, खसरा, खतियान, का पुराना इन्तखाब तो रखते ही हैं, उन्हें अपने गाँव के अधिकांश परिवार की वंशावली भी कंठस्थ है। कुर्सीनामा खड़े-खड़े बता देते हैं, उतना उसके परिवार को भी नहीं होता होगा मालूम।

उन्हें रस मिलता है खेत-बघार की बात करने, पुरखों की दृष्टि की बात करने में।

चरी उनके हाथ में झूलते कड़े को छूकर देखने लगा। छपहार ने मुस्करा कर कहा, "एक तमोटा ने भेंट किया था।"

"ताँबा है न?"

"जानते हो ताँबा कैसे बनता है?"

चरी ने नकारात्मक सिर हिला दिया।

"और पीतल कैसे बनता है?"

"नहीं मालूम।"

छपहार ज्ञान की मुस्की मारते कहा, "छपहार को ऐसे नहीं तमोटा उस्ताद मानते हैं। तुम जब मेरे साथ बैठा करो, काग़ज़क़लम लेकर बैठो। देखो, ताँबे में दशांश राँगा मिला देने से पीतल बन जाता है और ताँबा के बारे में अभी नहीं बोलूँगा।"

"आपने काफी अध्ययन किया है।"

"अध्ययन करने सिर्फ़ होता है? करके देखना होता है।"

चरी के मन में यह सोचकर गुदगुदी होने लगी कि इनका सारा ज्ञान चटपट-खटपट के आगे हवा हो जाता है। बागुन बाबा के सामने भी सिर झुकाए रहते हैं। बागुन बाबा ने जब पूछा इनसे कि कितने पत्ते के बाद गेहूँ की बाली फूटती है? छपहार मुँह ताकने लगे थे। जब नहीं बोल पाए तो बागुन बाबा ने कहा—सात पत्ते के बाद। जाओ, खेत में गिन लो।

"आप तो पतरा देखना जानते हैं और कुंडली भी बनाना।"

छपहार ने अपना झोला चरी को थमाते, जेब से निकाल क्रीम मुँह पर मला। सामने के पॉकेट से छोटा आइना और कंघी निकाल बाल सँवारने लगे। हालाँकि सिर में पचीस-तीस बाल से अधिक नहीं थे।

"बड़े-बड़े पंडित बगली झाँकने लगते हैं जब उनसे पूछता हूँ कि ब्रह्म-सूत्र में चार अध्याय हैं, उनका नाम बोलिए।"

चरी ने छपहार की भाव-भँगिमा देखकर नहीं पूछा कि आप ही बता दीजिए। छपहार ने जो एक बार अपना झोला चरी को थमाया तो बस में चढ़ते समय ही

हाथ में लिया। बस से उतरते समय फिर एक बार बैग उसे दिया। चरी को लगा कि लघुशंका जाएँगे, वह कुछ और करने लगे।

"हाथ क्यों झटक रहे हैं, दर्द कर रहा है?"

"वर्जिस नहीं किया था। थोड़ा कर लेता हूँ।"

चरी डर रहा था कि वर्जिस करते कहीं हाथ-पैर न तोड़ लें, लेने के देने पड़ जाएँ। एक तो वैसे डोरा माफिक हैं, ऊपर से वर्जिस। तेज हवा में कई बार साइकिल से गिरते-गिरते बचते हैं। पूछने पर बताते हैं तेज हवा में उड़ने का अभ्यास कर रहा था। वह करता ही रहता हूँ। मान लो कल यहाँ से मन ऊब जाए तो आदमी कहीं-न-कहीं जाएगा न उड़कर!

"तुम कुक्की को लाने जाओगे न!"

"दो दिनों के बाद।"

"डीह बँधने के पहले लौट ही आओगे!"

"और क्या।"

बातें करते-करते वह महुआ के पेड़ नीचे चले गए। चाकू चुभोकर उसके तने से दूध निकाला उसमें जेब की क्रीम फेंटकर गाल में लगा लिया।

चरी अपनी हँसी दबाए रहा उनका चुचका गाल देखकर। ऊपर से फ़ादर होहो ने उनके सिर पर हैट रख दिया था। कुछ अजीबो-गरीब जन्टुलमैन लग रहे थे छपहार।

"पैंट की मोहड़ी क्यों इतना मोड़े हुए हैं। नीचे कर लीजिए।"

"वह अपनी जगह पर दुरस्त है। कपड़े का भी एक हिसाब-किताब है।"

महुये के दूध और क्रीम के महातम के बारे में बिना पूछे बताने लगे छपहार कि त्वचा को जवान रखने का नुस्खा है यह।

उन्होंने अपना बैग चरी के हाथ से लेकर इधर-उधर आँख नचाकर देखा फिर थमा दिया उसे।

"क्या देख रहे थे?"

"शहद एक डिब्बा तहसील से लिया था, वही देख रहा था कि चू तो नहीं रहा है। सोनारिन बोली थी लाने के लिए।"

छपहार का झोला भारी था। काग़ज़-पत्तर नहीं, लगता था कि पत्थर, लोहा के टुकड़े जैसा कोई वजनी चीज़ है। चरी की उत्सुकता जानने की हुई कि तभी गाँव के पास का घोसियारी बाज़ार आ गया, उसका दिमाग़ कहीं और चला गया। पूछ न सका मन में उठे प्रश्न को।

बाज़ार के मोड़ पर पहुँचकर छपहार ने एक बार और जेब से क्रीम निकाल गला और गाल पर मला, अपना झोला चरी के हाथ से लेते कहा, "मैं कुछ देर सोनारिन की चाय-दुकान पर बैठूँगा। निकल जाओ तुम...।"

सोनारिन ने दूर से ही छपहार को देखकर हाथ हिलाया। नज़दीक पहुँचने पर बोली, "कितनी देर से राह जोह रही हूँ।"

छपहार ने चश्मे के भीतर से सोनारिन को कामुक आँखों से निहारा। मुस्कराते बोले, "हाँ, थोड़ी देर हो गई।" बैग रखकर बेंच पर बैठ गए।

चरी ने पीछे मुड़कर देखा, सोनारिन कनइल का पीला फूल छपहार के कान में खोंसते, चाय का गिलास थमा रही है।

रामदेव कलवार की नज़र चरी पर पड़ी, उसने अपनी दुकान से पुकारा, "चरी बाबू एक मिनट।"

चरी खड़ा हो गया।

"चरी बाबू, वहाँ खड़ा होने से हमारा गरज नहीं चलेगा। कष्ट कर इस गरीबवा की दुकान पर घड़ी-भर के लिए आया-जाए, बेसी समय नहीं लूँगा।"

चरी को दुकान के भीतर एक कोठरी में लेकर चले गए रामदेव सेठ। सीलन भरी कोठरी में जंगले से थोड़ा देखने-भर प्रकाश था। पोटली से चार नग दिखाते रामदेव ने कहा, "बबुनी ने यही दिया है। कहा कि लाल है, यह लाल क्या होता है? हीरा दिया सो चीन्ह गया। दो ठू हीरा। आप तो पारखी हैं, बोलिए। कहीं ठगा तो नहीं गया?"

चरी ने हँसते हुए कहा, "तुम ठगानेवाले जीव हो सेठ!"

रामदेव ने खी-खी हँसते हुए चुटकी भर सौंफ चरी के हाथ पर रख दिया। कहा, "सौंफ अच्छा है, फाँक जाइए। लाद ठंडा रहेगा।"

घर के पीछे के रास्ते से सेठानी आईं ओर चरी को हाथ जोड़कर प्रणाम किया। धीमे स्वर में कहा, "चरी बाबू, आपसे एक ठू बात है। सेठजी ने बताया नहीं होगा। आप जरा मेरे साथ घर के पीछे वाले मैदान में चलिए...।"

"कहिए न, क्या काम है?"

"नहीं, बिना गए, समझ नहीं पाइएगा।"

सेठानी के साथ चरी घर के पीछेवाले मैदान में चला गया। थोड़ी देर के बाद रामदेव सेठ भी वहाँ पहुँच गए।

मैदान में आदमकद नक्काशीदार दरवाज़ा जिसकी सोने-चाँदी की कड़ियाँ दूर से चमक रही थी, पड़ा हुआ था और उसकी बगल में चौकोर ऊँचा सूर्य की आकृति से सज्जित चौखट था ढिमलाया हुआ।

सेठानी सिर के पल्लू को ठीक करते बोलीं, "जब से यह चौखट, दरवाज़ा आया है, शान्ति नहीं है। दस आदमी नया-नया रोज आता है। कलक्टर साहेब का अर्दली भी आया था। हमको बड़ा डर लग रहा है चरी बाबू। इनके जान पर खतरा है।"

"किसी ने कुछ कहा?"

"ऊ सब कहता है कि बेच दो। क्या करेगा तू रखकर इसे? तुम्हारे दरवाज़े

पर नहीं सुहाएगा यह सब...। सेठ जी ने सफा कह दिया कि बेचना नहीं है। बबुनी का है वह ले जाएँगी। लेकिन विश्वास नहीं किया कोई।"

"और कलक्टर का अर्दली?"

"वह सनेसा लेकर आया था कि कलक्टर साहेब के बंगला पर पहुँचा दे दरवाज़ा, चौखट। उनसे बड़ा हाकिम जो है उसके घर में जाएगा।"

"बबुनी को एक बार रामदेव सेठ बोलकर देखें, विश्वास है कि वह कुछ करेंगी।"

रामदेव सेठ ने बीड़ी सुलगाते महीन गले से कहा, "सौदा हो गया है चरी बाबू। सेठानी बूझती नहीं, घबरा जाती है जल्दी। चौखट, दरवाज़ा कल बड़की गाड़ी में लदाकर चला जाएगा। पैसा दे गया है आदमी। जो कीना है वह भी बड़का आदमी है, छोट थोड़ो है!"

चरी बोला, "इस कीमती धरोहर को बेच क्यों दिया?" तुम लकड़ी और उस पर काम देख रहे हो? उसके अलावा इस दरवाज़े, चौखट के साथ एक इतिहास भी तो है! न, न, यह ठीक नहीं किया।"

रामदेव सेठ यह सुनकर ठठाकर हँसा। बोला, "चरी बाबू यह सब बुझाता है हमको। अतना बूझिए कि हम कच्चा गोली नहीं खेलते। क्या बुझे!"

*

अपना ही गाँव-घर चिन्हा नहीं रहा है।

भौंचक होकर देख रहा है चरी इधर-उधर नज़र घुमाकर। पूरा गाँव स्वप्नलोक की तरह लग रहा है। हर घर के आगे टँगा है रंग-बिरंगा चन्दोवा। उसके नीचे पचासों दीपक प्रज्ज्वलित हैं। सुलग रहे हैं लोहबान, अगरबत्ती। धुएँ से उठती सुगन्ध फैल रही है चतुर्दिक्।

गृहणियों ने चन्दोवा के नीचे चौक पूर कर उसमें कई तरह के चित्र बना दिए हैं। वे चित्र सांकेतिक हैं। हाथ-पैर, जैसे हाथ-पैर नहीं हैं। पैर की जगह हाथ है, हाथ की जगह पंख।

चारों दिशाओं से तुरही और डफले की आवाज़ सुनाई पड़ रही है। बाजों के शोर में, कुत्तों का भौंकना सुर मिला रहा है। शोर इतना है कि पास की आवाज़ भी नहीं पड़ रही है सुनाई। चटपट-खटपट जोर-जोर से चीख रहे हैं चरी-चरी। जब किसी तरह से चरी नहीं सुना तो दौड़कर चटपट पीछे से चरी का हाथ पकड़ अपने दरवाज़े पर ले आए। उछलते हुए कहा, "देखो चन्दोवा, देखो। पूरे गाँव में ऐसा किसी का नहीं है। ऊपर आँख उठाकर देखो।"

चरी आँख घुमाकर देखते बोला, "अच्छा है। फूल भी है, चाँद भी है।"

"जानते हो किसका फूल है?" खटपट ने पूछा।

"नहीं।"

गम्भीर आवाज़ में खटपट बोले, "गूलर का फूल है। तुम क्या, कोई भी नहीं देखा है दुनिया में।"

"लेकिन अढ़उल का फूल होना चाहिए था।"

"क्या समझते हो मैंने कहा नहीं होगा। दर्जी बोला, ले जाइए खटपट बाबू, यह जन्नत का फूल है। फूल नहीं हम दोनों भाई को अल्ला के खजाने की चाभी दे रहे हैं। मगज में तब ढुका कि ठीक ही बोल रहा है। उसे बनवाई के रूप में बालूसाही खिला दिया। अब बोलो कौन-सा फूल ठीक?"

चरी ने चन्दोवा की थोड़ी और प्रशंसा की, गूलर के फूल का थोड़ा बखान किया। पिंड छुड़ाकर चरी घर निकलने के फेरा में था तभी छपहार पर निगाह पड़ी उसकी। उसने खटपट से कहा, "छपहार आ रहे हैं, उन्हें भी दिखा दो।" यह कहकर वह अपने घर की गली में मुड़ गया।

छपहार साइकिल से आ रहे कि बीच रास्ते में दोनों भाई छपहार को रोकने के लिए खड़े हो गए।

*

अपिया बहुत खुश हैं। चरी ने उनका चरण स्पर्श करते ही लख लिया। वह जब खुश होती हैं, चेहरा रतनार फूल जैसा खिल जाता हैं। शादी-ब्याह के गीतों में पुरखों को नेवतने लगती हैं। जितना अपिया को शादी-ब्याह, पर्व-त्योहार का गीत कंठस्थ है, दूसरे को नहीं। कुँवारी लड़कियाँ कॉपी लेकर आज भी उन गीतों को नोट करने, ढोलक बजाने तथा राग सीखने के लिए उनके पास आती हैं।

चरी को देखकर खुद्दी बोली, "माई जी, चरी चाचा के पाँव में म्हावर लगा दूँ?"

अपिया हँसने लगी। हँसते-हँसते बोली, "तू पगली है, एकदम पगली। शादी थोड़ो हुई है उसकी। जिसकी शादी हुई होती है, उसके पैरों में रंग लगता है।"

चरी ने कहा, "शादी का रंग से क्या सम्बन्ध! तुम टोटका बहुत मानती हो।"

"मानूँगी नहीं। तुम बाप-पूत कहाँ कुछ मानते हो। बस यदि चले तुम लोगों का तो बिना दातुन किये खाना खा लो।"

"जानवर, पंछी कहाँ दातुन करते हैं?"

सुग्गी, खुद्दी दोनों हँसने लगीं चरी की बात सुनकर।

खुद्दी बोली, "ठीक, चरी चाचा। एकदम ठीक।"

"ठीक मैं कहता हूँ। कोई देखा है भगवानजी की फोटो दातुन करते हुए?"

अपिया भगवान का नाम सुनकर झनक उठी, "चुप कर, दुर्विचार कहाँ से तेरी बुद्धि में आता है? तू जब पेट में था उन दिनों भी निराहार व्रत मैं करती थी।"

"अँगुलियों पर बचे हैं दिन। पूरे गाँव में अजीब-सा उत्साह है।"

"आज के बारहवें दिन ठीक डीह बँधेगा।"

"अभी से इतनी सजावट, गाजा, बाजा गान, गवनई...जिस दिन डीह बँधेगा उस दिन का तो कहना ही नहीं।"

अपिया चरी के माथे पर टीका लगाकर, कोई मंत्र बुदबुदाईं। चरी से कहा, "ओझा-गुनिया आकर बोल गया था। सभी घर में पकवान बनेगा। चिरई को जाकर पूरब की बाग़ में भोग चढ़ा देना है। डीह बँधने के एक दिन पूर्व तक भोग चढ़ाते रहना है। चिरई को खुश रखना है गाना, बजाना, सुगन्ध, प्रार्थना से और घर का आदमी भी नेम-धर्म से रहेगा। औरत की खाट पर मर्द नहीं बैठेगा।"

खुद्दी बोली, "गोबर से घर को भी गोठ गया है भगता।"

अपिया ने बीच में रोककर खुद्दी को चुप कराया, "सुन, तैंतीस कोटि देवता हैं। देवता के नाम चावल चार-चार दाना, चार-चार दाना उड़द, चार-चार दाना राई निकलेगा। वह डीह बँधने के समय जाएगा।"

चरी को इस बीच अपिया ने नाश्ता करा दिया। पूड़ी, सब्जी, कोहड़े के फूल का बजका। चरी चाव से खाया। अपिया जानती है कि उसे सरसों के मसालेवाली आलू, बैगन, टमाटर की सब्जी बहुत पसन्द है।

खाने के बाद अपिया के आँचल में चरी ने हाथ पोंछ लिया। अपिया ने सिर पकड़ लिया, "हे भगवान, पूजा-पाठ में तू कुछ नहीं बरतता, फिर नहाना पड़ेगा। साड़ी बदलना पड़ेगा।" अदृश्य में दोनों हाथ जोड़कर अपिया ने सिर झुकाया, "क्षमा कीजिएगा प्रभु, आपका बालक है।"

चरी को देखकर खुद्दी मुस्कराने लगी।

"माँ, तुमने दरवाज़े पर बजनिया क्यों नहीं बुलवाया?"

"अपने बाबूजी से पूछ, कहा था कि नहीं। उन्होंने कहा कि डफला, तुरही, झन्नू गोवर्धन, सरौता लाल, मिरदहा, नकछेदी के यहाँ बजने दो। कहो तो तुम्हारे लिए जामडीह से बैंड मँगवा दूँ।"

"तुमने क्या कहा?"

"ठीक है मँगवा लीजिए फिर कहने लगे उससे बढ़ियाँ पुलिस बैंड रहेगा। कदमताल करते बजाएगा। लगेगा कि विजय-धुन बज रही है।"

"फिर क्या हुआ?"

अपिया झल्ला उठी, "तू अपने बाप को जानता नहीं? जिस काम को नहीं करना होता, उसमें बात बनाने लगते हैं। कुछ बोलो, तो उल्टे लुलिया देते हैं। ऊपर यह कि तुमने मन से कहाँ कहा था!"

"माँ, बाजा बजने और चिरई के रोने से क्या सम्बन्ध!"

अपिया मुँह बिचकाकर नहाने के लिए स्नानघर में घुस गई। घुसने के पहले

अपने आँचल की खूँट से बीस आना पैसा छोड़कर चरी के हाथ में रख दिया। बोलीं, "कालीथान पर पूजा हो रही है। आरती में डाल देना। बागुन बाबा अभी-अभी वहीं गए हैं।"

"और बाबूजी?"

अपिया ने कोई जवाब नहीं दिया। खुद्दी ने अलगनी पर तौलिया फैलाते कहा, "साहेब गए हैं लोहार के यहाँ हल का फाल, हँसिया पिटवाने।"

चरी कपड़ा बदलकर कालीथान निकल गया।

खुद्दी दीया की बाती बनाने लगी। सुग्गी पानी में भिगोया हुआ दाल पीसकर कटोरा में उठाकर दासे पर रखने जा रही थी तभी स्नानघर से निकलते अपिया चिल्लाई, "वहाँ नहीं, वहाँ नहीं, लीपा हुआ चबूतरा तुझे नहीं दिख रहा, वहाँ रख।"

"चिरई के लिए फुलौड़ी बनेगी।"

अपिया ने तुलसी जी को अगरबत्ती दिखाकर बाहर टँगे चन्दोवा के नीचे उसे धूपदानी में खोंस दिया।

खुद्दी ने टेबुल पर नाश्ता लगाकर अपिया से पूछा, "माई जी अचार खाने में कोई दोष नहीं है न!"

अपिया खाते-खाते बोलीं, "देख, पूछना भूल गई। अजोरे भगत दिखेगा, बुलाना उसे। उससे कहूँगी कि भगता से पूछकर बता दे।"

"चरी चाचा कालीथान पर होंगे जाकर बोल दूँ। भगता वहीं होगा। पूछ लेंगे।"

"न-न, वह बिगड़ेगा तुझ पर। उसको यदि मेरी परवाह होती तो काहे का...।"

"सब समय तो चरी चाचा आपकी आँखों की ओर देखते रहते हैं। आपकी आँखों का लोर उनकी आँखों में पहुँच जाता है।"

"चुप कर, नज़र लगाती है।"

गोइन्दा बाबू के आने की आहट पाकर अपिया हाथ धोकर उठ गईं।

गोइन्दा बाबू ने घर में घुसते अपिया से कहा, "हल का फाल, हँसिया सब पिटवा दिया। नहीं जाता तो लोहार निकलनेवाला था कालीथान पर। कितनी भीड़ जुटी हुई है वहाँ। तुमने अपनी पूजा का मुझे प्रसाद नहीं दिया?"

"नाश्ता देने के पहले प्रसाद दिया तो था। आप भूल जाते हैं आजकल। ऐसा ही रहा तो एक दिन मुझे भी भूल जाइएगा।"

"थोड़ी भूल होने पर क्या-क्या सुना देती हो। मैं उस प्रसाद की बात थोड़ी कर रहा हूँ।" होंठ की ओर इशारा करते हुए गोइन्दा बाबू ने कहा।

अपिया समझ गई। आँख तरेरती बोली, "हे भगवान कुछ ध्यान रहता है आपको! क्या बोल गया भगता...। नेम-धर्म का विचार रखना है।"

गोइन्दा बाबू हँसने लगे, "नेम-धर्म...!"

पन्द्रह

कालीथान लोगों से हज-हज कर रहा है। उस भीड़ में सबसे अलग दिख रहा है अजोरे भगत। सभी के आकर्षण का केन्द्र बना हुआ है।

नया सलूका, बारह हाथवाली चाँद छाप मारकीन की धोती, गले में गमछा, आँखों में सुरमा, पाँव रंगा हुआ। पूरा दूल्हा माफिक।

कई लोगों ने अजोरे भगत की चुटकी ली। टिटकारी भी मारा। वह मूँछ में मन्द-मन्द मुस्कराता रहा। रजिस्टर हाथ में लिये।

नाम लिखा जा रहा था देवी-देवता के हाथी-घोड़ों का।

नकछेदी पिनक गए। उन्होंने सरौता लाल से कहा, "मेरा नाम काट दीजिए। मुझे नहीं बनना है घोड़ा।"

मिरदहा ने जोर से घुड़का, "खेल समझ लिया है! छिन में लिखवाओगे, छिन में कटवाओगे! यह नहीं चलेगा। देवी-देवता के आगे नकछेदी, तुम्हारा लबरपन नहीं चलेगा। कहकर घोड़ा नहीं बनाओगे, बच्चों के आगे उतरेगा।"

"किसको अच्छा लगता है देवी के लश्कर से नाम वापिस लेना। कुछ बात है, वह हम नहीं बोल सकते।"

"डरो मत, कालीथान पर बैठे हो, देवी मैया है न! बोलो नकछेदी बिना भय डर।"

"हमें छोटन सिह, लल्लू पांड़े, रमता शर्मा, चन्दर पासी की गोल में डाल दीजिए मगर खटपट-चटपट के गोल का घोड़ा बनकर हम खड़ा नहीं होंगे।"

सुनते ही चटपट बमक गए। मुँह चमकाते खटपट ने कहा, "क्या बोले नकछेदी, तुम मेरे साथ के घोड़ों में नहीं रहोगे? हम दोनों भाई तुम्हें दाँती काट रहे हैं? यह क्यों नहीं कहते कि साथ में दौड़ नहीं पाओगे, मुँह से फेचकुर फेंक दोगे।"

जोखन तिवारी ने चटपट-खटपट को हाथ जोड़कर शान्त कराया।

घोड़ों में सभी टोला से दस-दस नाम टाँक दिया गया है। हाथी में बस दो ही नाम आया। अजोरे भगत चोंगा हाथ में लेकर बोला, "एक हाथी कम पड़ रहा है।"

भीड़ में बोलचाभर शुरू हो गया, "हाथी बनना आसान है क्या! इन्नर देवता की सवारी है। इन्नर देवता से जितने मुँहलग्गू देवता हैं, सभी आकर इन्नर देवता के पीछू हाथी पर बैठेंगे, ग्रह-गोचर को लेकर। अस्त्र-शस्त्र के साथ। खेला नहीं है हाथी बनना...!"

सिब्बन यादव, पुन्नवासी राय, भानु सिह, घुन्नी पनेड़ी ने चिल्लाकर समवेत स्वर में कहा, "लक्कड़दास। लक्कड़दास...उनके अलावा इलाके में कौन है जो बीड़ा उठाएगा! वह रामनामी हैं, कबीरबानी भी जानते हैं।"

चटपट ने भी समर्थन किया, "हाँ-हाँ, लक्कड़दास। लड़िकाई से मूँज की

लँगोटी पहनते हैं। तप का बल है। वस्त्र के रूप में भभूति धारण करते हैं। लक्कड़दास...।"

लक्कड़दास ने नीचे से सिर ऊपर उठाया। देह की भभूति थोड़ी झड़ गई आसपास। रामसखी भगतिन पास बैठी थीं, उन्होंने झट से उस झड़ी भभूती से माथे पर टीका करते गोड़ लग लिया।

गाँजा के नशे से लक्कड़दास की आँख लाल रहती है और वाणी में उसी का चक्र फूल बनाता है किसिम, किसिम।

चिमटा बजाते लक्कड़दास ने कहा, "अलख निरंजन। भगतगण का महातम ही सन्त का महातम है।"

लोग लक्कड़दास की ओर देखने लगे। रामबली कोइरी सिब्बन के कान में फुसफुसाते कहा, "लक्कड़दास की जूजी में चुल्ला! अरे, यह तो नागा है। नागा है लक्कड़दास।"

हाथ टीपकर सिब्बन ने बोलने से मना किया, "है, तो है।"

सरौता लाल ने पूछा कि लक्कड़दास सहमति आपकी है?

लक्कड़दास ने चिमटा बजाते कहा, "सो तो ठीक है सहमति, वहमति...। लेकिन भटवास, भटकटइया, भँगरइया तीनों एक नहीं है। हाथी बोलने से काम नहीं चलेगा, बोलना पड़ेगा कौन हाथी।" हुलसकर सरौता लाल ने जवाब दिया।

"ऐरावत...ऐरावत हाथी लक्कड़दास।" लक्कड़दास खुशकर होकर बोले, "अलख निरंजन।"

"हाँ, यह बात हुई। नाम नोट कर लिया जाए। लक्कड़दास हुए ऐरावत।"

जुगजीतन देवी पीछे से जोर गले से बोली, "मेरा भी कम जोग नहीं है लक्कड़दास से। जवानी से भगतिन हूँ, कंठीधारी। सात लर की कंठी है।"

अजोरे भगत हाथ जोड़कर उठकर बोला, "माई जी जब इतनी सरधा है तो कोनो-कोनो देवता की सवारी ज़रूर बनिएगा। भगवान बिसनू का या भोलेनाथ का।"

जुगजीतन देवी को कोहनी से हुरकाते हुए पासी टोला की बुदबुदिया बोली, "कहती क्यों नहीं कि अजोरे भगत बोला था कि बड़के देवता की सवारी माई जी कहीं नहीं गया है, मिलेगा।"

चटपट-खटपट अजोरे भगत पर तनमन-तनमन करने लगे। यदि जनाना सवारी बनेगी तो हम घोड़ा-घोड़ी बनने से हाथ जोड़ते हैं।

झन्नू गोवर्धन ने अजोरे भगत को झिड़का, "भगतिन इस बूढ़े जोआ में सकेंगी! देवता के भार से चल नहीं होगा। भीड़ में खेल नहीं पाएगी, भहरा जाएँगी, धक्का बर्दाश्त नहीं होगा...। भगवान बिसनू की सवारी गरुड़, महादेव का नन्दी। दोनों को बूझती हैं भगतिन!"

"गरुड़ साँप को खा जाता है। बाघ को ज़मीन से पंजा में टानकर आकाश में उड़ जाता है। उसके बल का थाह है! समुद्र का जोर नहीं चलता उसके आगे।"

"ई अजोरे भगत, लुबलुबहा है। बोलना चाहिए कि इसमें जनाना का कोई काम नहीं, पूजा-पाठ देखना है बस!" सरौता ने कहा।

भगतिन भुनभुनाते उठकर चली गईं।

सरौता लाल ने चन्नर पासी से पूछा, "खसी पूजा दे रहे हो न!"

"जैसा आप लोगों का हुकुम।"

"न-न, हुकुम नहीं, सरधा की बात है। राजपुताना से दो खसी, कयथाना से दो, बाभन टोला से एक, कोइरी टोला से तीन, यादव, तेली, लोनिया, हरिजन, दुसाध, लोध की तरफ से पाँच खसी।"

चन्नर पासी ने कहा, "हमरा टोला कोनो दब है। तीन खसी लिखा जाए।"

बागुन बाबा ने जानना चाहा कि क्या सभी की बलि चढ़ेगी?

अजोरे भगत बोला, "भगता लोगों की धोती उसी के ख़ून से न रंगाएगा बागुन बाबा।"

"उसके मांस का क्या होगा?" कोई भीड़ में से पूछा।

"परसाद-परसाद...। परसाद बँटेगा। नाम रजिस्टर में सभी का टाँक दिया गया है।" अजोर भगत हकलाते बोला।

"चरी बाबू अपने के कुछ कहनाम है?" रमता शर्मा बोले।

"नहीं, कुछ नहीं।"

"बाभन लोग मांस खाएँगे?" बागुन बाबा ने जिज्ञासा प्रगट की।

"सरधा पर है। किसी को दे सकते हैं अपना परसाद। जब मांस परसाद हो गया, मांस कहाँ रहा!"

बागुन बाबा कुछ अजोरे भगत को बोलना चाहते थे कि सरौता लाल ने विनीत स्वर में कहा, "बागुन बाबा, बूझिए सब देवता का अलग-अलग भोग होता है। इतना जो जिन्न, पिशाच, चुड़ैल का लाग-बाझ है, क्या वह किसी एक जाति, धर्म का है? सभी जाति, धर्म से है। यदि ऐसा नहीं होता तो जोगी टोला की लड़कियाँ पूरब की बाग़ में चिरई के लिए हिन्दू औरतों की तरह जेवनार का भोग रखने जातीं?"

बागुन बाबा को विश्वास नहीं हुआ। उन्होंने दूर खड़े शफ़ीक़ को बुलाकर पूछा, "तुम सच बताओ कि ऐसा है क्या?"

शफ़ीक़ असमंजस में पड़ गया। उसने कहा, "जोगी टोला में सब तो नहीं दो लड़कियाँ हैं, जाकर सेवई चिरई के लिए रख आया करती थीं पूरब की बाग़ में, लेकिन, जब बड़े मौलाना से डाँट पड़ी तबसे पूरब की बाग़ की ओर उन्होंने रुख़ करना छोड़ दिया।"

शफ़ीक़ थोड़ा ठहरकर बोला, "हुजूर झूठ बात नहीं है और भी कई लड़कियाँ

हैं जो सेवई देने तो नहीं गईं थीं मगर वह चिरई के रोने से दुखी हैं। पूरा जोगी टोला ग़मगीन है...।"

झन्नू गोवर्धन ने टोका।

"हुआ, दो लड़कियाँ ही सही, दिया तो! चिरई का जाति-धर्मवाली थोड़ो है। कोई धर्म, जातिवाला दाना-पानी दे सकता है दया-मया वाला।"

"जोगी टोला की जो लड़कियाँ चिरई के लिए सेवई लेकर पूरब की बाग़ में गई थीं, उन्होंने नेक काम किया है। नेकी करना सभी धर्म सिखाता है बागुन बाबा!"

सरौता लाल ने समझाते हुए हाथ जोड़ लिया। फिर रुख़ बदलकर बोले, "आप नाहक झंझट खड़ा करते हैं। मूल है शान्ति। चिरई रो रही है। महीना भर से ऊपर हो गया। क्या यह अच्छा लगता है! आप औघड़ हैं आपको क्या, जन्म हो या मरन सभी में यही आशीर्वाद देते हैं कि बच्चा जीएँ खुशी से काम...।"

गोसाईं रामसेवक इस बतकही के बीच जय भोलेनाथ कहकर उठे। सूत्र वचन में कहा, "घड़ी-भर शान्त होकर माथे पर टीका ले लिया जाए। शिव की भभूति है।"

शान्त हो गया हज-हज।

कोई भीड़ में फुसफुसाया, "लक्कड़दास कौन जगह टीका लेंगे? पूरी देह में भभूति लपेटे हुए हैं।"

गोसाईं ने कोई जवाब नहीं दिया। वह अपनी झोली से राख की भभूति निकाल लोगों के माथे पर टीक कर कान के ऊपर नाकबोय का पत्ता खोंसने में रम गए।

बागुन बाबा ने भभूति नहीं लगवाया। नाकबोय का पत्ता लेकर चरी के साथ भीड़ से निकल गए। गोसाईं को चरी ने बीस आना पैसा दे दिया। वह आरती में पैसा डालना भूल गया था।

बागुन बाबा चलते हुए झाड़ी के बीच घुसकर एक फूल तोड़कर ले आए। हाथ में केतकी। कान पर नाकबोय।

चरी से बागुन बाबा ने कहा, "सुना है कल सुबह जा रहे हो कुक्की को लाने? दीया की माँ बोल रही थी। कब लौटोगे?"

"करना क्या है जाना है और उसको लेकर आ जाना है।"

बागुन बाबा केतकी के फूल को दिखलाते बोले, "पहचानो इसको, देखते तो होगे रास्ता, घाट में।"

"देखता तो हूँ लेकिन नाम नहीं मालूम।"

"यह केतकी का फूल है।"

चरी कौतूहल से बागुन बाबा के हाथ से फूल लेकर अपने हाथ में नचाने लगा। बोला—यही है केतकी, यही केतकी है, यही है केतकी...! सुना है किस्सों में कि आषाढ़ जब जाने लगता है, हारिल पंछी पहाड़ से लगते हैं लौटने। पेड़ों में नये पत्ते आते हैं। उसी समय बन का राजा केतकी का गीत सुनाता है।

"बागुन बाबा, केतकी गीत गानेवाले को जानते हैं आप?"

"चलना पड़ेगा मेरे साथ।"

"कहाँ?"

"तुमने प्रश्न किया अब गाना न सुन सकोगे।"

"क्यों?"

"फिर तुमने प्रश्न किया।"

"तो क्या कहूँ?"

"फिर प्रश्न किया। देवता का शाप है कि कोई प्रश्न करेगा, गायक केतकी का गीत भूल जाएगा। जब तक प्रश्न धुल नहीं जाता, गायक के पास जाना सार्थक नहीं होगा।"

एक-से-एक बात बागुन बाबा के खजाने में है। कोई इनकी मोहब्बत का रसिया ही अपनी झोली भर पाता है। चरी भी उन रसियों में एक है।

बागुन बाबा के खुरदुरे हाथों पर बैठी तितली को उड़ाते चरी ने कहा, "आपने ध्यान दिया कितनी खूबसूरत तितली आकर बैठ गई थी आपके हाथ पर!"

"देख, वह मेरे लिए नहीं, मेरे कान पर जो नाकबोय है उसके लिए आई थी।"

"केतकी के लिए!"

बागुन बाबा ने सुने को अनसुना कर दिया। टेंट से डिबिया निकाल सुँघनी सूँघने लगे।

डीह बँधने की मीटिंग ख़त्म हो चुकी थी लोग अपने घरों को लौट रहे थे। इस मीटिंग में बाइस दुआरी का कोई नहीं दिखा और न ही पश्चिम टोला से लम्मरदार के यहाँ का कोई। चरी को लगा शायद उसकी ही निगाह न पड़ी हो, वे लोग आए हों फिर भी आश्वस्त होने के लिए उसने बागुन बाबा से पूछा, "पूरा गाँव आया था मीटिंग में या कोई रह गया था?"

बागुन बाबा ने अपने स्वभाव के अनुसार थोड़ा रुककर जवाब दिया, "सिर्फ़ दो घर हैं, वे गाँव के लोगों से मिलने-जुलने से परहेज करते हैं। आज से थोड़ो—बहुत पहले से और उन्हें यह भी पसन्द नहीं कि उनके किसी आयोजन में बिना बुलाए कोई आवे।"

"वे कौन घर हैं?"

"तुम गाँव में रहते हो, तुम्हें तो मालूम होना चाहिए और यदि नहीं मालूम है तो इसका मतलब हुआ कि तुम गाँव में रहकर भी नहीं रहते हो।"

अजोरे भगत इस बीच पीछे से आ गया। उसने चरी को अलग बुलाकर अनुनय के स्वर में कहा, "चरी बाबू, आपसे कुछ बोलना था, हिम्मत नहीं पड़ रही है। एक मन कहता है कहूँ, दूसरा मन मना करता है।"

"बोलो, बोलो। दूसरे मन की बात पर कान मत दो।"

"चरी बाबू, ऐसा है कि...डीह बँधने के रोज फोटो खींचने की व्यवस्था कर रहे हैं सरौता बाबू। बड़कवा हैं, कौन उनसे कहेगा कि फोटो-तोटो उतारना ठीक नहीं है। ओझा, गुनिया का मामला है। दूसरे, देवता की पूजा है, खेल नहीं है। एक बार मन की डोरी ढीली हुई कि सुमिरनी गिर जाएगी मुँह के बल। चूक होने से बचा लीजिए चरी बाबू।"

"तुम कहना चाहते हो कि डीह बँधने में फोटो न खींची जाए, यही न!"

"हाँ, हुजूर यही। भगता फोटो उतरवाने में बाझ जाएगा, भगतई का मन्तर तब काम नहीं करेगा। चिरई का रोना कैसे रुकेगा?"

"ठीक है मैं सरौता बाबू को मना कर दूँगा। फोटो खींचने का टंट-घंट न रखें।"

यह सुनकर अजोरे भगत निहाल हो गया। झुककर चरी का पैर छूने लगा कि चरी ने हाथ पकड़ लिया, "ये क्या करते हो!"

सोलह

चरी के साथ सोमई महरा कुक्की के यहाँ न जा सके। उनकी तबीयत ख़राब थी। दूसरे किसी को भेजने के लिए अपिया तैयार न थीं। पटना वाली ट्रेन में भुलई सामान चढ़ाकर गाँव लौट गए।

भुलई जाते-जाते चेता गए कि चरी बाबू सामान पर नज़र रखिएगा। आँख बन्द हुआ कि डिब्बा गायब। चौकस रहिएगा।

लगभग तीन सालों के बाद कुक्की के घर चरी का जाना हो रहा है। जब कुक्की की ननद की शादी थी उसी समय गया था।

कैसे झगड़ालू बाराती थे। मीन-मेख हर बात में निकलना मानो उनकी घुट्टी में थी। कोई कहता था कि शर्बत की तरह शर्बत क्यों नहीं लग रहा है? कोई कहता कि इसे कोई पनीर का पकौड़ा कहेगा? लगता है शलजम को काटकर तल दिया गया है। कुत्ता-बिल्ली भी हमारे यहाँ यह खाएगा नहीं।

लड़के के चाचा ने घरातीवाले के किसी रिश्तेदार के गाल पर तमाचा इसलिए जड़ दिया कि उसने जो इलायची दी थी, उसमें दाने नहीं थे। किसी ने कुछ कहा तो दूल्हा झल्ला उठा कि अभी वापिस चला जाऊँगा। सारी हेकड़ी निकल जाएगी। लड़की को रखना अपने यहाँ।

कितना मान-मनौव्वल के बाद मामला दरहम-बरहम हुआ। लड़का फौज में लेफ़्टीनेंट, ऊपर से बिगड़ैल मिजाज, नाक पर मक्खी भी नहीं बैठने पाती। साली-सलहज भी मज़ाक़ करने से डरने लगीं।

रस्म पूरा करने के लिए किसी तरह कुक्की तथा दूसरी औरतें, लड़कियों ने पीढ़े के नीचे दीया रखकर दूल्हे को बैठने के लिए कहा। वह बैठते ही ढिमला पड़ा, खीर की कटोरी पर। खीर मुँह पर पोता गई। औरतें-लड़कियाँ खी-खी कर हँसने लगीं।

दूल्हा तनतनाते हुए उठ गया और अपने चाचा की कमर से पिस्तौल निकाल तान दिया लड़कियों पर। हड़कम्प मच गया। भला हो फौज के उस अफ़सर का जिसने उसे अलग किया और डाँट पिलाई।

कुक्की की ननद पोथी ने पूछा, "भाभी इतना शोर क्यों हो रहा था? किसको गोली मारने की बात हो रही थी?"

कुक्की ने बात को टाल दिया यह कहते हुए, "बहुरूपिया आया था। स्वाँग रचा था राजा का, उसी ने कबूतरी पर बन्दूक तान दिया था।"

"बन्दूक क्यों तान दिया था?"

"अपने राजा से पूछना सोहागरात में।"

पीठ पीछे कुक्की के जेठ अपने पिता पर बहुत रंज हुए, "किस घर में शादी ठीक किया? बड़ा ओहदा, बड़ा खानदान, बड़ा जोतदार लेकर चाटना है। यदि इनसानियत न हो, छोटे-बड़े की तमीज न हो।"

पिता ने पुत्र को शान्त किया, "इतना आवेश ठीक नहीं। विश्वास है हमारी पोथी ठीक कर देगी सब।"

हुआ भी वैसा ही। पोथी के ससुराल जाते सचमुच सब ठीक हो गया। वह बिगड़ैल लेफ़्टीनेंट हो गया गऊ जैसा सीधा। ससुराल आता है। साली-सरहज से हँसी-मज़ाक़, बड़ों को आदर-सम्मान देता है। जैसा एक दामाद को रहना चाहिए वैसा रहता है।

पुरन्दपुर भी पोथी ससुराल से एक बार आई थी जब अपिया भागवत सुन रही थीं। उस समय उसका दूल्हा भी साथ आया था। लाख मना करने पर दौड़-दौड़कर काम करना, फल काटना, पानी लाना, प्रसाद बाँटना, दरी बिछाना, पेट्रोमेक्स जलाना, लगता नहीं था कि दामाद है।

लोग दाँत तले उँगली दाबते थे कि लेफ़्टीनेंट होकर घर के मजूरा के साथ कैसा लगे हुए हैं मजूरा माफिक!

व्यास गद्‌दी पर बैठे शास्त्री जी ने दोनों हाथ उठाकर आशीर्वाद दिया था, "ऐसी ही भक्ति बनी रहे...सदैव मंगल हो...!"

अपिया ने पोथी और उसके दूल्हा को जाते समय बार-बार कहा, "अपना घर समझकर आइएगा बच्चा। प्रेम की डोरी लगाकर भूलिएगा नहीं। नात-रिश्तेदार आपको मैं नहीं मानती। पोथी और आपको बेटी-बेटा समझती हूँ। सिर्फ़ कोख से जन्मा ही बेटा, बेटी नहीं होते...।"

पोथी और उसके दूल्हा की आँखें भर आई थीं। लेफ़्टीनेंट ने कहा, "माँ, अगले जन्म में मैं आपकी कोख से पैदा होने के लिए ईश्वर से प्रार्थना करूँगा। गोइन्दा बाबू होंगे मेरे पिता।"

पुरन्दरपुर जब कुक्की आती है, अपिया पोथी और लेफ़्टीनेंट की चर्चा करना नहीं भूलतीं। बात-बात में अपिया उन्हें असीसती रहती हैं।

चरी के भीतर की रील न जाने कब तक चलती रहती यदि ट्रेन का कोच असिस्टेंट बोगी में आवाज़ नहीं देता कि पटना आनेवाला है। अपना सामान वगैरह ठीक कीजिए।

ट्रेन पटना पहुँचते-पहुँचते आठ बज गया था। ट्रेन से उतरते रिक्शा कर कुक्की के घर पहुँचने में नौ बज गए।

घर के मुख्य गेट की घंटी बजाने की ज़रूरत नहीं पड़ी। बसन्त ने ऊपर से देख लिया। वह दौड़कर आ गया। सामान उठाते चिल्लाकर बोला, "पुरन्दरपुरवाली दुल्हिन, चरी बाबू आ गए...।"

कुक्की कमरे से निकल सीढ़ी पर आ खड़ी हुई। चरी ने झुककर कुक्की का चरण स्पर्श किया। कुक्की भाव-विभोर हो गई। प्रेमाश्रु आँखों से छलक पड़े। आँसू पोंछते चरी को लेकर अन्दर आई।

"ट्रेन लेट थी न?"

"बीच में लेट हुई।"

"तुझे लेने वो गए हैं। भटक रहे होंगे। तुझे मिले नहीं?"

"मुझे पता थोड़ो था कि वह स्टेशन आनेवाले हैं।"

"माँ को चिट्ठी में लिख दिया था। भूल गई होगी। आजकल चिरई को लेकर डिस्टर्ब रहती है। देख, बसन्त बुला रहा है।"

बसन्त ने चरी को आँगन में आने का इशारा किया। चरी ने समझा कोई काम होगा।

बसन्त ने हुक्म देते कहा, "चुपचाप खड़ा रहिए, पैर धोने दीजिए।"

चरी न-न करता रहा कि मैं धुल लूँगा लेकिन, वह कहाँ माननेवाला था।

वकील साहेब ने सीढ़ी चढ़ते चरी को देख हँसने लगे, "किस रास्ते से निकल आए? मुझे लगा कि ट्रेन छूट गई। माँ-बाबूजी ठीक है न!"

"हाँ, ठीक हैं।" पाँव छूते चरी बोला।

वकील साहेब ने बसन्त को फल और मिठाई का थैला थमा दिया। कहा, "चरी बाबू को कृष्णभोग, रसमलाई खिलाना। निताई दादा के यहाँ का है। इन्हें इसमें जले हुए दूध का स्वाद मिलेगा।"

चाय पर थोड़ी बात चरी से करने के बाद वकील साहेब नहाने चले गए। यह बोलते हुए कि उन्हें कोर्ट जाना है, कोई ज़रूरी केस है।

कुक्की ने कहा, "कब नहीं रहता ज़रूरी केस। कभी मिलती है फुरसत? ले-देकर रविवार का दिन मिलता है, वह भी आधा। आधे जून के बाद बाहर से आवाज़ आनी शुरू हो जाती है—वकील साहेब से मिलना है।"

"लड्डन स्कूल गया है?" चरी ने पूछा।

"बारह बजे तक आ जाएगा। वह रात से ही चिल्ला रहा है कि मामा आ रहा है। उसकी खुशी का ठिकाना नहीं।"

"अच्छा बता, बाबूजी ने कुरता पहना था जो उनके लिए भेजा था।"

"ध्यान नहीं दिया। पहना ही होगा।"

"उनके ग्रामोफ़ोन की सुई और चार रिकॉर्ड भेजवाया था।"

"हाँ, मिल गया। बहुत खुश थे।"

"पुराने रिकॉर्ड मुश्किल से मिलते हैं। बाबूजी की च्वायस का जवाब नहीं। तेरे जीजा भी बोलते हैं कि बाबूजी क़ो राग-रागिनियों की जितनी जानकारी है, उतना बड़े-बड़े संगीत-समीक्षकों को भी नहीं। जानकारी ही नहीं, वह रस लेना जानते हैं और संगीत जीते भी हैं।"

"अच्छा बता, बाबूजी के पुराने सिल्क वाले कुरते में खोंच लग गया था, उसे मैंने तुरुप दिया था, वह जनाता तो नहीं है न!"

"इतनी बारीक बात पूछती है, लगता है कि बाबूजी के साथ उठने-बैठने का साहस मैंने अर्जित कर लिया है।"

कुक्की हँसने लगी, "सच, बोलता है। उसे डर नहीं लिहाज कहते हैं। माँ सुगर की दवा खा रही है कि नहीं? सच बोलना। कई बार पूजा-पाठ में इतनी मग्न रहती है कि उसे याद नहीं रहता अपने बारे में कुछ। सबितरी आती है?"

"नहीं, उसकी तबीयत नहीं रहती ठीक। उसकी दोनों बेटियाँ रहती हैं। माँ का कितना ख्याल रखती हैं। लगता है कि वे माँ की माँ हैं। इतनी कम उम्र में जवाबदेही के साथ हर चीज पर नज़र। माँ दवा खाई कि नहीं, समय से भोजन किया कि नहीं। बाबूजी ने कॉफी-चाय पिया कि नहीं सब। यहाँ तक कि मेरी कमीज के टूटे बटन भी लगा देती है, बिना कहे कुछ।"

"तुझे लगता है डीह बँधने से चिरई का रोना रुक जाएगा?"

"मुझे विश्वास नहीं है! लेकिन माँ के विश्वास को मैं तोड़कर उसे दुखी करना नहीं चाहता। थोड़ा भी उसे शक होगा चिरई का रोना नहीं रुकनेवाला है तो वे खाट पकड़ लेंगी।"

कुक्की ने चरी को याद दिलाया कि जब उसकी शादी नहीं हुई थी, माँ सभी को मन्दिर ले जाती थी। बाबूजी को बार-बार बुलाती रहती थी। लेकिन वे मन्दिर के बाहर खड़े रहते थे। कहते थे कि शरीर ही मन्दिर है, हमारा ठाकुर हमारे भीतर है, बाहर नहीं। बाबूजी मन्दिर में नहीं जाते थे।

माँ हम लोगों को डियोढ़ी में दोपहर के समय सुलाते हुए चिरई का गीत सुनाती थीं।

चरी को याद आ गया कपड़े की बनी हुई रंग-बिरंगी चिड़ियाँ। लगभग दो दर्जन। मोती की लड़ी में गूँथी हुई नीचे-ऊपर। उसके नीचे-ऊपर छोटी-छोटी घंटियाँ भी लगी रहती थीं। हवा चलती थी कि चिड़िया के हिलने के साथ घंटियाँ भी बजने लगती थीं। मानो चिड़ियाँ बोल रही हों।

पलंग और दरवाज़े पर कपड़े की चिड़िया हिलती थी। आँगन में फुदकती थी वन की चिड़िया। माँ रोज आँगन में पसर भर चावल छींटती थी और आज भी वैसा ही करती है। वैसा ही परई में पानी भरकर चिरई को पीने के लिए आँगन में रख देती है।

हम भाई-बहन में होड़ लगी रहती थी कि परई का पानी मैं बदलूँगा कि मैं बदलूँगा।

"बोल न, वह गीत कैसा था। माँ गाती थी न चिरई का गीत।"

"ऐसे कुछ था, शायद पहली पंक्ति थी राम चिरइया...!"

कुक्की को याद आ गया। वह लय में आ गई। मेज को बजाते शुरू हो गई।

...राम चिरइया...राम चिरइया
राम चिरइया
सरग में खोतवा लगावे।
राजा की चिरइया
पिंजरा में सुसआय
माई की चिरइया
अँगना में फुदके
वन की चिरइया
बहेलिया लिए जाए...!

"हाँ, ऐसा ही था। तुझे माँ का गला मिला है। एकदम वैसा ही गाती है। दो लाइन नीचे और था।"

"हाँ, माँ उसके बाद किस्सा सुनाती थी कि रावण ने जब सीताजी को हर लिया और रथ पर बैठाकर ले जाने लगा, किसी दूसरे ने देखा नहीं। देखा भी होगा, भयवश चुप रहा होगा, कौन बोलेगा राजा रावण के विरुद्ध। ऐसे में जटायु नाम की चिरई ने रावण से युद्ध किया। तब गाती थी...!"

चिरई, तिरिया है राजा
महतारी तोहार

चिरई संवदिया है राजा
तीनों लोक में देई जनाय
चिरई के चहके से जगत उजियार हो राजा
चिरई के रोए से बादर फाटे हज़ार...।

इसके बाद माँ रोने लगती थी।

"हम नहीं समझते थे उस समय। हँसते रहते थे चादर में मुँह छिपाकर। अब रोना आता है...।" चरी ने अफसोस करते हुए कहा।

कुक्की भी गाते-गाते भावुक हो गई। उसकी पपनियाँ भींग आईं। वह गीले शब्दों में बोली, "लड्डन के पापा कहते हैं कि माँ, बाबूजी को यहाँ बुला लो और चरी को भी। सभी साथ में रहेंगे। अकेले-अकेले कोई रहता है! उनके या मेरे चाहने से क्या होगा। मैं अपने माँ, बाबूजी को जानती हूँ। वे कितने खुद्दार हैं। मर जाएँगे मगर, अपने स्वाभिमान का सिर नहीं झुकने देंगे। दूसरा अपनी ज़मीन का मोह भी है उन्हें। कितने आराम से बाबूजी शहर में कोठी बनाकर रह सकते थे। उनकी मति अलग है। मैं तो ईश्वर से मनाती हूँ कि मेरे माँ, बाबूजी की तरह ही भगवान सभी को माता-पिता दें।"

चरी उठकर बेसिन पर मुँह धुलने चला गया। कुक्की ने देख लिया था कि उसे अपने आँसुओं को छिपाना मुश्किल हो रहा है।

जैसे अपिया, गोइन्दा बाबू, वैसे ही बेटा-बेटी। आँसुओं के बादल इनकी आँखों से बहुत दूर नहीं रहते।

लड्डन सीढ़ियाँ चढ़ते मामा-मामा पुकारने लगा।

बसन्त ने गोद में उठाकर दिखाया, "वह देखो, वहाँ हैं चरी मामा।"

लड्डन जूता पहने दौड़कर लिपट गया चरी से। चरी ने उसे कन्धे पर उठा लिया।

दौड़ी हुई कुक्की आई। लड्डन का हाथ पकड़ कमरे में ले गई, जूता-मोजा उतारने लगी, "मामा कहीं भागा जा रहा है। हाथ-मुँह धो लो। मामा नहाने जा रहा है।"

"पापा?"

"पापा कोर्ट नहा-वहाकर जल्दी निकल गए एक अंजीर खाकर। खाने का समय नहीं था। जल्दी आ जाएँगे। टिफिन साथ ले गए हैं।"

चरी को बसन्त ने घर में घुसते ही बता दिया था कि बड़का मालिक और मालकिन पोथी बहिनी के यहाँ गए हैं। दो-चार दिन में आ जाएँगे।

खाने की मेज पर एक साथ कुक्की, चरी को खाते देखकर बसन्त ने कहा, "पुरन्दरपुरवाली दुल्हिन कितना अच्छा लग रहा भाई-बहन को एक साथ खाते देखकर। हम भाई-बहन भी एक साथ, एक थाली में खाते थे कभी।"

कुक्की मुस्कराते बोली, "हम जब छोटे थे, जो सब्जी पसन्द नहीं आती थी, वह चुपके से एक-दूसरे की थाली में डाल देते थे। मार-पीट शुरू हो जाती थी। माँ इसको ही पकड़ती थी। मुझे मारने का मौका मिल जाता था...। तब था कि मुझे बाबूजी जो कुछ खाने की चीज़ चुपके से देते थे, वह मैं इसको भी थोड़ा दे देती थी। यह बताता नहीं था कि इसको भी पहले मिल चुका है। खूब हँसता था। नागपंचमी के दिन गुड़िया लेकर मैं लड़कियों के साथ तालाब पर जाती थी। पीछे-पीछे बहनों के साथ भाई भी जाते थे। वहाँ गुड़िया को तालाब पर हम लड़कियाँ विसर्जन कर देती थीं? फिर फुलाए हुए चना को खोलकर एक दाना बहन भाई को खिलाती थी, दूसरा दाना भाई खिलाता था बहन को। यदि एक चना ही है, उसी में आधा-आधा खाकर साथ रहेंगे हम भाई-बहन। हमें पंचमी ने सिखाया।"

चरी ने कहा, "पान भी तो खिलाती थी।"

"रस्म है तो खिलाएँगे नहीं।"

"अच्छा बता महेन्दू मोहल्ला कहाँ है?"

"क्या करेगा महेन्दू मोहल्ले का?"

"नैया को जानती है?"

"कौन नैया?"

"मेरे साथ कॉलेज में थी। तुझसे एक बार कहा था न कि बहुत लड़ाकी है।"

"जिसने तेरा चप्पल छिपा दिया था।"

"हाँ, वही। एक दिन मिशनरी जाते बस में मिली थी। बताया था कि पटना में रहती है। यहाँ किसी कॉलेज में पढ़ाती है।"

"दूर नहीं है। आधे घंटे में रिक्शा पहुँचा देगा।"

खाना खाकर चरी उठा। लड्डन भी साथ उठ गया। चरी के बिस्तर पर आ गया। मामा को पकड़कर लेट गया।

"मामा, डोका-डोकी का किस्सा सुनाओ। नानी सुनाती थी वही वाला।"

चरी को पता है कि लड्डन को बुझाना आसान नहीं है। न कहने से मुक्ति नहीं। नहीं भी मालूम है तब भी बना चुनाकर सुनाना पड़ेगा। अपिया सब किस्से को हू-ब-हू थोड़ो कहती थी, उसमें अपना भी कितना कुछ जोड़ती रहती थीं।

चरी ने डोका-डोकी का किस्सा शुरू किया—साथ ही थपकी देता रहा उसे धीरे-धीरे। थोड़ी देर के बाद जब नींद में चला गया लड्डन, चुपके से चरी उठकर कपड़े बदल कुक्की से बोलकर निकल गया महेन्दू।

सीढ़ियाँ उतरते समय कुक्की ने कहा, "जल्दी आ जाना, देर मत करना। तेरे जीजा जल्दी चले आएँगे।"

सतरह

पता जिस ढंग से नैया ने बताया था, उससे चरी को भटकना नहीं पड़ा। सहज ही ठिकाने पर पहुँच गया।

घर खुला हुआ था। दरवाज़े के परदे हवा से हिल रहे थे। लेकिन घंटी बजाने पर, भीतर से कोई आवाज़ नहीं आई बाहर। दस-बीस मिनट के बाद चरी ने एक-दो बार घंटी और बजाई। पाँच मिनट प्रतीक्षा कर निकलकर सड़क पर आ गया।

वह लौटने के लिए रिक्शा ठीक कर ही रहा था कि सामने से आती हुई नैया ने चरी को देख लिया, "कहाँ जा रहे हो, बस, पास में है घर।"

"मैं लौट रहा था, घंटी बजाकर।"

"सॉरी, मैं चली गई थी एक लड़की को छोड़ने। मेरी छात्र थी।"

नैया के साथ चलते हुए चरी ने पूछा, "घर ऐसे ही खुला छोड़ दिया था?"

नैया हँसने लगी।

"तुमने फ़ोन किया था न कि आज दोपहर तक आ जाओगे।"

"याद था तुम्हें?"

"क्या याद नहीं रहेगा! पागल हूँ फ़ोन करती रहती हूँ।"

कमरे में पहुँचकर नैया चरी से बोली, "तुम्हारे लिए पान बनवाकर ले आई हूँ। उसी में दो मिनट देर हो गई।"

"मैंने पान खाना छोड़ दिया है।"

"खाना साथ खाओगे न?"

"कुक्की के साथ खाना हुआ है। उससे कह नहीं सका कि...।"

"अभी नहीं, शाम में।"

"साथ में कुछ खा लेंगे। जल्दी लौटना है। बोलकर नहीं आया हूँ।"

नैया ने ध्यान नहीं दिया, पान जेब से निकालना भूल गई। उससे उसका जेब रंगीन हो गया। वह भी कुर्ते के ऊपर की जेब। उसकी जेब पर फैले रंग को देखकर चरी हँसने लगा।

"हँस क्यों रहे हो?"

"अरे, हँसना गुनाह है क्या। हँसी आएगी नहीं! किसी को पान खाने को नहीं मिलता और किसकी जेब पान खाती है।"

नैया का ध्यान अपने कुर्ते पर गया झेंपती हुई मुस्कान होठों में दबाकर वह भीतर चली गई। कपड़े बदलकर बाहर आई चाय-बिस्कुट के साथ।

"कितनी चीनी दूँ।"

"एक चम्मच।"

"और कुछ लोगो?"

"नहीं। यहाँ अकेली रहती हो?"

"तुम्हें बताया था न कि चाचा-चाची के साथ। बगलवाली कोठी में वे रहते हैं। यह गोडाउन हुआ करता था। मैंने इसमें रहने की इच्छा जाहिर की। उन्होंने इसे खाली कर दिया। एक कमरा पीछे है। उसमें मेरी लायब्रेरी है। एक छोटा-सा किचन है। चाय बना लेती हूँ। खाना वहाँ साथ में खाते हैं।"

"अकेला रहना सीख रही हो?"

"अकेला रहकर भी इनसान कहाँ अकेला रहता है!"

इस बीच दरवाज़े की घंटी बजने की आवाज़ हुई। चरी ने उठकर दरवाज़ा खोल दिया।

दो महिलाएँ बिना कुछ पूछे धड़धड़ाते अन्दर आ गईं। उन महिलाओं को देखकर लगा कि किसी पार्टी वगैरह में जा रही हैं। उनका ठाट-बाट देखते बनता था।

वे आपस में दो लाइन हिन्दी, दो लाइन अंग्रेजी में बात कर रही थीं कमरे की लम्बाई-चौड़ाई को लेकर।

नैया ने काले रंगवाले चश्मा पहने महिला से परिचय कराते कहा, "बड़ी चाची हैं।" चरी की ओर इशारा करते बोली, "मेरे साथ कॉलेज में...।"

वाक्य पूरा होने के पहले चाची सिर हिलाते बोलीं, "गुड, वेरी गुड...हूँ, हूँ...। यू आर फ्रेंड...गुड, वेरी गुड...क्या नाम है?"

"चरी।"

"चरी मिन्स?"

"घास की एक जाति है।"

"ओके, गुड, वेरी गुड। गाँव में ऐसा ही नाम होता है कूड़ा, गोबर, गन्हारी...। एक्चुयली मैं गाँव में नहीं रही कभी। मालूम नहीं ऐसा नाम क्यों रखते हैं लोग! बाई द वे, परिचय करा दूँ। यह मेरी फ्रेंड हैं मिसेज एस.के. लिंगम। ग्लोबल फीगर हैं। पूरी दुनिया में रेस्टोरेंट है इनका। मैंने इनसे रिक्वेस्ट किया एक साउथ इंडियन रेस्त्राँ यहाँ भी खोल दें। कोई ढंग का शहर में कॉफी हाउस भी नहीं है। बाई द वे आप करते क्या हैं मिस्टर चली! सॉरी चरी!"

"मिशनरी के एक स्कूल में पढ़ाता हूँ छोटे बच्चे को।"

"ओके, ओके...। क्रिशचियन स्कूल, ओके...जस्ट लाइक एनजीओ। आई एम राइट मिस्टर चोली, सॉरी चरी!"

"स्कूल है, स्कूल जैसा। एनजीओ के बारे में बहुत पता नहीं।"

"आप एनजीओ नहीं जानते? सो इनोसेंट बेबी...।"

चाची एक साँस में बोलती रहीं। मिसेज एस.के. लिंगम को बोलने का मौका ही नहीं दिया। कमरे को दिखाकर नैया से बिना परिचय कराए वह निकल गईं।

नैया थोड़ी देर चुप रही। लगा जैसे कोई लँगड़ी आँधी आई और आसपास की चीजें तहस-नहस करके चली गई।

नैया को सूझ नहीं रहा था कि अपनी चाची की बेवकूफियों को कैसे ढके। वह चरी से आँखें नहीं मिला पा रही थी। किस मुँह से कहेगी चलो चाचा से मिलवाती हूँ!

"तुम्हारी चाची बहुत मजेदार हैं यह तुम्हारी बिन्दा चाची से बड़ी हैं।"

"सबसे बड़ी यही हैं।"

"इस जगह में साउथ इंडियन रेस्त्राँ खुलेगा। तब क्या तुम कोठी में रहने चली जाओगी?"

"सोचूँगी कि मुझे क्या करना है?"

नैया अन्दर गई। आधे घंटे बाद लौटी हाथ में एलबम लिये हुए। लाकर चरी के आगे रख दिया।

चरी उलटने लगा। नैया उसके और पास खिसकर आ गई। बताने लगी चित्रों के बारे में। हठात् चरी की निगाह साइकिल चलाते उस दुबले-पतले लड़के पर पड़ी जिसके कैरियर पर नैया बैठी थी चोटी को अपने आगे किये हुए।

"यह...यह फोटो किसने लिया था? मुझे आभास तक न हुआ।"

"मेरी एक सहेली ने।"

"और यह वाला?"

"जब तुमने ड्रामा प्रतियोगिता में गांधी की भूमिका निभाई थी। क्या ठंडी के दिन थे और तुमने अपना सिर मुड़ा लिया था। मैंने उस समय राधिका से कहा था कि देखना चरी ही सर्वश्रेष्ठ अभिनय का पुरस्कार जीतेगा, वही हुआ।"

"तुम्हें कैसा लग रहा है अब अपने को गांधी के रूप में देखना?"

"फोटोग्राफ़्स देखकर अपने को पहचानना मुश्किल है। जब मैं खुद अपने को नहीं पहचान पा रहा हूँ, दूसरा कौन पहचानेगा?"

"और आगे उलटो।"

"यह कपड़े की कतरन...।"

नैया हँसने लगी।

चरी को कुछ समझ में नहीं आया कि यह क्या है। कॉलेज के दिनों में आर्ट पेपर पर फूल की पत्तियाँ चिपकाया जाता था। अलग-अलग पत्तियाँ, अलग-अलग फूल।

कपड़े के टुकड़े चिपका किसी की कॉपी में कभी दिखा नहीं? चरी ने अनुमान लगाया कि हो सकता है नैया ने अपने बचपन के दिनों की स्मृति के रूप में गुड़ियों के कपड़े को यहाँ चिपका रखा हो।

"तुम्हारी गुड़ियों के कपड़े हैं?"

"नहीं गुड्डा के कपड़े हैं। बुद्धू, एकदम बुद्धू हो। याद करो कॉलेज में टिफिन के समय उठते समय खरोंच से तुम्हारा बुशर्ट फट गया था। तुमने उस फटे को

मेंहदी की झाड़ियों में फेंक दिया था। वही है यह।"

चरी नैया को देखने लगा। नैया ने नज़र झुका ली। थोड़ी देर दोनों चुप बैठे रहे। उस चुप्पी में कितना कुछ भीतर घटने लगा वह शब्दों से परे है।

"तुम पागल हो...।"

"तुम्हारा सिविल सर्विस में हो गया था न!"

"तुम्हें कैसे मालूम?"

"यह जानकर क्या करोगे। हमें-तुम्हें जाननेवाले कॉलेज के दोस्तों की कमी है?"

"विनय ने कहा होगा!"

"नहीं बताऊँगी। तुम ट्रेनिग में क्यों नहीं गए?"

"जा रहा था लेकिन रास्ते में निरर्थक महसूस हुआ...। लौट गया। असल में मेरी चिन्तन धारा दूसरी है...। लोग जिसे अपना हित देखना कहते हैं, उसे मुझे देखना नहीं आता। मैं कहीं और देखता हूँ। ध्येय जो है मेरा...।"

"बहुत दुख हुआ होगा माँ, बाबूजी को न!"

चरी मौन रहा। उसे आश्चर्य हुआ कि कैसे छोटी-बड़ी चीज़ें नैया को मेरे बारे में मालूम है—किसी सम्पर्क के बिना।

"कॉलेज में यदि यहाँ हो जाए, ज्वाइन करोगे न!"

"सोचूँगा।"

नैया कान ऐंठते बोली, "सोचूँगा?"

"मेरा कहा मानोगी।"

"हाँ, बोलो।"

"घर पर खाने-पीने को न कुछ करके, चलो बाहर किसी रेस्त्राँ में कॉफी पीते हैं और साथ में कुछ खाया जाएगा।"

"यहाँ क्यों नहीं?"

"हमने कभी कॉलेज के रेस्त्राँ में बैठकर एक साथ कुछ खाया-पिया नहीं...। एक भय पीछा करता था...। सच कहो मेरी ही हिम्मत कभी नहीं हुई थी।"

"बुद्धू हो, चलो...! गनीमत है कि हिम्मत हुई तो...!"

शाम के छह बज रहे थे। चरी बार-बार घड़ी देख रहा था। उसे चिन्ता सता रही थी कि कोर्ट से सबेरे ही वकील साहेब लौट आए होंगे और मुझे पूछ रहे होंगे।

कुक्की भी कम परेशान नहीं होगी। वह भी माँ की तरह तनिक से में अधीर हो जाती है। उसे लगा कि एक फ़ोन कर देना चाहिए।

टेबुल पर रखे टेलीफ़ोन के पास वह गया और कुक्की का नम्बर मिलाया। उस पार चोंगे से बसन्त की आवाज़ आई। चरी ने कहा, "एक घंटे के बाद आ रहा हूँ।" इतना कहकर चोंगा रख दिया।

नैया तैयार होकर बाहर निकली। साड़ी के रंग को दिखाते पूछी, "कैसा लग रहा

है? तुम्हारे कुरते के रंग से मैच कर रहा है न! यह ताँत सिल्क है। ढाका का है।"

चरी मुस्कराया नैया को बना-ठना देखकर। मजाकिया लहजे में बोला, "अपनी चाची की तरह लग रही हो!"

यह सुनकर लगा नैया के ऊपर मानो घड़ों पानी पड़ गया हो। वह मुँह फुलाकर कुर्सी पर बैठ गई।

"ठीक है, मैं सलवार-कुरता पहन लेती हूँ...।"

"तुम मज़ाक़ भी नहीं समझती। मुझे कहती हो गुस्सैल जबकि तुम्हारे नाक पर गुस्सा बैठा रहता है।"

"ऐसा मज़ाक़ क्यों करते हो...।"

"चलो, नहीं करेंगे...। तुम ताला बन्द करो, मैं रिक्शा देखता हूँ।"

नैया कमरे से बाहर निकलते हुए बोली, "गाड़ी है मेरी। उसी से चलेंगे। एक यहाँ का ट्रेडिशनल भोजन-नाश्ते का रेस्त्राँ है, वहीं चलते हैं।"

"तुम दो-तीन दिनों के भीतर तय करो, चलेंगे बोधगया। घूमकर आते हैं। वहाँ तुम्हारा मन लगेगा उन दृश्यों को देखकर जिनके परे लोग बुद्ध को खोजते हैं।"

गाड़ी में बैठते हुए चरी सीट पर पड़ी किताब को उलटने-पुलटने लगा।

नैया गुनगुनाने लगी कॉलेज के दिनों के गीत—

तारों में चाँद छुपा आँखें में तुम...।

किताब में रखे चिड़िया के पंख को देखकर चरी सोचने लगा, "चिड़िया के एक बच्चे को पेड़ के खोते से निकालकर जब लाया तब माँ मुझ पर कितना बिगड़ी थी? जाकर उसे खोते में रखने के लिए कहा था। जब तक मैंने उस बच्चे को रख नहीं दिया, वह बाहर खड़ी रही। उस समय आठवें में रहा होऊँगा।" चरी चिड़िया के पंख दिखाकर बोला, "यह किस चिड़िया का पंख है? तुम्हारी किताब में था।"

"अच्छा, पंख। बरगद का गोदा खाने के लिए चिड़िया आती है। उसी का है। तुम्हें अच्छा लगा?"

चरी ने कोई जवाब न देकर दूसरी बात शुरू कर दी और नैया ने पंख को चरी के हाथ से लेकर अपने जूड़े में खोंस लिया।

अठारह

"चई-चई, धत्त...धत्त...।" चरी की पीठ पर बैठा लड्डन बोल रहा है और चरी घुटने के बल घूम रहा है गोल-गोल। धीमा चलने पर हाथी का कान मरोड़ देता है लड्डन।

हाथी की सवारी देख दूर खड़ा बसन्त मुस्करा रहा था मन्द-मन्द। कुक्की स्नानघर से चिल्लाकर बोली, "मामा का घुटना छिल जाएगा। मामा की पीठ से उतर जाओ।"

मुवक्किल के हटते ही चैम्बर से निकलकर वकील साहेब आए और चरी की पीठ से लड्डन को उतार गोद में ले लिया।

चरी देह झाड़कर उठ खड़ा हुआ।

लड्डन बोला, "मामा दलद हो लहा है?"

वकील साहेब ने कहा, "होगा नहीं। मामा को कितना राउंड लगवा दिया। देखो, मास्टर जी आ गए हैं। जाओ, पढ़नेवाले कमरे में जाओ।"

बसन्त चरी को लेकर चला गया।

कुक्की ने हाथ के इशारे से चरी को बुलाया, "तूने नहा लिया?"

"और क्या!"

कपड़ों की ढेर लगाकर बैठी कुक्की एक सिल्क का टुकड़ा दिखाते बोली, "बाबूजी के लिए यह कैसा रहेगा?"

चरी ने स्वीकारात्मक सिर हिला दिया और हाथ के इशारे से भी कह दिया एक नम्बर।

कुक्की ने कहा, "बोल, माँ आजकल जारजट की साड़ी पहनती है कि नहीं? नहीं-नहीं, यह ठीक नहीं होगा। यह देख, यह मूँगा, तसर है और यह मलवरी। यह सिल्क ताँत...। बता न, मेरे कुछ समझ में नहीं आ रहा है।"

"मैं कौन-सा पारखी हूँ। तुझे मुझसे अधिक पता है माँ और बाबूजी की क्या हैं रुचियाँ। जो पसन्द है, वह रख ले। चाव से पहन लेंगे। कपड़ा जैसा भी देगी उसकी कीमत थोड़ो देखेंगे वे, वह तेरा प्यार उसमें जानेंगे और पहनते समय प्यार की ऊष्मा महसूस करेंगे, जैसी ऊष्मा अभी तेरे भीतर है।"

"मैं नहीं समझती तेरी लच्छेदार भाषा।"

कुक्की ने कमर से चाभी निकाल आलमारी खोली। कुछ और कपड़े निकाले।

सिल्कवाली साड़ी को अलग करते कुक्की हँसने लगी, "जानता है बाबूजी के बार-बार कहने पर माँ ने ताँत वाली सिल्क साड़ी पहन तो लिया मगर भुनुर-भुनुर करती रही। बाबूजी ने समझा कोई मंत्र पढ़ रही है। पूछा—गायत्री मंत्र पढ़ रही हो! झल्लाकर बोली, खस-खस काग़ज़ की तरह कर रहा है। न चलते बन रहा है, न बैठने में। इसी का मंत्र पढ़ रही हूँ। कुक्की कहाँ से उठा के ले आती है! फैशनवाला बना रही है माँ को!"

"फिर भी तुम ताँत की सिल्क की साड़ी ले जाओगी?"

"हाँ, अपनी माँ के लिए ताँत सिल्क क्या...और भी कुछ होगा, वह भी ले जाऊँगी।" यह कहते-कहते कुक्की की आँखें भर आईं।

"बस, हो गया, थोड़ा-सा रो लो, माँ की तरह।"

कुक्की आँसू पोंछते कपड़े को अलग करने लगी। मरदाना अलग, जनाना अलग। बोली, "सब ले जाऊँगी, जो पहनना होगा, पहनेगी।"

वकील साहेब ने सलाद काटते रसाईघर से कहा, "चरी बाबू को सूट आपने नहीं दिखाया? पसन्द न हो तो दुकान में चलेंगे, वहाँ चयन कर लेंगे। घूमना भी हो जाएगा और आपको भी जो लेना होगा, ले लीजिएगा।"

कुक्की ने मुँह बिचकाते हुँह किया, "छुट्टी आपको शाम में रहेगी तभी तो? कोर्ट से आते, न आते मुवक्किल से घिर जाते हैं। नाश्ता-चाय सभी चैम्बर में। बस, खाना और सोना बाकी रह गया है।"

वकील साहेब ने हकलाते कहा, "न-न, चलेंगे। देखिएगा...।"

"कोर्ट जाना है?"

"हाँ, एक-दो केस है। जल्दी आ जाऊँगा।"

"आप कह रहे थे आज नहीं जाऊँगा?"

"जाना पड़ेगा। जूनियर के ऊपर नहीं छोड़ा जा सकता।"

कुक्की कपड़े छोड़ रसोईघर में चली गई।

वकील साहेब कोर्ट जाने की तैयारी करते-करते बीच-बीच में चरी से हँसी-मज़ाक़ करते रहे। खाने की मेज़ पर ऐसा मज़ाक़ किया कि पानी पीते सुरसुरी चढ़ गई। कुक्की ने माथा ठोका तब जाकर मन स्थिर हुआ।

वकील साहेब ने चरी से कहा, "कल इतनी देर कहाँ कर दी? तुम्हारी दीदी थाना-पुलिस करने जा रही थीं।"

"यह ऐसे ही चिन्ता करती रहती है। इसको लगता है बच्चा हूँ भुला जाऊँगा।"

कुक्की अभिभावक की मुद्रा में बोली, "चिन्ता नहीं होगी, तू तो अभी बच्चा ही है।"

"नैया जिद करने लगी। जबरिया एक रेस्त्राँ में लेकर चली गई। मैंने खाने के लिए मना किया मगर, टाल न सका। नाश्ते पर गड़ी-गड़ाई बात कॉलेज के दिनों की करने लगी।"

वकील साहेब ने कहा, "खाने के लिए बुलाइए। हम लोग भी देख लें। आपको पसन्द हो फिर बात चलावें...।"

चरी झेंप गया। वकील साहेब उठ गए। माफी माँगते हुए कि देर हो रही है। शाम में गप्प करेंगे।

खाना खाने के बाद चरी जब कमरे में गया और हैंडबैग से किताब निकालने लगा कि पैकेट पर निगाह गई जिसे कुक्की को देना वह भूल गया था। वह पैकेट लेकर कुक्की के कमरे में गया।

"देख, यह बैग में ही रह गया था। अमावट है। माँ ने स्पेशल तेरे लिए बनाया है।"

कुक्की ने हुलसते हुए पैकेट खोला। अमावट की गन्ध नाक में समा गई, "यह मलदहवा है कि मिठुआ?"

"मिठुआ।"

एक टुकड़ा मुँह में तोड़कर डालते बोली, "वाह, क्या स्वाद है। पके आम के रस की पाग में घी और केसर इस तरह से मिश्रित हैं कि कोई किसी के स्वाद को दबाता नहीं, बल्कि अपने-अपने स्वाद को खोल रहा है। अद्‌भुत है!"

"जानती है बाबूजी ने माँ से क्या कहा, कहीं फिनाइल की गोली मत डाल देना...! माँ, सुनकर बिफर गई। बोली—बेवकूफ समझ रखा है। बाबूजी हँसने लगे।"

"बाबूजी को माँ को हँसाने-चिढ़ाने आता है। माँ का मुँह निहारते रहते हैं। माँ बोलेगी यदि कि दिन नहीं रात है, बाबूजी भी दिन नहीं, रात ही कहेंगे। इतना प्रेम है। तू कल नैया से मिलने गया था। थोड़ा उसे भी टेस्ट करा देता। कैसी है रे, अभी भी झगड़ालू है?"

चरी हँसने लगा, "नहीं-नहीं...। शान्त है। एक कमाल की बात सुन। उसकी एक चाची से भेंट हुई। ठीक रौतावाली भौजी की तरह है। आधी टूटी-फूटी अंग्रेजी, आधी हिन्दी फेंटकर बात करती थी। मैंने मुश्किल से अपनी हँसी रोकी"

"रौतावाली भौजी चुनौटी को घड़ी बनाकर हाथ में बाँधती थीं। हम लोग स्कूल जाते समय उन्हें खुश करने के लिए उनसे पूछते थे भौजी कितना टाइम हुआ? वह आसमान की ओर ताकते कहती थीं कि एक पहरुआ दिन बीत गया। यही टाइम है। हम लोग पीठ पीछे कितना हँसते थे! उसकी चाची मॉडर्न रौतावाली भौजी हैं।"

"नैया कुछ बोलती नहीं।"

"वह क्या बोलेगी? चाची सात घोड़े पर सवार हैं।"

"नैया की माँ?"

"नहीं हैं और पिछले साल पिता भी चल बसे। पिता इंजीनियर थे। कोठी और ज़मीन नैया के नाम है। शायद कुछ बैंक में भी रख गए हैं।"

"नैया का मान-जान चाचा-चाची करते हैं?"

"कहती तो है मगर, जो मैंने देखा, वह मुझे अच्छा नहीं लगा। मैं तो आधा घंटा भी उसकी चाची को बर्दाश्त नहीं कर सकता। कुछ बातें नैया कहना नहीं चाहती...। वह दूसरे ढंग की लड़की है। तू मिलेगी, समझ जाएगी।"

"उसे फ़ोन कर आज बुला न!"

"आज छोड़ दे, कल देखता हूँ।"

कुक्की जानती है कि चरी भावुक स्वभाव का है। वह किसी को उदास नहीं देख सकता। जब कॉलेज में था उस समय उसे कितने प्यार से बुनकर स्वेटर दिया था लेकिन, हुआ यह कि दरवाज़े पर भीख माँगते एक फकीर को

ठंड से ठिठुरते देखा कि स्वेटर निकालकर उसे पहना दिया। ऐसा है उसका मन-मिजाज।

दिमाग़ दौड़ाने लगी कुक्की कि चरी आने के दो घंटे बाद नैया से मिलने चला गया। भीतर-भीतर कुछ ज़रूर पक रहा है। फिर जब उसके स्वभाव पर ध्यान गया तब मुश्किल में पड़ गई। असल में सामूहिक प्रेम और व्यक्तिगत प्रेम में फ़र्क़ है। चरी दोनों प्रेम को एकाकार कर देता है। सामनेवाला यदि रसिक नहीं है तो नहीं समझ पाएगा उसके प्रेम का महातम।

रात में कुक्की ने सासु को फ़ोन पर चरी के आने की सूचना दी और कहा कि डीह बँधने की पूजा है। माँ ने मुझे लाने के लिए भेजा है।

सासु का जवाब सुनकर कुक्की उछल पड़ी। मानो उसको पर लग गए। किलकारी बच्चों जैसी फूट पड़ी। दौड़कर चरी के कमरे में गई, हो-हो करके चरी के सिर के बाल को हाथ से इधर-उधर करने लगी।

चरी ने कुक्की का आह्लाद देखकर पूछा, "मुझे भी तो बता कि अकेले-अकेले सारी खुशियाँ आँचल में बाँधे रहेगी?"

कुक्की बोल नहीं पा रही थी। दुख ही नहीं जबान रोकते हैं, खुशी भी रोकती है। अपने को सँभालते बोली, "सासु-ससुर कल सुबह वाली फ्लाइट से आ रहे हैं। सासु ने कहा कि परसों गाँव जाने का प्रोग्राम बना लो। रेल टिकट मँगा लो। सचमुच मेरी सासु बहुत प्यारी हैं। माँ, बाबूजी से कितने दिनों के बाद मिलना होगा।"

"वकील साहेब को बोल दे।"

"उन्हें पता है। उन्होंने पहले ही अम्मा जी से बात कर लिया था।"

"वह भी जाएँगे?"

"हाँ, लेकिन दो दिनों के बाद लौट जाएँगे। उनको कोर्ट से नहीं रहती फुर्सत। मुश्किल से समय निकाला है। यह भी मुझे सासु ने ही बताया।"

"वकील साहेब ने नहीं बताया?"

"उनको नहीं जानता क्या? सरप्राइज देने की उनकी आदत है। देखना कोर्ट से लौटेंगे जब आगे रेल टिकट रख देंगे और बोलेंगे परसों चलना है। सामान ठीक कर लो।"

कुक्की का अनुमान एकदम ठीक निकला। कोर्ट से लौटकर जब चाय वगैरह हो गई उसके बाद वकील साहेब ने कुक्की से कहा, "गाँव नहीं चलना है? एक बार भी चलने का नाम नहीं ले रही हो। परसों चलते हैं। कैसा रहेगा?"

कुक्की मुस्कराने लगी, "टिकट करना होगा न!"

वकील साहेब ने कोट की जेब से टिकट निकालकर सामने रख दिया। कहा, "क्या गैर-जवाबदेह समझती हो मुझे?"

कुक्की मुस्करा उठी। तभी चरी आ गया। उसको देखते वकील साहेब बोले,

"चरी बाबू हम लोगों के पास कल भर का ही समय है। परसों गाँव चल रहे हैं। आप कल खाने पर बुला लीजिए अपने मित्र को और जिसको भी चाहें आप।"

"मैंने फ़ोन किया था उसे। वह आपको और कुक्की को कल बोधगया चलने को कह रही है।"

कुक्की बोली, "कल मरने की फुर्सत नहीं है। सास-ससुर आनेवाले हैं। दूसरा हमें गाँव जाने की तैयारी करनी है। सामान वगैरह ठीक करना है। फिर कभी चलेंगे। चरी तू और नैया घूमकर आ जा। शाम में लौटते समय सीधे उसको लेते आना। साथ-साथ खाएँगे और बातें करेंगे।"

वकील साहेब ने कहा, "बिलकुल ठीक। बोधगया फिर कभी चलेंगे। वैसे भी तुम्हारी दीदी को लेकर आउटिंग के लिए जाने का प्रोग्राम पहले से ही बना है।"

कुक्की मुँह बनाकर बोली, "बस, सुनता रह इनकी बात। बाई में जब आते हैं, ऐसा ही बोलते हैं। अभी तक पंचमढ़ी, गंगटोक, भूटान, त्रिवेन्द्रम छोड़कर गई कहीं! दिल्ली, बनारस नहीं जा पाई इतने वर्षों में, और जगह की कौन कहे?"

"क़लकत्ता नहीं गई हो?"

"आपकी मौसी के यहाँ शान्तिनिकेतन गई थी, एक बार। घूमने का बदा कहाँ हुआ। विदाई के दूसरे दिन लौट आई थी।"

"जहाँ-जहाँ कहोगी, वहाँ-वहाँ चलेंगे। एक लिस्ट बना लो।"

बसन्त बोला, "मैं भी दे दूँ घर के सामान की लिस्ट?"

वकील साहेब मुस्कराते हुए अपने चैम्बर में चले गए। कुक्की को लड्डन ने स्नानघर से आवाज़ दी। कुक्की स्नानघर की ओर तौलिया हाथ में लिये भागी।

चरी अपने कमरे में टेबुल पर जा काम करने लगा।

बाहर से आ रही आवाज़ लिखने में व्यवधान डाल रही थी। चरी उठकर खिड़की बन्द करने गया। वह खिड़की से झाँककर देखा, दो लड़कियाँ झाड़ी में छिपकर खेल रही हैं और जोर-जोर से एक दूसरे से संवाद कर रही हैं। मानो थिएटर के पात्र मंच पर हों।

चरी कान पातकर सुनने लगा।

"...भूडोल आया था पीपल गिर गया, बरगद गिर गया, बड़ा वाला आम का पेड़ भी गिर गया। जानती है क्यों गिरा?"

छोटी लड़की ने पूछा, "क्यों गिरा?"

बड़की लड़की बोली, "मेरी बात नहीं माना। कहा था मैंने कि आँधी आनेवाली है। चले आओ गुड़िया के घरौंदे में छिप जाओ...। नहीं माना।"

छोटी लड़की ने चिन्तित स्वर में गाल पर हाथ रखकर कहा, "अब क्या होगा!"

"होगा क्या, जाकर उन्हें उठा दूँगी।" बड़ी ने जवाब दिया।

बात करते हुए अचानक चरी पर नज़र पड़ी, दोनों लड़कियाँ भाग गईं।

चरी ने आकर कुक्की को जब यह बताया, उसे अपना बचपन याद आ गया। मिट्टी की कुल्हिया, चुकिया, घरौंदे में कैसे रखती थी! आज भी अपिया दीवाली के समय खरीदती हैं कुल्हिया, चुकिया, घरौंदा...।

उसे लगता है कि उसकी कुक्की अभी भी बच्ची है। अभी भी फरही और बुनिया से भरेगी कुल्हिया, चुकिया।

"अच्छा, बता भूडोल समझती है?"

"तुझे लगता है कि मैं शहर में आकर शहरातू हो गई? गाँव से रिश्ता ख़त्म हो गया? मुझसे भूडोल का माने पूछ रहा है? यह तो कोई बच्चा भी बता देगा भूडोल माने भूकम्प।"

"मैंने ऐसे ही चुहल किया था तू तो गम्भीर हो गई।"

लड्डन कुक्की की गोद से उतर चरी के पास चला गया। लिपटते हुए बोला, "मामा, डोका-डोकी का किस्सा सुनाओ...मामा...!"

लड्डन को गोद में लेकर चरी अपने बिस्तर पर चला गया। चरी अपने पैर पर लड्डन को बैठाकर तूल-मतूल करने लगा। ज्यों-ज्यों पैर चरी ऊपर-नीचे करता लड्डन को मजा मिलता। झूलते हुए उसे गुदगुदी लगती, खिलखिलाता। पहाड़ की छोटी-बड़ी शृंखला से जैसे उतरता पानी खिलखिलाता है। लड्डन की खिलखिलाहट और बढ़ जाती।

चरी बोलता—

ओ लु, लू लू!
ओ लु लू, लु लू
धोबी गया घाट पर
गदहा गया हाट पर
जंगल से हाथी आया
बैठ गया टाट पर
ओ लु, लू, लु लू...!
पुराना घर गिरे
नया घर उठे
धोबी-गदहा को दिया भात
गदहा मारा लात
ओ, लू, लू, लू

कुक्की को इसी तरह अपिया भी अपने पैरों पर बैठाकर झुलाती हुई तूल-मतूल

करती थी। कुक्की अपने कमरे में बैठी लड्डन, चरी को देख रही थी और उसे सब आ रहा था याद कि किस तरह तूल-मतूल करते समय एक बार मुझे उल्टी हो गई। माँ घबरा गई थी, बफाती काका को भेजकर तुरत बैद जी को बुलवाया। उन्होंने क्या दवा दी याद नहीं लेकिन, उन्होंने उस समय जो कहा था, वह याद है कि किसी-किसी बच्चे की आँत इतना झूला बर्दाश्त नहीं कर पाती, उल्टी हो जाती है। उस दिन से माँ ने तूल-मतूल करना छोड़ दिया। मैं कितना जिद करती फिर भी नहीं।

बसन्त ने दरवाज़ा खटखटाकर कुक्की से पूछा, "पुरन्दरपुरवाली दुल्हिन, चरी बाबू मठजाउर खाते हैं?"

कुक्की बोली, "और क्या बना सकते हैं पारम्परिक यहाँ का व्यंजन?"

"रामसालन, भक्का, सकरौरी, दूधवीरा, दलभसुरी, पटौरी और भी बहुत कुछ।"

"लो, चरी आ गया, अब उसी से पूछ लो।"

चरी कुक्की के पास आकर बैठ गया। इशारे से बताया लड्डन सो गया, उसके अगल-बगल मसनद रख दिया जिससे कि नींद में करवट ले, तो गिरे नहीं।

कुक्की बोली, "तूल-मतूल में उसे उल्टी तो नहीं हुई थी न!"

"उल्टी क्यों होंगी।"

"नहीं, ऐसे ही पूछ रही थी।"

"न, न, उसे खूब मजा आया और मुझे भी।"

"बसन्त पूछ रहे हैं, तू क्या खाएगा। यहाँ के पारम्परिक व्यंजन के उस्ताद हैं ये, जो कहेगा सो हाजिर कर देंगे।"

"मठजाउर मुझे प्रिय है।"

बसन्त ने हुलसते कहा, "आप चरी बाबू खाँटी आदमी हैं। सबको थोड़ो मालूम है कि मठजाउर है क्या!"

कुक्की हँसने लगी। हँसते-हँसते बोली, "एक बार लड्डन के पापा पुरन्दरपुर गए थे। मैं वहीं थी। वहाँ उन्हें मकुनी खाने की इच्छा हुई। माँ ने माथा पकड़ लिया कि दामाद को ससुराल में मकुनी, अरे बाप रे बाप, लोग क्या कहेंगे! माँ, बाबूजी के चुपके से चरी दीया की माँ के यहाँ से मकुनी बनवाकर ले आया और उसे हम तीनों ने घर के बगीचे में छिपकर खाया था।"

चरी ने टोकते हुए कहा, "खा कहाँ पाए थे पूरा कि माँ खोजते हुए प्रसाद देने आ गई थी। दूसरे दिन कपड़ा धुलने के समय खुद्दी को एक टुकड़ा इनके कुरते की जेब में मिला था। खूब हँसी हुई थी उसे लेकर...।"

कुक्की बोली, "कुत्ते कितने भौंक रहे थे वहाँ?"

चरी ने कहा, "हाँ, हाँ। तुझे कितना याद है...।"

उन्नीस

नैया की नाक की लवँग गाड़ी के आइने में चमक रही थी।

चरी नज़र बचाकर जब-तब देख लेता उसे। गाड़ी की पिछली सीट पर बैठा। शहर के बाहर बाईपास पर जब गाड़ी पहुँची, नैया दिखाने लगी आस-पास की जगहें और बताने लगी कि कैसे शहर बढ़ते-बढ़ते यहाँ तक आ गया है।

चरी ने अपनी निश्चिन्तता के लिए फिर एक बार नैया से पूछा, "शाम में लौट तो आएँगे न? रात तो नहीं होगी?"

नैया आँख मटकाते बोली, "डर लग रहा है?"

चरी मुस्करा उठा, "नहीं, डर की बात नहीं। कल गाँव लौटना है और जल्दी लौटेंगे तो तुमसे कुक्की और वकील साहेब बात भी कर सकेंगे चैन से, नहीं भागम-भाग तुम्हीं मचाओगी कि रात हो रही है...।"

"कभी बोधगया आए थे?"

"नहीं, पटना में आना कुक्की के घर तक सीमित रहा। बहुत हुआ हाईकोर्ट वकील साहेब के साथ चला गया। उन लोगों ने कई बार पावापुरी, राजगीर, वैशाली का प्रोग्राम बनाया। मेरा ही मन नहीं किया। मुझे लगता है कि जगह जब बुलाती है, तभी इनसान का जाना हो पाता है। आज ही कहाँ बोधगया जाना हो पाता...! बोधगया ने तुम्हारे साथ आने के लिए पुकारा तभी तो...।"

"तुम लड़की होते तो अपने दूल्हा को अपनी बातों से पेट भर देते।"

"भोजन हो जाता उससे?"

"हाँ, आधा।"

"और आधा?"

नैया जाने क्या बोली कि चरी आँखें तरेर कर ड्राइवर की ओर इशारा किया।

नैया बोली, "उसकी चिन्ता मत करो। मैंने देख लिया कि उसके कान की मशीन की ढेपी बाहर है। कान में नहीं है। उस तक आवाज़ नहीं पहुँच रही है।"

"खूब चुनकर ड्राइवर रखा है।"

"दोस्त भी उसी तरह चुना है न!"

चरी हँसते हुए एक धौल नैया को जमा दिया। नैया चू-चू करते चरी की नाक हाथ से हिला दी।

ड्राइवर बोला, "दीदी, पिट्रोल पम्प पर तेल ले, लें?"

नैया चुप रही।

फिर दुबारा ड्राइवर ने पूछा कान में सुननेवाली मशीन की ढेपी लगाकर, तब नैया बोली, "हाँ, ले, लो और मसौढ़ी लाई की दुकान के पास गाड़ी रोकना। लाई लेना है।"

जी, कहते हुए ड्राइवर ने फिर कान की ढेपी निकाल दी।

चरी ने कहा, "जानती हो ऊँचा सुननेवाले की छठी इन्द्रिय बहुत जाग्रत होती है। वह नहीं कुछ सुनते हुए भी बहुत कुछ सुन लेता है।"

नैया बात सुनते-सुनते कलम से चरी की हथेली पर कुछ-कुछ गोदती हुई फूल-पत्ती बनाने लगी।

चरी हाथ हटाना चाहता था लेकिन, उसने दूसरे हाथ से उसे दबा रखा था।

"यदि हाथ छोड़ो तो तुम्हें जातक कथा सुनाऊँ?"

नैया ने हाथ छोड़ दिया और चहकते हुए बोली, "हाँ, सुनाओ, सुनाओ न!"

मसौढ़ी की लाई की दुकान आ गई। चार-पाँच पैकेट लाई नैया ने बँधवाया। चरी और नैया ने टेस्ट भी किया एक-दो पीस। ड्राइवर के लिए अलग से एक छोटे पैकेट में ले लिया।

चरी यदि नहीं आता यहाँ, समझ नहीं पाता कि लइया, रामदाना का लड्डू दो नहीं, एक है।

गाड़ी जब मसौढ़ी से चली कि बोधगया की हवा चरी को महसूस होने लगी। उसने कहा, "जानती हो नैया, सिद्धार्थ के साथ रहनेवाले एक-दो भिक्षुक भी ऊँचा सुनते थे। लेकिन, वे सिद्धार्थ की धीमे स्वर में की गई बातें सुन लेते थे। जानती हो क्यों ऐसा होता था? क्योंकि उन्हें सिद्धार्थ के बोलने की लय मिल गई थी। बोलने की लय जिस किसी को मिल जाती है, वह सुन लेता है बहरापन के बावजूद।"

"यह सम्भव कैसे है?"

"असम्भव जैसा शब्द बुद्ध के पास नहीं था।"

"मैं भिक्षुकों की बात कर रही हूँ।"

"वे ऊँचा सुननेवाले भिक्षुक ही थे। सुजाता तो कोई भिक्षुक भी नहीं थी।"

"लेकिन वह बहरी नहीं थी।"

"बुद्ध जिस अनहद नाद को सुनते थे, वह तो कानवाले भी नहीं सुन पाते थे? बहरेपन को तुम साधारण अर्थ में लोगी तो कभी बुद्ध के पास नहीं पहुँच पाओगी।"

बातचीत में रास्ता महसूस ही नहीं हुआ। बोधगया पहुँचते गैरिक वस्त्रों में लामा दिखने लगे झुंड के झुंड।

नैया ने कहा, "संयोग देखो, आज बुद्ध जयन्ती है और हम यहाँ हैं लामा लोगों के बीच। सौभाग्य है हमारा।"

बौद्ध साहित्य के स्टॉल पर एक व्यक्ति 'महामायापुरी' ग्रन्थ को ढूँढ़ रहा था। वह बताने लगा—तीसरी शती उसका रचनाकाल है।

देहात के उस आदमी का मुँह लामा देखने लगे।

लामा ने हाथ में ले दूसरी किताब को दिखाते समझाते कहा, "यह भी बहुत महत्त्वपूर्ण किताब है।"

वह आदमी सिर घुमाते ऊहूँ बोला और निकल गया। चरी उस व्यक्ति के साथ कुछ देर बात करता रहा। नैया आगे निकल गई। पीपल के वृक्ष के पास पहुँचनेवाली थी जिसके नीचे बुद्ध को बोध हुआ था कि पीछे मुड़कर देखा, चरी नदारद। घबरा-सी गई। उलटे पैर लौटी। चकर-मकर देखने लगी। चरी ने पीछे से कन्धे पर हाथ रखा कि वह चिहुक-सी गई।

"अरे, मैं हूँ।"

"कहाँ थे? मेरी तो जान ही निकल रही थी। ऐसा कोई करता है? मैं बावली-सी खोज रही थी...।"

नैया चरी का हाथ पकड़ भीड़ से निकालती हुई बोधि वृक्ष के पास पहुँची। बोली, "यहीं...यहीं...हुआ था बोध...।"

"जंगल कहाँ गया?"

"माने।"

"यहाँ जंगल था। उसका क्या हुआ?"

"कितने दिन की बात है। जंगल भला रहेगा?"

"हाँ, रहता। वह नहीं, उसके बच्चे रहते यदि रहने दिया गया होता।"

नैया ने बुक स्टॉल से बुद्ध की मूर्तियाँ और एक-दो किताबें लीं और दरवाज़े पर टाँगने के लिए घंटियों की एक लर।

गाड़ी में बैठते हुए नैया ने चरी से कहा, "सुन रहे हो?"

"क्या?"

"कल गाँव जाओगे, कब लौटोगे?"

"देखो।"

नैया चरी के हाथ में चिकोटी काटते बोली, "क्या कहा!"

चरी हँसने लगा...।

पटना पहुँचते-पहुँचते रात के दस बज गए। नैया को लेकर चरी असमंजस की स्थिति में था। वह चाहकर भी नहीं कह पा रहा था कि कुक्की से मिलने चलो। वह तुम्हारी प्रतीक्षा कर रही है।

पटना शहर में गाड़ी जैसे घुसी नैया ने पूछा, "रास्ता बोलना किधर से चलना है।"

"तुम्हें देर तो नहीं होगी!"

"यह तो है, बातचीत करते, खाना खाते, बारह तो बज ही जाएँगे और इतनी रात तक मैं कभी बाहर नहीं रही। पता नहीं चाची क्या सोचेगी। तुम्हें भी तो देख लिया है...।"

"क्या वह इतनी शक्की है?"

"नहीं, शक नहीं। चिन्ता। दुश्चिन्ता होना स्वाभाविक है।"

"तो फिर क्या करना है?"

“हम साथ में खाना खाएँगे एक रेस्तराँ में। फिर तुम्हें घर छोड़कर अपने घर चली जाऊँगी।”

“लेकिन कुक्की...।”

“बोल देना।”

“क्या, कल सुबह आ सकती हो...?”

नैया कुछ नहीं बोली।

ड्राइवर ने सुननेवाली मशीन की ढेपी कान में लगा लिया।

बीस

गाँव में डीह बाँधने की गहमागहमी है। अपिया के घर के भीतरी अलँग के बरामदे में चहलकदमी करते अपने आप से बोलते जा रही हैं कि अभी तक नहीं आई कुक्की। थोड़ी देर में शुरू हो जाएगा पचरा...। मंत्र फूँककर घर में छींटेंगे सरसों ओझा-गुनिया। हाकिनी-डाकिनी नाचेंगी चहुँओर...।

अपिया की घबराहट देख खुद्‌दी दीवानख़ाने में भागी हुई गई। गोइन्दा बाबू को बुलाने।

गोइन्दा बाबू किसी से बात कर रहे थे, वह दरवाज़े से सटकर खड़ी हो गई। जब गोइन्दा बाबू की निगाह उस पर पड़ी। खुद्‌दी धीमे स्वर में बोली, “माई जी घबराई हुई हैं...चलिए घर में।”

गोइन्दा बाबू उस आदमी को विदा कर, घर में पहुँचे कि अपिया देखकर उन्हें बिलख पड़ीं।

“कुक्की को लेकर अभी नहीं आया चरी। अभी मृदंग बजना शुरू हो जाएगा। उसका लाग-बाझ, किया-धिया कैसे जाएगा? बार-बार मैंने चरी को चेता दिया था, खत में भी लिखा था, सन्देशा भी भेजवाया था। चरी कितना गमरूर है, जाकर बैठ गया। मुझे कुक्की की चिन्ता हो रही है।”

“काहे की चिन्ता कर रही हो। कुक्की को लाग-बाझ है? किसने किया तुम्हें मालूम है?”

“यह नहीं मालूम होता है।”

“कुक्की ने बताया था कि उसे लाग-बाझ है?”

अपिया ने सिर के पल्लू को ठीक किया। एक गिलास पानी पिया। कुर्सी पर गोइन्दा बाबू के बगल में बैठकर समझाते हुए बोलीं, “आप मर्द जाति हैं। आपको बहुत कुछ मालूम नहीं है। कुक्की ने नहीं कहा कुछ। लेकिन एक माँ के नाते मैं तो

चाहूँगी न कि मेरी बेटी का शुभ हो! यदि कोई अशुभ चाहता होगा उसके काट के लिए ओझा-गुनिया कुक्की के सिर पर मंत्र पढ़कर सरसों चार बार फेरकर अपनी झोली में रखकर डीह में आकर डाल देगा। अलाय-बलाय चल जाएगा। पेट से जनमाया है उसे, महतारी हूँ। उसका शुभ तो सोचूँगी ही...।"

"हमारे बच्चे इस तरह के पाखंड में विश्वास नहीं करते।"

"मैं तो करती हूँ विश्वास। उनका अच्छा-भला मैं नहीं सोचूँगी, गैर सोचेगा!"

"वह मैं कब कहता हूँ कि मत सोचो। तुम्हारी आस्था है, अच्छी बात है। कभी मैंने तुम्हें कुछ कहा यह मत करो, वह मत करो। कभी मना किया!"

अपिया की आँखें सजल हो उठीं। लगा शब्द किसी आँच से निकलकर बाहर आ रहे हों और उसकी लपट खुद अपिया को भी लग रही हो।

"जब तक मैं जीवित हूँ शुभ-अशुभ की चिन्ता करूँगी। आप चाहे साथ दीजिए, मत दीजिए।"

गोइन्दा बाबू समझ गए कि अपिया को अभी अकेला छोड़ना ठीक नहीं होगा। उन्हें खुद भी चरी और कुक्की की चिन्ता हो रही थी कि उसे पहले ही आ जाना चाहिए था, नहीं तो अब तक तो पहुँच ही जाना था। अपने लिए न सही, अपनी माँ की आस्था के लिए ज़रूरी था आना। अपिया कितना अकेला महसूस कर रही है। इस अकेलेपन को कुक्की के अलावा कोई दूसरा नहीं कर सकता दूर।

गोइन्दा बाबू अपिया के कन्धे पर हाथ रख दीवानख़ाने में उन्हें लेकर चले आए। पीछे-पीछे खुद्दी और सुग्गी भी आ गईं।

अपिया ने कन्धे से हाथ हटाते कहा, "मुझे फुसलाइए मत। हमारा परान कुक्की, चरी में टँगा है। आप जाकर पोस्ट ऑफ़िस से फ़ोन कीजिए कि कब निकले हैं पटना से वे लोग। घंटे भर में शुरू हो जाएगी पूजा। कितना काम पड़ा हुआ है।" खुद्दी से अपिया ने पूछा, "सूप, डलवा में रखकर सामान आँगन में सजा दिया है न सब?"

खुद्दी बोली, "चावल रंग दिया, सुपारी, हल्दी, कपूर, बीस आना पइसा, धान, सेंदूर, अगरबत्ती, जनेऊ अलग सूपा में रखा गया।"

"और पियरी धोती-गमछा?"

"वह तो पहले रख दिया पान के पत्ता के साथ।"

गोइन्दा बाबू ने खुद्दी से कहा कि चाय पिला दे, पोस्ट ऑफ़िस जाना है फ़ोन करने, तेरे माईजी का हुक्म है। मैं तो उनके हुकम का गुलाम हूँ।"

अपिया ने हुँह किया।

"क्या झूठ बोल रहा हूँ? कब तुम्हारा कहा नहीं माना। जानती हो कुक्की की माँ, असल में मैं तुम्हारी आँखों में आँसू नहीं देख सकता। तुम्हारे होठों की मुस्कराहट के लिए कोई भी कीमत चुकाने को पहले भी तैयार था और आज भी हूँ।"

"अच्छा, चुप कीजिए। मन में रखिए। बोलने से सन्नाटे की भी नज़र लग जाती है।"

हँसते हुए गोइन्दा बाबू ने कहा, "तुम तो कविता बोल गई...। तुम्हारा नाती ही तुम्हें ठीक रखता है। जैसे तुम मुझे नचाती हो, वैसा ही तुम उसके पीछे-पीछे नाचती फिरती हो।"

खुद्दी चाय लेकर आई। टेबुल पर रखते कहा, "दरवाज़े पर डाकिया खड़े हैं।"

खुद्दी यह कह ही रही थी कि गेट खोलकर डाकिया अन्दर आ गए। गोइन्दा बाबू दीवानख़ाने से बाहर निकले। पूछा, "क्या डाकिया बाबू कोई ख़बर है?"

"चरी बाबू ने फ़ोन किया था कि कुक्की के ससुर को दिल का दौरा पड़ गया था। उन्हें अस्पताल में भर्ती किया गया। हल्का अटैक था। अब ठीक हैं। अस्पताल से जब वे घर आ जाएँगे तभी कुक्की के साथ आऊँगा। कुक्की और वे ही देखभाल कर रहे हैं उनकी। उन्होंने माँ, बाबूजी को चिन्ता नहीं करने को कहा है।" डाकिया संवाद देकर खड़े-खड़े चले गए। पानी तक नहीं पिया।

अपिया के भीतर की हलचल ख़बर पाकर थोड़ी शान्त हुई। बदल गया उनका टोन।

"नहीं-नहीं...ज़रूरी है देखभाल। ईश्वर की कृपा से चरी, कुक्की ट्रेन में चढ़े नहीं थे, नहीं तो आधे रास्ते से लौटना पड़ता। भगवान जो करता है, ठीक ही करता है। उनके आगे किसका वश है।"

अपिया बोल रही थीं लेकिन झाड़-फूँक नहीं करा पाने की टीस मन के एक कोने में पड़ी ही हुई थी।

"चलो, ख़बर मिल गई। यह बड़ी बात है। बताओ मुझे क्या करना है?"

"आप बाहर सँभालिएगा, मैं भीतर। कालीथान से भगता का दल एकाध घंटे में चलेगा। आप कालीथान से अपने घर तक दल के साथ रहिएगा। बागुन बाबा दरवाज़े पर रहेंगे।"

"क्या वे नहीं जाएँगे?"

"न, नहीं जाएँगे।"

"वह देखो, अजोरे भगत आ रहा है।"

अजोरे भगत को अपिया ने हाँक देकर बुलाया।

अजोरे भगत हड़बड़ी में था रास्ते पर खड़े-खड़े बोला, "माई जी, टैम नहीं है। कालीथान पर भगता का दल चहुँप गया है।" यह कहते हुए वह आगे बढ़ गया। उसके कमर की बँधी घंटी की टुनुर-टुनुर उसके जाने के बाद भी आती रही।

वही क्यों, कई सारे लोगों की कमर में घंटियाँ बँधी हुई हैं और पैरों में घुँघरू। चलेंगे ऐसा ही बजेगा। घुँघरू, घंटी का कोई दाना चुप नहीं रहेगा आज।

इतने दिनों के पूर्वाभ्यास का आज ही दिखेगा फलाफल।

अपिया घर के भीतर सुग्गी-खुद्दी के साथ चली गईं।

गोइन्दा बाबू बागुन बाबा को दरवाज़े पर बैठाकर निकल गए कालीथान।

झंडी-पताके से सजा है कालीथान। भीड़ इतनी कि तिल रखने की जगह नहीं।

चन्दोवा के नीचे घेरा बनाकर बैठा है भगता का दल। खसी के ख़ून से रंगी धोती पहने, खाली बदन। आसपास मृदंगिया, ढोलकिया, झाँझ बजानेवाले हैं। उसके पीछे शंख फूँकनेवालों का दल है।

उसके पीछे घोड़े के स्वाँग में हैं, खड़े लोग कमर और पैर में घुँघरू बाँधे। उनके बाद हाथी के स्वाँग में तीन लोग मुँह में काली पोते, सिर पर पगड़ी बाँधे हुए। अन्तिम घेरे में तलवार उठाए ग्यारह दूत खड़े हैं। घेरे के सबसे आगे बड़ा भगता खड़ा है, अकेला। जलते हुए कपूर का खप्पर लिये हुए हाथ में। उसके मुँह में सेंदुर पुता हुआ है। वह नँगे पैर है।

अजोरे भगत कर्ता की भूमिका में है। सभी घेरे में आने-जाने, घटा-बढ़ा देखने, भीड़ को अनुशासन में रखनेवाला सिपाही।

भगता के दल में कोई एक नहीं, कई नन्दी हैं। घोड़े में भी कोई एक उच्चैःश्रवा नहीं, कई उच्चैःश्रवा हैं। ऐरावत भी एक नहीं, कई ऐरावत हैं।

अपवाद दो ही हैं चटपट और खटपट। एक भाई घोड़ा बेन्दुला, दूसरा भाई घोड़ा हवाई के स्वाँग में हैं। उनकी कमर में कौड़ियों की लर में गुँथे हैं घुँघरू। चलने में घुँघरू बजते हैं जैसे-जैसे बजते हैं वैसे-वैसे दोनों लगते हैं उछलने...।

छपहार, बफाती गोइन्दा बाबू को रास्ते में मिल गए। छपहार बोले, "बढ़कर चलिए शुरू हो गया। घोड़ा-घोड़ी, हाथी की पूजा होगी, तब देवता सवार होगा उस पर।"

"छपहार भाई आप भी घोड़ा बने हैं?" गोइन्दा बाबू ने पूछा।

"क्या कमर और पैर के घुँघरू से नहीं मालूम पड़ रहा है?"

"कौन देवता सवार होंगे?"

"शनि देवता की बात है। देखिए भगता कौन देवता भेजता है।"

कालीथान की भीड़ से कोई एक व्यक्ति निकला। छपहार का हाथ पकड़ अन्दर ले गया बोलते हुए कि कब से राह जोह रहा है आदमी!

घोड़े की पाँत में छपहार खड़े हो गए, चटपट की बगल में। चटपट ने अजोरे भगत को बुलाया। त्योरी चढ़ा कर कहा, "छपहार कौन घोड़ा हैं?"

हकलाते अजोरे भगत बोला, "शनि देवता का घोड़ा।"

"सँभाल पाएँगे उनका बोझा? इनको हटाओ। कछुआ वाली पाँत में डाल दो।"

अजोरे भगत मन मारकर रह गया। छपहार को समझाते-बुझाते तीसरी पाँत

के घोड़ों में डाल दिया। अजोरे भगत लौटकर बोला, "खटपट बाबू, आप बड़का देवता भगवान नरसिह की सवारी हैं, जिनका बाघ का मुँह है और चटपट बाबू आप शनि देवता की सवारी हैं जिनके कोप से तैंतीस कोटि देवता काँपते हैं थर-थर।"

दोनों भाई खुशी से उछल पड़े। तभी बज उठे मृदंग, ढोल, झाँझ। शुरू हो गया भगता का पचरा। नाचने लगे नचनिया। औरत-मर्द अभुवाने लगे...।

गहमा-गहमी के बीच दूत एक-दूसरे का थामे हाथ बनाए हुए है घेरा। बीच में है अजोरे भगता।

घेरे में खेल रहे हैं देवता घोड़े, हाथी पर सवार। खेलते-खेलते कोई गिर पड़ता है, उसको उठाने के लिए लगे हुए हैं दूत।

थोड़ा उदास हैं कल्पनाथ तिवारी, भुइलोटन पांड़े, लुटावन सिंह। मुँह में काली पोते खड़े हैं घेरा के बाहर। इन्हें नहीं लिया गया हाथी, घोड़ों में अभी। कहा गया कि घायल घोड़े-हाथी की जगह पर जाएँगे आप। अजोरे भगत ने इनका नाम दिया है छुट्टा सवारी।

सरौता लाल विशिष्ट दर्शकों में न होकर आम दर्शकों में शुमार हैं। कोई कुर्सी, मोढ़ा नहीं है आज।

सिब्बन यादव देख-सुनकर लोगों के हाथों में थमा रहे हैं सरौता लाल के साथ शंकराचार्यवाला फोटो।

झन्नू गोवर्धन ने सरौता लाल के कान के पास जाकर कहा, "क्या सिब्बन बाँट रहा है? मैंने माँगा, ध्यान नहीं दिया मेरे पर।"

सरौता लाल गम्भीर मुद्रा में बोले, "अभी वार्त्तालाप नहीं। देखने दीजिए। सवारी पर देवता आनेवाला है।"

झन्नू गोवर्धन वहाँ से खिसककर नाच मंडली में घुसकर दूसरे के हाथ से छीनकर झाँझ बजाने लगे, लवंडा के आगे-पीछे।

मृदंगिया बोला, "सरकार, चपा जाइएगा गर्दा में। कुदवा नाच में नचनिया जब फरी मारकर नाचेगा, हाथ का झाँझ लौकेगा नहीं, अन्हार छा जाएगा आँखी के आगे। यह गोल जवान-जट्टा का है।"

झन्नू गोवर्धन चाबासी में कहने लगे, "पचास-साठ के बीच की उम्र है। इसी उम्र में बलहरिया बाबा ने बियाह किया था और बच्चा भी जन्माया था।"

"नहीं न समझ रहे हैं आप। हम बजनिया लोग टीके हुए हैं। भगता ने टीक दिया है। देवता की ऐड़ी से नचनिया अपनी ऐड़ी कब छटकाएगा, हम लोग नचनिया का मुखानी देखकर बूझ जाते हैं कि नचनिया अब बड़ा खेला करेगा। अपने में नहीं है। उसके नाच का जोग जाग उठा है और जब नाच का जोग जगता है, इन्द्रासन से देवता झाँककर देखने लगते हैं नचनिया का मुँह।"

अजोरे भगत कूदकर तीसरे घेरे से आया। झन्नू गोवर्धन के हाथ की झाँझ लेकर मृदंगिया के हाथ में दे दिया और उनका हाथ पकड़ घेरे के बाहर कर दिया बोलते हुए, "सरकार माफी, आज घड़ी-घड़ी पर पहरा पड़ा हुआ है, देवता देख रहा है।"

टुकुर-टुकुर झन्नू गोवर्धन अजोरे भगत का मुँह देखने लगे।

सरौता लाल की बगल में खड़े बैद जी ने चुटकी लेते कहा, "दूर से देखिए, क्या कीजिएगा...!"

देवता अपनी-अपनी सवारी पर आ रहे हैं। दूत सतर्क कर रहे हैं घोड़े-हाथी को। अपनी-अपनी पाँत में रहिए।

नकछेदी पर पड़ते निगाह चटपट को हँसी आ गई। खिल्ली उड़ाते हुए कहा, "देखना, नकछेदी कमर का घुँघरू कहीं नीचे न सरक जाए। चाल में कहीं ताल से बेहाला हुए, पंजरा बाहर आ जाएगा। देवता जो तुम पर सवार होने जा रहा है वह अगमुतना है।"

नकछेदी कुछ बोले नहीं, गुँगवाकर रह गए। छपहार के नाक पर पूरा रंग नहीं लगा था। नकछेदी अपने गाल से थोड़ा रंग उनके नाक पर पोत दिया।

अजोरे भगत चिल्लाकर दो घेरे के पार से बोला, "घोड़ा दूसरे घोड़ा का नाक, कान छू-छा न करें, देवता छूट चुके हैं। सवारी तैयार रहे, सवार आनेवाले हैं। किसी-किसी पर डबल देवता का वजन होगा...।"

शंख-ध्वनि हुई—एक साथ पचास शंखों की और भगता खेलने लगा...। सिंघा, मृदंग पर होने लगा पचरा का दूसरा चरण।

कोइरी टोला और पासी टोला की औरतें हाथ जोड़कर बैठी हैं—भगता से गज भर दूर। बैठे-बैठे झूम भी रही हैं।

लगभग दो घंटे के बाद कालीथान की सुमिरनी के बाद गाँव में चला भगता का दल अपने लाव-लश्कर के साथ। घरों के बाहर टँगे चन्दोवा के आगे आन गाँव की औरतें भी अभुवाते हुए झटक रही हैं सिर।

गोइन्दा बाबू के चन्दोवा के पास भी कोई औरत अभुवाते हुए जलता हुआ कपूर खा लिया।

अपिया ने घर के भीतर से हाथ जोड़कर प्रणाम किया उसे, "हे मइया, अपनी कृपा बनाए रखना।"

घोड़ों को नाचते देख भीड़ पीछे हटी, नाच मंडली आगे आई। भगता के साथ घुस गई घर में।

चटपट, खटपट नाचते हुए एक लात जड़ दिया उस औरत को जो गोइन्दा बाबू के चन्दोवा के पास कर रही थी खेला। अरे, बाप रे कहकर उसने चीत्कार किया कि मैं जिन्न की जिन्नी हूँ। दूसरा लात लक्कड़दास हाथी ने चला दिया। वह औरत चिल्लाते भाग खड़ी हुई, "मैं जिन्न की जिन्नी हूँ छोड़ूँगी नहीं।"

नकछेदी की कमीज की जेब से किसी ने कलम निकाल ली। उन्हें शक है चटपट, खटपट पर। उन्होंने अपनी पाँत छोड़कर देखने की कोशिश की कि पीछे, आगे के घोड़े लात चलाने लगे। मिरदहा ने थोड़ा जोर से चला दिया कि नकछेदी लँगड़ाने लगे।

नकछेदी नफीस आदमी हैं पाँच जोड़ा जूता, चार जोड़ा चप्पल रखनेवाले। कहाँ इस घुड़दौड़ में फँस गए, पहली बार इतने नँगे पैरों के बीच। लगता है कि पत्नी के कहने पर नधा गए। उन्हें अब न रोते बन रहा है, न हँसते।

अचानक उन्हें अपनी कलम खटपट के माथे पर बँधे गमछे में खोंसी हुई दिखी। लेकिन करें तो क्या करें। आगे-पीछे बाजा का शोर, भगता का मंत्र, दूतों का पहरा, नचनिया का पचरा और नाच। इनके बीच पाँत तोड़कर निकलना खेल नहीं। बगल के घोड़े ने उनके कान में जबसे कहा कि नकछेदी आप पर बिगड़ैल देवता सवार है, वही आपको इधर-उधर भटका रहा है। अभी लात खिलवाया, ताक-झाँक बेसी कीजिएगा, पटक भी सकता है, वह डर गए हैं। देवता के नशे में कर रहे हैं कदमताल।

घर के भीतर के सभी कमरे अपिया ने जाकर खोल दिये। भगता का आधा दल घर में, आधा दल बाहर। सभी कमरे में भगता अक्षत, सरसों फेंक नाचता हुआ। सूप, डलवा में रखा चढ़ावा अपनी झोली में रख निकल गया अपिया के सिर पर रखकर हाथ। अपिया ने आगे बढ़कर भगता का किया चरण स्पर्श और भगता से कुक्की का नाम लेकर कहा कि उसके सिर पर यदि कोई लाग-बाझ हो तो ले जाइए। भगता ने बाँस की फट्‌टी को धीरे से अपिया की पीठ को छुआ दिया, बोलते हुए कि उसका भी शनीचर लेकर जा रहा हूँ।

गोइन्दा बाबू यह देखने-सुनने के लिए अपने घर में न घुस सके उस धक्का-मुक्की के बीच।

घोड़ों का दल कभी, कभी हाथी का, कभी बजनियों ओर कभी नाच का दल आगे हो जाता है। कोई माथा-मुंड नहीं है।

इन सभी दलों को भगता चला रहा है और वह बोलता है अन्तिम समय में कि अमुक दल आगे आ। लोग गिरने-पड़ने लगते हैं आगे निकलने के चक्कर में।

सरौता लाल को यह कायदा अच्छा लगा। उन्होंने गोइन्दा बाबू से कहा, "मान लीजिए इससे सभी गण अपनी ज्योति में रहेंगे। अगर पहले से मालूम हो जाएगा तो पता ही नहीं चलेगा किसकी ज्योति बुझ गई। देख रहे हैं न नकछेदी को, पीठ पर कोई भारी देवता सवार है, कैसा पसीना-पसीना हो गया। आँख हो गई है जवा-फूल।"

पासी टोला के चन्दर पासी और हराधन तीन खसी को टीक-टाककर बैठे हैं बरगद के पेड़ के नीचे।

हराधन बैठे-बैठे उकता गया। उसने जम्हाई लेते कहा, "जल्दी से गाँव की

परिक्रमा पूरी हो और डीह बाँधने के लिए भगता सगरा के टीले की ओर चले कि भगता के आगे खसी को करके छुट्टी पा लें।"

चन्दर पासी बोला, "अइसहि छुट्टी न मिलेगी। निकियाना भी पड़ेगा। गँड़ासा पहट लियो हो न!"

"यह हमसे नहीं होगा। जिसको पोसकर बड़ा किया, अपने हाथ से दाना खिलाया, उसकी गरदन पर गँड़ासा चलाऊँ, नहीं होगा।"

"देवता का कोप बूझते हो न!"

"बूझकर क्या करेंगे। वैसे भी कौन दरवाज़े पर हाथी झूल रहा है?"

"वह नहीं बोल रहा हूँ...। बान मार देगा भगता। लँगड़ होकर बैठोगे। जब भगता औरत को बान मारता है, उसके पेट का बच्चा मू जाता है। देखा नहीं कतवारी फुआ को, उन्होंने तमाकू का बहाना किया था कि भगता ने उन्हें बूढ़े जोआ में ऐसा बान मारा, कैसी लकड़िया गई थीं। ऊपर से आँख में फूली भी हो गई। पेशाब-पैखाना हो गया अपाढ़।"

हराधन लकड़ी के एक टुकड़े से ज़मीन पर लकीर खींचता, काटता बोला, "तुम मुझसे क्या भखाना चाहते हो?"

"यही कि भगता जब मन्तर पढ़कर खसी को बलि देने के लिए बोलेगा तो ना मत कर देना, मूड़ी मत हिला देना। मैंने दो खसी का शुरू में ही कालीथान पर बलि दिया। उसी के ख़ून से रंगी धोती भगता ने पहना है। काहें किया, प्रेमवश थोड़ो किया, भयवश किया धीया-पुता के लिए। भगता को यह मत समझना कि बीड़ी, खैनी माँगकर खानेवाला वही सनकहवा है। सनकहवा नहीं, देवी-देवता हैं। देवता की बात सुनकर गाँड़ खजुआते निकल मत जाना। वह चूतड़चुस्ती नहीं चलेगी। आन्हर हो जाओगे हराधन बता देते हैं।"

हराधन जहाँ बैठा था, वहाँ से उठकर खसी के बिलकुल पास बैठ गया। कभी खसी का कान कभी उसकी पीठ सहलाने लगा। मन उचाट-उचाट लगने लगा जब-तब उठकर टहलने लगा, फिर आकर बैठ गया खसी के पास। जेब से झाड़कर एक-दो चना निकाला, उसे अपनी हथेली पर रख खसी के मुँह के आगे कर दिया। खसी सूँघकर छोड़ दिया।

चन्दर पासी बोला, "क्या देखते हो, कम-से-कम सात किलो से कम गोश्त नहीं निकलेगा। तब है कि बलि जब दोगे तो सिरा और गोड़ी तुम्हें मिलेगा ही और ओझड़ी भी तुम्हारा ही होगा। सब दार चीज है। गिजा ही गिजा है। मूस-चूहा खाते-खाते जीभ एकधारी हो गई है। तुम्हारा भी तो वही हाल होगा। कितने दिनों के बाद मिलेगा खाने को खसी का कलिया...।"

हराधन मन मारकर गुटुर-गुटुर सुनता रहा। जब नहीं रहा गया तब उसने पेट में वैसूल उठने का बहाना बना घर का रास्ता लिया।

चन्दर को तनिक भी सन्देह नहीं हुआ। वह जानता है कि जब हराधन के पेट में दर्द उठता है, गर्म पानी का बोतल लुढ़काया जाता है पेट पर। बार-बार। घंटा-भर में तब जाकर होता है शान्त। बैद जी कहते हैं कि पेट का वैसूल है, गर्म पानी से दबेगा। यही दवाई है।

एक मन चन्दर का बोला कि हो-न-हो भगता कहीं हराधन की बात सुन न लिया हो, वह अन्तर्यामी है। पीछे की बात जान लेता है। वही न बान मार दिया हो कहीं!

खसी के आगे का घास-पात खत्म हो गया। वह मेमियाने लगा। लेंड़ी-पेशाब कर दिया। चन्दर खिसकर ओत्ते बैठ गया।

फेरीवाला साइकिल रोककर चन्दर से पूछा, "इतनी भीड़ गाँव में काहे है? का आग लगी है या कोनो और बात है?"

चन्दर समझ गया कि यह बाहरी है। पोख्ता करने के लिए उसने पूछा, "कहाँ के रहवइया हो?"

"कठमोरवा। यहाँ से दखिन पाँच कोस।"

"का बेचते हो?"

"बिस्कुट, लेबनचूस, मीठी गोली, सूई-डोरा, आलता, रेजा, शीशा, महकउआ तेल, टिकुली, सेनुर, चोटी...। का लेना है?"

"बिस्कुट दिखाओ।"

फेरीवाला ने एक बिस्कुट निकालकर चन्दर को थमाया, "देखो, कुरकुर है।"

चन्दर ने खसी के आगे रख दिया। उसने सूँघकर छोड़ दिया।

"तुम्हारा बिस्कुट खसी भी नहीं खा पा रहा है, आदमी कैसे खाएगा?"

यह सुनकर साइकिलवाले ने चन्दर को घूरते हुए साइकिल आगे बढ़ा दिया, भोंपू बजाते।

पीछे से चन्दर ने पुकारते कहा, "हे साइकिलिहा, लौट जाओ। गाँव में पाँच हज़ार आलम है। डीह बँधने जा रहा है। लुटार हो जाएगा।"

फेरीवाले ने तुरत साइकिल मोड़ लिया। वह कच्ची लीख छोड़कर खेत-ही-खेत बिना देखे पीछे भागा। कुत्ते भौंकने लगे जोर-जोर। वह ओर तेज चलने लगा। धोती का पुछैटा बार-बार खुल-खुल जा रहा था उसका।

देखकर चन्दर खी-खी हँसता रहा। इस बीच कुदया नाच में भगता के दल का एक हाथी घायल होकर गिर गया। उसकी जगह छुट्टा सवारी से भुइलोटन पांड़े को भगता ने खड़ा कर दिया बनाकर हाथी। बोला, "जाइए भाग जाग गया। देवता सवारी करेगा।" माथे पर अक्षत, सरसों फेंककर पीठ पर एक फट्टा भगता ने मारा। भुइलोटन पांड़े कदमताल करने लगे।

बगल में झूम रहे लक्कड़दास से भुइलोटन पांड़े ने पूछा, "कौन देवता सवार हैं लक्कड़दास?"

लक्कड़दास ने कोई जवाब नहीं दिया। अजोरे भगत पर निगाह पड़ी। जोर से चिल्लाकर भुइलोटन पांड़े ने पूछा, "कौन देवता सवार हैं?"

अजोरे भगत ने भी उसी तरह चिल्लाकर जवाब दिया, "ओबा माई। ओबा माई सवार हैं। ठीक से रहिए।"

अब जाकर उन्हें लगा कि लक्कड़दास के सवार से कमजोर सवार अपना भी नहीं। मुस्कराते लक्कड़दास के साथ वह झूमने लगे—मृदंग, झाँझ, ढोलकिया के ताल पर।

एक नचनिया घोड़ों के पैरों के नीचे आते-आते बचा। उसके ब्लाउज के अन्दर से एक गेंद सरककर कहीं नीचे गिर गया।

अजोरे भगत खोजने लगा उसे। खोजते-खोजते घोड़ों के बीच चला गया वहाँ उसे दिख गई गेंद। वह जाकर नकछेदी की जेब से निकाल लिया।

चटपट ने तभी बायाँ लात चला दिया। मुँह के बल गिर गया अजोरे भगत। झट से आगे बढ़कर गिरगिट ओझा ने भी एक लात जमा दिया फिर उसे उठाया।

खटपट ने किचकिचाकर दूसरा लात चला दिया झाँझ बजानेवाले पर। वह मृदंगिया के पीछे चला गया पैर को सहलाते।

जब देवता सवार है, कौन किसको क्या कहेगा?

गाँव का सबसे बड़ा और अन्तिम घर बाइस दुआरी का गेट खुला।

बाइस दुआरी में भगता का दल घुस गया रेले के साथ। भगता खेलने लगा कोठी के भीतर पहुँचकर।

भगता ने घर मालकिन को इशारा किया बन्द कोठरी को खोल देने के लिए।

"इक्कीस कोठरी खुली है, बाइसवाँ भी खोलिए।"

मालकिन ने कहा, "यह कोठरी नहीं खुलेगी। इसमें लोहा-लक्कड़ है। बाहर से पूजा कर लो। बाकी कोठरी खुली है।"

भगता ने समझाया, "अलाय-बलाय उसी में रह जाएगा। घात करेगा। गाँव-जबार का ख़ून चूसेगा।"

मालकिन कड़े स्वर में बोली, "बाहर से पूजा करो। मालिक की मनाही है।"

बन्द कोठरी के आगे मृदंगिया, ढोलकिया के ताल पर होने लगा पचरा। नाचने लगा भगता नचनियों के बीच आग का खप्पर लेकर। घोड़ा, हाथी का पीछे से रेला इतनी जोर से आया कि कोठरी का फाटक टूटकर दो हिस्से में गिर गया। कोठरी से निकलकर एक औरत तूफान की तरह भागी भीड़ को चीरते हुए झुरिया-झार।

पकड़ो-पकड़ो। घर मालकिन चिल्लाई।

पकड़ो-पकड़ो। उसके पीछे कुछ लोग भागने लगे पकड़ने के लिए कि अजोरे

भगत जोर से चिल्लाकर बोला, "छोड़ दो। लौट आओ। खेलने दो उसे, भूतिन डीह स्थान पर चली आएगी। लौट आओ नहीं तो शाप लगेगा। हाथ मत लगाना उसे।"

शाप का नाम सुनकर सभी पीछे लौट गए और वह औरत देखते-देखते निकल गई दूर। उसके कन्धे पर किसी दरवाज़े से हवा में उड़ता चन्दोवा शाल की तरह जा पड़ा।

बाइस दुआरी की औरतें भगता के दल से चिरौरी करने लगी, "पकड़ो-पकड़ो। उसका इलाज चल रहा है। मंत्री जी के भोज में गए हैं मर्द लोग, आएँगे अनर्थ हो जाएगा। पकड़ो-पकड़ो।"

"कौन सुनता है उनकी बात। भगता के दल पर देवता सवार है। देवता कहीं किसी का हुक्म सुनता है।"

सिपाही राम ने धीरे से चानिका साहू से कहा, "चिल्लाने से होगा। हाकिनी-डाकिनी को कौन धरेगा जी!"

भगता का दल गाँव से निकलकर सगरा की ओर बढ़ गया जहाँ बँधना है डीह। भीड़ खुश है कि बाइस दुआरी की भी किवाड़ी तोड़कर भूतिन भगता के आगे आ गई। उसे निकाल लिया मन्तर के जोर पर।

सात तहखाना में छिपी हुई भूतिन थी। यही कर रही थी खेला। हो-न-हो यही चिरई को रुला रही होगी।

जितने मुँह उतनी बातें हो रही हैं।

दिन-भर के गहमागहमी के बाद जाकर गाँव अब शान्त हुआ। अधिकतर घरों के चन्दोवा हवा में उड़ गए। कुछ जो बचे हैं वे झुककर नीचे गिर गए। नहीं है साबूत कोई चन्दोवा।

अपिया थकी-थकी-सी बैठी है आँगन के चबूतरे पर। लम्बे दिनों की बीमारी से उठकर आई सबितरी दोनों बेटियों सुग्गी, खुद्दी के साथ मिलकर घर को साफ करने में लग गई।

भगता के जाने के बाद अपिया को ख़बर लगी कि बन्द कोठरी तोड़कर भाग गई खाको बहू।

अपिया का माथा ठनका कि कैसे झूठ-मूठ कहा था कि मायके में है जगदम्बा!

वह सोच ही रही थी कि तभी खाको के घर की पुरानी कहारिन गोकुली आती हुई दिखी। अपिया ने उसे हाथ के इशारे से बुलाया। वह इधर-उधर देखती सीधे अपिया के घर में घुसी और अन्दर से आकर किल्ली बन्द कर ली।

सनपाती हुई गोकुली काँपते स्वर में बोली, "छोटकी बहुरिया तीन महीने से कोठरी में बन्द थीं। पेशाब-पैखाना सब उसी में। खाना-पीना भी। खाको जब आते थे शाम में वही खोलते थे ताला। अन्दर जाते थे कि रोने लगती थी बहुरिया। भगवान

जाने किस चीज़ से मारता-पीटता था। आप चीन्ह नहीं पाइएगा अइया। काला हो गया है आँख के नीचे। तिल-तिलकर वह रोज मर रही थी। पकड़ाकर जब आएगी, तय है कि मार दी जाएगी।"

"खाको के घर की दूसरी औरतें कुछ नहीं कहती थीं?"

"कौन बोलेगा? बहिला औरत को कौन पूछता है!"

"जगदम्बा है न वह!"

"हाँ, जगदम्बा। गाँव में चार-पाँच जगदम्बा थीं या तो मायके चली गई फिर नहीं लौटी या यहाँ मार डाली गई। मरद के साथ नहीं सोएगी। कौन मरद उसे रखेगा। यही एक बची थी, अब यह भी मरा जाएगी।"

"अइया! बचा लीजिए। औरत जात की बात है। नदी के पार मनइतापुर गाँव में बहुरिया का मइका है। अजोधा सिह की लड़की है। नइहरा चहुँप जाएगी, बच जाएगी बेचारी...।" इतना बोलकर गोकुली पीछे के रास्ते से निकल गई।

अपिया दीवानख़ाने में जाकर गोइन्दा बाबू को बताते-बताते रो पड़ी। हाथ जोड़कर बोली, "आपने मेरे लिए कितना कुछ किया है। जीवन में एक बार और कर दीजिए, इसके बाद कभी कुछ नहीं बोलूँगी। जगदम्बा को बचा लीजिए। उसके नइहरे पहुँचा दीजिए। सोचिए यदि आपकी बेटी जगदम्बा होती तो क्या उसे मरने के लिए छोड़ देते!"

गोइन्दा बाबू ने मुँह से कुछ नहीं कहा। अपिया के कन्धे पर हाथ रखकर दो बार थपथपाया, "चिन्ता मत करो जा रहा हूँ।" उन्होंने दुक्खी को आवाज़ दी, "दुक्खी साइकिल निकाल। हमारे साइकिल के पीछे-पीछे चल।"

"टार्च, फरसा ले लूँ?"

"ले ले। हाँ, लौटते-लौटते काफी रात हो जाएगी।"

गोइन्दा बाबू की साइकिल घर से निकली कि अपिया ने अदृश्य में हाथ जोड़कर सिर झुका लिया, "रक्षा करना देवी मइया।"

गाँव में अधिकांश लोग जगदम्बा के निकल भागने से बेख़बर थे। सारा ध्यान उनका पचासों औरत-मर्द के अभुवाने पर था जो मैदान में भागते, रुकते, हाथ, पैर झटकारते खेल रहे थे और बच्चे, जवान छू रहे थे उनके पैर। बूढ़ी औरतें भी।

रामसखी से उसकी छोटी बेटी ने पूछा, "माँ, देखो वह औरत गिर गई, सिर से ख़ून निकल रहा है।"

रामसखी साड़ी की खूँट से खैनी होठ के भीतर रखते बोली, "देवता सिरे आया हुआ है। खेला कर रहा है। थोड़ा ख़ून निकलेगा ही।"

रामसखी की तबीयत नहीं ख़राब होती तो वह भी उन औरत-मर्दों के साथ अभुवाती। वह बिस्तर पर सोए-सोए जंगले से देख नहीं रही होती खेला।

चन्दर पासी को खसी के साथ जाते देखकर रामसखी ने चिल्लाकर पुकारा, "चन्दर एक टू बात सुन के जा।"

चन्दर इधर-उधर देखा, उसकी निगाह जब रामसखी पर पड़ी, वह तेज कदमों उसके पास गया। जाकर कहा, "डीह बँधने के दिन तुमने खाट पकड़ लिया!"

रामसखी किसी तरह उठकर बैठी। बोली, "यह सब भगता की चाल है। तुम जरा मुझे डीह तक ले चलोगे?"

"मेरे साथ चार खसी है। उसको बलि देनी है। नहीं तो कन्धे पर बिठा लेता। क्या तुम्हारा देवता जाग गया है?"

"देवता तो जागा हुआ है। मैं ही उससे मुँह फेरकर बैठी हुई हूँ।"

"ठीक हो जाओ, फिर खेलना। तुम तो अकेले हिला देती हो जब तुम पर देवता होता है सवार।"

"खसी का प्रसाद तुम्हें जो मिलेगा, थोड़ा देते जाना। दो गोड़ी, दो कान से काम चल जाएगा।"

चन्दर मुस्कराते हुए मूड़ी हिलाया, खसी को लेकर बढ़ गया आगे।

*

दीया की माँ ख़बर रखने के मामले में सबसे आगे हैं। वह तो चूल्हे पर सीझ रहे भात के साथ क्या बात होती है, उसकी भी ख़बर रखती हैं। इस बार चूक गईं। देर से उनको जगदम्बा की ख़बर मिली। पूरा गाँव यही जानता है कि जगदम्बा अपने मायके में है। दैव जाने क्यों घर की बहुरिया को लेकर कोई इतना झूठ बोलता है!

दीया की माँ ने अपिया के पास जाकर कहा, "वह तो जगदम्बा के भाग्य से घोड़ा दल के रेला ने कोठरी के फाटक को तोड़ दिया। वह हो गई एक-दो-तीन...। दीदी, खाको का आदमी उसे पाताल से निकाल लेगा। बाइस दुआरी की बहुरिया भागी है। कोई खेल नहीं है। आपका मन क्या बोलता है?"

"मैं क्या बोलूँ। जिसको जो करना हो, करे। वह तो चली गई।" अनजान बनते अपिया ने कहा।

"ऐसा क्यों बोलती हैं?"

"बोल न क्या बोलूँ!"

दीया की माँ समझ गईं कि दीदी का मन ठीक नहीं है। कुक्की के नहीं आने से दुखी हैं।

नकछेदी का लड़का अपिया के पास आकर बोला, "दादी, माँ पूछ रही है कि चिरई का रोना आपके कानों में आया?"

अपिया ने अभी तक ध्यान नहीं दिया था। वह डियोढ़ी में, आँगन में, खिड़की

के बाहर जाकर खड़ी हुई। सुनने का यत्न किया। मुस्कराती हुई लौटकर आई। बोली, "नहीं आ रही है आवाज़। रोना बन्द हो गया। चिरई को रुलानेवाली डाइन डीह में बाँध दी गई। चिरई उड़ गई अपने देश।"

लड़का अपिया की बात सुनकर भाग गया।

सुग्गी बोली, "इनका नाम चन्दू है। कक्षा सातवें में पढ़ते हैं। अपने कक्षा के मॉनीटर हैं।"

"तू मॉनीटर जानती है?"

"जानूँगी नहीं, मुझसे दो कक्षा नीचे में थे। कुक्की बुआ बोली हैं कि मुझे और दीदी को ले जाएँगी। अपने यहाँ स्कूल में भर्ती करा देंगी।"

"मुझे छोड़कर चल जाएगी?"

"आप भी वहीं चलिएगा।"

अपिया हँसने लगीं।

खुद्दी कटोरी में तेल लेकर आई। बड़ों की तरह आदेशात्मक स्वर में बोली, "चुपचाप तख्त पर लेट जाइए। तेल की मालिश करूँगी।"

अपिया बिना न-नुकुर किये साड़ी उतारकर किनारे रख दिया। तख्त पर लेट गईं। बोली, "देखना साया में तेल न लगे।"

"साया बटोर देंगे। अच्छा माई, कहाँ चली गई चिरई?"

अपिया ने उसको जवाब न देकर, उचककर दीवाल घड़ी देखने लगी। अधीर होकर बोली, "देख साढ़े नौ बज गए, अभी तक ओ नहीं आए।" उठकर बैठ गईं।

खुद्दी ने कहा, "समय लगता है। नदिया यहीं है? आने-जाने में कोई मिल गया होगा। बोलने-बतियाने लगे होंगे। बूझिए एक घंटा और लगेगा।

अपिया का खुद्दी की बात से तीहा हुआ। वह लेट गई।

"अब लेटे रहिएगा। तेल लगा देने दीजिए।"

"ठीक है लगा ले। आँखें बन्द कर लेती हूँ। तुम्हीं दोनों तो माई है मेरी।"

सुग्गी मुस्कराते बोली, "माई कहती हैं माई।"

तेल लगा चुकने के बाद खुद्दी ने कहा, "माई कुबेर हो रहा है। खा लीजिए, दवा भी खानी है।"

अँगड़ाई लेते हुए अपिया बोलीं, "नहीं खाने का मन है। तुम दोनों खा लो।"

"ठीक है खाना ढककर रख देती हूँ। हमी दोनों का पेट भारी थोड़ो है।"

अपिया ने साड़ी पहनते कहा, "कैसा बूढ़ी की तरह बात करना सीख गई है। मुझे धमकाकर जिस तरह खिलाती है, दूसरे को धमका नहीं पाएगी। वह सुनेगा ही नहीं।"

"सुनती हैं आप, तभी तो कहती हूँ। दूसरे पर क्या अधिकार!"

अपिया ने खुद्दी को अपने सीने से सटा लिया।

"तुझे पेट से जन्माया नहीं लेकिन अपनी सगी बेटी से कम थोड़ो है! तू और

सुग्गी न होती तो कौन देखता मुझे, कौन पूछता कि दवा खाई हूँ कि नहीं।"

खाना चौका में निकालकर अपिया से खुद्दी ने पूछा, "माई खाना मेज़ पर लगा दूँ या आँगन के चबूतरे पर?"

"आँगन के चबूतरे पर लेकर आ जाओ, तुम दोनों भी। एक साथ बैठकर खाएँगे।"

खाते-खाते अपिया का हाथ रुक गया।

"साहेब का और दुक्खी का खाना साफ निकालकर रख दिया है न!"

"हाँ, साहेब खाने बैठेंगे, रोटी गर्म-गर्म बना दूँगी।"

अचानक हल्ला हुआ, "बन्द करो, बन्द करो।"

अपिया ने चौंककर सुग्गी से कहा, "जरा खिड़की खोलकर देख, कैसा शोर हो रहा है?"

सुग्गी ने जाकर देखा, लौटकर बोली, "चटपट, खटपट भइया ने नाच बन्द करवा दिया था फिर शुरू हो गया।"

"क्या गाँव में नाच हो रहा है?"

"नक्कारे की आवाज़ नहीं सुनीं क्या? डीह बँधने की ख़ुशी में नाच हो रहा है।"

"क्यों बन्द करा दिया था?"

"नाचवाला लैला मजनू खेल रहा था। उन्होंने हरिश्चन्द्र तारामती पाठ करने को बोले। वही हो रहा है।"

अपिया बोली, "मकरध्वज का खेला होना चाहिए था। भगवान बाघ बनकर भक्त की परीक्षा लेने आते हैं।"

"फिर क्या हुआ?"

"भुला गया रे, जब छोटी थी उस समय गाँव के नाच में देखा था।"

खुद्दी ने चहकते हुए कहा, "माई खिड़की के पास कुर्सी लगा देती हूँ। देखिएगा नाच, थोड़ा मन आन हो जाएगा।"

अपिया ने कुछ देर नाच देखा लेकिन, मन नाच में नहीं कहीं और था। नाच से उचट गया मन। भीतर चली आईं। सुग्गी से बोली, "जरा देख बाहर जाकर बागुन बाबा सो गए कि कहीं चले गए?"

सुग्गी देखकर आई, हँसते हुए बोली, "गा रहे हैं, छींक रहे हैं। छींक नही आती है तो नाक में सुँघनी सूँघते हैं। फिर छींकने लगते हैं।"

"ऐसे ही लोग उन्हें थोड़ो औघड़ कहते हैं! अच्छा तू सब भी चटाई बिछाकर बगल में लेट जाओ।"

खुद्दी, सुग्गी अभी लेटी ही थी कि उठ गईं अपिया। घड़ी देखकर कहा, "खुद्दी देख, ग्यारह बजकर दस मिनट हो गए। अभी तक नहीं आए साहेब। तू कह रही थीं एक घंटा। कई घंटे बीत गए। एक बार बागुन बाबा से जाकर बोल कि नदिया

पर जाकर पता करते हैं कि इतनी देर क्यों हो रही है?"

बागुन बाबा समझ रहे हैं कि गोइन्दा बाबू नदिया पर किसी मल्लाह की पंचायत में गए हैं। एक-दो मल्लाह हैं जो उन्हें भगवान की तरह मानते हैं। उन्हीं लोगों ने हाथ पकड़कर बैठा लिया होगा। वह न नहीं कह पाए होंगे।

अपिया अपने भीतर के डर को कैसे कहे कि वह काहे अधीर हो रही है।

खुद्दी ने आकर जनाया कि बागुन बाबा कह रहे हैं घबराने की बात नहीं। आ जाएँगे। सो जाने के लिए कहा है।

अपिया से रहा नहीं गया। उठकर बाहर गईं। मुख्य दरवाज़े की आड़ से कहा, "एक बार चले जाते...। इतनी देर होने की बात नहीं है।"

"जाने को मैं चला जाऊँगा लेकिन, वे सुबह ही आएँगे। मल्लाह सब रात में नहीं आने दिया होगा।"

खुद्दी मजे के लिए बागुन बाबा से बोली, "नाच देखने नहीं गए?"

"कहाँ नाच हो रहा है?"

"नक्कारे की आवाज़ आ तो रही है। पीपल के नीचे हो रहा है।"

"वह नकली नाच है। असली नाच भालू नाचते हैं।" खुद्दी खिलखिला उठी।

अपिया रुआँसे गले से बोली, "इतनी देर होने की बात नहीं थी। जरा पता कीजिए न।"

अपिया की घबराहट देखकर बागुन बाबा उठे, सुँघनी सूँघते निकल गए।

थोड़ी दूर गए होंगे कि दुक्खी को लौटते देखकर वे लौटकर अपने घर चले गए। उन्हें लगा अब क्या, अब तो लोग आ ही गए।

दुक्खी ने दरवाज़े पर पहुँचकर आवाज़ दी। उस समय रात के डेढ़ बज रहे थे। आवाज़ सुनकर खुद्दी, सुग्गी, अपिया तीनों भागी हुई दरवाज़े पर आईं।

दुक्खी ओसरे के पास साइकिल खड़ा कर बरामदे के तख्त पर बैठ गया।

खुद्दी ने बाल्टी भर पानी, लोटा लाकर सामने रख दिया।

अपिया ने काँपते स्वर में पूछा, "वे कहाँ हैं?"

दुक्खी हाथ-मुँह धोकर गमछे से मुँह पोंछते बोला, "सब ठीक है।" और आँखों से इशारा कर दिया कि अलग से बात करेंगे। खुद्दी, सुग्गी के सामने नहीं।

खुद्दी ने खाना लगा दिया। अपिया सुग्गी, खुद्दी को सोने के लिए कहकर अपने दीवानख़ाने में आकर बैठ गई। दुक्खी खाना खाने के बाद हाथ पोंछते हुए दीवानख़ाने में आया। अपिया से थोड़ी दूरी पर बैठ गया।

दुक्खी बचपन से गोइन्दा बाबू के साथ में है। खेत-बधार देखता है। उसका घर-दुआर नदी के पेट में चला गया। माँ-बाप नहीं हैं। ले-देकर एक फूफा, बुआ हैं वही उसका दूसरा ठिकाना है। अपिया को माई और गोइन्दा बाबू को बप्पा कहता है। उनके लिए बाघ से भी लड़ सकता है।

देह हाथ का हृष्ट-पुष्ट है। मेहनती और हिम्मती भी है। अपिया कहती हैं कि पट्टीदार को यह देखकर सोहाता नहीं।

अपिया ने बेसब्री से पूछा, "हाँ, बता कि कहाँ रह गए?"

"चिन्ता मत करो माई, आ जाएँगे बप्पा। आप ही ने कहा था कि जगदम्बा को उसके घर पहुँचाना है। वहीं गए हैं पहुँचाने उसे।"

"तू क्यों नहीं गया?"

"आप घबराएँगी इसलिए उन्होंने भेज दिया मुझे।"

"अच्छा जगदम्बा कहाँ मिली?"

दुक्खी सिसकने लगा हठात्। अपिया घबरा गईं। वह समझी कि जगदम्बा मार दी गई, "तू रोता क्यों है? क्या वह मार दी गई।"

दुक्खी आँसू पोंछते बोला, "नहीं, वह बची हुई है। देखकर उन्हें वज्र की छाती भी फट जाए। फटी साड़ी, नँगे पैर। पूरे हाथ और चेहरे पर कटे के निशान। लगता था कि जैसे किसी जानवर ने अपने पंजों के नाख़ून से नोच डाला है। आँख के नीचे कालिख जमा, बाल उलझे हुए। आँखों में भय और क्रोध दोनों...। आँसू ढर-ढर...!"

"पूरब वाली बाग़ में मिली?"

"न-न, वह जंगल में नदी के पास तक चली गई थी। वहाँ एक पेड़ पर चढ़कर छिपकर बैठी थी। गुटरी, मोटरी मारकर।"

"तूने देखा?"

"नहीं, बप्पा ने देखा। मैं तो आगे बढ़ गया था खोजते हुए। बप्पा पीछे से चिल्लाए वो यहाँ है। मैं तब लौटकर गया। उसने अपने हाथ में पत्थर उठा रखा था। वह रोते हुए बोली—मुझे पकड़ोगे तो इसी पत्थर से अपना सिर फोड़कर जान दे दूँगी। फिर वह हाथ जोड़ने लगी मुझे जीने दो, मैं जीना चाहती हूँ। मुझे छोड़ दो...। बप्पा थोड़ा नजदीक गए। उन्होंने समझाते कहा—देख, मेरी बात सुन, मैं तुझे पकड़ने, मारने नहीं आया हूँ। उन्होंने पूछा—मुझे पहचान रही है? उसने सिर हिला दिया। बप्पा ने याद दिलाया कि एक बार घर पर आई थी और कुक्की की माँ के आग्रह पर तुमने गीत सुनाया था। हम दोनों का चरण स्पर्श किया था। तब मैंने कहा था कि बेटी सुखी रहो।"

"उसके बाद?"

"बप्पा ने कहा कि बेटी कहा है, तो एक बाप के नाते चाहता हूँ कि तू जिसमें ख़ुश रहे, मैं वही करूँगा।

"इतना सुनने के बाद वह सिसक-सिसककर रोने लगी। थोड़ी जब शान्त हुई तब उसने बताना शुरू किया कि रोज शाम में खाको जब आता था तब कोठरी का ताला खोलकर पहले एक थप्पड़ मारता था। उसके एक घंटे बाद एक थैले में छछूँदर को बन्द कर वह मेरे साड़ी के भीतर, मेरी पीठ पर, मुँह पर घुमाता था। वे नोच

डालते थे। मैं रोती रहती थी। आधी रात में फिर उठकर एक बार आकर ऐसा करता था। फिर दो-तीन बजे रात में एक बार। रात में सो नहीं पाती थी। रोती रहती थी।

"गाँव के लोग समझते थे कि चिरई रो रही है। सुबह जाते समय ताला बन्द करके जाता था। खाना-पानी खिड़की के रास्ते से गोकुली दे जाती थी। दिन में ही सो पाती थी। शाम होते ही फिर वही यातना...।

"बोलते-बोलते अपना लूगा उठाकर जाँघ दिखाने लगी। ब्लाउज के नीचे, पेट और पीठ दिखाने लगी। बड़े-बड़े काले दाग। जैसे लुकाठी से दाग दिया गया हो...।"

अपिया की आँखें किस्सा सुनते भर आईं। वह बोली, "खाको शैतान है समझती थी लेकिन इतना बड़ा शैतान है नहीं जानती थी। अच्छा, जगदम्बा उनके साथ जाने को राज़ी कैसे हुई?"

दुक्खी ने बाहर पड़ी साइकिल बरामदे में लाकर खड़ी कर दिया। फिर बोला, "माई, उसे बप्पा पर भरोसा हो गया। बप्पा ने कहा कि देखो, मैं तुम्हें पकड़ने मारने नहीं बल्कि तुम्हारे मायके तुम्हें छोड़ने आया हूँ जिससे कि तुम जानवरों के चँगुल से आज़ाद हो सको।

"जगदम्बा ने कहा कि मैं अपने मायके नहीं जाऊँगी। मेरा भाई या बाप कोई आएगा तभी जाऊँगी।

"बप्पा चिन्ता में पड़ गए कि करें तो क्या करें। जबरदस्ती तो कर नहीं सकते। उन्होंने कहा—ठीक है। तू जैसा कहती है, वही सही। लेकिन एक बात तुझे मेरी भी माननी पड़ेगी, वह यह कि तुम्हारा यहाँ रहना ठीक नहीं। मेरे साथ चलो नदी पर एक मल्लाह है उसके घर पर रहना। इस बीच जाकर तुम्हारे घर से किसी को बुलाकर ले आता हूँ जो आकर तुम्हें सम्मानपूर्वक घर ले जाए।"

"वह राजी हुई?"

"वह राजी हो गई। पेड़ से उतरकर बप्पा की उँगली पकड़े बच्चे की तरह नदी पर आई। बोधा मल्लाह के घर। बोधा बप्पा को देखकर चकित। बोला—इतनी रात को गोइन्दा बाबू? खटिया बाहर निकाला। झुककर बप्पा का पाँव छुआ।

"बप्पा ने बोधा मल्लाह को सारा किस्सा कह सुनाया और कहा जगदम्बा के मायके अभी चलना है। जगदम्बा तुम्हारे घर में ही रहेगी। देखना इसका कुछ होने न पाए।

"बोधा मल्लाह बोला—आप मेरे भगवान हैं। आपका हुकुम सर्वोपरि। मैं घाट का राजा हूँ। यहाँ हमारा जोर चलता है। आप चिन्ता मत कीजिए।

"वह बप्पा के साथ जगदम्बा के मायके चला गया और मुझे बप्पा ने घर भेज दिया। वे जगदम्बा को स्थिर करके ही आएँगे। कल नहीं परसों शाम-शाम तक आ ही जाएँगे।"

इतना सुनकर अपिया का मन थोड़ा हल्का हुआ। वह घर के अन्दर जाकर किल्ली चढ़ा लीं। बिस्तर पर गईं। आँख बन्द किया लेकिन नींद आई नहीं। उनकी आँखों के आगे भगता का नाच, घोड़ा, हाथी, धक्का-मुक्की, पूरब की बाग़ का दीया, जेवनार सब एक-एक कर दिखने लगे।

वह उठकर बैठ गईं। डीह बँधा उस चिरई के लिए कि उसका रोना थम जाए। थम गया। यदि किवाड़ नहीं टूटती, चिरई उसी में कुहुक-कुहुक दम तोड़ देती। किसी को मालूम भी नहीं होता। मालूम होता कि भगता के जोग से चिरई का रोना रुक गया।

विधना कैसे-कैसे मुक्ति का रास्ता निकाल देता है! कहाँ डीह, कहाँ पूरब की बाग़, कहाँ चिरई, कहाँ जगदम्बा!

अपिया ने अदृश्य को हाथ जोड़कर सिर झुकाया फिर बिस्तर पर लेट गईं।

इक्कीस

शीत में भींगी हुई सुबह धूप खिलते निखर आई। एक अलग तरह की शान्ति है लोगों के चेहरों पर। न चिरई का रुदन रात में सुनाई पड़ा, न कोई हउफा...न बाजा-गाजा का शोर...।

सरौता लाल ने मिरदहा से कहा, "नींद कितनी रात के बाद सुकून की आई...।"

"लेकिन हमारी नींद उड़ गई।" खाको के भाई सर्वजीत ने सरौता लाल को प्रणाम करते बोला।

सरौता लाल ने कुर्सी मँगवाई, सर्वजीत के बैठने के लिए।

"क्या हुआ सर्वजीत?"

"होना क्या है, साला लोग किवाड़ी तोड़ दिया...। लोहे की मजबूत कड़ी दो टुकड़े हो गई...।"

सरौता लाल देह में तेल लगाते बोले, "बात तो जायज है। लेकिन भीड़ में किसको दोष दिया जाए। कुछ पर देवता सवार थे, कुछ पर भूत-पिशाच, चुड़ैल...। भला बाइस दुआरी की तरफ कोई उठा सकता है आँख! अब देखिए डीह बँध गया। चिरई का रोना बन्द...।"

चटपट ने अपने दरवाज़े पर झाड़ू लगाते सर्वजीत की ओर मुँह करके कहा, "साला किसको बोला? दोनों कान काटकर कच्चा चबा जाऊँगा। डीह बँधने के दिन दस गाँव का मेला था।"

गुस्से से तमतमाए सर्वजीत बोले, "तुम्हीं दोनों भाइयों ने किवाड़ तोड़ा है।"

खटपट थोड़ा नज़दीक आकर चटके, "ख़बरदार जो हम लोगों का नाम लिया। बड़ा आदमी होगे अपने घर के। कुछ लेना-देना नहीं है तुमसे। हम अपने गट्टा की कमीनी खाते हैं। हमारे पास भी जोत है। आँख टेढ़ी-मेढ़ी हरगिज मत करना।

"हम दोनों भाई ही घोड़ा थे क्या? वहाँ उच्चै:श्रवा, अश्वमेध का घोड़ा, सूरज का घोड़ा, चन्द्रमा का घोड़ा, काली का घोड़ा, यमराज का घोड़ा, ओबा माई का घोड़ा था। ऐरावत था, महाबली हाथी।

"जाइए सब घोड़ा-हाथी को पकड़िए। कोदई मिसिर, रामलाल कहार, गुन्नी पासी, हीना सिह, जमुना कहार, वंशी यादव, तूफानी प्रताप सिह, नकछेदी, छपहार, मिरदहा ऐसे कितने लोग थे। गिनाना मुश्किल है। जाइए धरिए उन्हें, पूछिए कि काहे तोड़ दिया किवाड़!"

सर्वजीत को सरौता लाल ने बात नहीं बढ़ाने का इशारा किया। दाँत पीसकर सर्वजीत रह गए।

चटपट, खटपट लाख झगड़ालू हों। भले आपस में मार-पीट करते हों लेकिन उनके बारे में यह बात सभी जानते हैं कि न्याय-अन्याय का उन्हें अच्छा बोध है। कभी अन्याय का साथ नहीं देते उसके लिए उन्हें चाहे जो भी कीमत चुकानी पड़े। किसी से डरते नहीं। न पैसे से, न पुलिस से, न गुंडा-बदमाश से। न किसी नशे की लत है। कोई एक बात कहता है, उसको सुनाते हैं दस बात। इस मामले में राड़ हैं, पक्के राड़...।

शाम होते-होते सर्वजीत के दिमाग़ पर चढ़ा चटपट, खटपट का कोप अजोरे भगत पर फूट पड़ा।

मालूम हुआ तब, जब अजोरे भगत की पत्नी रोती-कलपती दौड़ी हुई सरौता लाल के दरवाज़े पर आई।

आते ही सरौता लाल के पैर को छान लिया, "बचा लीजिए मालिक! हमारे मरद को बचा लीजिए...। सर्वजीत, खाको घर से टाँगकर उठा ले गए उन्हें। चलिए नहीं तो मारेंगे-पीटेंगे बहुत। बेरमिया देह है उनका...।"

सरौता लाल ने ढाँढस बँधाते कहा, "शान्ति रख, शान्ति रख...।"

अजोरे भगत की पत्नी छाती पीटते रोने लगी। उसको रोता देख छोटे बच्चे भी घाँऊ-माऊँ करने लगे।

रोना सुनकर छपहार, मिरदहा, नकछेदी, झन्नू गोवर्धन, सिब्बन यादव, पुन्नों सिह, चटपट, खटपट आ गए।

बोलचाभर शुरू हो गया। औरतें घरों के किवाड़ के बाहर खड़ी हो गईं जानने के लिए कि क्या होगा?

सरौता लाल कुरता टोपी पहन अजोरे भगत की पत्नी को लेकर बाइस दुआरी चल दिये।

पुरन्दरपुर गाँव में कई बरसों से कुछ-न-कुछ लगा ही रहता है। चोरी-डकैती कम हुई, भीतरघात शुरू हो गया। वह कम हुआ, मार-पीट, गाँजा, चरस, हुआ शुरू...। सब कम होते-होते अचानक सब एक साथ उभर आते हैं। कौन किसको बोले! सभी एक-दूसरे से अपनी बात छिपाने में लगे रहते हैं। अपनापन गाँव में कभी रहा नहीं लेकिन, आँखों में अपनापन ज़रूर था। वह भी बूढ़-पुरनियों के साथ धीरे-धीरे चला गया। इस सबके बावजूद थोड़ा-बहुत पुराने दिनों की मिठास कुछ घरों में बची हुई है, उसी से खिचे चले आते हैं लोग। अपने-पराए दोनों। सारा झमेला उसी को बचाने को लेकर है।

बाइस दुआरी के मुख्य द्वार पर दँतइला हाथी लिए खड़ा था महावत। रास्ता छेंककर।

सरौता लाल को आते देख, दूर से ही महावत बोला, "लौट जाइए मालिक। मनाही है।"

सरौता लाल ने उसके कहे पर कान नहीं दिया। निर्भय होकर हाथी की बगल से भीतर घुस गए। महावत अवाक् देखता रहा।

अन्दर पहुँचकर उन्होंने अजोरे भगत की पत्नी को पुकारा लेकिन, आने की हिम्मत नहीं पड़ी उसकी।

सरौता लाल को दालान पर देखकर कुर्सी से खड़े हो गए द्वारिका, जो इलाके में हाथीनसीन के नाम से विख्यात हैं।

सरौता लाल ने बगल वाली कुर्सी पर बैठते कहा, "डीह बँधने के समय न आपको देखा, न खाको, सर्वजीत को। कहाँ थे?"

"सप्लाई मंत्री के यहाँ गया था नेवता पुराने बेटों के साथ। वहाँ मुख्यमंत्री जी से भी भेंट हो गई। सभी लोग थे। भरा हुआ था हॉल। लौटते-लौटते देर रात हो गई। आप क्यों नहीं गए? आपका मंत्री जी इन्तज़ार कर रहे थे। कई बार बोले, "सरौता बाबू नहीं आए।"

"इतना बड़ा यज्ञ गाँव में, उसे छोड़कर कैसे जाता।"

"यही आप में ऐब है, नहीं तो कब का एम.एल.ए., मंत्री बन गए होते। कुछ नहीं तो राज्यसभा की मेम्बरी कहीं गई नहीं थी।"

सरौता लाल ने मुस्कराते कहा, "यही तो ऐब है!"

"मतलब?"

"छोड़िए, द्वारिका हाथीनसीन! आप नहीं समझिएगा। अपने लड़कों को मंत्री से सटा दीजिए। आपकी लालसा वह पूरी करेंगे। कहाँ है अजोरे भगत जरा बुलाइए!"

द्वारिका हाथीनसीन ने अनभिज्ञता प्रकट की। कहा, "यहाँ कहाँ है अजोरे भगत्। अपने घर पर होगा। चाभ रहा होगा डीह का बचा माल।"

इतना बोलना था कि सरौता लाल उठ खड़ा हुए। धड़धड़ाते पिलखाने की तरफ बढ़ गए। पीछे से द्वारिका हाथीनसीन चिल्लाने लगे, "उधर नहीं है अजोरे भगत...।"

पिलखाने में मोटे खूँटे से बँधा अजोरे भगत थर-थर काँप रहा था और उसे रह-रहकर खाको बेंत से पीट रहा था। सर्वजीत उल्ला देकर और मारने के लिए चढ़ा रहा था उसे।

सरौता लाल को देखकर जोर-जोर से सिसकने लगा अजोरे भगत।

कड़क आवाज़ में सरौता लाल ने सर्वजीत की ओर देखकर कहा, "छोड़ दो इसे। बहुत हो गया।"

खाको आँख तरेरते बोला, "इज्जत करते हैं। वह इज्जत रहने दीजिए। माथे पर चढ़कर पेशाब मत कीजिए।"

सर्वजीत ने डाँटकर खाको को चुप कराया और विनम्रतापूर्वक कुर्सी छोड़कर सरौता लाल को बैठने का आग्रह किया।

सरौता लाल का तेवर कड़ा हो गया। उन्होंने गम्भीर स्वर में चेतावनी के लहजे में कहा, "अब यदि एक भी बेंत चलाया, ठीक नहीं होगा। बीस गाँव के लोग मेरी एक हाँक पर बाइस दुआरी को घेर लेंगे। एक-एक ईंट निकाल लेंगे। यदि देखना चाहते हो, दिखा देता हूँ अभी।

"उसकी पत्नी रो रही है। एक-एक बूँद उसका तुम लोगों पर भारी पड़ेगा। हाथी, बन्दूक, पिस्तौल, थाना, दरोगा कोई नहीं काम आएगा, अवाम के आगे। खोलो रस्सी। दंड तभी दिया जाता है जब कोई रास्ता नहीं बचता।"

यह कहकर सरौता लाल वहाँ से निकल गए। बाहर आकर बैठे ही थे कि द्वारिका हाथीनसीन अपनी ही बात की लीपा-पोती करने लगे, "ऐसा है, ध्यान नहीं दिया...। दिन-भर तो लोग आता-जाता है...हरजू-गरजू।"

तनिक देर में सर्वजीत, खाको अजोरे भगत को लेकर आ गए और सरौता लाल के सामने खड़ा कर दिया।

खाको ने कहा, "पूछिए, इस साले से। कोठरी में ताला बन्द था, कैसे टूटा?"

अजोरे भगत काँपते स्वर में बोला, "हम बहुत पीछे थे। भीड़ बहुत थी। मुझे नहीं मालूम कैसे क्या हुआ?"

"माना तू पीछे था लेकिन, वह पागल औरत जिसकी दवा चल रही थी, जब कोठरी से निकलकर भागी तो हमारे नौकर-चाकर पकड़ने के लिए दौड़े। तुमने मना क्यों कर दिया?"

"मैं समझा कि उनके माथे पर भूत-प्रेत का साया है।"

"मक्कारी करता है। दस हज़ार रुपये ढूँढ़ने में लगेंगे उसे। इन्तजाम करके आना। काग़ज़ पर तेरे अँगूठे का टीप ऐसे ही नहीं लिया है।"

सरौता लाल औरत के निकल भागने की बात से अभी भी अनभिज्ञ थे। जब बात चल रही थी, वह अपनी डायरी में हिसाब देख रहे थे। उन्होंने पूछा, "कौन-सी औरत भाग गई?"

सर्वजीत ने कहा, "कोई गाँव की औरत यदि घर से भागती है, वह ठीक है?"

"नहीं, बिलकुल नहीं।"

"बस, यही बात है।"

"पैसा इसने उधार लिया था?"

"तो क्या ऐसे ही माँगूँगा! मुझे कुत्ता काटा है।"

सरौता लाल ने समझा कि यह लेन-देन का मामला है। नाहक बीच में पड़ा। उन्होंने चुप्पी साध ली। कोई तर्क-वितर्क नहीं किया। वह उठकर चलने लगे कि चाय आ गई। द्वारिका हाथीनसीन ने चाय पीकर जाने को कहा मगर, सरौता लाल ने हाथ जोड़ लिये। फिर कभी कहकर निकल गए। उनके पीछे-पीछे अजोरे भगत भी हो लिया।

महावत ने सरौता लाल को देखकर नज़र झुका ली। सरौता लाल ने छड़ी से उसके पेट में कोंचते कहा, "सरौता लाल को रोकने की औकात तुम्हारे मालिक में भी अभी नहीं है। हाथी रखने से सब नहीं हो जाता।

अजोरे भगत अपने घर न जाकर सरौता लाल के पीछे-पीछे चलने लगा। अपनी दालान पर चढ़ते सरौता लाल ने पूछा, "अब क्या है? अपने घर जाओ।"

अजोरे भगत बोला, "सरकार कोई कर्जा-वर्जा नहीं लिया। झूठ-मूठ काग़ज़ बनवा लिया। मेहरारू उसकी भागी तो इसमें हमारा कौन दोख!"

सरौता लाल ने दोनों हाथ से कान ढाँप लिया। कहा, "मैं कुछ सुनना नहीं चाहता कि तुमने लिया कि नहीं लिया। मुझे और भी काम है। मैला में हाथ डालकर और गन्दा नहीं करना चाहता। किसी और को पकड़ो।"

यह सुनकर अजोरे भगत आँख मुलमुलाने लगा। धीरे-धीरे लँगड़ाते हुए बढ़ गया घर की ओर। पीछे से चटपट ने बुलाया उसे। इज्जत से कुर्सी पर बैठाकर पानी पिलाया, सारा हाल जाना। खटपट ने कहा, "अजोरे भगत तुम निर्दोष हो। घबराने की बात नहीं है। जहाँ भी गवाही देनी होगी हम दोनों भाई देंगे।"

चटपट अजोरे भगत की कमीज को उतारकर उसकी चोट पर नूरानी तेल की मालिश करने लगा। अजोरे भगत ने हाथ पकड़ लिया, "न, न मालिक बाभन होकर हमरा पैर, पीठ, हाथ छू रहे हैं, ठीक नहीं है। पाप चढ़ेगा। मालिश मत कीजिए।"

यह सुनना था कि खटपट ने अजोरे भगत को कसकर घुड़का, "किसी के घाव में दवा लगाने में बाभन, कहार, धोबी, माली क्या! जैसे तू, वैसे हम। समझने का फेरा है।"

चटपट ने मालिश करने के बाद अजोरे भगत को कमीज पहना दिया और ले जाकर उसके घर छोड़ आए।

सिब्बन यादव, मिरदहा, झन्नू गोवर्धन ने देखा, मगर विश्वास नहीं हो रहा था अपनी आँखों पर। यह क्या हो गया, चटपट, खटपट की मति बदल गई। माथे पर सवार जिन्न उतर गया, वह डीह में चला गया।

झन्नू गोवर्धन बोले, "नकछेदी! घोड़ा तो तुम भी बने थे।"

"तो मुझे क्या हुआ है, क्या मेरे माथे पर कोई जिन्न था?" नकछेदी ने कहा।

झन्नू गोवर्धन हँसने लगे।

बफाती, मिरदहा, सिब्बन यादव, कोई कुछ नहीं बोला। धीरे-धीरे सब अपने घर चले गए। रह गए अकेले मूर्तवत नकछेदी। वह शून्य में निहारते रहे न जाने क्या। उनका मन न घर जाने को हो रहा था और न किसी से कुछ कहने-सुनने की इच्छा कर रहा था।

सरौता लाल ने अपने दरवाज़े से कहा, "देर से खड़े हो नकछेदी, रास्ते पर। किसकी राह जोह रहे हो?"

नकछेदी ने हाथ जोड़ लिया, मुँह से कुछ नहीं कहा।

बाईस

दोपहर के पहले चरी कुक्की लड्डन को लेकर गाँव पहुँच गया।

रास्ते में ही उसे मालूम हो गया कि डीह बँधते ही चिरई का रोना बन्द हो गया। गाँव-जबार में शान्ति है।

भाई-बहन दोनों ख़ुश। आश्चर्य से एक-दूसरे को देखते मानो यह जता रहे हों कि अपिया ही सही थीं, हम नहीं।

रास्ते में चरी, कुक्की में खूब हुआ तर्क-वितर्क। चरी का कहना था कि गांधी, जीसस के साथ मुझे दुर्गा भी चाहिए। राक्षसों का वध करने के लिए यानी अहिंसा, हिंसा दोनों ज़रूरी है। कुक्की सिर्फ़ अहिंसा का पक्ष लेती रही।

कुक्की, चरी में बहस-मुवाहिसा देखकर ड्राइवर लेता रहा मजा।

गाड़ी जैसे गाँव में घुसी कि चटपट-खटपट रास्ते में मिल गए। उन्होंने हाथ देकर गाड़ी रोकी।

ललक भरी आवाज़ में चटपट ने कहा, "तू आ गया चरी। कहाँ चला जाता है इतने-इतने दिन!"

चरी, कुक्की ने मुस्कराते प्रणाम किया।

"प्रणाम करने से नहीं चलेगा।"

"हम दोनों भाई घोड़ा बने थे। बड़के देवता का घोड़ा। तू देखता तो कहता कि घोड़ा कोई है।"

"सब सुनूँगा। शाम में आपके पास बैठकर।"

यह कहकर चरी ने पिंड छुड़ाया। गाड़ी जब दरवाज़े पर पहुँची, दौड़कर दुक्खी, घर के भीतर गया खुद्दी, सुग्गी दौड़कर बाहर आई।

अपिया ने डियोढ़ी से कहा, "अभी गाड़ी से उतरना मत।"

अपिया धार चढ़ाने के लिए लोटे में जल लिये गाड़ी के पास गई। कुक्की को परछने के बाद कुएँ के पास जाकर सूर्य की ओर देखते हुए धार चढ़ा दिया।

कुक्की गाड़ी से उतरकर माँ को भर पाँज भरकर भेंटने लगी, "अरे हमार अम्मा हो...।"

अपिया भी फूट-फूटकर रोने लगीं।

लम्बे दिनों का वियोग मिलन के प्रेमाश्रु में बहकर ही शान्त होगा मन। अनुपस्थिति का सारा कहा-सुना हो जाएगा इसी में। धुली आँखों का स्वागत, धुली आँखों में देखकर जुड़ा जाएगी घर की छाती और पुरखों का हिया।

गाड़ी से उतरते ही लड्डन को खुद्दी ने गोद में उठा लिया। सुग्गी कुक्की के पीछे सामान उठाए खड़ी हो गई। अपिया ने आँसू पोंछते कुक्की का खोंइछा भरा, माँग भरी। कुक्की ने भी माँ की माँग भरी तब चौखट के भीतर कुक्की ने पैर रखा।

एक बार फिर कुक्की के आँसू बह आए सोचकर कि इस घर में खेली-खाई धीया पराई हो गई।

खुद्दी की कुक्की से जब मिली आँखें, वह भी सजल हो गई। खुद्दी ने आँसुओं को सँभालते कहा, "बुआ आँगन में आइए। आपका चरण स्पर्श करना है।"

"यहाँ आकर कर ले।"

"नहीं यहाँ आइए।"

कुक्की आँगन में उतरकर बोली, "ले आ गई। चरण स्पर्श न भी करेगी, मेरा आशीर्वाद तेरे साथ है। वह रहेगा।"

चरण स्पर्श करने के बहाने खुद्दी कुक्की का पैर पखारने लगी। कुक्की मुस्कराते बोली, "तूने पहुँचते ही मुझे ठग लिया। इसे ही कहते हैं प्रेम में ठगाना।"

खुद्दी खी-खीकर हँसती रही।

"खुद्दी नाक में सींक क्यों डाली है! नहा-वहाकर मैं बक्सा खोलूँगी, याद दिलाना कील निकाल दूँगी। तेरे और सुग्गी के लिए ले आई हूँ।"

लड्डन खुद्दी की पीठ पर झूमने लगा। पैर धुलने के बाद उसने लड्डन के पैर-मुँह धोकर गमछे से पोंछ-पाछकर लाकर कुर्सी पर बिठा दिया।

सुग्गी कटोरी में खीर ले आई। फुसलाकर लड्डन को खिलाने लगी। खुद्दी

अपिया के पास जाकर बोली, "बुआ और चरी चाचा कब खाएँगे?"

"अभी चाय बना दे। नहा-वहा लेंगे तभी तो खाएँगे।"

खुद्दी फटाफट चाय बनाकर बाहर दुक्खी और चरी को दे आई। भीतर में अपिया, कुक्की के आगे टेबुल पर चाय रखते हुए चनाचूर, बिस्कुट भी प्लेट में सजा दिया।

चाय की चुस्की लेते कुक्की अपिया की ओर देखकर बोली, "बाबूजी खेत पर गए हैं?"

"बाहर गए हैं।"

"कहाँ, बाहर?"

"नदी के पार एक गाँव है वहीं। दो-तीन घंटे का रास्ता है।"

चरी तभी आ गया। उसने पूछा, "कौन-सा गाँव?"

"मुझे नहीं मालूम।"

"क्या काम था?"

"आएँगे तो उन्हीं से पूछ लेना।" अपिया बताना नहीं चाहती थीं। उसने बात को दूसरी दिशा में घुमा दिया। आँचल की खूँट से रुपया निकाल लड्डन के सिर पर उबारकर खुद्दी को थमा दिया। कहा, "पंडित जी जब आएँगे तो याद दिलाना, उन्हें दे दूँगी।"

कुक्की ने माँ की साड़ी की टोंग हाथ में लेकर कहा, "दूसरी साड़ी बदल लेना अभी। इतनी साड़ी बक्से में पड़ी हुई है, क्यों नहीं पहनती? तुम्हारे लिए दस साड़ियाँ लाई हूँ। उसे बक्से में रखने के लिए नहीं—पहनने के लिए लाई हूँ। पहनोगी। बनारसी साड़ी, मूँगा, ताँत वाली साड़ी, जारजट, सिल्क वाली साड़ी के साथ सूती साड़ी भी लाई हूँ। सभी पहनोगी।"

"तू इतना सब काहे ले आती है। इतनी भारी-भारी साड़ी...।"

"तुम्हारे मन में भारीपन है, साड़ी में नहीं। कितनी अच्छी लगती हो तुम जब पहनती हो सिल्क!"

खुद्दी मुस्की मारते बोली, "ठीक बुआ। यही बोलनेवाला कोई नहीं था।"

अपिया कुक्की को घूरने लगीं।

खुद्दी खी-खी कर हँस पड़ी।

"दुक्खी सुग्गी, खुद्दी के लिए भी कपड़े लाई हूँ। तुम अपने हाथ से देना।"

दरवाज़े के बाहर से बागुन बाबा के पुकारने की आवाज़ आई। खुद्दी दौड़कर गई।

बागुन बाबा ने पूछा, "कुक्की आ गई न!"

"हाँ।"

"और चरी?"

"वह भी।"

"नदी में मछली मराव हो रहा था। कुक्की आई है, सोचकर ले आया।" यह कहते हुए उन्होंने मछली का झोला खुद्दी को थमा दिया।

खुद्दी झोला लेकर अन्दर चली गई। चरी पीछे से आया बागुन बाबा की आँखें अपने हाथों से ढाँप ली। बागुन बाबा समझ गए कि चरी है।

"बदमाश, जाकर कुक्की के यहाँ बैठ गया?"

चरी सामने आकर बागुन बाबा का चरण स्पर्श किया। बोला, "बागुन बाबा, कितने दिनों के बाद आपको देख रहा हूँ!"

"हाँ, ऐसे ही देखना धीरे-धीरे कम होता जाएगा। एक दिन ढूँढ़ता रहेगा, मैं न मिलूँगा।"

"कहाँ चले जाएँगे?"

"यही तो नहीं मालूम, लेकिन जाना तो पड़ेगा ही...। वहाँ भी कोई चरी मिलेगा, बोलना कठिन है।"

"बागुन बाबा, मन तो ठीक है न! ऐसी बातें क्यों कर रहे हैं?"

"मन भी ठीक है, तबीयत भी। क्या बीमार मन कभी इस तरह की बातें करेगा?"

"आप निराशा की बात कभी करते नहीं थे!"

"आज भी नहीं करता हूँ।"

बागुन बाबा का हाथ पकड़ चरी घर के बरामदे में ले जाकर कुर्सी पर बैठा दिया। पूछा, "डीह बँध गया ठीक-ठाक!"

बागुन बाबा ने सुँघनी सूँघते डीह बँधने की कथा के बारे में अनभिज्ञता प्रकट की। कहा, "मैं तो तुम्हारे घर की रखवाली कर रहा था। तुम्हारे बाप कालीथान से अपने घर के बीच की यात्रा में थे। आगे की यात्रा के बारे में उन्हें भी नहीं मालूम।"

चरी जेब से निकालकर एक पैकेट खैनी और चून से भरी चाँदी की चुनौटी भेंट करते बोला, "बागुन बाबा यह आपके लिए है।"

बागुन बाबा चुनौटी निहारते बच्चे की तरह पुलकित हो उठे। उन्होंने चरी के सिर पर हाथ रखकर कहा, "तू जंगल में मंगल करेगा। दस आदमी को खिलाकर खाएगा।" कहते-कहते वह भावुक हो गए, "जानता है इतनी उमर में पहली बार किसी ने कुछ मेरे हाथ पर धरकर कहा कि बागुन बाबा यह तुम्हारे लिए है। ठाकुर जाने तुझसे किस जनम का नाता है!"

"क्या इस जनम में मुझे अपना बेटा नहीं मानते?"

"तू बेटा ही क्यों कह रहा है, तू उससे भी कहीं बढ़कर है। तन के बेटे से बढ़कर होता है मन का बेटा। तू वही मन का बेटा है। मैंने गोइन्दा बाबू से कितनी बार कहा कि आपके पास चरी जैसा बेटा है, चिन्ता की क्या बात!"

"इस पर बाबूजी क्या बोले!"

"उन्होंने कहा—बागुन चाचा, लेकिन दुनियादारी उसे नहीं आती। मेरा चरी साधुमता है। मेरे नहीं रहने पर डर लगता है कैसे सँभालेगा गृहस्थी।"

चरी के सामने बाबूजी का चेहरा उभर आया। बागुन बाबा नदी, पहाड़, समुद्र की बात करने लगे। बात करते-करते धरती को छूकर प्रणाम करने लगे, अपने पैर को भी छूकर प्रणाम करने लगे।

उनकी इसी आदत के चलते दीया की माँ इन्हें औघड़ कहती हैं। भूत-प्रेत का संगी कहकर चार बात सुनाती हैं। बागुन बाबा कभी किसी बात को मन पर नहीं लेते। कहते हैं कि रेल के यात्री पर क्या बिगड़ना! जिसका जब आएगा स्टेशन वह उतर जाएगा। झगड़ना क्या!

चरी ने पूछा, "बागुन बाबा, आपकी उम्र कितनी हुई?"

"क्या पता।"

"कुंडली आपके पिता ने नहीं बनवाई थी?"

"तुम्हारी कुंडली है?"

"माँ बोलती है कि चोर चुरा ले गए। बक्सा ले गए, कुंडली उसी में थी।"

बागुन बाबा हँसने लगे।

दीया की माँ ने अपने दरवाज़े से शुद्ध हिन्दी में कहा, "स्वामी, हँसने से पेट भर लोगे तो बना हुआ लाटा कौन खाएगा?"

बागुन बाबा की हँसी बदल गई। बोले, "सौभाग्यवान कोदो का भात, महुए का लाटा को क्यों परेशान करती हो रोज-रोज। कभी तीसरे को भी राँधा करो। उन दोनों को खाते महीना से ऊपर हो गया। चलो, कोई बात नहीं। आहार-आहार है। सभी तो प्रभु का प्रसाद है।" बागुन बाबा खाने के लिए चले गए।

पूरा दिन बीत गया मिलने-जुलने में। रात में खाना खाने के बाद चरी और कुक्की को दीवानखाने में ले जाकर अपिया ने जगदम्बा के भागने की पूरी कथा कह सुनाई।

चरी, कुक्की सुनकर ठक रह गए।

चरी यह सोचकर विचलित हो गया कि कुछ ऊँच-नीच हो जाए, बाबूजी अकेले हैं, क्या करेंगे! उन्हें आग में हाथ डालने की क्या ज़रूरत थी। वह भी किसी दूसरे घर की नहीं, बाइस दुआरी के महले की बात है। धन है, पहुँच है, लठैत हैं उनके पास और घर का मालिक कैसा है, पूरा गाँव-जबार जानता है।

चरी ने दुक्खी को आवाज़ दी। कहा, "चल अभी चलते है। बाबूजी को लेकर आते हैं।"

अपिया ने चरी का हाथ पकड़कर बैठा लिया। कहा, "रात में नहीं, सुबह दोनों चले जाना!"

"तुमने बाबूजी को भेजा क्यों?"

"क्या उसे मरने के लिए छोड़ देती कि वह जगदम्बा है और मेरी कोई नहीं लगती?"

"नहीं, मैं यह नहीं कह रहा लेकिन, सोचना चाहिए कि वह खाको के परिवार का मामला है। किसी के पारिवारिक मामले में हमें बोलने का क्या हक़! कल यह प्रश्न उठेगा फिर क्या जवाब होगा!"

दुक्खी बोला, "बप्पा, माई ने जो किया ठीक किया। इसमें डरने की क्या बात? हत्यारा किसी की जान ले रहा हो और हमें इसलिए चुप रहना चाहिए कि वह उसका व्यक्तिगत मामला है! जान बचाना सबसे बड़ा धर्म है।"

कुक्की ने हाथ के इशारे से दुक्खी को चुप कराते कहा, "ठीक है तेरा कहना अपनी जगह बिलकुल ठीक है। लेकिन, चरी भी गलत नहीं कह रहा है। कल बाबूजी का नाम लेकर गलत-सलत बात खाको के गुरगे करेंगे तो कौन पकड़ेगा जबान। झूठ-मूठ की बदनामी ऊपर से होगी। कहते हैं कि यज्ञ करते हुए हाथ जला बैठे। कुछ सोचना चाहिए था आगे-पीछे।"

"कम पढ़ी-लिखी हूँ, उतना ज्ञान नहीं है मुझे।" अपिया ने कहा।

"तुम्हें नहीं कह रही हूँ, बाबूजी को बोल रही हूँ।"

"तू तो अपने बाबूजी को जानती है कि अन्याय बर्दाश्त कर चुप नहीं बैठ सकते। वह किसी से भी लड़ जाते हैं। अपना हित नहीं देखते। इस उम्र में भला क्या किसी से डरेंगे?"

"तूने कहा होगा तभी वो गए होंगे!"

अपिया चुप हो गई। नेक कामवाले मन पर अपराध बोध महसूस होने लगा। तरह-तरह का भय, आशंका उन्हें घेरने लगी। वह मन-ही-मन काली माँ से प्रार्थना करने लगीं कि शुभ-शुभ, नीक-नीक वह वापिस आ जाए तो कड़ाही चढ़ाऊँगी। कथा सुनूँगी।

माहौल को गर्म देख दुक्खी ने आत्मीय स्वर में कुक्की से कहा, "देख दिदिया, माई को कुछ न बोल। माई-माई है। वह सबकी माई है। जगदम्बा की भी माई है। सुबह होते ही चला जाऊँगा चरी को लेकर। नाहक चिन्ता करती है इतनी। रोक लिए होंगे जगदम्बा के मायके के लोग। जगदम्बा के माँ-बाप कभी भूल पाएँगे उपकार बप्पा ने जो किया।"

"नहीं, उपकार मत बोल। फर्ज था हमारा।" अपिया ने कहा।

चरी ने पूछा, "कौन-सा गाँव है जगदम्बा का मायका?"

दुक्खी को सुनाई नहीं पड़ा। दुबारा जब पूछा तब उसने मनइतापुर का नाम लिया। नदी से तीन मील दूर है।

"चीन्हते हो न!"

"इसमें चीन्हना क्या है! बोधा मल्लाह है, नदी है। बोधा को साथ ले लेंगे। नदी के पार तो गाँव है।"

कुक्की की गोद में लड्डन सो गया था। वह उसे पलंग पर सुलाकर अपिया के पास आकर बैठ गई। उसके हाथ को प्यार से दबाने लगी।

कुक्की चरी, दुक्खी को समझाते बोली, "देख जल्दी नाश्ता करके गाड़ी से निकल जाना। साइकिल से जाने की ज़रूरत नहीं है। कितना भी कहें जगदम्बा के घरवाले रुकना मत और न बाबूजी को रुकने देना। बाबूजी हमारे सीधे हैं। कोई प्यार से दो बात कह देगा, वे पसीज जाएँगे। उनको साथ ले आना। जो कह रही हूँ सुन रहा है न!"

"तो क्या समझती है बहरा हूँ?"

"तू तो बहरा ही है। अपने बप्पा, माई के अलावा किसी की बात तुझे सुनाई ही नहीं पड़ती।"

"सोलहो आना सही। लेकिन दिदिया, तुम्हारी बात सुनाई पड़ती है।"

बात करते-करते दुक्खी को झपकी आने लगी। चरी ने उसे ठेल-ठाल कर सोने के लिए भेज दिया और कुक्की, अपिया चरी भी दीवानखाने से घर में आ गए। अन्दर आकर किवाड़ बन्द कर लिया।

बिस्तर पर चरी गया ही था कि अपिया ने चरी को आवाज़ दी, "देख, कैसा खिड़की के पीछे शोर हो रहा है।"

चरी उठकर गया। खिड़की खोलकर इधर-उधर नज़र दौड़ाई। बाहर निकल देखा चटपट कुएँ में रस्सी लटकाए खड़े हैं। चरी ने नज़दीक जाकर पूछा, "क्या हुआ चटपट भाई कुछ गिर गया है क्या!"

चटपट ने बिना देखे जवाब दिया, "यही साला खटपटवा!"

"क्या कुएँ में गिर गए?"

"गिरेगा क्यों? जम्प लिया। छन्टू कुदान कूदा है।"

चरी ने कुएँ में झाँककर देखा टॉर्च जलाकर। रोशनी चेहरे पर पड़ते खटपट हँसने लगे। झूलती रस्सी को हाथ से पकड़ लिया। चरी बोला, "खटपट भाई आप रस्सी के सहारे ऊपर आइए। हम भी रस्सी पकड़े हुए हैं।"

उत्सवी मुद्रा में खटपट गुनगुनाते हुए कुएँ की ईंट पर पैर रखते हुए कुएँ के बाहर आ गए। नेकर पीछे से फट गई थी। दिखाई पड़ रहा था पीछा और ऊपर की बनियाइन छाती के बीच से फाटक की तरह खुली हुई थी।

"क्या कुछ कुएँ में गिर गया था खटपट भाई।"

खटपट हँसते हुए बोले, "अरे, नहीं। हम कुआँ कुदान का खेला खेल रहे थे।"

"कौन खेला?"

चटपट ने कहा, "मैं समझाता हूँ। उस साले को बोलने का लूर नहीं है। मामला

यह है कि एक महीना बाद करके हर दूसरे महीने में कुआँ कुदान का खेला हम खेलते हैं। कभी मैं कुआँ में, कभी यह कुआँ में। यह खेला पचास मिरचे का है। जो नहीं खा पाएगा वह कुएँ में कूदेगा। खटपटवा एक मिरचा से चूक गया।"

"और तुम सब खा गए?"

"फिर...! क्या अभी खेलोगे यह खेला?"

"अभी नहीं बाद में कभी।"

उन दोनों भाइयों को लगा कुछ हुआ ही नहीं। थाली में खाना निकाल खाने के लिए बैठ गए। मुट्ठी भर मिर्चा आगे रख।

चरी लौटकर घर आया। खिड़की बन्द कर सोने चला गया। नींद टूटी सुबह आठ बजे, जबकि वह तड़के उठनेवालों में है। वह भी अपने नहीं जगा, कुक्की ने उसे जगाया।

"घोड़ा बेचकर सो रहा था...! जल्दी जाकर फ्रेश होकर तैयार हो जा। दुक्खी नहा-वहा लिया।"

चरी गुसलखाने में चला गया आँखें मलते। कुक्की ने हाँक लगाकर दुक्खी से पूछा, "नदी के मल्लाह का नाम क्या है?"

नज़दीक आकर दुक्खी ने धीरे से कहा, "बोधा, बोधा। धीरे से नहीं पूछ सकती है।"

चरी जल्दी-जल्दी नहा-धोकर नाश्ते के लिए बैठ गया। दुक्खी भी आ गया। ड्राइवर को पहले ही खुद्दी ने नाश्ता करा दिया था। चरी ने माँ के बारे में पूछा, "वह कुछ खाई?"

कुक्की आँख नचाकर बोली, "देख, लड्डन कैसे उसका आँचल पकड़ गोल-गोल घूम रहा है। माँ को भी आनन्द आ रहा है।"

खुद्दी ने पानी रखते कहा, "माई को दवा खानी होती है। मैं बोल, सुनकर एकाध पराठा खिला ही देती हूँ।"

अपिया लड्डन को गोद में उठाए कटोरे में दूध रोटी खिलाने बैठ गई। बिना नखरा किये लड्डन नामू-नामू करके खाने लगा।

कुक्की को इसी खिलाने में सौ नाच नाचना पड़ता है, कभी बिना रोए मुँह नहीं चलाता लड्डन।

मन-ही-मन कुक्की माँ को सराहने लगी। मेरी माँ ममता की मूरत है। माँ लड्डन में मुझे देखती है।

अपिया ने चरी से पूछा, "कैसा शोर था रात, तूने बताया नहीं?"

"अरे, कुछ नहीं, वही चटपट, खटपट थे।"

"इतनी रात को आपस में लड़ रहे थे?"

"कुएँ में कूदने का खेल खेल रहे थे।"

यह सुनते कुक्की हँसने लगी। रोटी का टुकड़ा मुँह में न आकर नीचे उछलकर गिर गया, "कुआँ में कूदने का खेल?"

"कुआँ के भीतर पानी में खटपट हँस रहे थे। गर्व से बताया चटपट ने कि हर दो महीने पर यह खेला खेलता है।"

कुक्की माथा ठोकते बोली, "धन्य हैं दोनों भाई। भगवान ने बहुत चैन में उन्हें बनाया होगा।"

नाश्ता वगैरह होने के बाद गाड़ी में जाकर जब चरी, दुक्खी बैठने लगे तो कुक्की ने टिफिन कैरियर उन्हें पकड़ा दिया। कहा, "यह बाबूजी के लिए है। उन्हें रास्ते में गाड़ी रोककर कहीं खिला देना। लोटा गिलास दे दूँ?"

दुक्खी बोला, "न-न, पानी मिल जाएगा।"

अपिया कुक्की दोनों गाड़ी निकलने के समय हाथ जोड़कर मन में कुछ बुदबुदाईं।

कुक्की दीवानख़ाने में चली आई। गोइन्दा बाबू के पलंग का चद्दर और मेजपोश ठीक किया। पीकदान धुलकर खाट के पास रखा। बेतरतीब किताबें क़रीने से सजाया फिर जाकर ग्रामोफ़ोन में हवा भरकर एक पुराना रिकॉर्ड देखकर लगा दिया।

कुर्सी पर बैठकर अकेले में सुनने लगी चुपचाप।

दरदिया...बूझे न बुझाय निगोड़ी
बूझि, बूझि रहि जाए बदरवा...।

*

घुमावदार रास्ते से नदी पर पहुँचने में दो घंटे से ऊपर लग गए। साइकिल से पौन घंटा में आदमी पहुँच जाता है। शहर के ड्राइवर को ऐसी सड़क पर चलने की आदत नहीं, वह हुड़ार की तरह देखने लगता है चारों ओर। गाड़ी थोड़ी उछाल लेती है वह कुनमुनाने लगता है।

"गाड़ी चोट खा रही है...। यहाँ से जाने के बाद वर्कशॉप में ले जाना पड़ेगा। भगवान जाने गाड़ी के भीतर कितना कल-पुर्जा टूट-टाट गया होगा।" ड्राइवर चरी को सुनाते बोला। चरी ड्राइवर की कसमसाहट समझ रहा है। कुछ कड़ी बात बोलना चाहता है मगर बहुत कुछ सोचकर मुँह बन्द किये रहा। उसका पूरा ध्यान बाबूजी पर था।

दुक्खी ने नदी का अड़ार आने के पहले ड्राइवर को गाड़ी रोकने के लिए कहा। गाड़ी आम गाछी में एक किनारे लगा दी गई। दुक्खी चरी को लेकर बोधा मल्लाह के डेरा की ओर बढ़ा।

बोधा ने चलती नाव से ही दुक्खी को देख लिया। हाथ उठाकर जोर से बोला,

"डेरा पर चलिए दुक्खी बाबू। हम आते हैं, बस जाल समेटकर।"

बोधा के डेरा के बाहर चारपाई पड़ी थी। वहीं जाकर दुक्खी खाट बिछाकर चरी के साथ बैठ गया बिना पूछे-पाछे।

दुक्खी ने कहा, "शहर का ड्राइवर कच्ची रोड देखकर घबरा जाता है, उसके पेट का पानी हिलने लगता है।"

चरी बोला, "नहीं, ऐसा है कि यह ड्राइवर भी किसी-न-किसी गाँव का ही होगा। लेकिन शहर में रहते-रहते सुविधापरस्त हो गया। यह समझो कि सुविधाओं का गुलाम हो गया। जिस गाँव को छोड़कर आया है, वहाँ की धूल-मिट्टी जब कभी हवा में उड़कर आँखों में पड़ती है इसे बर्दाश्त नहीं होता। शहर में जन्मे लोग गाँव आने में कष्ट सह लेंगे मुँह से उफ़, नहीं करेंगे। सारा नखरा गाँव से जा शहर में रहनेवालों का ही होता है...।"

बोधा के घर के भीतर से एक लड़की कटोरी में गुड़, लोटा-गिलास में पानी लेकर आई, चारपाई के नीचे रख दिया। कहा, "पानी पीजिए, नाना आते ही होंगे। मैं नातिन हूँ।"

चरी ने सिर पर हाथ रखते पूछा, "यहीं रहती हो?"

"नहीं, घूमने आई हूँ। पढ़ती हूँ। कक्षा पाँच में। घर मेरा मकदूमपुर है। यहाँ से बहुत दूर है। वहाँ बाज़ार के दिन बरदही भी लगता है। बरदही समझते हैं? जहाँ बैल बिकते हैं।"

चरी मुस्करा के सिर हिलाते बोला, "समझता हूँ बेटा!"

दुक्खी गुड़ को पाचक समझ मुँह में डाल लिया। चरी ने कुछ नहीं लिया। बीस-पच्चीस मिनट के बाद बोधा की नाव किनारे लगी। मछली से भरा झबिया लेकर बोधा उतरे। नमस्ते कर घर के अन्दर चले गए। मछली भीतर रखकर मोढ़ा हाथ में लिये निकले, उसे चारपाई के पास रखकर बैठ गए।

बोधा ने, ध्यान से चरी का मुँह देखते कहा, "ई चरी बाबू हैं न!"

चरी ने प्रणाम किया। बोधा खड़े हो दोनों हाथ जोड़कर झुक गए।

"लड़िकाई में आपको देखा था। गोइन्दा बाबू का चेहरा एकदम साँचा जैसा बैठाया हुआ है। आँख भी वैसी ही निर्मल, गंगा मैया जैसी। पहली बार पधारे हैं बिना खाए जाना नहीं है। मछली भात बनवाते हैं। नातिन बना लेती है भोजन।"

चरी ने सहज भाव से बताया कि नाश्ता-भोजन करके चले हैं। हम मनइतापुर गाँव जाने के लिए आए हैं। चाहते हैं कि आप भी चलिए।

"मनइतापुर तो हम गोइन्दा बाबू साथ गए थे। रात ही लौट आए घंटा-भर में।" बोधा ने कहा।

"कहाँ हैं बाबूजी?"

बोधा मोढ़ा थोड़ा नजदीक लाकर चारपाई के आगे झुककर धीमे स्वर में बोले,

"इतनी उमर बीत गई लेकिन ऐसा कठकरेजी माँ-बाप जिनगी में न देखा। गोइन्दा बाबू दस डेग पीछू रुक गए। मुझे अगुवा बनाकर जगदम्बा के महला में भेज दिया। धड़धड़ाते मैं चहुँप गया महला में। जनाना की बात थी। बिपत में थी। वहाँ कुर्सी पर तीन-चार जन बैठे थे। एक जनाना भी बूढ़-पुरनिया थीं। हाथ जोड़कर प्रणाम किया उन्हें। कहा कि हम नदी पर से आए हैं। बोधा मल्लाह नाम है।

"आपकी जवन बिटिया पुरन्दरपुर गाँव में बियाही है, वह पिजरा तोड़कर भाग आई हैं। देह-भर में झलका पड़ा है। दागा है मरद। पीठ, लिलार पर। चीन्ह नहीं पाइएगा। रो-रोकर अपने वीरन को बुला रही है। मुझे भेजा है उसने। चलिए बेटी को घर ले आइए।

"गुटुर-गुटुर सुनते रहे सब। कोई कुछ न बोला। फिर मैंने कहा—क्या बोलते हैं, चलिए मेरे साथ। देर करना ठीक नहीं।

"इतना कहना था कि एक काला कलूटा ऐसा घुँघुआया मानो कच्चा चबा जाएगा। जवान, जट्टा कलूटा कुर्सी छोड़कर खड़ा हो गया। आँख लाल करते बोला—तू मुझे हुक्म देता है? खाल खिचवाकर भूसा भरवा दूँगा। नदी पर जा नहीं पाओगे। वह हमारी कोई नहीं है। ब्याह हो गया, रिश्ता ख़त्म। उससे रिश्ता ख़त्म, उसके ससुराल से रिश्ता ख़त्म। एक बार, दो बार, बार-बार वही खेला...। जगदम्बा है...। तो हम क्या करें? मेरे यहाँ तो नहीं थी। वहाँ हुई, तुम जानो। दागी जाए, मारी जाए...। कोई मतलब नहीं। जाकर उस लड़की से कहना नाक न कटवाए, लौट जाए पुरन्दरपुर। वहाँ मरेगी बैकुंठ होगा। अब निकलो, निकलो यहाँ से मल्लाह राम...। हम लोग इज्जतदार आदमी हैं, निकलो...।

"इतना सुनने के बाद कुछ सुनना बाकी नहीं रह गया था। मैं उल्टे पाँव लौट गया। गोइन्दा बाबू को कहने लगा तो उन्होंने मना कर दिया कहा कि मैं सब सुन रहा था, थोड़ी ही दूर पर खड़ा था।

"नदी पर आकर मैंने जगदम्बा को सनेसा दे दिया और गोइन्दा बाबू के सोने के लिए बिस्तर बिछाने लगा कि गोइन्दा बाबू ने मना कर दिया। कहा कि गाँव लौटूँगा। गाँव लौटने का नाम सुनकर जगदम्बा डहको-पहको रोने लगी। गोइन्दा बाबू का उसने पैर पकड़ लिया। अरज करने लगी, बाबूजी, हमें बचा लीजिए, मेरे मामा के पास मुझे पहुँचा दीजिए। मैं लौटकर नहीं जाऊँगी वहाँ। वह मार डालेगा मुझे।

"गोइन्दा बाबू पशोपेश में पड़ गए कि करें तो क्या करें। कुछ देर चुप रहे लेकिन, जब उसका रोना नहीं रुका तो डाँटकर कहा, तू रोएगी तो कैसे जाएगी? यह सुनना था कि एक चुप, हज़ार चुप। गोइन्दा बाबू ने मुझसे पूछा कि बोधा, तुम क्या कहते हो? मैंने कहा—मालिक हम छोट आदमी, का बोलें, कुछ बुझाता है! गोइन्दा बाबू ने कहा—यदि तुम मेरी जगह पर होते तो क्या करते? मेरे मुँह से तब निकल गया कि ले जाता उसे मामा के यहाँ। बीच राह में चील्ह, गिद्ध को खाने

के लिए नहीं न छोड़ता। इतना सुनना था कि वे उठ खड़ा हुए, बोले, इसके मामा के यहाँ छोड़ने ले जाऊँगा। तुम एक काम करो मेरे घर चले जाओ। चिट्‌ठी मैं देता हूँ। मालकिन मेरी तुम्हें रुपये कुछ देंगी, लेकर चले आओ।

"मैंने उनका पैर पकड़ लिया। मैंने कहा कि बोधा को आपने बोधा बनाया है। कुछ था मेरे पास! कितनी मदद की। दामाद को रेलवे में फायरमैन की नौकरी दिलवाई। दो-दो बेटियों की शादी का पूरा खर्चा उठाया। मेरी बीमारी में खड़े रहे माथे पर भगवान बनकर। रोम-रोम आपके एहसान से दबा है। बिना उनके बोले घर के भीतर गया, महीने भर का मछली का दाम जो महाजन दे गया था, उसकी पूरी थैली उन्हें पकड़ा दिया। अपनी किरिया दिया कि न-नुकुर नहीं करना है। जाइए मालिक जगदम्बा को उसके मामा के यहाँ चहुँपा दीजिए। वह उसको लेकर चले गए।"

"कहाँ है मामा का घर?"

"कलकत्ता।"

"कलकत्ता में कहाँ?"

"ऊ सब नहीं मालूम। बता रही थी खरीदपुर पोस्ट ऑफ़िस में मामा पोस्टमास्टर हैं। नाम है मधुसूदन।"

"कब और कैसे गए?"

"मोटरवाली बड़की नाव उधर से आती है। दो बजे रात में उसी से निकस गए। मुझसे बोल गए थे कि घर जाकर समाचार चहुँपा देना, बाकी कोई कानों-कान न जानने पाए। मैंने कहा, निसाखातिर रहिए। हम थोड़ी देर में निकलनेवाले थे कि आप आ गए दर्शन हो गया।"

यह सुनकर चरी के पैर के नीचे से ज़मीन खिसक गई। चिन्ता में डूब गया। करे तो क्या करें। कुछ समझ में नहीं आ रहा था। अक्ल नहीं कर रही थी काम। चरी ने अपने को सँभालते कहा, "अच्छा, बोधा काका, चलता हूँ। फिर भेंट होगी।"

बोधा गाड़ी तक उन्हें छोड़ने के लिए चलने लगे कि चरी ने मना कर दिया। यहाँ तक कि बोधा मछली दे रहे थे, वह भी नहीं लिया।

गाड़ी में बैठते चरी ने पूछा, "दुक्खी क्या सोचते हो?"

"सोचना क्या है, कलकत्ता जाएँगे।"

"वहाँ कहाँ खोजेंगे?"

"पता तो मिल ही गया है। न भी मिला होता, तब भी पता कर ही लेता।"

"तुम चिन्ता मत करो, मैं जाऊँगा। वहाँ दो-चार दोस्त हैं मेरे।"

"तुम्हीं जाओ।"

"कब जाना चाहिए?"

"कल निकल जाओ।"

"माँ और कुक्की से क्या बोलना है?"

"बोधा ने जो कहा। सुनेगी दोनों तब एक बार फिर कहेंगी बप्पा का कद बहुत बड़ा है।"

"माँ को बाबूजी को नहीं भेजना था।"

"माई ने ठीक किया।"

"तुम समझ नहीं रहे हो, बाइस दुआरी का मामला है...।"

"किसी का होता...। अब पीछे मुड़कर क्या देखना।" दुक्खी बोला।

चरी नौ-छौ में पड़ गया कि कुक्की और माँ दोनों की चिन्ता धारा अलग है कई बिन्दुओं पर। दोनों इन बातों को अलग-अलग ढंग से लेगी। एक से कुछ कहा जाए, दूसरे से कुछ, यह भी ठीक नहीं होगा। बीच का ही रास्ता सोचना होगा जिससे कि सच्ची बात उन्हें मालूम हो जाए और उनके भीतर ढाँढस भी बँध जाए।

सोचते-सोचते चरी की आँखें डबडबा आई।

दुक्खी देखा, बिगड़कर बोला, "तू मुझे भी कमजोर बनाएगा अपनी तरह। इसमें रोने की कौन-सी बात है! शुभ सोच, शुभ। जहाँ भी होंगे ठीक होंगे। भगवती उनके साथ दस भुजाओं से उनकी रक्षा कर रही होंगी।"

चरी का सिर दुक्खी अपने कन्धे पर टिका लिया। गाड़ी घुमावदार रास्ते से निकल सीधे रास्ते पर आकर गाँव की राह पकड़ ली। ड्राइवर ने थोड़ी राहत की साँस ली।

तेईस

अलबत्त नाम है बड़की नाव। पानी का जहाज...।

लेकिन, है पानी का स्टीमर।

स्टीमर में भीड़ कम नहीं है। घाट-घाट पर पैसेंजर चढ़-उतर रहे हैं। लगता है एक्सप्रेस नहीं, पैसेंजर-स्टीमर है। पाँव फैलाने की जगह नहीं। डेग-डेग पर रुकती है। भगवान जाने उसमें झाल-मूढ़ी बेचनेवाले कैसे जगह बना लेते हैं आने-जाने का, जनाना, मरदाना के बीच। एक फेरी वाला जाता, दूसरा आता है। घाट से थोड़ो मालूम होता है कि किस शहर में पहुँचा स्टीमर। पूछना पड़ता है, फेरीवालों से चिल्लाकर।

गोइन्दा बाबू ने जगदम्बा को लेकर पकड़ लिया था कोने की सीट। सोचा था कि थोड़ा धक्का कम मिलेगा मगर कहाँ! वहाँ भी सीट के नीचे लोग बैठे हैं बकरी, मुर्गी लेकर।

बगल के पैसेंजर से गोइन्दा बाबू ने दूसरी बार पूछा, "कलकत्ता कब तक पहुँचेगा जहाज?"

बगल का पैसेंजर अपना कुरता ठीक करते बोला, "कतो बार बोलेगा कि दूर है। चुप करके बोसेगा। हम भी वहीं नाबेगा।"

गोइन्दा बाबू को इस बार जाकर तीहा हुआ। अब क्या, इनकी पूँछी पकड़कर उतर जाना है।

बगल के पैसेंजर ने पूछा, "कोलकाता में कोथाय जाएगा?"

"खरीदपुर।"

"की बोलले?"

"खरीदपुर।"

"नाम नहीं सुना।"

बीच से कोई पैसेंजर बोला, "दादू, खरीदपुर नहीं, खिदिरपुर बोलता है।"

"वही तो बोला खिदिरपुर। भद्रलोक खरीदपुर, खरीदपुर बोल छे।"

गोइन्दा बाबू ने जेब से डायरी निकाल खरीदपुर को काटकर खिदिरपुर लिखा।

डिब्बे को लकड़ी के चम्मच से बजाता झाल-मूढ़ीवाला गोइन्दा बाबू के नज़दीक आकर बोला, "काकू झाल, मूढ़ी देबो! झाल, मूढ़ी खाएगा? सब किछू आछे, नारकोल, बादाम, चनाचूर, मटरसूटी, मसाला...। दो टू देगा? दीदी भी खाएगा तो!"

"हाँ, दे दो।"

गोइन्दा बाबू ने झाल-मूढ़ी का एक ठोंगा जगदम्बा को बढ़ा दिया। खाते-खाते झाल-मूढ़ीवाले से गोइन्दा बाबू ने कहा, "अभी कलकत्ता पहुँचने में टाइम है न?"

"नौ बजते-बजते ठेका देगा।"

"पूड़ीवाला नहीं आएगा?"

"लूचीवाला तो! अगला घाट पर चढ़ेगा।"

जगदम्बा को प्यास लगी थी। वह उठकर पूछने लगी।

झाल-मूढ़ी वाला बोला, "दीदी पानी खाएगा।" उसने पानी के टंकी की टोंटी की ओर इशारा कर दिया।

जगदम्बा ने जाकर भर हीक पानी पिया। लगा कई दिनों की प्यास इकट्ठी थी। पानी पीने के बाद अपने आँचल से ही मुँह पोंछ लिया। फिर आकर बैठ गई।

जहाज में अधिकतर लोग झपकी ले रहे थे। रात गाढ़ी हो चली थी। पानी की आवाज़ सन्नाटे का पहरेदार जैसी लग रही थी। जुगनुओं के साथ और भी कई जीव घूम रहे थे, अँधेरे में जिनकी सूरत नज़र नहीं आ रही थी। आ रही उनकी आवाज़।

जगदम्बा गोइन्दा बाबू के चेहरे को देखकर बोली, "बाबूजी क्या चिन्ता कर रहे हैं?"

"नहीं कुछ...।"

"मैंने आपको झमेला में डाल दिया न!"

"न-न, झमेला क्या! मैं यह सोच रहा हूँ कि कैसे हैं तुम्हारे घर के लोग...!"

जगदम्बा उठकर गई बेसिन में आँख मुँह धोकर आई। बैठते कहा, "घर जैसा घर तो कभी था ही नहीं। पिताजी से माँ के रिश्ते आगे चलकर बिगड़ गए। वह चाचा के कहे में आ गई। लड़ाई-झगड़ा प्रतिदिन। मेरी पढ़ाई-लिखाई मौसी के यहाँ हुई। उन्हीं के यहाँ रहकर अंग्रेजी से एम.ए. किया। दस वर्षों के बाद गाँव आई। मौसी के मरने के बाद। पिता घर के प्रति उदासीन हो गए थे। चाचा को पसन्द नहीं था कि माँ मुझसे अधिक बात करें। आज तक उसका कारण मैं नहीं जान पाई। चाचा कहीं जाते थे जब तब वह मुझसे बात करती थीं। यहाँ तक मेरी शादी में पाँव पूजने के लिए चाचा के डर से गाँव की औरतें क्या, घर की औरतें भी नहीं आईं। माँ ने किसी तरह दिखाने के लिए डरते-डरते रस्म पूरा किया। भाई तो कभी मालूम ही नहीं हुआ कि भाई है...। पिता का जोर कम होता गया, भाइयों का दबदबा बढ़ गया। मेरा यूँ भी गाँव जाने का मन नहीं था लेकिन कोई रास्ता दिख नहीं रहा था। मुझे थोड़ी खुली हवा में साँस लेनी थी...।

"मामा के पास चहुँपाकर आप चले जाइएगा। मामा से बोल दूँगी गाड़ी पर आपको चढ़ा देंगे। मामा बहुत मानते हैं हमें। धोती, कुरता गन्दा हो गया है आपका। मामा से कहूँगी, नया ले देंगे और इसे साफ करके प्रेस कर दूँगी।"

"तुम्हें प्रेस करने आता है?"

"आएगा क्यों नहीं। मौसी के यहाँ काँसे के लोटे में आग रखकर अपना सलवार-कमीज रोज प्रेस करती थी।"

गोइन्दा बाबू जगदम्बा के मन से भोलापन की बातें सुनकर मन्द-मन्द मुस्कराने लगे। उन्होंने पूछा, "खाना बनाना जानती हो?"

जगदम्बा हँसने लगी।

"आप बोलिए न खाने में क्या पसन्द है? चलिए मामा के यहाँ। आप जो कहेंगे, वही बनाकर खिलाऊँगी।"

"तुम सब खाना बना लेती हो?"

"हाँ, सब कुछ वेज, नॉनवेज दोनों। कई तरह से...।"

"पति से सम्बन्ध किस बात को लेकर ख़राब हुआ?"

"बाबूजी क्या बोलें, पहले ही भेंट, पहली ही रात में उन्होंने अपना अमानुषिक परिचय दिया। उस दिन से लगभग कई महीनों तक वही अमानुषिक ढंग। पेशाब, पैखाना के रास्ता उघारकर देखने की कोशिश। मैंने पहले सहजता से समझाया कि मुझे घिन आती है। बाद में उग्र हो गई। सच में बाबूजी मुझ घिन आती है और लगता कि कोई मेरा गला दबा रहा है। मैंने कहा, इसे छोड़ सब करूँगी। बातचीत कीजिए, हँसी-मजाक कीजिए, सैर-सपाटा को चलिए। आपको मैं बहुत प्यार करूँगी। रोम-रोम प्यार से भर दूँगी। लेकिन पेशाब-पैखाना का रास्ता देखने की

कोशिश मत कीजिए। नहीं माने, मैं भी नहीं मानी। नहीं चलने दी उनकी मनमानी। यही झगड़ा था और कुछ नहीं।"

"तुम्हें माँ बनने की इच्छा नहीं होती?"

"होती है बिना अपने शरीर को गन्दा किये।"

"यह सम्भव कैसे है?"

"बाबूजी क्या औरत, मर्द शरीर का बिना रिश्ता बनाए एक साथ नहीं रह सकते?"

"शादी आदमी करता है तो वह बाप बनना चाहता है। बहुत बात है। तुम्हें डॉक्टर को दिखाना चाहिए।"

"क्या मुझे आप बीमार औरत समझते हैं?"

"नहीं, समस्या देह की है। देह का इलाज डॉक्टरी उपचार से ही सम्भव है।"

"लेकिन मुझे देह की कोई समस्या है नहीं।"

"यह हम कैसे मान लें?"

"मैं हिजड़ा नहीं हूँ, न नपुंसक और न उन औरतों में हूँ, जो औरत को लेकर मर्द की तरह रहती हैं। मुझे समझने की कोशिश कीजिए...।"

"क्या तुम्हारे मन में उमंग नहीं उठता?"

"प्यार करने का उठता है। मैं उसमें सुख का अनुभव करती हूँ, दूसरे किसी में नहीं।"

"फिर भी?"

"घुमा-फिराकर जो बोलना चाहते हैं, वह समझती हूँ। फिर भी कहती हूँ कि नंगा होना मुझे पसन्द नहीं।"

"शादी के पहले घर में कहना चाहिए था।"

"मुझे क्या पता था कि शादी आदमी इसलिए करता है...। जानती तो कहीं चली जाती, शादी नहीं करती। क्या बाबूजी हमारी जैसी औरतों के लिए दुनिया में जगह नहीं है?"

गोइन्दा बाबू के पास कोई उत्तर नहीं था। पौ फट गई थी, दिन चढ़ आया था।

बगल का पैसेंजर अपना झोला-झंटी ठीक करने लगा। बिना पूछे इस बार विनम्र स्वर में कहा, "दादा, कोलकाता आसछे। आधा घंटा आर...।"

गोइन्दा बाबू के पास झोला-झंटी ठीक करने जैसा कुछ नहीं था। सिर्फ़ देह थी।

"कोथाय नाबेगा?"

"कलकत्ता?"

"भद्रलोक बूझछे न! कहाँ नाबेगा? ठीक आछे, हम जहाँ नाबेगा...ठीक आछे...।"

गोइन्दा बाबू की पहली पानी पर की सवारी की यात्रा है यह। उन्हें नहीं मालूम किस घाट पर उतरने से उनकी मंजिल नज़दीक होगी। वे राम-राम करके बगल की

सीट पर बैठे दादा के पीछे हो लिये। उन्होंने जगदम्बा से कहा, "मेरा कुरता पीछे से पकड़े रहना। बाज़ार की भीड़ से भी बड़ी भीड़ है यह।"

सायरन की आवाज़ के साथ स्टीमर जेटी पर धीरे-धीरे लग गया। पानी को किनारे तक ठेलते। गोइन्दा बाबू का उस भीड़ में कन्धे पर से कुरता भी थोड़ा मसक गया। जगदम्बा ने जब कलकत्ता की धरती पर पैर रखा, लगा मुक्ति के द्वार पर आ गई। चेहरे पर छाई मलिनता धुल गई।

"भूख लगी है न! चलो कहीं कुछ खाते हैं पहले।" गोइन्दा बाबू ने कहा।

थोड़ा शरमाते हुए जगदम्बा बोली, "हाँ, भूख तो लगी है।"

गोइन्दा बाबू सड़क पार कर उस पार के फुटपाथ के होटल में जगदम्बा को लेकर चले गए। वहाँ भोजन किया। ऊपर से रसगुल्ला भी खाया। कई लोगों से पूछने के बाद बस स्टॉप तक पहुँचे। लेकिन बस में भीड़ देखकर चढ़ने की हिम्मत नहीं हुई। अकेले होते तो चढ़ भी जाते लेकिन जगदम्बा को लेकर उन्हें अधिक चिन्ता थी। अन्ततः उन्होंने पूछते-पाछते पैदल चलने का तय किया।

उन्होंने जगदम्बा से कहा, "लोग कहते हैं तीन मील है खिदिरपुर। यहाँ से तो दूर बेसी तो नहीं है। क्या पैदल चल सकोगी?"

"क्यों नहीं, अच्छा है, शहर देखना भी हो जाएगा।"

जगदम्बा की स्वीकृति मिलते ही गोइन्दा बाबू ने पैदल दबा दिया।

जगदम्बा के मन में मामा का मिला स्नेह उमड़ने लगा। कैसे मामा कन्धे पर बैठाकर मेला दिखाने ले जाते थे। किस्से सुनाते थे। बाइस्कोप का गीत सुनाते थे। अपनी थाली से उठाकर कौर डालते थे मुँह में कहते हुए कि यह मामा का कौर है, यह नाना का कौर है। मामा शौकीन के शौकीन, दिलवाले भी थे। उनका हाथ खुला था। शुरू से ही, कभी किसी बात के लिए न नहीं किया। मामी के गुजरने के बाद उनकी चहक ख़त्म हो गई। शादी के समय आए थे। कहा था मुझे पकड़कर कि ताती, तू जितनी जोग वाली है, वैसा कोई दूसरा नहीं...। तुझे जो समझेगा, वह पलकों पर बिठाकर रखेगा। मामा से कितने दिनों के बाद मिलना होगा...।

"जगदम्बा मिठाई खाओगी?"

"नहीं बाबूजी, अभी तो खाया था। एक बात कहें, कहते हुए संकोच लग रहा है...।"

"कहो, संकोच की क्या बात है, बोलो।"

"शादी के बाद मामा के यहाँ पहली बार जा रही हूँ, खाली हाथ जाना ठीक नहीं लगता। यदि पैसे हों तो कुछ मिठाइयाँ और फल ले लेते!"

"हाँ-हाँ, ले लो। अच्छा किया याद दिला दिया।"

सड़क के पार गोरांग मिष्ठान्न भंडार का साइन बोर्ड देखकर उसमें गोइन्दा बाबू घुस गए। उन्होंने मिठाई विक्रेता के कहने पर मिट्टी की हाँड़ी में रसगुल्ला ले

लिया। बगल की दुकान से सेब, केला, नारंगी।

दूरी का पता नहीं चला कि खिदिरपुर पोस्ट ऑफ़िस कैसे पहुँच गए। थकान भी महसूस नहीं हुई। मन-ही-मन गोइन्दा बाबू ने तय किया कि जगदम्बा को मामा को सुपुर्द कर वहीं से स्टेशन निकल जाएँगे।

पोस्ट ऑफ़िस में पोस्ट मास्टर की कुर्सी पर कोई दूसरे व्यक्ति विराजमान थे। मधुसूदन का नाम लेने पर कई लोगों ने कहा, "एखाने नई...। कभी काज करता होगा, अभी नहीं है...। कौन साल की बात बोलता है...!"

गोइन्दा बाबू ने सोचा पान की दुकान पर जाकर आस-पास के पोस्ट ऑफ़िस का रास्ता पूछकर वहाँ पता करते हैं। यहाँ नहीं, वहाँ होंगे। झूठ जगदम्बा क्यों बोलेगी!

पानवाले ने दूसरे पोस्ट ऑफ़िस का रास्ता बताते पूछा, "काम क्या है इस पोस्ट ऑफ़िस में जो नहीं सध रहा है? डाक टिकट चाहिए तो एक-दो टिकट मेरे पास है। दे सकता हूँ। गरज चला लीजिए।"

गोइन्दा बाबू ने मधुसूदन का नाम लिया। बताया कि पोस्ट मास्टर थे।

पानवाला सिर ऊपर करके बोला, "ओ, मधुसूदन बाबू, समझ गया। वह पोस्टमास्टर नहीं पोस्टमैन थे। हमारे ही तरफ के हैं। वह तो रिटायर कर गए। चार साल हुआ। विवाह भी कर लिया बुढ़ापे में। ठीक ही किया, कौन देखता-सुनता। पहली वाली आगे ही गुजर गई थीं। दक्षिणेश्वर में डेरा लिये हैं। वहीं मन्दिर परिसर में फूल की दुकान भी है उनकी। जनाना देखती है। बोस दादा, उनको बहुत मानते थे, बड़ा आदमी हैं। दस-दस गाड़ियाँ चलती हैं उनकी। कई किता मकान था कलकत्ता में। उन्हीं के हिल्ला से दुकान मिल गई। वहाँ जाइएगा दुकान पर भेंट जनाना से हो जाएगी। बगल में घर है। हम जब मन्दिर जाते थे, उनसे भेंट हो जाती थी। काफी दिनों से जाना नहीं हुआ।"

"पूरा पता बताइए।"

"वह तो नहीं मालूम लेकिन दक्षिणेश्वर मन्दिर में घुसते दिखेगा, मिठाई वगैरह की दुकान, वहाँ लोग चढ़ाने के लिए मिठाई लेते हैं। वही हैं मधु फूल। किसी से पूछिएगा मालूम हो जाएगा।"

"दूर है?"

"बस में चापना पड़ेगा।"

"हम तो नये आदमी हैं। लड़की भी है मेरे साथ। भीड़-भाड़ कमवाला सवारी बताइए।"

"दू ठू रुपया खर्चा बैठेगा।"

"ठीक है।"

पानवाले ने एक टैक्सीवाले को हाँक देकर बुलाया। कहा, "अपने देस का आदमी है। दक्षिणेश्वर छोड़कर आ जा। दू ठू रुपया देगा। मधु फूल पर चहुँपा देना।"

टैक्सी ड्राइवर थोड़ा मुँह बड़ा किया लेकिन पानवाले ने दबाव देकर उसे राजी कर दिया।

टैक्सी में जगदम्बा के साथ बैठते हुए गोइन्दा बाबू ने मन-ही-मन बोधा मल्लाह को धन्यवाद दिया कि तुम्हारी ही गाढ़ी कमाई से भोगने को मिल रहा है टैक्सी का सुख।

जगदम्बा ने गाड़ी के शीशे के बाहर इधर-उधर देखते कहा, "बाबूजी यह शहर मेरी एक कहानी की तरह है। उसके पात्र पुराने बासा-बास में वनस्पतियों के बीच जलाशय और घरों के रागात्मक सम्बन्ध को दर्शाते रोज नूतन प्रकाश का साक्षात्कार करते हैं।"

गोइन्दा बाबू ने जगदम्बा से अचरज भरे स्वर में पूछा, "तुम कहानियाँ लिखती हो?"

"जब से शादी हुई, लिखने का समय कहाँ मिला। सांसत में रही। मेरी दस से अधिक कहानियाँ अंग्रेजी पत्र-पत्रिकाओं में प्रकाशित हैं।"

"अंग्रेजी में लिखती हो?"

"जी, अब फिर लिखूँगी। बस, लिखना है, बिखरी जिन्दगियों से बात करनी है।"

"मुझे पढ़ाना।"

"मैं चाहूँगी कि आप पढ़ें। मेरा अहोभाग्य होगा। आपकी टिप्पणी मेरे लिए महत्त्वपूर्ण होगी।"

"जगदम्बा आज तुम्हारे भीतर एक और जगदम्बा का दर्शन हुआ।"

जगदम्बा मुस्कराती हुई बोली, "बाबूजी आपके बारे में बहुत सुनी हूँ। संगीत के रसिया हैं और वायलिन भी बजाते हैं।"

"वायलिन बजाने की बात तुमसे किसने कही?"

"रेलवे में गार्ड थे मेरे फूफा। वही। एक दिन मायके में मेरे पुरन्दरपुर का जब जिक्र चला तो उन्होंने कहा कि वहाँ के एक स्टेशन मास्टर हैं। अच्छी वायलिन बजाते हैं। आपके अलावा पुरन्दरपुर में दूसरा कौन था स्टेशन मास्टर?"

गोइन्दा बाबू कुछ कहनेवाले थे कि टैक्सी ड्राइवर बोला, "आ गया बाबू दक्षिणेश्वर मन्दिर। वह है मधु फूल की दुकान। देखिए, लौक रहा है—हरा, लाल माफिक झंडी, वही है।"

टैक्सी से उतरने के बाद गोइन्दा बाबू ने पैसे दिए। धन्यवाद जताया।

इधर-उधर देखते दूसरी तरफ चले आए जगदम्बा का हाथ पकड़े। भीड़ से बचते-बचाते। मधु फूल की दुकान पर जा पहुँचे।

दो फूल की दुकान थी। एक बन्द थी दूसरी खुली। पूछने पर पता चला कि मधु फूल आज बन्द है।

गोइन्दा बाबू को लगा कि ताड़ से गिरे खजूर पर अटके। जी बैठ गया। उन्होंने बगल की फूल की दुकान पर पूछा, "कब खुलेगा?"

"न, आज खुलबे न। काज थाके बोलुन।"

गोइन्दा बाबू की समझ में कुछ नहीं आया। फूलवाली समझ गई कि बाबू नया है यहाँ के हवा-पानी में।

"काज है, की काज है?"

"मधु बाबू की भगनी है यह। गाँव से आई है। घर नहीं मालूम है।" गोइन्दा बाबू बोले।

फूलवाली ने एक बच्ची को हाथ के इशारे बुलाया ओर उससे कहा, "मासीर बाड़ी निये जा।"

लड़की गोइन्दा बाबू की ओर देखते बोली, "चलुन।"

उस बच्ची के पीछे हो लिए गोइन्दा बाबू, जगदम्बा। धीरे-धीरे गोइन्दा बाबू के भीतर भाषा का अर्थ खुलने लगा। उनकी समझ में सहजता से आ गया कि मासीर माने मौसी, बाड़ीर माने घर।

पोखर के पास खपरैल का एक छोटा-सा घर, जिसमें दरवाज़ा के नाम पर टीन के चदरे का लकड़ी के फ्रेम में बँधा फाटक। हवा चलने पर जो बजता है। यानी संगीत पैदा करता है।

वही संगीत फाटक खुलने, बन्द होने पर सुनने को मिलता है। फाटक पर दस्तक देने के थोड़ी देर के बाद एक महिला पसीना पोंछते बाहर आईं। मुँह में पान घुला हुआ था। उन्होंने बिना कुछ पूछे अन्दर आने को कहा। अन्दर प्लास्टिक की दो कुर्सियाँ धरी थीं जिन पर कपड़े और सब्जी की टोकरी रखी हुई थी। उसे महिला ने बढ़कर हटाया। जगदम्बा, गोइन्दा बाबू उस पर बैठ गए। बैठने के पूर्व जगदम्बा ने महिला का चरण स्पर्श किया।

महिला समझ गई कि मधु का जाना-सुना आदमी जन है। वह आदमी के चाल-ढाल से सूँघ लेती हैं कि देसिला है कि घरुआ। उनकी चतुर आँखों से कोई बच नहीं सकता। चाहे कोई कितना बड़ा शातिर खिलाड़ी क्यों न हो?

महिला ने बेना झलते कहा, "ओह, बाबा, की उमस! मधु के देस का आदमी जन मन्दिर में जब ढुकेगा, फूल आमार दुकान थेके लेता है। जतना लोक है।"

गोइन्दा बाबू ने पूछा, "मधु बाबू कहाँ हैं?"

"देखा करेगा? भीतर है। फूल रंग रहा है। ऊ का है कि सूखने लगता है कोई कीनता नहीं। रंगना पड़ता है। नहीं करेगा, खाएगा क्या! कच्चा सौदा है। रुको देखता है।"

वह औरत अन्दर गई। दो मिनट में आकर बोली, "देखा कर लो लेकिन बेसी कोथा बोलबे न। उसका माथा घूरने लगता है। मुँह में लकवा मार दिया है। बोल नहीं पाता। चीन्हता भी नहीं। क्या करेगा! कोथाय फेले देबो...? आमार खाता इसके पोस्ट ऑफ़िस ते छिलो। आते-जाते बड़ा बाबू हमको इसको लेकर इआरकी करता

था। मिथ्था, मिथ्था। एक दिन मधु बोला, साँवली दी, शादी करेगा? रिटायर होने पर देस नहीं जाएगा, तुम्हारे साथ रह जाएगा। मुँह देखा, माया लग गया। मरद से छूटा-छूटी आगे हो गया था। दो टू बच्चा लेकर रहती थी। ठोंगार काज छिलो। साथ रहने लगा। ओर नामे जतो टाका, पइसा छिलो अमार नाबे कोरे दिये छे। आर कतो दिन, टाका! शेष होये गेलो। बोलुन, कोथाय फेलो देबो? जान देखा कोरबेन तो? नहीं बूझता है? मधु से देखा करेगा? भीतर ढुकेगा।"

जगदम्बा, गोइन्दा बाबू अन्दर आ गए।

जगदम्बा मधुसूदन का पैर पकड़कर रोने लगी। मधुसूदन ने सिर उठाया। पथराई आँखों से देखते रहे बुत्त। कोई प्रतिक्रिया नहीं।

जगदम्बा ने रसगुल्ला की हाँड़ी, फल रखते हुए कहा, "मामा खा लीजिएगा।" पैर छूकर गोइन्दा बाबू के साथ बाहर आ गई।

"कुछ खाएगा?" महिला ने पूछा।

"नहीं।"

"यदि खाएगा, पाँचू का लूची की दुकान सामने आछे। भालो लूची बनाता है।"

जगदम्बा को लेकर गोइन्दा बाबू घर से निकलकर गंगा घाट पर आए। वहाँ जाकर बैठ गए सीढ़ी पर। जगदम्बा ठठाकर हँसी। हँसते-हँसते रोने लगी। भोकार पारकर। जी भर रोई।

गोइन्दा बाबू मौन गंगा को देखते रहे।

जगदम्बा ने आँसू पोंछते कहा, "बाबूजी, आपको अपने हाथ से कुछ बनाकर खिला नहीं पाई। आपका कुरता-धोती भी नहीं कर सकी साफ। आपको दिखाना था कि मैं कपड़े भी प्रेस करना जानती हूँ। वह नहीं हुआ। मेरी साध पूरी नहीं हुई। क्षमा कर दीजिए बाबूजी...।"

गोइन्दा बाबू रुआँसा हो गए। रुँधे कंठ से कहा, "देखो, तुम्हारे लिए चप्पल खरीदने का समय ही नहीं मिला। अभी मुँह-हाथ धो लो। चाय पीते हैं। चप्पल खरीदते हैं। खाली गोड़ अच्छा नहीं लगता।"

जगदम्बा सिसकने लगी। गोइन्दा बाबू चुप कराते उसे सांत्वना देने लगे, अपनी धोती की टोंग से उसके आँसुओं को पोंछते हुए कहा, "जगदम्बा मेरी ओर देखो, मेरी ओर देखो बेटा...।"

जगदम्बा की सिसकी और तेज हो गई यह सुनकर। उसने गोइन्दा बाबू के कन्धे पर अपना सिर टिका दिया। लगा वह विदा हो रही हो बाप का घर छोड़कर हमेशा के लिए।

गोइन्दा बाबू उसके सिर को सहलाते बोले, "तू दिल को छोटा करेगी, रोएगी, तेरे सपने को कोई चुरा लेगा। बिना सपनों के चार दिन भी न जी सकेगी। सपनों से भरी गठरी जो रखी है, उसे चोर को चुराने में देर न लगेगी। जैसे कमजोर पड़ी,

अधीर हुई कि उस गठरी को लेकर चोर हो जाएँगे तड़ीपार। तू समझ भी नहीं पाएगी कुछ। जानती है एक बार मैं भी इसी तरह असहाय महसूस कर रहा था, हताशा में था, अधीर था कि तभी चोर आए और मेरे सपनों को चुराकर दबे पाँव जाने लगे, अन्धेरी झाड़ियों की ओर। उम्मीद जगी तभी मेरे भीतर। मैंने चोर का पीछा किया, चोर ले नहीं जा पाया, बच गए मेरे सपने। जानती है कि उन सपनों को मैंने कहाँ रखा है? उम्मीद की जेब में।"

जगदम्बा चुप रही। चुप-चुप उठी, सीढ़ियाँ उतरकर अंजुली में भरकर पानी पिया, मुँह धुला। बाल सँवारते, जूड़ा बाँधा। फिर आँचल से मुँह पोंछते आकर गोइन्दा बाबू की बगल में बैठ गई। बोली, "हाँ बाबूजी, आप उम्मीद के बारे में कुछ बता रहे थे।"

गोइन्दा बाबू ने कहा, "उम्मीद तुम्हारी सच्ची सहेली है। उसे हमेशा अपने भीतर रखना। दुनिया तुझसे मुँह फेर ले, डरना मत, उम्मीद जो है तेरे पास। तेरे सपने तो उसी के पास हैं। उससे कोई सपनों को नहीं छीन सकता। बस, उम्मीद को अपने भीतर बचाए रखना। वह तुम्हें बचाकर रखेगी। जानती है जगदम्बा, मेरे पास कुछ भी नहीं है उम्मीद के सिवाय। सोचता हूँ उम्मीद है कि सब कुछ है...।"

"क्या सोचते हैं बाबूजी?" जगदम्बा ने सहज भाव से पूछा।

"सोच लिया। चिन्ता मत करो। मामा को देख लिया, एक काम तो हुआ। निराश क्या होना। यह जीवन है...।"

चाय पीने के बाद मन्दिर से बाहर निकलते ही फुटपाथ पर चप्पल की दुकान मिल गई। लेकिन जगदम्बा के नाप का कोई चप्पल नहीं था। आगे बढ़कर गोइन्दा बाबू ने हावड़ा जंक्शन के लिए टैक्सी की और जगदम्बा को लेकर उसमें बैठ गए।

टैक्सी में किसी ने कोई बात नहीं की। दोनों कहीं खोए हुए थे। टैक्सी से उतरने के बाद टिकट खिड़की पर जाकर गोइन्दा बाबू ने टिकट लिया और प्लेटफॉर्म पर आ गए। पटना जानेवाली गाड़ी लगी थी। जगदम्बा को लेकर बोगी में चले गए।

जगदम्बा ने पूछा, "आपका पास होगा। टिकट क्यों लिया?"

"पास कहाँ लेकर चला मैं। अच्छा नहीं लगता। टीटी से अपने बारे में बताना। टिकट ले लिया।" यह कहते हुए जेब से दो सौ रुपये निकालकर जगदम्बा की साड़ी के खूँट में बाँध दिया।

"यह क्या है बाबूजी?"

"दो जगह पैसे रखना चाहिए। कुछ तुम्हारे पास, कुछ मेरे। जेबकतरा जेब काटेगा तो किसी एक का तो बचेगा।"

"बाबूजी कहाँ चल रहे हैं हम लोग?"

"पटना चल रहे हैं। बेटी रहती है। उसके दूल्हा वहाँ नामी वकील हैं। बड़े लोग हैं। वहाँ उनसे बोलकर तुम्हारे लिए कोई नौकरी की व्यवस्था करने के लिए कहूँगा।"

"लेकिन मैं वहाँ नहीं जाऊँगी।"

"क्यों? मुझ पर अविश्वास करती है?"

"नहीं, अब किसी के आश्रित रहना नहीं चाहती। किसी का उपकार नहीं चाहिए। आपका ही ऋण काफी है। मुझे अपना रास्ता खुद ढूँढ़ना है। कभी कुछ करने के लायक बन सकी तो आपकी मूर्ति जो मेरे भीतर बनी है, उसके बारे में लिखूँगी। मर्द के साथ नहीं सोने से समाज ने मेरा नाम दिया जगदम्बा। और आप भी जगदम्बा ही कहते हैं। चलिए, अब अपना नाम नाती नहीं, जगदम्बा लिखूँगी।"

"तुम्हारा नाम मुझे नहीं मालूम था। तुम्हें वचन देता हूँ तुम चलो, अपने तरीके से जीना। जब तक मेरे शरीर में प्राण है, तुम्हारे जीवन में किसी का दखल नहीं होने दूँगा।"

"बाबूजी आपने बहुत किया। अब और आपको मुसीबत में डालना नहीं चाहती।"

"क्या मतलब!"

गाड़ी ने सीटी दे दी। गोइन्दा बाबू जगदम्बा का हाथ पकड़े खड़े थे। सीट पर बैठने के लिए अनुनय कर रहे थे। गाड़ी धीरे-धीरे स्टेशन छोड़ने लगी कि एक झटके के साथ जगदम्बा ने गोइन्दा बाबू से हाथ छुड़ाकर चलती हुई ट्रेन से उतर गई। प्लेटफॉर्म पर गिरते-गिरते सँभली। गोइन्दा बाबू ने झाँककर देखा। वह मुस्कराते हुए हाथ हिलाने लगी। गाड़ी ने रफ़्तार ले लिया।

गोइन्दा बाबू कुछ सोच नहीं पा रहे थे कि क्या करें। उसकी असुरक्षा को लेकर तरह-तरह की चिन्ता उन्हें सताने लगी। क्या खाएगी, कहाँ रहेगी, कहाँ सोएगी। सोचा यदि मैं अगले स्टेशन से लौटता भी हूँ, उसे कहाँ ढूँढूँगा? बोधा मल्लाह की बात उन्हें बार-बार याद आने लगी मैं उसे बीच रास्ते में अकेला छोड़ नहीं दूँगा। चील-गिद्ध को खाने के लिए।

गोइन्दा बाबू सोचते-सोचते पसीने से भीज गए। मन अकुलाने लगा। सीट से उठकर डिब्बे में इधर-उधर घूमने लगे। ऐसी परेशानी उन्होंने जिन्दगी में कभी महसूस नहीं की। दो बार लैट्रिन गए। मुँह-हाथ धोकर सीट पर बैठे। कुछ होश नहीं कि एक जूता कहीं जा रहा है, दूसरा कहीं पड़ा है। आँखों से बहते आँसू पोंछा। आँखें बन्द की कि धीरे-धीरे झपकी लग गई। सीट की हैंडिल पर सिर रखकर सो गए अचेत।

उनकी जेब की नोटबुक सीट के नीचे गिर गई जिसे उठाकर बगल के यात्री ने उनके पास रख दिया फिर नोटबुक थोड़ी देर के बाद फिर गिर गई। बगल के यात्री ने नोटबुक उठाया और उलटने-पलटने लगा।

इस बीच टी-टी टिकट चेक करने आ गया। गोइन्दा बाबू को जगाने की उसने कोशिश की मगर उनकी नींद नहीं टूटी। अस्त-व्यस्त मलिन कपड़े में गोइन्दा बाबू को देखकर पता नहीं टी-टी ने क्या समझा। उसने बगल के यात्री को सावधान

करते कहा, "आजकल चोर-उचक्के यात्रियों के बीच यात्री बनकर बैठ जाते हैं। मीठी-मीठी बातें करते हैं और जब यात्रियों की झपकी लगती है, वे उनका सामान लेकर खिसक जाते हैं। पहले खुद सोने का नाटक करते हैं। सावधान रहिएगा।" जाते-जाते टी-टी फिर मुड़कर आया और एक बार सावधान किया।

गोइन्दा बाबू की बगल का यात्री नोटबुक पढ़ने में मग्न था।

*

गाड़ी की हड़-हड़ की आवाज़ सुनकर कुक्की लड्डन को लेकर दरवाज़े पर आ गई। लड्डन से कहने लगी, "देखो, नाना आ गए...।"

अपिया बाहर नहीं आई। वह गोइन्दा बाबू से रुठी हुई थी मन-ही-मन कि जगदम्बा को मायके में पहुँचाने के लिए कहा था, वहाँ बैठ जाने के लिए नहीं। बात नहीं करूँगी। मनाएँगे तब भी नहीं। घर लौटने की सुधि नहीं हुई। मेरा ख्याल नहीं रहा कि मैं उनके बिना नहीं रह पाती।

गाड़ी से उतर चरी घर के भीतर आया और अपिया के आगे टिफिन कैरियर रख दिया। कुक्की ने टिफिन कॅरियर पीछे से आकर उठाया और खुद्दी को साफ करने को देने लगी, अचानक रुक गई उसे भारी महसूस हुआ। खोलकर देखा। खाना जस-का-तस पड़ा था।

कुक्की ने पूछा, "क्या बाबूजी ने खाया नहीं?"

चरी ने दुक्खी की ओर देखा। दुक्खी ने विस्तार में पूरी कथा कह सुनाई।

अपिया, कुक्की सुनकर भौंचक रह गई। साँप सूँघ गया हो, मानो।

अपिया को गहन उदासी में डूबा देख कुक्की अपिया का हाथ पकड़कर बोली, "माँ, तुम्हीं सोचो कि उस बेचारी को बाबूजी कहाँ छोड़ देते, मँझधार में? ठीक किया मामा के यहाँ उसे छोड़ने चले गए। वैसे चरी कल कलकत्ता जा ही रहा है।"

"मैं भी जाऊँगी?" अपिया ने कहा।

"माँ, तुम कहाँ जाओगी! वहाँ चरी जाएगा, दूसरे दिन बाबूजी को लेकर लौट आएगा। यहाँ आते समय उन्होंने कहा था कि माँ, बाबूजी को लेकर पंचमढ़ी और बनारस घूमने जाएँगे।"

अपिया मुँह फेरकर बोली, "मुझे पंचमढ़ी, छकमढ़ी कहीं नहीं जाना है। ओ... काहे गए कलकत्ता? दूसरे को भेज देते...आने दो, बात नहीं करूँगी। मनाते थक जाएँगे तब भी नहीं।"

"माँ, कलकत्ता कोई पहाड़ पर है?"

अपिया सुबकते बोली, "न दवा ले गए, न पैसा-कौड़ी। परदेश में कौन देखनेवाला है उन्हें? इतने सीधे हैं कि कोई कुछ बोलेगा, उसी पर विश्वास कर लेंगे।"

कुक्की ने अपिया के आँसू पोंछ कहा, "तू मेरा मरा मुँह देखोगी यदि थोड़ा भी मन को छोटा किया। तुम्हारे रोने से बाबूजी जहाँ भी होंगे, घबरा जाएँगे। तू समझती क्यों नहीं तुम्हारे दिल से जुड़ा है, बाबूजी के दिल का तार।"

अपिया सिसकी रोकते बोली, "मैं कुछ नहीं बोलूँगी। एक शब्द मुँह से निकलेगा तो कहना!"

"क्यों नहीं बोलोगी। हज़ार बार बोलोगी। तुम घबरा जाओगी तो हम बच्चों का क्या होगा?

"याद है न दो दिन के लिए बाबूजी मौसी के यहाँ गए थे और मौसा उन्हें कहाँ-कहाँ घुमाते रहे। ठीक दस दिन के बाद आए थे। उन्हें किसी के आग्रह को ठुकराना नहीं आता। यह उनकी कमी भी है और प्यार भी।"

"न, रे, तेरे बाबूजी को माया बहुत है।"

"अच्छा चलो, दीवानख़ाने में बैठकर चाय पीते हैं।"

अपिया को लेकर कुक्की दीवानख़ाने में आ गई। पीछे से चरी, दुक्खी भी आ गए।

सुग्गी के मन में क्या आया कि वह खेत में जाकर पोई का पत्ता खोंटकर ले आई। खुद्दी के पास जाकर आहिस्ते से बोली, "चरी चाचा को पोई के पत्ते का बजका अच्छा लगता है। ठीक किया न ले आई!"

खुद्दी सिर हिलाकर बोली, "ठीक।" खुद्दी ने पोई के पत्ते को बेसन में लपेटकर तल दिया और चाय के साथ प्लेट में सजाकर ले गई।

कुक्की ने प्लेट देखकर पूछा, "यह क्या है खुद्दी?"

खुद्दी सिर को नीचे कर बोली, "पोई का बजका।"

खुद्दी को खुशी से अपनी बाँहों में कुक्की ने भर लिया, "तुझे कैसे मालूम था कि मैं पोई का बजका के बारे में मैं सोच रही थी! चरी को अच्छा लगता है और माँ को भी।"

दीवानख़ाने में उस शाम खाना-पीना हुआ। कोई भीतर नहीं गया। रात दस बजे तक सभी गप्प मारते रहे। अपिया अपने मायके में एक पौराही बाबा का किस्सा सुनाती रही कि कैसे खड़ाऊँ पहनकर पानी पर चलते थे। वह किस्सा लड्डन को अच्छा लगा। वह हुँकारी भरता रहा। हुँकारी भरते-भरते सो गया। चरी को नींद नहीं आई। वह जगा रहा सारी रात।

सुबह तड़के उठकर वह जल्दी-जल्दी तैयार होकर मुँह में एक बिस्कुट का टुकड़ा डाला और निकल गया। जाते समय अपिया का चरण स्पर्श करते बोला, "घबराओगी नहीं। मन को खुश रखोगी।"

कुक्की जबरिया चरी की जेब में कुछ रुपये डालते हुए बोली, "ठीक से रख ले। दिक्कत होगी पोस्ट ऑफ़िस में फ़ोन कर देना, दुक्खी चला जाएगा। पटना भी उनको फ़ोन पर जना देना कुछ ऊँच-नीच हो तो।"

बागुन बाबा ने चरी को जाते देखकर ताड़ लिया कि कुछ ठीक नहीं है। आ रहा है, जा रहा है, भागमभाग मचा हुआ है। कुछ-न-कुछ बात ज़रूर है।

वह टहलते हुए आए और दुक्खी से पूछा, "गोइन्दा बाबू कहाँ गए हैं? दिखाई नहीं पड़ रहे।"

"कोई अरजेन्ट काम था, उसी सिलसिले में गए हैं।"

"और चरी?"

"मिशनरी गया है। दो-चार दिनों में वापस आ जाएगा।"

बफाती को आते देख बागुन बाबा ने कहा, "आओ बफाती। गोइन्दा बाबू के साथ जाते हो हमेशा, इस बार नहीं गए।"

"मुझे ख़बर कहाँ थी।"

इसी बीच बाइस दुआरी के बराहिल ने आकर दुक्खी को जनाया कि तुम्हारे फूफा का अब-तब लगा हुआ है। तुम्हारी बुआ ने तुम्हें बुलाया है।

दुक्खी के फूफा बाइस दुआरी के वफादर सिपाही थे। जब हाथ-पैर चलना कम हो गया, घर बैठ गए। दुक्खी का कोई अपना बोलकर है, तो वही हैं।

अपिया बोली, "कपड़ा पहनकर निकल जा। देर मत कर।" दस रुपये अपिया ने उसे दे दिया खर्च-वर्च के लिए। कुक्की ने अलग से पाँच रुपया थमा दिया।

दुक्खी के जाने के बाद बफाती आ गए दरवाज़े पर रहने के लिए बिना किसी के कहे। बफाती दुक्खी के बहुत पहले से गोइन्दा बाबू के साथ रह रहे हैं। जब गोइन्दा बाबू नौकरी में थे तब भी वह उनके साथ ही रहते थे। बफाती अपनी जवानी में अच्छे लठइत थे। उनकी तरह लाठी खेलनेवाला दूसरा इलाके में नहीं था।

कुक्की ने पूछा, "बफाती काका, पोई का साग खाएँगे।"

"बिटिया जो बनाएगी खा लेंगे। भाभी के हाथ से जो भी रसोई बनती है, उसमें स्वाद ही स्वाद रहता है।"

खुद्दी बफाती की बात सुनकर हँसने लगी।

अपिया बिगड़कर बोली, "काहें दाँत चियारती है?"

"सच बात तो बोलते हैं बफाती बाबा।"

लड्डन अपिया के कान के पास जाकर पिपिहरी बजाने लगा—पी-पी-पी...।

अपिया ने पुचकारते हुए उसे गोद में उठा लिया।

*

संझौंती जलाकर खुद्दी दरवाज़े के चौखट पर रखने गई देखा कि चटपट, खटपट खड़े हैं। वह झट से भीतर भागकर आई और अपिया को जनाया। अपिया दरवाज़े के भीतर से बोली, "चरी बाहर गया है।"

बफाती ने पूछा, "कोई काम था?"

चटपट ने बफाती के पास जाकर कहा, "मैंने कुछ देर पहले देखा कि खेत में खड़ा बिजूका चलकर गाँव में आ गया। जिसका घर खुला मिला उसी में घुस गया। देखो यहाँ तो नहीं आया है?"

बफाती ने दोनों भाइयों की पगलामी जानते हैं लेकिन मुँह पर क्या कहते। उनका मन रखने के लिए कहा, "इधर तो नहीं आया है। शायद दक्षिण टोला गया हो।"

खटपट ने कहा, "देखो न मेरा कुरता पहनकर चला गया। चटपट का कुरता फटा हुआ था, नहीं पहना। कितना चालाक है।"

बफाती पूछा, "पैसा-वैसा भी था?"

"आठ आना था। वह भी मानता का पैसा था।"

बफाती ने आँख दबाते कहा, "कहीं इसमें नकछेदी की चाल न हो। कल ही वह नया बिजूका खेत में गाड़कर आए हैं।"

"नकछेदी के सामने कहिएगा यह बात?"

"यह तो सभी ने देखा है।"

"अच्छा, यदि बिजूका इधर दिखाई पड़े तो उसे पकड़ लेना। हमें आवाज़ देना। उसे मारेंगे-पीटेंगे नहीं। कुरता भी वापिस नहीं लेंगे सिर्फ़ हाथ जोड़कर बोलेंगे अठन्नी वापिस कर दो। मानता का पइसा है। उसके बदले में एक रुपया दे देंगे। अब पूछोगे कि हम ऐसा क्यों कह रहे हैं?"

"क्यों?"

"खेत का रखवाला है बिजूका। रात-दिन खेत में खड़ा रहता है। उसका आसन साधू, महतमा से कम थोड़ो है।"

हाथ जोड़कर दोनों भाइयों ने सूर्य को देखते हुए प्रणाम किया और निकल गए।

बफाती हँसते रहे। कुक्की से कहा, "बिटिया दोनों भाई को रह-रहकर बाई चढ़ता है। क्या-क्या सोचते रहते हैं। सोचकर एक भ्रम खड़ा करते हैं फिर उसके पीछे लगते हैं भागने...।"

कुक्की भीतर चली गई। अपिया पूजा घर से घंटी टुनटुनाते निकली कि लड्डन ने जिद करके उनके हाथ से घंटी छीन ली। बजाते हुए खेलने लगा। अपिया चिरौरी करती रही। काहे को सुनने जाए लड्डन! वह सुग्गी के पीछे जाकर छिप गया।

लड्डन को डाँटने लगी कुक्की। अपिया कुक्की पर उखड़ गई, "क्यों डाँटती है? बच्चा भगवान का रूप है। उसे कुछ मत बोल।"

खुद्दी ने बहला-फुसलाकर लड्डन के हाथ से घंटी लेकर अपिया को दे दिया और उसे गोद में बैठाकर खाना खिलाने लगी।

कुक्की अपिया से बोली, "माँ, चरी कलकत्ता के आधे रास्ते तक पहुँच गया होगा।"

"बहुत दूर है कलकत्ता?"

"शाम में गाड़ी चढ़ोगी तो भोर में पहुँचोगी।"

"कलकत्ता में काली माई हैं न! वह बहुत जाग्रत हैं। मेरी माँ कहती थी।"

"नानी कभी दर्शन करने गई थीं?"

"एक बार गई थी पिताजी के साथ। बस, जीवन में एक बार बाहर जाना हुआ था उसका...चौखट के पार। वैसे अपने नइहरे जाती थी पिताजी के साथ शादी-ब्याह में। उसके नाक की बुलाकी देखकर मेरी आजी बुलाकीवाली कहकर माँ को बुलाती थी।"

"मामा कभी आते नहीं?"

"उमर हो गई उनकी। हमसे बड़े हैं। चल-फिर नहीं होता। बेटा के साथ आसाम में रहते हैं। बेटा का चाय बाग़ान है। गोहाटी में अपना घर है। तू जानती है रेहन को? तेरा ही जोड़ा पारी है। साल में एकाध चक्कर अपने गाँव का लगाता है। कभी-कभी यहाँ भी आ जाता है। पिछले साल आया था तब कितना जोर दिया, 'बुआ चलिए, चलिए बुआ।' उसकी बहु ने भी चलने की रट लगा रखी थी।"

"तो चली गई होती।"

"भगवान जी को भूखे, प्यासे छोड़कर।"

"मन में भगवान जी रहते हैं। वहाँ पूजा कर लेती।"

"नहीं, मुझसे यह चालाकी नहीं होगी और तेरे बाबूजी जाने को तैयार कहाँ थे। तू तो जानती है कि वह छोड़कर मुझे जब-तब चले जाते हैं लेकिन मैं आज तक कहीं उन्हें छोड़कर नहीं गई। जहाँ गई साथ गई। देखना साँस भी टूटेगी, उनके साथ ही।"

"अच्छा, जाने-वाने की बात अभी मत करो।"

कुक्की को अचानक याद आ गई ग्रुप फोटोग्राफ की।

वह कमरे में गई अपना बक्सा खोलकर एलबम निकालकर ले आई। एलबम को घेरकर बैठ गई खुद्दी, सुग्गी। एक-एक पेज उलटती रही कुक्की। देखती रही खुद्दी-सुग्गी आँख गड़ाकर। अपिया, कुक्की फोटो देखती कि फोटो के साथ अतीत में चली जाती। सारी घटनाएँ याद आने लगतीं एक-एक कर। अपिया और गोइन्दा बाबू का वह फोटोग्राफ जिसमें अपिया की गोद में चरी और कुक्की पिता के आगे खड़ी है। खुद्दी ने कुक्की के कान में कहा, "माई और साहेब हीरो-हीरोइन की तरह लग रहे हैं।"

कुक्की मुस्कराते बोली, "आज भी माँ और बाबूजी किसी हीरो-हीरोइन से कम थोड़ो है।"

"क्या बोल रही है खुद्दी?"

"तुम्हें और बाबूजी को सनीमा में देखा है, ऐसा बोल रही है।"

अपिया ने खुद्दी को झिड़की देते कहा, "ऐसे ही सब समय दाँत निकालती रहती है। सभी को सनीमा में देखने की बात करती है। पूछ इससे कभी देखा है सनीमा!"

"बाइस्कोप तो देखा है, उसमें सनीमा नहीं था क्या?" खुद्दी बोली।

कुक्की हँसने लगी।

अपिया ने कहा, "अपने बारे में नहीं कहती लेकिन वह तो हीरो थे और आज भी हीरो लगते हैं। सासु बताती थीं कि जब पढ़ते थे तो इन्हें कोई फिल्मवाला देखा था। वह एक दिन घर पर आया। फिल्म में काम करने का नेवता देने। मेरे ससुर ने खड़े-खड़े उसको भगा दिया। कहा—मेरा बेटा नचनिया-पदनिया बनेगा!"

"बाबूजी ने तब कुछ कहा नहीं बाबा से?"

"बुढ़ऊ के सामने किसकी हिम्मत थी। शादी जब मेरी हुई, कभी दिन में उन्हें देखा नहीं। डर के मारे मेरे कमरे में पैर नहीं रखते थे। रात में चुपके से आते थे कुछ कहने-सुनने फिर दबे पाँव चले जाते थे। वह ज़माना था।

"लेकिन बाबा तुम्हें बहुत मानते थे न!"

"मुँहदेखाई में नकबेसर दिया था।"

"और दादी?"

"तू तो देखी ही थी कि कितनी नंगिन थीं। एक बार दही मथते मिट्टी की कस्तरी फूट गई। बुढ़ऊ ने देखा तो कहा जल्दी से उठाकर बाहर फेंक दो। बोल देना, बापी ने किसी को दे दिया। जब बूढ़ी आई उन्होंने पूछा, मक्खन निकालकर कहाँ रखा? मैं डरते-डरते बोली, बापी ने दही की कस्तरी किसी को उठाकर दे दिया। वह चुप हो गई। बरबर करती रहीं।"

"दादी तुम्हें महारानी कहती थी न!"

"हाँ, जब गाली देना होता था।"

कुक्की अपिया के पास जब होती है, ऐसी ही गड़ी-गड़ाई बातें करती रहती हैं। अपिया का भी मन लगता है। खाना खाने के बाद कुक्की अपने बिस्तर पर नहीं गई अपनी जगह खुद्दी और लड्डन को सुला दिया। अपने अपिया की खाट पर आ गई।

कुक्की को तकिया सरकाते अपिया बोलीं, "जब तू छोटी थी तो रात में दो बार सू-सू करने को उठती थी। कितना चिल्लाती थी उस समय।"

कुक्की करवट बदलते बोली, "बाबूजी खाना खाने के बाद थोड़ा गुड़ खाते थे। कहते थे कुक्की की माँ थोड़ा पीठ खुजला दो।"

"आज भी तो कहते हैं। बिना पीठ खुजलाए चैन कहाँ।"

"गुड़ अभी भी खाते हैं?"

"आदत है। कोई शौकिया थोड़ो। खाते ही हैं।"

कुक्की अपिया के सिर को सहलाते बोली, "आएँगे बाबूजी, उनसे पूछना कि कलकत्ता में गुड़ कौन देता था? कौन खुजलाया था पीठ?"

"मैं उनसे बात न करूँगी।"

"वह मनाएँगे तुझे, कैसी-कैसी बात बनाकर। मुझे याद है जब कॉलेज में थी। क्या न क्या बात हुई तू रुठ गई थी। बाबूजी ने कैसे-न-कैसे करके तुम्हें मना ही लिया था। आधा घंटा भी नहीं बीता था।"

"चुप कर, इस बार उनकी सारी चालाकी निकल जाएगी। वे मनाते रहेंगे, मैं इस बार उनकी बातों में नहीं आनेवाली। उनका सब नाटक निकाल दूँगी।"

"तू बहुत गुस्से में है?"

"गुस्सा नहीं आएगा। बोलूँगी आम, करेंगे इमली।"

"वह खाना नहीं खाएँगे तब?"

"चुप कर, उनकीवाली बात करती है।"

"तू मुझ पर क्यों बिगड़ती है। कहावत है न, खेत खाय गदहा, मार खाय जोलहा।"

"अपने बाबूजी से सीखा है न यह कहावत!"

कुक्की अपिया के सीने में सिर छिपाकर चिपक गई जैसे बचपन में सोती थी।

अपिया, कुक्की बात करते-करते कब सो गईं पता नहीं चला। दासे के ऊपर रखी ढेबरी की लौ ने जूट की रस्सी को पकड़ लिया। आँच उठने लगी।

वह तो खुद्दी जगी हुई थी उसकी निगाह पड़ी उस पर, वह दौड़कर गई ढेबरी को नीचे फेंका जलती रस्सी को लाठी से नीचे किया, आँगन में लाकर पानी डाल दिया। यह सब करने में उसकी अँगुली भी थोड़ी जल गई। खुद्दी ने सुग्गी को आहिस्ते से आवाज़ दिया, थोड़ा पानी चेहरे पर छिड़क दिया। सुग्गी आँख मलते उठी! खुद्दी बोली, "नूरानी का तेल ताखे पर रखा हुआ है, ले आ।"

"क्या करेगी?" सुग्गी ने पूछा।

"ले, आ अँगुली थोड़ी जल गई है।"

सुग्गी कमरे में जाकर नूरानी का तेल, एक पुराना फटा कपड़ा लेकर आई और उसने जली अँगुली पर तेल लगाकर कपड़े से बाँध दिया।

खुद्दी ने कहा, "झाड़ू से सब साफ कर दे, ढेबरी, रस्सी को कूड़ेदान में डाल दे। माई से और कुक्की बुआ से बताना मत कुछ।"

"क्यों, माई जब पूछेंगी कि अँगुली में पट्टी क्यों बाँधी है? क्या बोलेगी?"

"कुछ बोल दूँगी।"

"झूठ बोलेगी?"

खुद्दी ने कहा, "झूठ क्यों बोलूँगी, साहेब बोले हैं न कि झूठ वह है जो दूसरे को दुख देता है। मैं माई को दुख थोड़े दूँगी।"

चौबीस

सुबह दिन चढ़ा ही था कि दो जीप पुलिस पुरन्दरपुर गाँव में आ धमकी।

मर-मैदान से लौट रहे लोगों के कान खड़े हो गए। वे खेत-बघार से देखने लगे। तरह-तरह की बात उनके मन में कौंधने लगी। दातुन कर रहे मिरदहा से एक सिपाही ने गोइन्दा बाबू का घर पूछा। उन्होंने इशारे से बता दिया कि गली से जाकर मुड़ जाइए, सफेद चूनाकलीवाला घर है।

गाड़ी पहुँचने के पहले चटपट ने जाकर बफाती को बोल दिया कि न जाने कौन-सी बात है कि पुलिस आ रही है। बफाती ने सोचा कि दोनों भाई ऐसे ही कुछ-का-कुछ कहते रहते हैं यह भी फालतू बात ही होगी। इतने में दरवाज़े पर गाड़ी आ गई। गाड़ी रुकते ही पुलिस धड़ाधड़ उतरते बन्दूक ताने चारों ओर से घर की नाकेबन्दी कर दी।

बफाती से इंस्पेक्टर ने कड़े आदेशात्मक स्वर में कहा, "गोइन्दा बाबू को बुलाओ। जल्दी करो, जल्दी...।"

बफाती बोले, "वह तो नहीं हैं।"

"कहाँ गए हैं?"

"बाहर।"

यह कहना था कि इंस्पेक्टर बफाती को बेंत से पीटने लगा। कुक्की, अपिया दरवाज़े के ओट में खड़ी थीं। इंस्पेक्टर समेत कुछ पुलिस घर में घुस गई।

कुक्की ने पूछा, "किसे खोज रहे हैं?"

इंस्पेक्टर बेंत को कुक्की के सिर पर ठेकाते बोला, "कौन है तू गोइन्दा बाबू की?"

"बेटी।"

"तेरा बाप खाको की पत्नी को लेकर कहाँ छिपा हुआ है? बता दो, नहीं सभी को रस्सा में बाँधकर थाना ले जाऊँगा।"

"आपको ऐसी भाषा में किसी स्त्री से बात नहीं करनी चाहिए।"

"तू बात करना मुझे सिखाएगी! थाना चलेगी तब बताएँगे। सब शेखी निकल जाएगी। सुना है कि तेरा मरद नामी वकील है। बुलाना थाने में, वहीं सुनेंगे बहस। यह डंडा देख रही है न!"

"मैंने कह दिया कि मुझे नहीं मालूम। परिवार में किसी को नहीं मालूम। वह घर से किसी सामाजिक कार्य से निकले थे अभी तक वापिस नहीं आए।"

"हुँह, सामाजिक कार्य! साला...!"

पुलिस घर के सभी कमरे को धाँगते सामान छिन्न-भिन्न करने लगी। दीवानखाने में भी घुसकर ग्रामोफ़ोन उलट-पुलट दिया। कई सारे रिकॉर्ड बूँट के नीचे रखकर मसल दिया।

इस बीच सरौता लाल, कोदई मिश्र, सिब्बन यादव, चटपट, खटपट, चन्दर पासी, जून्हा शर्मा, शिवजतन सिह आ गए।

सरौता लाल को देखकर इंस्पेक्टर ने सलाम किया।

सरौता लाल ने पूछा, "क्या बात है?"

इंस्पेक्टर कड़े तेवर में बोला, "आपको नहीं मालूम इतना बड़ा कांड गाँव में हो गया! गोइन्दा बाबू खाको की पत्नी को लेकर भाग गए। बुढ़ापे में जवानी जोर मार रही थी।"

सरौता लाल ने समझाते हुए कहा, "कहीं गलतफहमी हुई है। गोइन्दा बाबू इस तरह के इनसान नहीं हैं। पूरे जवार में एक भी आदमी नहीं मिलेगा जो इस अफवाह पर विश्वास करे।"

"गोइन्दा बाबू से क्या मेरी जाती दुश्मनी है? हमारा काम है कम्पलेन पर एक्शन लेना। एक्शन ले रहा हूँ। उनको हाजिर करवाइए दूध का दूध, पानी का पानी हो जाएगा।"

कुक्की सरौता लाल से बोली, "इंस्पेक्टर घर के लोगों को आतंकित कर रहे हैं। बफाती काका पर भी बेंत चलाया। कोई आया था, उसी का कोई काम था, वही बाबूजी को लेकर निकला। बोलकर गए थे कि सप्ताह भर समय लग सकता है। हम लोगों को इंस्पेक्टर भला-बुरा कह रहे हैं।"

बागुन बाबा ने भी कहा, "कुक्की ठीक बोल रही है।"

यह सुनते बौखला गया इंस्पेक्टर। पीछे मुड़कर बागुन बाबा के आगे जाकर बेंत घुमाने लगा, "देख रहे हो न इसे। सारी गवाही गाँड़ में घुसेड़ दूँगा।"

सरौता लाल ने बागुन बाबा को किनारे हटाते कहा, "बुजुर्ग आदमी हैं। आपको इस तरह की बात नहीं करनी चाहिए।"

"माथा गरम है सरौता बाबू। खाको की औरत का मामला है।"

"माथा ठंढा रखिए। ठंढे से बात कीजिए। मैं समझ रहा हूँ। फिर कहता हूँ कि गोइन्दा बाबू इस तरह के व्यक्ति नहीं हैं।"

"यह काम अदालत का है। मेरा नहीं। मेरा काम है पूछताछ करना, वह कर रहा हूँ।"

"बेशक कीजिए। लेकिन जिस भाषा में उस लड़की से बात कर रहे थे, वह ठीक नहीं था।"

"क्या ठीक है, क्या बेठीक, यह समझाने का समय अभी नहीं है।"

"फिर तो जो उचित समझिए, वह कीजिए।"

इंस्पेक्टर के कान में तभी एक उम्रदराज सिपाही कुछ बुदबुदाया। इंस्पेक्टर का मिजाज थोड़ा ढीला हुआ।

सरौता लाल को जाते देखकर पीछे से उसने पुकारा, "सर, एक मिनट सर!"

सरौता लाल लौटकर बोले, "हाँ, कहिए।"

"सर, आप नाराज हो गए?"

"नहीं, मैं नाराज होकर क्या कर सकता हूँ! मामूली आदमी की क्या औकात। हैसियत होती तो दरवाज़े पर चढ़कर पुलिस औरतों को अपशब्द बोलती और मैं सुनता सिर झुकाकर!"

इंस्पेक्टर गिड़गिड़ाने लगा, "सर, आपके बारे में पता है। मुख्यमंत्री जी कुर्सी छोड़कर खड़े हो जाते हैं आपको देखकर। बैठिए सर...ऊपर से हुक्म है सर...।"

"फिर कहता हूँ कि गोइन्दा बाबू इस तरह के इनसान नहीं हैं।"

बात हो रही थी कि इसी बीच दो मोटरसाइकिल पर पुलिस दो आदमी को बैठाए आ गई।

कांस्टेबिल ने गाड़ी से उतरते कहा, "यह हैं सर, खाको बाबू के साला साहेब और यह है साला मेन खेलाड़ी बोधा मल्लाह। साले को नाव से टानकर ला रहा हूँ।

"इतना मार खाने के बाद भी कुछ कबूलता नहीं और यह है सर, नगई मल्लाह। इसी ने दिया सुराग। नहीं तो कहाँ आता यह हाथ।"

नगई मल्लाह हकलाते बोला, "हुजूर हम घाट पर अपनी नाव को रेती पर लगाकर सो रहे थे कि बोधा के घर से किसी जनाना की आवाज़ कान में पड़ी। वह बोल रही थी खरीद...। अब हुजूर यह नहीं मालूम कि खरीद कर लाई गई थी कि कोनो और बात थी। बोधा की जनाना के मुअले पाँच साल हुआ। एक छौंड़ी है, वह छोटी है। नातिन है इसकी। वही घर में थी। वह भी अभी महीना भर से है।"

कांस्टेबिल खाको के साले की ओर देखते बोला, "अब आप बताइए, साला बाबू।"

खाको के साले ने सिगरेट जलाते कहा, "का बोलें, ई साला बोधा मल्लाह मेरे दालान पर गया था। उसी रात मैं साले को ठोक देता। कहा कि पुरन्दरपुर में आपकी बहन जो ब्याही है वह...। आगे हम सुन नहीं पाए। साला पिए हुए था।"

इंस्पेक्टर अपने पैर के जूते से बोधा को ठोकर मारते बोला, "देखो, सीधे-सीधे बता दो, नहीं तो एक भी हड्डी सीधी नहीं बचेगी। यहाँ नहीं बोलेगा थाना ले जाएँगे। सब कबूल देगा।"

होंठ से रिसते ख़ून को पोछते बोधा ने कहा, "हुजूर हम गरीब आदमी हैं। छोटी बच्ची है घर पर अकेली। हम दोनों को मार दीजिए। लेकिन हमारे मुँह से गोइन्दा बाबू के नाम पर झूठी बात नहीं निकलेगी। वह तो भगवान का दूसरा रूप हैं। मैं मनइतापुर साला बाबू के घर नहीं गया था। झूठ बोल रहे हैं कोई औरत लड़की के बारे में मुझे नहीं पता।"

"नगई बोल रहा है न कि खरीद की बात जनाना को करते सुना!"

"हम मछली पकड़कर बेचते हैं। पैकर आया था। बचिया से बात कर रहा था

कि खरीदेगा बड़का-छोटका अलग-अलग रेट में। ई नगई लतखोर है। इसकी बात का आप विश्वास करते हैं!"

"थाना चल, वहीं तुमसे बात होगी।"

"चलिए हुजूर, जहाँ कहिए, वहाँ चलते हैं। सिपाही जी ने मारा है, आप भी मारकर पेट भर लीजिए। लेकिन बोल देते हैं हुजूर हमारी बचिया अकेली है। उसको कुछ हुआ और हम बच गए तो किसी को नहीं छोड़ेंगे जिन्दा।"

इंस्पेक्टर ने तमतमाकर बोधा को मारने के लिए लाठी उठाई कि सरौता लाल ने रोकते कहा, "बहुत मार पड़ी है और जब मारिएगा मर जाएगा।"

"थाना ले जाना पड़ेगा इसे सरौता बाबू!"

"आपका हक है जहाँ ले जाइए लेकिन अनुरोध है कि दिन डूबते-डूबते छोड़ दीजिएगा। घर में बच्ची अकेली है वैसे जब बुलाइएगा, थाना आ जाएगा क्यों बोधा आ जाएगा न!"

"जी हुजूर!" बोधा ने जवाब दिया।

सरौता लाल को अकेले में ले जाकर इंस्पेक्टर ने अपनी मजबूरी बताई कि ऊपर से पूरा दबाव है। खाको के सामने मंत्री जी ने बुलाकर एसपी साहेब को कहा कि रिजल्ट चाहिए। अब एसपी साहेब पेरे हुए हैं...। ई बात सही है कि गोइन्दा बाबू के खिलाफ कोई भी आदमी नहीं बोल रहा है कुछ, लेकिन, नाम उन्हीं का आ रहा है...।

सरौता लाल ने कहा, "उन्हें खोजिए, पूछताछ कीजिए। परिवार को डिस्टर्ब मत कीजिए।"

"बेटा है न!"

"वह निहायत शरीफ है। मिशनरी में पढ़ाता है। उसको क्यों पूछ रहे हैं? क्या उस पर भी आक्षेप है?"

"नहीं, अच्छा बताइए अधिकतर गोइन्दा बाबू कहाँ आते-जाते हैं?"

"कहना मुश्किल है। हर किसी की तकलीफ सुनकर पहुँच जाते हैं। कभी कोई बुलाने आ गया, वहाँ चले गए। कोई एक ठिकाना नहीं है। कोई अमल, पानी भी नहीं है।"

"अच्छा, सरौता बाबू मुझ पर ध्यान रखिएगा।"

इंस्पेक्टर ने सरौता लाल को प्रणाम करने के बाद चौकीदार को हुक्म दिया, "नगई और बोधा की कमर में रस्सी बाँधकर जीप में बैठाओ। चलो, थाना।"

जीप की अगली सीट पर इंस्पेक्टर जा बैठे, पीछे पुलिस और मुजरिम। जाते-जाते इंस्पेक्टर कुक्की की ओर देखकर बोला, "तुम्हारे बाप ने बहुत बड़ा जुर्म किया है। तनिक भी अपनी इज्जत का नहीं रखा ख्याल। इस उम्र में आदमी इतना नीचे गिरता है...!"

पुलिस की गाड़ी के जाने के बाद चटपट का गुस्सा फूट पड़ा। फरसा चमकाते कहा, "यदि गोइन्दा बाबू को गाली देता, इसी फरसा से काट देता। फाँसी होती तो होती। पीछे कोई नहीं है रोवनहारा। बागुन बाबा को भी यदि मार देता तब भी पुलिस को मार डालता मैं।"

खटपट बोला, "यह सब साला खटमल है...।"

ठीक चटपट, खटपट की तरह चन्दर पासी, कोदई मिश्र, जून्हा शर्मा, सिब्बन यादव, शिवजतन सिह आग-बबूला थे। सरौता लाल लोगों के गुस्से को समझ रहे थे। उन्हें डर लग रहा था कि इंस्पेक्टर की जबान या लाठी बागुन बाबा या घर के परिवार पर चलती तो लोग काबू से बाहर हो जाते। मारपीट शुरू हो जाती और पूरा इलाका थाने पर चढ़ जाता।

सरौता लाल लोगों को समझा-बुझाकर अपने साथ लेकर चले गए।

बफाती सोच नहीं पा रहे थे कि बाइस दुआरी इतना नीचे गिर सकता है कि...। गोइन्दा बाबू के नाम पर इतना बड़ा कलंक लगा दिया! नरक में भी ठिकाना नहीं मिलेगा।

कुक्की चाय लेकर बाहर आई। बफाती से बोली, "काका चाय पीजिए। क्या सोच रहे हैं? यह सब धूल-धक्कड़ था।"

"कुछ नहीं बिटिया, चाय की तलब थी तूने ला दिया।"

"अधिक चोट लगी है?"

"नहीं बिटिया, हाथ में दम ही नहीं था। वही मुझे मारना होता, तो खाट पर लदकर अस्पताल जाना पड़ता।"

"फिर भी सुग्गी हल्दी-प्याज गर्म करके ले आ रही है। वह लगा देगी।"

"न-न, हम लगा लेंगे।"

"अच्छा, आप ही लगाइए। लेकिन जरा चलके दिखाइए।"

बफाती इतना कहने पर उठकर चलने लगे लेकिन चाल में सहजता नहीं थी।

कुक्की पैर के अँगूठे को सूजा देखकर बोली, "यहाँ चोट है। मैं गर्म हल्दी रख देती हूँ।"

बफाती ने पैर पीछे खींच लिया।

"न-न, सयानी लड़की से पैर नहीं छुआते।"

"ठीक है तो बैद जी को बुलवाती हूँ अभी।"

बैद जी का नाम सुनकर बफाती हँसने लगे।

"जहाँ दर्द नहीं, वहाँ भी हो जाएगा बिटिया। दो देसी और एक अंग्रेजी दवा फेंटकर बैद जी पुड़िया बनाते हैं। वही दवा जूड़ी, बुखार से लेकर तपेदिक तक में चलाते हैं। कहते हैं कि रामबाण है। पासी टोला उनकी पुड़िया को अगरबत्ती दिखाकर खाता है।"

"सच्ची काका?"

"तो क्या झूठ कहूँगा। रामबाण का मायने राम का बाण। लोग यही समझते हैं। बैद जी को पासी टोला गुरु महाराज कहता है। एक बार लक्कड़दास को बलतोड़ हो गया था। बैद जी ने वही रामबाण दिया था। बीस पुड़िया। दाम भी उनसे अधिक लिया था। पूछने पर घुघुआ उठे। कहने लगे—अरे लक्कड़दास, तुमको सन्त समझकर अपना घाटा सहकर दवा दे रहा हूँ। अब इसमें कम क्यों करा रहे हो? यहीं पर है हिमालय! वहीं की बूटी है। हनुमान जी ने जिस बूटी को लाकर लखन जी को जिलाया था। अब भला, इसमें कोई मोल-भाव करता है! मिल गया आपको, अहोभाग्य मानिए।"

"फिर क्या हुआ?"

"होना क्या था, बलतोड़ फूलकर तुम्बा हो गया। वह तो भगेलू नाई ने उनके बलतोड़ को चीरकर मवाद बाहर निकाला तब जाकर उनको राहत मिली। उसके बाद पोतनी मिट्‌टी लगाकर पट्‌टी बाँध दिया। वह सूख गया।"

कुक्की ने माथा पकड़ लिया।

थोड़ी देर बीतने के बाद खुद्‌दी आकर बोली, "बफाती बाबा नहा लीजिए खाना ठंढा हो रहा है।"

बफाती बाल्टी उबहन उठाकर कुआँ पर चले गए।

कुक्की ने अन्दर आकर पूजा घर में झाँककर देखा अपिया अभी तक रामायण ही पढ़ रही हैं जबकि रोज रामायण की चार चौपाइयाँ पढ़कर गोड़ लग लेती थीं।

कुक्की ने नज़दीक जाकर देखा कि रामायण का सुन्दरकांड खुला हुआ है और उनकी आँखें बन्द है।

माँ-माँ, कहकर कुक्की ने गुहराया। अपिया ने चौंककर आँख खोला। रामायण बन्द कर प्रणाम किया और बाहर निकल आईं।

लड्डन सो गया था। अपिया कटोरी में मुकुन्ददाना, मिसरी लिए दीवानख़ाने की ओर जाने लगी।

कुक्की ने टोका, "कहाँ जा रही हो?"

"तेरे बाबूजी को प्रसाद देने।"

"बाबूजी जब आएँगे तब देना।"

"कहाँ गए हैं?"

"माँ, तुम्हें क्या हो गया है? चलो, खा लो कुछ...।"

"बिना उनके खाए, कैसे खा लूँ?"

"तुम्हें दवा खानी है।"

खुद्‌दी थाली में खाना परोसकर ले आई। मेज़ पर लगा दिया। पास में बैठ गई कुक्की।

"खाओ माँ।"

अपिया बैठी रहीं सुन्न। कई बार बोलने पर आँय-आँय करती रहीं। कुक्की रोटी दाल में भिगोकर, सब्जी के साथ अपिया को अपने हाथ से खिलाने लगी जैसे बचपन में अपिया कुक्की को खिलाती थीं। सुग्गी, खुद्‌दी रोआइन-सा चेहरा लेकर खम्भे से सटकर खड़ी, देखती रहीं सब।

अपिया ने कुक्की से पूछा, "तुम्हारे बाबूजी ने खा लिया?"

"क्या कह रही हो?"

"साबूदाने का पापड़ सेंककर दिया था?"

"नहीं।"

"सत्तू, तीसी की बुकनी में ठोप भर अचार का तेल डाल दिया था?"

"नहीं।"

"रुठ गए हैं?"

"नहीं।"

"तू नहीं समझेगी। वह जब रुठते हैं तो अपनी प्रिय चीज़ नहीं खाते। जिनसे बात करना अच्छा लगता उनसे भी बात नहीं करते।"

कुक्की अपिया की हालत देखकर फफकने लगी।

सुग्गी, खुद्‌दी भी रोने लगीं। रोना सुनकर लड्‌डन उठ गया। खुद्‌दी दौड़ी हुई गई। उसे ठोक-ठाककर फिर सुला दिया।

कुक्की ने अपिया का मुँह धुलाया और लाकर बिस्तर पर लिटा दिया। कुक्की ने कहा, "खुद्‌दी मीठा तेल देना, माँ के सिर पर लगा दूँ। आराम से सो जाएगी।"

"नहीं, मैं लगा दूँगी। आप छोड़ दीजिए।" खुद्‌दी बोली।

"क्यों जिद करती है?"

"आप ही जिद कीजिएगा? सुबह से एक दाना भी मुँह में नहीं डाला है आपने। क्या समझती हैं कि नहीं खाएँगी आप तो मैं खा लूँगी। वह मुझसे नहीं होगा।"

"मुझे भूख नहीं है।"

"मुझे ही कौन-सी भूख है! सुग्गी का सुग्गी जाने।"

सुग्गी ने कहा, "मैंने तो पहले ही कह दिया था कि मेरा पेट ठीक नहीं है।"

कुक्की समझ गई दोनों लड़कियाँ अपिया के साथ गहरे से जुड़ी हैं। इनके चेहरे की चहक बुझ गई है अपिया की हालत देखकर।

खुद्‌दी को बुलाकर कुक्की ने कहा, "तीनों का एक साथ खाना निकाल। थोड़ा देना मुझे पेट में गैस बन रहा है।"

सुग्गी चट से बोली, "दीदी गोली दूँ? माई खाती है गैस की गोली।"

कुक्की ने कहा, "बाद में, अभी नहीं।"

आधे मन से कुक्की ने खाया। सिर पर आया तूफान का असर मन पर बना हुआ था। खुद्दी और सुग्गी भी टूँगती रहीं।

खाना खाने के बाद सुग्गी सिरहाने बैठकर अपिया के सिर की मालिश करने लगी।

सुग्गी कुक्की का पैर अपनी ओर खींचकर दबाने लगी। कुक्की न-न बोलती रही लेकिन, सुग्गी ने एक न सुना।

कुक्की, अपिया जब सो गईं तब खुद्दी, सुग्गी अपने बिस्तर पर गई।

सुग्गी ने खुद्दी से कहा, "दीदी भाग्य से आ गईं।"

"आते ही तूफान आ गया। ठीक से बात भी नहीं कर पाईं।"

"माई क्या-क्या बोल रही थीं!"

"हूँक समा गई है।"

"साहेब को सच्ची में पुलिस जेल में डाल देगी? वहाँ खाना कौन देगा?"

"मैं चली जाऊँगी उनके साथ।" खुद्दी बोली।

"फिर निकल नहीं पाएगी। जेल, जेल है।"

"तो क्या हुआ!"

"चरी चाचा कब आएगा?"

"काम से गया है।"

"मैंने तय किया है कि अपना गुल्लक फोड़ दूँगी।" सुग्गी ने कहा।

"क्यों?"

"बफाती बाबा को पुलिस ने मारा है न! दवाई के लिए सारे पैसे दे दूँगी उन्हें!"

"ताड़ी पीकर माँ को बाबू ऐसे ही मारता था।" खुद्दी ने याद किया।

"अब कहाँ मारता है!"

रसोईघर से कटोरा गिरने की झन्न से आवाज़ हुई। खुद्दी दौड़कर रसोईघर में गई। कटोरे मे रखी मलाई नीचे गिर गई थी। खुद्दी बिल्ली पर गुस्सा करती कटोरे को साफ करके बर्तनों में रखकर आकर लेट गई। थोड़ी देर में खुद्दी की आँख लग गई।

रात कुछ अधिक ही काली दिख रही थी। तारे आसमान से विलुप्त थे। हवा मन्द थी। दीवाल के पार से बागुन बाबा के गाने की आवाज़ आ रही थी छनकर—

तुम काहे नहीं करते विचार
पड़ी है कबसे अर्जी हमार
यहाँ से उठकर तारा बन गए तुम
वहाँ से उठकर हम हो गए बागुन
गुनिया गिनावे नहीं गुन
नचावे नाच टुक धुम, टुक धुम...।

गायन की हल्की-सी धुन कानों में पड़ी कि कुक्की उठ गई। वह अनकने लगी। बागुन बाबा की आवाज़ सुनकर वह ड्योढ़ी में गई। वहाँ से आवाज़ साफ आ रही थी—

यह विध देखा, वह विध देखा
कोने करनवा अपढ़ होय गवा परनवा
लेखा-जोखा बहुत भवा
सबद विचार का करिहैं बागुन
गियानी थक गए
ढोवत गियनवा...।

स्वर जब धीमा होने लगा कुक्की बिस्तर पर आकर पुनः लेट गई।

"गियानी ढोवत गियनवा।" गुनगुनाने लगी। गुनगुनाते-गुनगुनाते हठात् सिसकने लगी।

खुद्दी बिस्तर से उठकर भागी हुई आई। कुक्की के सिरहाने खड़ी होकर पूछा, "बुआ क्या सिरदर्द कर रहा है, दवा दूँ!"

कुक्की ने अपने को सँभालते कहा, "नहीं, मैं ठीक हूँ। तू जाकर सो जा।"

खुद्दी पर कुक्की के कहे का कोई असर नहीं हुआ।

थोड़ी देर के बाद कुक्की पानी पीने को जब उठी, देखा, खुद्दी खड़ी है मूर्तवत्। कुक्की बोली, "तू अभी तक खड़ी है, गई नहीं, क्या बात है, कुछ कहना है?"

खुद्दी कुछ नहीं बोली। उसकी आँखों से आँसू बहने लगे। कुक्की ने उसे बाँहों में लेकर अपने पास बैठा लिया। आँसू पोंछा। पुचकारते हुए बोली, "काहे, रोती है, बोल!"

खुद्दी ने धीमे स्वर में कहा, "सपना में डर गई थीं न आप! लोहा सिरहाने रखकर सोने से बुरा सपना नहीं आता।" यह कहते खुद्दी ने अपनी अँगुली से लोहे की मुनरी निकाल कुक्की के हाथ पर रख दिया।

*

गोइन्दा बाबू की झपकी आसनसोल में जाकर टूटी। वह आँख मलते उठे। बेसिन में जाकर मुँह धुला। मुँह धोती से पोंछते हुए अपनी सीट पर आकर बैठ गए।

बगल में बैठी महिला यात्री ने कहा, "आपके एक पैर का शू दूर चला गया था। मैंने लाकर रख दिया।"

गोइन्दा बाबू ने धन्यवाद जनाते पूछा कि कौन-सा स्टेशन पार किया?

"आसनसोल पार कर रहे हैं।"

"ओह, आसनसोल...।"

"कहाँ जाएँगे आप?"

"कलकत्ता।"

"वहाँ से तो आ रहे हैं।"

"हाँ, फिर वहीं जाना है।"

"अभी कहाँ जा रहे हैं?"

ट्रेन की आवाज़ तेज थी, स्पष्ट रूप से कुछ सुनाई नहीं पड़ रहा था। गोइन्दा बाबू ने नोटबुक निकालने के लिए जेब में हाथ डाला। देखा नहीं है। उन्होंने सीट के नीचे झाँककर देखा। गुसलखाने में ढूँढ़ा। इधर-उधर नज़र दौड़ाई। कहीं नहीं देखकर हारकर बैठ गए।

"कुछ चिन्तित दिख रहे हैं।" महिला यात्री ने पूछा।

"बटुआ था, कहीं गिर गया। हो सकता है प्लेटफॉर्म पर कहीं...।"

महिला यात्री ने अपने थैले से बटुआ और नोटबुक निकालकर दिखाते बोली, "यह तो नहीं है?"

"हाँ, सम्भवत: यही है। कहाँ मिला आपको? बहुत धन्यवाद।"

"सीट के नीचे पड़ा था। चिनियाबदाम बेचनेवाला उठाकर जा रहा था। मेरी नज़र जब पड़ी तब उसने रखा। कितने रुपये थे?"

"नहीं मालूम...।"

बटुआ खोलकर जब गोइन्दा बाबू ने देखा दस-दस के पचास नोट पड़े हैं। बेसिन में आँख धोते उनकी कपड़ों पर निगाह गई, अच्छा नहीं लगा। कभी इतने गन्दे कपड़े में वे नहीं रहे। वह सोचकर मरे जा रहे थे कि कुक्की के घरवाले क्या सोचेंगे कि बाबूजी को यह क्या हो गया! फिर अपने को समझाने लगे कि उनके टोकने से पहले कह दूँगा कि सफर में कपड़े गन्दे तो हो ही जाते हैं। वैसे भी कौन उसके यहाँ रहने जा रहा हूँ।

मधुपुर ट्रेन रुकी। महिला यात्री को एक व्यक्ति खाने का पैकेट दे गया। महिला ने पैकेट खोलकर एक काग़ज़ के प्लेट में गोइन्दा बाबू को पूड़ी-सब्जी बढ़ा दिया। गोइन्दा बाबू ने मना किया, "नहीं। यह सब नहीं...मूढ़ीवाला आएगा। वही खाने की इच्छा है।" मगर महिला के प्रेम के आगे वह विवश हो गए।

महिला ने फिर पूछा, "कहाँ जाएँगे?"

"पटना।"

"कौन थी वह लड़की?"

"कौन?"

"वह जो आपसे हाथ छुड़ाकर उतर गई?"

गोइन्दा बाबू समझ गए कि इस महिला ने लगता है सारा वार्तालाप सुन लिया

था। अब इसे नया क्या बताना, "जगदम्बा! जगदम्बा थी।"

"आपकी बेटी है?"

"हाँ, बेटी ही जैसी।"

"साहसी लड़की है...। जहाँ तक मैं समझ पाई हूँ उस छोटे-से लम्हे में, वह नई मुक्ति की बात कर रही थी। समाज, परिवार ने मुक्ति की जो स्थापना दी है, उससे परे वह एक नई मुक्ति की ओर इशारा कर रही थी...।"

"पता नहीं, इतना मैंने ध्यान नहीं दिया।"

"आपसे नाराज है?"

"नहीं।"

"कलकत्ते में कहाँ रहती है वह?"

"वह जहाँ भी रहेगी पहुँच जाऊँगा वहाँ। साथ ले आऊँगा।"

"बाँधकर लाएँगे उसे?"

"कोई जानवर है कि बाँधकर लाएँगे! इनसान कोई बाँधने की चीज़ है? दरअसल जानवर भी बाँधने की चीज़ नहीं है मगर, आदमी अपने स्वार्थ में क्या नहीं करता! न हाथ बाँधने की चीज़ है, न मन। जहाँ कहीं बन्धन की गाँठ पड़ेगी, वह दिखे न दिखे, इनसान कुम्हला जाता है।"

महिला ने पर्स से अपना कार्ड निकालकर देते हुए कहा, "आप कलकत्ता जब भी आइएगा, मुझसे मिलिएगा। वहीं रहती हूँ। जसीडीह आनेवाला है, मैं उतर जाऊँगी। मेरा नाम है आलोमुखी।"

जसीडीह जब ट्रेन रुकी महिला ट्रेन से उतरकर खिड़की से गोइन्दा बाबू को एक पैकेट थमाया। बोली, "ट्रेन चलने पर इसे खोलिएगा।"

गोइन्दा बाबू ने पैकेट एक किनारे रख दिया। उनका ध्यान जगदम्बा और अपने गन्दे कपड़े पर था। ट्रेन से तेज गति में उनके दिमाग़ में चीजें दौड़ रही थीं कभी इस पटरी पर, कभी उस पटरी पर। असमंजस की स्थिति बनी हुई थी। एक मन आगे चलने को कह रहा था, दूसरा मन पीछे खींच रहा था।

पटना जंक्शन पर ट्रेन सुबह नौ बजे तक पहुँच गई। ट्रेन से उतरकर गोइन्दा बाबू बाहर निकल फल, मिठाई खरीदकर रिक्शा पर बैठ तो गए मगर, बार-बार उनका ध्यान कपड़े की ओर जा रहा था और वे असहज महसूस कर रहे थे।

कुक्की के घर पर रिक्शा से उतरते ही वकील साहेब गेट पर ही मिल गए। चरण स्पर्श किया और उन्हें लेकर अन्दर आ गए। सीधे घर में न जाकर पीछे के रास्ते से अपने चैम्बर में।

थोड़ी देर में चाय वगैरह हुआ। बातचीत करने के क्रम में वकील साहेब ने घर पर पुलिस के आने की ख़बर दी और यह भी कहा, "खाको की पत्नी को लेकर चले जाने का पुलिस आप पर सन्देह कर रही है। जगह-जगह आपकी तलाश

में छापे मार रही है। लेकिन, चिन्ता की बात नहीं, मैं देखता हूँ। पता करता हूँ कि एफआईआर हुआ है कि नहीं। सब ठीक हो जाएगा बाबूजी। आप यहाँ आराम से रहिए।"

गोइन्दा बाबू अवाक् रह गए सुनकर। वह कुछ बोलनेवाले थे कि सीने में दर्द होने लगा और वह अचेत हो गए।

वकील साहेब ने सीने को मला। गाड़ी निकाली। डॉक्टर के पास लेकर भागे। डॉक्टर ने चेकअप करने के बाद तुरन्त इमरजेंसी में ले जाने की सलाह दी। इमरजेंसी में नहीं उन्हें आईसीयू में भर्ती किया गया। देर तक बाहर बैठे रहे वकील साहेब।

दोपहर के बाद डॉक्टर ने बताया, "घबराने की बात नहीं है। मामूली हार्ट अटैक था। होश में आ गए हैं। लेकिन अभी दो दिन यहाँ ऑब्जर्वेशन रहने दीजिए।"

सुख़बर सुनकर वकील साहेब की जान में जान आई। वह गोइन्दा बाबू से मिलकर घर चले गए। एक बार सोचा कि कुक्की, माँ और चरी को बाबूजी की ख़बर दे दें फिर सोचा कि जब बाबूजी अस्पताल से घर आ जाएँ, तभी ख़बर देना ठीक होगा।

देर होता देख बसन्त की चिन्ता बढ़ गई कि सुबह से छोटे बाबू ने न किसी का फ़ोन उठाया और न कुछ खाया। बस, एक-दो कप चाय पिया है। घर पहुँचने पर बसन्त ने डरते-डरते वकील साहेब से जाकर पूछा, "छोटे बाबू, बाबूजी कैसे हैं?"

"ठीक हैं। होश आ गया है।"

"घर का खाना खा सकते हैं न!"

"यह तो मैं डॉक्टर से पूछना ही भूल गया।"

"कोई बात नहीं, शाम में खाना लेकर चलूँगा आपके साथ। डॉक्टर मना करेंगे तो वापिस ले आऊँगा। अभी आपके लिए क्या ले आऊँ?"

वकील साहेब फाइल देखने में व्यस्त हो गए। थोड़ी देर के बाद चूड़ा, बादाम और आलू की टिक्की बनाकर बसन्त ले आए। चैम्बर में देखा कि वकील साहेब नहीं हैं। इधर-उधर देखा। पुकारने की उनकी आवाज़ सुनाई पड़ी। बसन्त दौड़कर नीचे गए।

वकील साहेब ने कहा, "मैं बाज़ार जा रहा हूँ। बाबूजी की अटैची ट्रेन में चोरी हो गई, इसलिए उनके लिए कपड़े लेने हैं। पहनने के कपड़े और लुँगी, बनियाइन, तौलिया।"

बसन्त बोले, "नाश्ता गाड़ी में रख दें।"

"नहीं, लौटकर आता हूँ...! खाना तैयार करके रखो बाबूजी के लिए।"

"अस्पताल मैं भी चलूँगा साहेब।"

"चलना।"

वकील साहेब ने गाड़ी स्टार्ट की, निकल गए। बसन्त ने सोचा पता नहीं,

पुरन्दरपुर वाली दुल्हिन को ख़बर है कि नहीं। बसन्त ने फ़ोन का चोंगा ख़बर देने के लिए उठाया फिर नीचे रख दिया। उसे लगा शायद ठीक नहीं होगा, बिना साहेब से पूछे...।

पच्चीस

सुबह से ही गाँव में हलचल है। लोग नदी की तरफ भागे जा रहे हैं। पुलिस की जीप पहले गई। पीछे से मोटरसाइकिल से आधा दर्जन पुलिस। चौकीदार भी भागा हुआ गया।

गाँव से भी कई लोग गए। चटपट, खटपट भी उघारे बदन, खड़ाऊँ पहने हुए निकल गए हाथ में भाला लेकर।

गाँव में किसी को मालूम नहीं है कुछ कि क्यों भागे जा रहे हैं लोग। पूछने पर जानेवाले भी नहीं कह रहे हैं कुछ। सभी के अन्दर जानने का कौतूहल चरम पर है।

शहद निकालनेवाले नट को आता देख, छपहार ने लपककर अपने पास उसे बुलाया। बुलाकर कहा, "तुम तो नदी की तरफ से आ रहे हो, बताओ कि माजरा क्या है!"

नट उनको जवाब देने के लिए रुका नहीं। चलते-चलते बोला, "मोको का मालूम। लोग बतावत हैं कि कोनो जनाना की लाश मिली है।"

झन्नू गोवर्धन ताड़ गए कि नट के पास पक्की ख़बर है मगर, वह शहद के चक्कर में है। उन्होंने हाँक देकर नट को बुलाया। कहा, "शहद निकालना है, इधर आओ। बड़ा छत्ता है मेरे बाग़ीचे में।"

यह सुनते ही नट पलट गया। झन्नू गोवर्धन के नज़दीक जाकर सलाम किया और वहीं बैठ गया, "हाँ, हुजूर! छोटकी माछी है कि बड़की?"

"बोलता हूँ। पहले गुड़ खाकर पानी पी लो फिर...।"

छपहार ने अपने दरवाज़े से टिटकारी मारते कहा, "क्या वह गुड़ खिलाने से दूसरी बात कहेगा? वह शहद के फेरा में है। दो पैसे का जुगाड़ होगा, चूल्हा जलेगा कि आपकी तरह इधर-उधर की चकल्लस में रहेगा?"

इतना सुनना था कि झन्नू गोवर्धन अगिया-बैताल हो गए। लगा कि किसी ने भरे बाज़ार उनका पिछुआ खोल दिया हो। थरथराते गले से कहा, "ख़बरदार छपहार अपनी औकात में रहिए। अभी ऐसा दिन नहीं गिर गया है कि जिसको राह चलने का ढंग नहीं, वह भी मुझ पर हँसे।"

छपहार ने भी ऊँचे गले से जवाब दिया, "राह चलने का ढंग मुझे नहीं है, मैं

नदी पर नहीं गया लेकिन, तुम काहे नहीं गए? घर में बिलाई की तरह म्याऊँ-म्याऊँ करने से नहीं होता। लँगड़ी बिलार घर में ही शिकार!" छपहार हाथ चमकाते झन्नू गोवर्धन के दरवाज़े तक आ गए।

झन्नू गोवर्धन छपहार को बिदकाने का कोई दाँव नहीं छोड़ते। उन्होंने बाल पर हाथ फेरते कहा, "सूप हँसे तो हँसे, चलनी क्या हँसे जिसको बहत्तर छेद। सोनारिन के फेरा में हम जाकर सुबह-शाम चाय की दुकान पर नहीं बैठते। जेब से रेजा निकाल बाल हम नहीं सँवारते घड़ी-घड़ी। माथे में चार बाल पर इतना सिगार, इतना इतराना, मुझसे नहीं हो सकता। वह तो आप ही कर सकते हैं।"

"माथे पर बाल होने से होता है! छुछूँदरी भी तुम्हें नहीं देखती। सोनारिन की बात छोड़ो! वह अपने हाथ से चाय पिलाती है, नहीं एक दिन जाऊँ, हज़ार लोगों से पूछेगी, राह देखेगी। अइसे ही...।"

"वह दुकानदारी करती है। उसके आप जैसे अनेक भेंड़ा हैं। कभी आइना में देखा है अपनी सूरत! चूसे हुए आम की तरह लगते हैं आप और मूँछ चुहिया की तरह बोलने पर हिलती रहती है। कइसे सर्कस में भीड़ बढ़ाने के लिए सर्कस का मालिक बौना जोकर के मुँह में कालिख-चूना पोत्कर गेट पर बैठा देता है। वही जोकर आप हैं सोनारिन की दुकान का। हम गोड़ लगते हैं, नहीं चाहिए ऐसी फंटुसई।"

छपहार, झन्नू गोवर्धन का कुकरझौंझ चल ही रही था कि सरौता लाल के दरवाज़े पर नदी से लौटकर पुलिस-जीप आकर रुकी।

जीप से उतर इंस्पेक्टर ने सरौता लाल से कहा, "सर, उस दिन डीह बँधने के समय जो लोग हाथी-घोड़ा बने थे, उन्हें बुलवाइए।"

सरौता लाल बोले, "बुलवाना क्या, सभी लोग तो यहीं हैं। जून्हा शर्मा, लक्कड़दास, मिरदहा, कोदई मिश्र, नकछेदी, चन्दर पासी, चटपट, खटपट और भी कई लोग। वे लोग नदी पर भी गए थे। देखिए वे आ गए।" सरौता लाल ने सभी को बुलाया। वे सभी इंस्पेक्टर के सामने आकर खड़े हो गए।

इंस्पेक्टर ने आसपास लगी भीड़ की ओर देखकर पूछा कि आप लोग खाको की जनाना को कोठरी से निकलकर भागते देखा था?

सभी लोगों ने समवेत स्वर में जवाब दिया, "जी देखा था।"

"वह किधर को भागी थी? क्या नदी की ओर?"

सभी लोगों ने हामी भर दी।

"उस समय जनाना को पकड़ने के लिए लोग दौड़े तो किसने मना किया कि नहीं पकड़ना है। मत पकड़ो।"

लक्कड़दास ने कहा, "अजोरे भगत।"

सभी लोगों ने लक्कड़दास का समर्थन किया।

अजोरे भगत भीड़ में खड़ा था। वह समझ नहीं पा रहा था कि यह सब क्यों पूछा जा रहा है।

इंस्पेक्टर ने अजोरे भगत को अपने पास बुलाया। कहा, "क्यों अजोरे भगत तुमने मना किया था?"

अजोरे भगत सिर झुकाकर धीरे से बोला, "जी हुजूर! सच बात है। काहे वास्ते बोला था, यह भी पूछिए। हम बताएँगे। भगता भी बताएगा कि देवी-डिवहार, भूत-प्रेत, जिसके माथा पर सवारी करते हैं, वह तो भागेगा ही। भागकर कहाँ जाएगा। मन्तर उसको डीह बँधने की जगह पर ले ही जाएगा। पकड़ने से खतरा होता है। देवता रूठ जाता है।"

"लेकिन, उस औरत को तुम्हारा मंत्र डीह बँधने की जगह पर नहीं ला सका। वह नदी पर चली गई। दिमाग़ी हालत ठीक नहीं थी। नदी में कूदकर जान दे दिया।"

इंस्पेक्टर ने पुलिस को इशारा किया। पुलिस ने अजोरे भगत के हाथ में हथकड़ी डालकर जीप पर बैठा लिया। पुलिस भीड़ को हटाते बोली, "भागो-भागो। तमाशा मत खड़ा करो। नहीं, तो तुम सभी को शक में ले जाना पड़ेगा।"

भीड़ धीरे-धीरे छँट गई।

अजोरे भगत की जनाना कारन करके रोने लगी बेल के नीचे बैठकर। उसका रोना पुलिस-गारद के जाने के बाद भी जारी रहा।

बफाती अपने दरवाज़े से बाहर नहीं गए और न ही आते-जाते लोगों से पुलिस की जीप के बारे में कुछ पूछा।

खुद्दी, सुग्गी, कुक्की दरवाज़े के फोफर से देखती रहीं लेकिन कुछ सुन न सकीं कि क्या कुछ हुआ। अन्दाज लगाती रहीं कुछ का कुछ।

दूसरे दिन शाम में सरौता लाल आए। बफाती का कुशल-क्षेम जानने और कुक्की से मिलने। बफाती ने दीवानख़ाना खोलकर उन्हें बैठाया। कुक्की को भीतर जाकर ख़बर कर दी।

कुक्की आई। चरण स्पर्श कर, चाय लाने को पूछा लेकिन, उन्होंने मना कर दिया।

सरौता लाल ने मुस्कराते कहा, "भगवान के यहाँ देर है, अन्धेर नहीं।"

कुक्की ने उत्सुकता से पूछा, "क्या हुआ चाचा?"

"होना क्या था! दूध का दूध, पानी का पानी हो गया। पुलिस को कहना पड़ा कि गोइन्दा बाबू निर्दोष हैं।"

खुशी से कुक्की उछल पड़ी। बच्चों की तरह ताली बजाने लगी। अन्दर भागकर गई, अपिया को लेकर नाचने लगी।

बफाती, सुग्गी, खुद्दी को लेकर कुक्की दीवानख़ाने में आई और सभी सरौता लाल को घेरकर बैठ गए।

सरौता लाल ने जेब से निकालकर इलायची मुँह में डालते कहा, "थाना पर

बोधा मल्लाह और नगई को पुलिस पीटी होगी। वहाँ बोधा बोला कि एक जनाना भागती हुई आई, नदी में छलाँग लगा लिया।

"उसने पुलिस को बताया कि उस समय वह लेटा था। निगाह पड़ते दौड़कर गया। बचाने की कोशिश की लेकिन, नदी की धारा में करंट था। वह हुचुक-हुचुककर पानी पीने लगी और डूब गई।

"पुलिस फिर बोधा, नगई को लेकर नदी पर आई। गोताखोर बुलाए गए, मछुआ सब आए। दो-तीन घंटे की मशक्कत के बाद एक जनाना की लाश बरामद हुई घाट से दो मील दूरी पर। आधा चेहरा जानवर ने खा लिया था या सड़कर गिर गया था, भगवान जानें! लाश को घाट पर लाया गया।

"लाश इतनी बदबू कर रही थी कि पास खड़ा होना मुश्किल हो रहा था।"

कुक्की ने पूछा, "आप नदी पर थे?"

"हाँ और क्या। मैं क्या दो-तीन गाँव के पचासों आदमी थे। खाको भी था। उसी को तो पहचानने के लिए बुलाई थी पुलिस।"

"उसने पहचाना?"

"रुमाल नाक पर रखकर वह दूर बैठा था। पुलिस के पूछने पर कि खाको बाबू, देखिए यह आपकी जनाना है? वह बोला कि लगता है, वही है। पुलिस ने दुबारा, तिबारा पूछा—कहा कि लगता है नहीं, पक्का बोलिए, देखकर कहिए आपकी जनाना है? उसने कहा—हाँ, वही है। यह कहकर उसने जल्दी से अपना पिंड छुड़ाया।

इंस्पेक्टर ने उसके बाद खाको को डाँटते कहा कि गोइन्दा बाबू जैसे सज्जन व्यक्ति का नाम क्यों लगाया! इस पर वह बोला कि गलती हो गई। पुराना बराहिल साला झूठ बोला। उसके साले का लड़का दुक्खी, वही...दो में चार मिलाकर मिस गाइड किया। परिवार में भी किसी को विश्वास नहीं था। गलती हो गई साहेब।"

"दुक्खी बोला?" बफाती ने आश्चर्य से पूछा।

"हाँ, दुक्खी।"

"और बोधा मल्लाह का क्या हुआ?"

"वह छूट गया। वह निर्दोष था। बेचारे की बेवजह पिटाई हुई।"

"इसका मतलब गोइन्दा बाबू पर केस नहीं चलेगा?"

"एफआईआर ही नहीं था। जाँच में सब साफ हो गया मुजरिम अजोरे भगत ठहराया गया। उस पर चलेगा मुकदमा। जल्दी जमानत नहीं होगी।"

कुक्की को विश्वास ही नहीं हो रहा था कि दुक्खी जिसके लिए बाबूजी ने क्या नहीं किया, जिसे माँ अपने बेटे की तरह मानती थी, वह ऐसा करेगा! आस्तीन का साँप निकला।

बातचीत में रिश्तेदार कहते थे कि गोइन्दा बाबू को एक नहीं, दो बेटे हैं। एक चरी दूसरा दुक्खी।

बफाती ने सरौता लाल से जानना चाहा, "अजोरे भगत ने जान-बूझकर ऐसा नहीं किया। फिर क्यों पुलिस ले गई?"

सरौता लाल ने कहा, "यही तो पेंच है। क्यों पुलिस ले गई उसे? जिस जनाना की मानसिक स्थिति अच्छी नहीं हो, जिसकी दवा चल रही हो, उसको जब लोग पकड़कर घर में लाना चाहते थे, तो अजोरे भगत ने पकड़ने से रोका। नतीजा निकला कि वह नदी में डूबकर आत्महत्या कर ली। दोषी वह नहीं फिर दूसरा कौन होगा!"

कुक्की भाव विह्वल होकर बोली, "चाचा आप इस आफत की घड़ी में सिर पर हाथ रखे रहे।"

"नहीं, मेरा नहीं, बोधा मल्लाह का श्रेय है। उसने तो केस ही उलट दिया। यदि जनाना के नदी में छलाँग लगाने की बात उसने नहीं कबूली होती, लाश नहीं मिलती, खाको नहीं पहचानता तब गोइन्दा बाबू की परेशानी बढ़ सकती थी। इसलिए कहता हूँ कि ईश्वर के यहाँ देर है, अन्धेर नहीं।"

सरौता लाल के जाने के बाद कुक्की ने साड़ी की खूँट से निकालकर बफाती को दस का नोट दिया। बोली, "काका लड्डू ले आइए। भगवान को चढ़ाकर सभी में प्रसाद बाँट दीजिए। ग्रह-गोचर कटा। बस, बाबूजी, चरी नीक-नीक घर आ जाएँ...।" बोलते-बोलते उसकी आँखें छलक पड़ीं।

बफाती द्रवित होकर बोले, "बिटिया अब काहे रोती है? भारी दिन बीत गए।"

"हम लोगों के लिए काका आपको भी पुलिस की मार खानी पड़ी।"

"तू मुझे पराया समझती है? अरे, मैंने अपने परिवार के लिए लाठी खाई है। इसका हमें कोई मलाल नहीं।"

"नहीं, काका पराया क्यों समझूँगी! अपने से बढ़कर आप हैं।"

"बिटिया सबसे बड़ा घात दुक्खी ने किया। जिस पत्तल में खाया, उसी में छेद कर दिया।"

"ऐसा उसने क्यों किया, कुछ समझ में नहीं आता।"

"वह अपने फूफा की बीमारी में गया था। फूफा ने जाने क्या पढ़ाया-सिखाया...।"

बफाती लड्डू लाने बाज़ार चले गए। कुक्की भीतर आ गई। आज कुक्की पूरे घर को अँकवार में लेकर नाचना चाहती है। सरौता लाल ने आकर जो खुशख़बरी सुनाई उसमें वह ऊभ-चुभ हो रही है।

खुद्दी ने लड्डन को कुक्की की गोद में दे दिया। लड्डन अर्धनिद्रा में था। कुक्की थाप देते लोरी सुनाने लगी—

"बाबू के सपना के देस ले जा निन्दिया
कँगना देबो, झुलनी गढ़इबों, देबो नवलखा हार
सपना के देस ले जा निन्दिया...।"

सुग्गी पीछे से आकर बोली, "और क्या-क्या दोगी बुआ?"

"तुझे क्यों बताऊँ!"

"नहीं बताओगी तो मैं भी नहीं बताऊँगी।"

"क्या नहीं बताएगी?" कुक्की ने पूछा।

"पहले बताओ तब बोलूँगी।"

"उस निन्दिया को पायल दूँगी, बिछिया दूँगी, टिकुली दूँगी और दूँगी सुरमेदानी।"

"एक चीज़ तुम भूल रही हो।"

"क्या?"

"याद करो बुआ, नहीं न याद आ रहा है नाक की लवँग।"

कुक्की ने अपनी नाक सूनी देखकर, बोली, "मेरी नाक की लवँग...!"

सुग्गी ने नीचे से उठाकर कुक्की की नाक में लवँग पहना दिया।

छब्बीस

गोइन्दा बाबू अस्पताल से आ गए। अब चेहरे पर शान्ति की छाया है। ठीक वकील साहेब की बगल वाले कमरे में उनके रहने की व्यवस्था की गई है। चैम्बर से उठकर जब-तब वकील साहेब गोइन्दा बाबू के पास आकर बैठते हैं। उन्हें अकेला नहीं महसूस होने देते। संयोग ठीक था उसी समय चरी का फ़ोन आ गया वकील साहेब ने जना दिया था कि बाबूजी पटना में हैं, चले आओ।

चरी तीसरे दिन कलकत्ते से पटना आ पहुँचा। उसने गोइन्दा बाबू के कमरे में अपने सोने के लिए एक खाट डलवा ली जिससे कि रात-बिरात कुछ ज़रूरत पड़े, तो वह उठ सके। बसन्त के रहने के बावजूद। बसन्त भी कहाँ कम सेवा कर रहा है! हमेशा मुँह ताकता रहता है, पूछता रहता है कि बाबूजी क्या खाने की इच्छा है, नाश्ता क्या बना दूँ। वगैरह-वगैरह। कुक्की के सास-ससुर भी ख्याल रखते हैं कि कोई कष्ट गोइन्दा बाबू को न होने पाए।

रविवार के दिन वकील साहेब भर दिन अपने पिता, माँ और चरी के साथ गोइन्दा बाबू के पास बैठकर गप्प मारते रहे। वकील साहेब ने गोइन्दा बाबू को बताया कि चरी कलकत्ता से आ रहा हैं। तो उन्होंने पूछा, "क्या मिशनरी के काम से जाना हुआ था?"

"नहीं आपको खोजने गया था। बोधा मल्लाह ने बताया कि आप कलकत्ता में खरीदपुर गए हैं। कलकत्ता पहुँचने पर मालूम हुआ खरीदपुर नहीं खड़गपुर जगह है। फिर खड़गपुर चला गया। वहाँ लगभग सभी पोस्ट ऑफ़िस छान मारा लेकिन

जगदम्बा के मामा मधुसूदन का पता नहीं चला।"

गोइन्दा बाबू वकील साहब बातें सुनकर मन्द-मन्द मुस्कराते रहे। उन्होंने नहीं बताया कि उनकी मुलाकात जगदम्बा के मामा से हुई और जिसे वह खड़गपुर जान रहा है, वह खिदिरपुर नामक जगह है। वह कलकत्ते में है।

कुक्की हर दिन शाम में वकील साहेब को फ़ोन करने की कोशिश करती है। पोस्ट ऑफ़िस जाती है, कभी फ़ोन लगता था, कभी नहीं। उस शाम कुक्की का फ़ोन वकील साहेब के लिए खुशियों की सौगात लेकर आया कि बाबूजी निर्दोष हैं। पुलिस ने अपनी जाँच बन्द कर दी। वकील साहेब ने इसे ईश्वर की कृपा माना और मन्दिर चले गए। मन्दिर के बाहर बैठे भिखारियों को खाने का पैकेट वितरित किया। वहाँ से लौटने के बाद गोइन्दा बाबू को अकेले में बताया कि आप केस से बरी हैं। आप पर एफआईआर भी नहीं हुआ था। दोषी कोई और था। पुलिस-जाँच में वह पकड़ लिया गया। पूरी बात विस्तार से वकील साहेब ने बताई।

गोइन्दा बाबू ने हाँ-न कुछ भी नहीं कहा। उनके चेहरे पर कोई प्रतिक्रिया नहीं। बोधा के बारे में एक बार उन्होंने उसे हँसी-हँसी में मुक्ति का दूत कहा था, वह उन्हें याद आ रहा था। वह सोच रहे थे कि कैसे मैंने कह दिया था, तब तो नहीं जानता था उसकी विराटता। लघु पीपल के गाछ की छाया का अनुमान लगाना न आसान है और न उसकी शीतलता का और न ही यह कि उसके कन्धे पर कितने पंछी आकर बैठेंगे, शान्ति का अनुभव करेंगे। लेकिन कभी-कभी अनाड़ी के मुँह से परम शक्ति कहलवा देती है आगम की बात। वही हुआ कि मजाक में कहा हुआ वचन सच हो गया।

वकील साहेब गोइन्दा बाबू के अस्पताल में भर्ती होने की ख़बर कुक्की से छिपा ले गए। नहीं बताया।

गोइन्दा बाबू ने वकील साहेब से पूछा, "कुक्की की माँ, कुक्की गाँव पर अकेली होंगी। जाना चाहिए।"

"ठीक है बाबूजी, चार-पाँच दिनों के बाद घर के बारे मे कुछ सोचिए।"

गोइन्दा बाबू को पैकेट की याद आई। उन्होंने जानना चाहा, "पैकेट कोई था...।"

"हाँ-हाँ, वह मैंने अपने चैम्बर की आलमारी में रख दिया था।"

"खोलकर देखिए उसमें क्या है?"

वकील साहेब पैकेट ले आए और उसे गोइन्दा बाबू के सामने खोला। करेंसी नोट की गड्डी और चिट्ठी थी उसमें। चिट्ठी में लिखा था मिस्टर गो, आप थोड़ा भिन्न हैं अन्य मनुष्यों से, इसलिए आपके प्रति मेरा आकर्षण बढ़ा। आप कलकत्ता जब भी आइएगा, मेरे यहाँ ही ठहरिएगा। हाँ, दो हज़ार रुपये, यह आपके लिए है। अन्यथा नहीं लेंगे। आपकी आलोमुखी।

"यह महिला कौन है?" वकील साहेब ने उत्सुकता से पूछा।

"ट्रेन में पास वाली सीट की यात्री।"

"आपसे बहुत प्रभावित हैं। पूछा नहीं कहाँ रहती है?"

"कुरते की जेब में कार्ड होगा। उन्होंने दिया था...। एक डायरी भी थी।"

"मैंने सब ठीक से रखा है। ले आता हूँ।"

वकील साहेब ने कार्ड देखकर कहा, "दवा कम्पनी की मालकिन हैं—आलोमुखी।"

"उनके पते पर रुपये वापस भेजना है।" गोइन्दा बाबू ने कहा।

"क्या यह उचित होगा? वह दुखी नहीं होंगी क्या!"

"वह खुश भी तो हो सकती हैं यह सोचकर कि रुपयों से रिश्तों की बुनियाद नहीं डाली जा सकती।"

वकील साहेब बाबूजी की दार्शनिक बातों को सिर्फ़ सुनते हैं, कोई तर्क-वितर्क नहीं करते। वकील साहेब ने बसन्त को पास से उठने का इशारा किया कि बाबूजी को थोड़ा आराम करने दो।

बसन्त और वकील साहेब कमरे से बाहर आ गए। इस बीच चरी आ गए। वकील साहब के पास बैठकख़ाने में गप्प करने लगे। मज़ाक़ करते वकील साहेब ने चरी से कहा, "पानी छिप-छिपकर पीते हैं आप?"

चरी ने कहा, "किस पानी की बात कर रहे हैं। मैंने कभी शराब नहीं पी।"

"नही मैं उस पानी की बात नहीं कर रहा।"

"किसकी बात कर रहे हैं?"

"जिस पानी में रहती है नैया।"

चरी झेंप गया। आँखें नीचे कर ली। पास में पड़ी हुई किताब उलटने-पुलटने लगा।

"तुम्हें पता है कि वह कितनी परेशान थी! दसियों बार आई। मुझे पूछा कि कोई फ़ोन आया था? मेरे पास कोई उत्तर नहीं था। मैंने बहाना बना दिया कि पोस्ट ऑफ़िस का फ़ोन खराब हो गया, जल्दी ठीक हो जाएगा। फिर फ़ोन आएगा। अरे भाई, रफू करने का भी एक हिसाब-किताब है। मेरी तो राय है कि उसे फ़ोन करके बुला लो। बाबूजी से भी मिल लेगी। उनका आशीर्वाद फलदायी होगा।"

"ठीक है। वैसे खड़गपुर से जब भी लगाया घंटी बजती रही। कोई उठाया नहीं।"

"ऐसे समय में किये होगे जब वह कॉलेज में रही होगी।"

बसन्त दो प्लेट पोहा लेकर आ गया। मेज़ पर रखते बसन्त ने कहा, "चरी बाबू, यह स्पेशल पोहा खासकर आपके लिए ही बनाया है।"

वकील साहेब ने मज़ाक़ में कहा, "यानी मेरे लिए नहीं।"

बसन्त हँसने लगा, "आप तो बनानेवाले ही हैं न? मेरे भीतर का प्रेम तो आप ही का दिया प्रेम है।"

"बहस बिना किये हथियार डाल दिया?"

मुख्तार साहेब को आते देखकर सब चुप हो गए।

"गोइन्दा बाबू सो रहे हैं कि जगे हुए हैं?" मुख्तार साहेब ने पूछा।

"सोए हैं। उठा दूँ क्या?"

"नहीं, जब उठेंगे बात होगी। चरी बाबू, दुल्हिन आपके बारे में बता रही थीं कि आप अच्छा गाते हैं। शाम की बैठकी में आपका तराना हो।"

चरी मुस्कराकर रह गया।

मुख्तार साहेब के जाने के बाद वकील साहेब बोले, "पिताजी पहले कचहरी से आने के बाद थोड़ी देर तक रियाज करते थे। उनकी ठुमरी, टप्पा का जवाब नहीं। सुनने बैठा आदमी, बैठा ही रह जाए।"

कुक्की की सासु ने चरी को आवाज़ दी। चरी जाने लगा कि जब तक वह खुद आ गईं। कुर्सी खिसकाकर बैठते हुए उन्होंने पूछा, "क्या पुरन्दरपुर दुल्हिन से और माँ से बात हुई?"

चरी कुछ बोले कि वकील साहेब ने कहा, "पोस्ट ऑफ़िस का फ़ोन चरी को लगा ही नहीं। इसलिए पुरन्दरपुर बात नहीं हो सकी।"

"क्या तुमने दुल्हिन को गोइन्दा बाबू के बारे में जनाया कि वह पटना में हैं?"

"हाँ, माँ बोल दिया है लेकिन, यह नहीं कहा कि अस्पताल जाना पड़ा था। मैंने इसे छिपा लिया।"

"ठीक किया। घबरा जातीं चरी की माँ और दुल्हिन।"

यह बोलते हुए वह गोइन्दा बाबू के कमरे में चली गईं। वकील साहेब ने कुक्की से ही नहीं, चरी से भी कितना कुछ छिपा रखा है। अपने प्रिय को बचाने के लिए अपने प्रिय को छिपाना पड़ता है कभी-कभी, सच। वकील साहेब को इसके लिए कोई ग्लानि नहीं थी।

सत्ताईस

बाज़ार ख़बरों का अड्डा है।

रेडियो, अख़बार की ख़बरों की चीर-फाड़ होती है सो होती है इसके अलावा लोगों के पास अपने इलाके की बहरिया, भितरिया ख़बर भी होती है। किसिम-किसिम की ख़बर।

सोनारिन की चाय की दुकान भी बड़ी ख़बर का एक अड्डा है। जब से इस इलाके के लोगों को चाय का चस्का लगा तब से चटोर हो गए हैं। चाय पीते-पीते नमकीन, दालमोट, समोसा भी गड़पने लगे है। वह दिन दूर नहीं जब खाने का होटल भी खुल जाएगा और शहरों की तरह लोग घर का खाना आछत बाज़ार में खाना शुरू कर देंगे।

संस्कृत पाठशाला के आचार्य, प्रथमा, मध्यमा के छात्रों को चेता रहे हैं, "चाय की दुकान की ओर ताक-झाँक ठीक नहीं। भिक्षाटन में जो भी प्राप्त होता है, उसी का भोग ठाकुर को देना है और अपने पाना है। विद्याध्ययन में जिह्वा को वश में रख ब्रह्मचर्य का पालन करना, अच्छे विद्यार्थी का लक्षण है।"

आचार्य की बात सुनकर रामराज भूज ढेकी चलाते ठठाकर हँस पड़े।

सोनारिन चुटकी लेते बोली, "बड़ा हँस रहे हो, हाथी का पाँचवाँ पैर देख लिया है क्या?"

"पैर-वैर हम का देखेंगे। बीड़ी-खैनी ब्रह्मचारी लोग खाते हैं सो खाते हैं, अंडा भी गटकते हैं। आचार जी को लगता है कि दूध के धोए हैं सब।"

"खाते हैं तो तुमको क्या! आचार जी बूढ़-पुरनिया हो गए हैं। नीक बात सिखाते हैं। जवान को जिसमें नीक लगेगा, वही न करेगा!"

छपहार को चाय की दुकान में घुसते देखकर सोनारिन दुकान में आ गई। पहले से चाय की दुकान पर बैठे लोग आव-भगत में उनके लिए बेंच पर जगह बनाते थोड़ा खिसक गए।

पुरन्दरपुर गाँव का कोई भी दिख जाए, बाज़ार के लोग गोइन्दा बाबू की चर्चा शुरू कर देते हैं।

छपहार से रामराज भूज ने ऊँचे गले से कहा, "छपहार भाई, गोइन्दा बाबू ठीक हुए? सुना है कि किसी के काम से गए थे, वहीं बीमार पड़ गए। कैसा बेटा है चरी, मिशनरी के स्कूल में व्यस्त है। बाप की ख़बर लेने को उसे फुरसत नहीं।"

घुनघुन सेठ मोटे गले से बोले, "अब मिशनरी कितना दिन...!"

छपहार ने चौंककर पूछा, "क्यों, मिशनरी में क्या हुआ?"

"क्यों क्या पूछते हैं! माल महराज का मिर्जा के खेले होली!"

"मतलब।"

"इसलिए हम कोई बात मुँह से नहीं निकालते हैं। आप लोगों की आदत है, खोद-खोदकर पूछने की, कोनों छिपा हुआ बात है। सब जानता है बाबू कुनकुन सिह की पुश्तैनी ज़मीन में मिशनरी है। जितना बाप-दादा उनका दान किया, उतना न लीजिएगा कि फाजिल ज़मीन घेरकर रख लीजिएगा। कुनकुन सिह 'सनातन पार्टी' खड़ा किया है। शंख छापी है। जीतने भर की देरी है। मिशनरी में हल चलवा देगा। बात हो गई है। पाँच कट्ठा ज़मीन दो गोटा मिलकर कीन लेंगे हम।"

"क्या वहाँ दुकान करोगे?"

"दुकान काहे करेंगे, स्कूल खोलेंगे।"

"स्कूल? नोंन, तेल, हल्दी, मिरचा बेचते-बेचते स्कूल...!"

"हम बनिया हैं जिसमें दो पइसा का नफा होगा, वही काम करूँगा। स्कूल खोलने पर चरी को बड़की कुर्सी पर बैठा दूँगा।"

चटपट, खटपट पर नज़र पड़ते ही घुनघुन सेठ की सिट्ठी-पिट्टी बन्द।

चटपट ने घुनघुन सेठ को टोका, "मुँह काहे पीछे घुमा लिया। इधर मूड़ी करो।"

घुनघुन सेठ हें-हें करते प्रणाम किया, "न-न गरदन में दरद था।"

"देखो सेठ चार बाज़ार की तहबाज़ारी तूने गोल कर दिया।"

सेठ ने हकलाते कहा, "चटपट बाबू सुरता से उतर गया और कुछो बात नहीं। गोल काहे करेंगे!"

"न-न, तुम इतना समझ लो इसे कि गोसवाला हो, चाहे बरतनवाला हो, कोई भी तहबाज़ारी दिये बिना जा नहीं सकता। दोनों भाई बाज़ार के दिन लाठी लेकर बैठते हैं। प्रचार करनेवाला आता है, उसको भी देनी पड़ती है तहबाज़ारी।"

"कहिए तो गमछा में गरी का गोला बाँध दूँ!"

"न-न, हम ले लेंगे बाज़ार के दिन जो लेना होगा।"

घुनघुन सेठ के पेट का पानी हिल गया। वह सोचने लगे कि क्या न क्या बाज़ार के दिन दोनों भाई तहबाज़ारी की एवज में उठा लेगा। कौन इनसे फौजदारी करेगा!

ऊपरी मन से सेठ ने दोनों भाइयों को बैठने के लिए कहा लेकिन वे छपहार को देखकर बढ़ गए।

छपहार से खटपट ने कहा, "सुना है कुछ, डाकबाबू कह रहे थे कि बेसी दिन पोस्ट ऑफ़िस यहाँ नहीं रहनेवाला...।"

छपहार नकियाते बोले, "कहाँ बिलाइत में जाएगा?"

"जहाँ जाए। जिसकी चिट्ठी-पत्री आती हो, वह जाने। हम लोग काहे चिन्ता करें, का कोनो हम लोग की डाक आती है!"

"मज़ाक़ किया होगा डाकिया।"

"मज़ाक़ बुझाता है! डूबनेवाला है सब...।"

कोदई मिश्र ने भी खटपट की बात की हुँकारी भरी। कहा, "सोलहो आना सही। डाकघर जाएगा सो जाएगा और बाकी घर-दुआर भी नदी लेकर चली जाएगी। नदी जैसे कहर ढाहती हुई बढ़ती आ रही है, खैर नहीं है। किसी रात में पूरब वाली बाग़ तक पहुँच जाएगी। वहाँ जब पहुँची फिर...पुरन्दरपुर गाँव डूबने में कितना दिन!"

"कोदई मिश्र, तुम्हारा गाँव बच जाएगा? शिव के त्रिशूल पर है?"

"हम कहाँ कह रहे हैं बच जाएगा लेकिन खटपट तुम्हारी तहबाज़ारी का क्या होगा?"

"पानी पर सिघाड़ा उगाएगा यहाँ का बनिया, मगर, तहबाज़ारी तो देनी ही पड़ेगी?" बफाती ने कहा।

चाय की दुकान पर लोग ठहाका मारकर हँसने लगे।

बफाती बाज़ार से देर में लौटे। वहाँ गपास्टक में रम गए थे। घर पहुँचकर देखा कि कुक्की अपिया को सहारा देकर चला रही है और बता रही है, "कल बाबूजी, चरी, तुम्हारे दामाद पटना से आ रहे हैं। जानती हो तुम्हारे लिए बाबूजी क्या लेकर आ रहे हैं?"

"क्या ला रहे हैं?" अपिया ने बाल-सुलभ ढंग से पूछा।

"तुम बताओ, तुमने क्या कहा था?"

"मैंने तो कुछ भी नहीं कहा था।"

"फिर भी सोचो।"

"मैं कहने क्यों जाऊँगी, कभी कहा है आज तक! बिना कहे हुए ही वे जान जाते हैं मेरे मन की बात।"

"तुम भी जानती हो उनके मन की बात?"

"बिना जाने ही पीठा, रिकवच, नोनबरिया बनाती हूँ!"

"तुम उनको लेकर मायके जाती हो?"

"इधर नहीं गई। कई साल पहले भतीजा की शादी में गई थी। तब तू पाँच साल की थी। वहाँ ससुराल में तेरे बाबूजी के नखरे देखती! यह नहीं, वह नहीं। दस आदमी लगा हुआ है आगे-पीछे, मना रहा है। भोलेनाथ हैं तेरे बाबूजी। खुश हो गए तो खुश हो गए। उन्हें खुश देखकर मेरे भाई-भतीजों की जान-में-जान आई। बस, ससुराल में ही नखरा दिखाते हैं और कहीं नहीं। मेरी भौजाई अभी भी उन्हें चिढ़ाती है जनाना जमाई कहकर।"

"ऐसा क्यों?"

"शादी के समय जब मैं विदा हो रही थी तो माँ को पकड़कर रोने लगी। मुझे रोता देखकर वह भी रोने लगे। माँ से कहा कि विदा मत कीजिए हम ही मिलने आ जाया करेंगे।"

बफाती मुग्ध-भाव से कुक्की, अपिया का गप्प सुन रहे थे। अपिया की बफाती पर निगाह पड़ी वह चुप हो गई और कुक्की लेकर उन्हें अन्दर चली गई।

चाय लेकर जब कुक्की बफाती को देने बाहर आई तो बफाती ने पूछा, "बिटिया, भौजी अब ठीक हैं न!"

"पहले से इम्प्रूब किया है। थोड़ा समय लगेगा। मैं कोशिश कर रही हूँ उन्हें हादसे से निकालने की...।"

बाज़ार में बड़ा हल्ला है कि नदी तेजी से आगे आ रही है। तराई के कई गाँव नदी के पेट में चले गए। हम लोग भी उसके निशाने पर हैं। बाँध बनाके रोकना ज़रूरी है।"

"न-न, काका! बाँध बनाने से नदी मर जाएगी या पागल हो जाएगी। दोनों ठीक नहीं है।"

"उपाय क्या है?"

"उपाय है, पुराने लोग गाँव के जो हैं, उनके पास उपाय है।"

बफाती ने हुँह, करके बात को टाल दिया। पूछा, "क्या सही में कल गोइन्दा बाबू आ रहे हैं?"

"हाँ, चरी और वह भी...।"

बफाती उछल पड़े। हाथ जोड़कर सूर्य देवता को प्रणाम कर सिर झुकाया।

बागुन बाबा के कान में गोइन्दा बाबू के आने की बात गई कि वह बैल की सानी चलाकर बिना हाथ धुले आ गए। पूछा, "कब?"

कुक्की बोली, "दोपहर तक।"

"तब तो नदी पर जाकर मैं मछली ले आता हूँ। दामाद भी आ रहे हैं...। चरी भी साथ आ रहा है न?"

"वह भी साथ ही आ रहा है। किसने कहा?" बागुन बाबा ने पूछा।

"फ़ोन आया था पोस्ट ऑफ़िस में बागुन बाबा। डाकिया बाबू आकर जना गए।"

बागुन बाबा सुँघनी सूँघते नदी की ओर निकल पड़े। बफाती दीवानख़ाने के फूलदान को धोकर उसमें लाल गुलाब, नागकेसर, गेंदा, जटाधारी, रजनीगन्धा के फूल चुनकर रखने की जुगत में लग गए।

कुक्की खुद्दी को पकड़कर नाचने लगी। गुनगुनाते हुए—

छतवा देबो लगाय
छतवा देबो लगाय
बरखा में, देबो लगाय
गोड़ रंग दे नउनिया भौजी
छतवा देबो लगाय...।

दीया की माँ कुक्की का गाना सुनकर दीवाल के पार से बोलीं, "कुक्की बड़ा लहरिया गाना है रे। मुझे तो अपने गौना की बात याद आ गई।"

खुद्दी ने कहा, "मैं जब गाती हूँ तब क्या करने का मन करता है दादी।"

"तब, आकर बताती हूँ।"

कुक्की दीया की माँ को आते देख चारपाई के नीचे छुप गई।

अट्ठाईस

गोइन्दा बाबू जब से लौटकर गाँव आए हैं रोज ही इक्का-दुक्का लोग मिलने आ रहे हैं। महीना-भर बीतने के बाद भी और तो और मिशनरी के फ़ादर फिनिक्स, एलर्ट, फ़ादर होहो, सिस्टर स्वीटी बिना किसी सूचना के एक दिन सुबह मिलने आ पहुँचे।

अपनी सद्भावना व्यक्त करते फ़ादर फिनिक्स ने गोइन्दा बाबू से कहा, "कभी आप मिशनरी आइए। आपकी उपस्थिति से बच्चों का ही नहीं, हम सभी का मनोबल बढ़ेगा।" जाते-जाते उन्होंने गोइन्दा बाबू से आग्रह किया, "चरी बार-बार मिशनरी लौटने की बात कर रहा है, कृपया आप उस रोकें। पटना के जिस डिग्री कॉलेज से नियुक्ति पत्र आया है, उसे वहाँ ज्वाइन करना चाहिए। हम लोगों ने उसे समझा-बुझाकर मिशनरी नहीं पटना में रहने को कहा है।"

गोइन्दा बाबू ने आत्मीय स्वर में कहा, "फ़ादर इसमें मुझे क्या कहना! वह आप सभी की प्रशंसा करते नहीं अघाता। मुझे विश्वास है कि आपने प्रेम के जिस अधिकार से उसे पटना के कॉलेज में ज्वाइन करने के लिए कहा है, वह आपकी बात का अनादर नहीं करेगा।"

मिशनरी के लोगों के जाने के बाद उस दिन बागुन बाबा गोइन्दा बाबू पर उखड़ गए। बोलने लगे, "क्या चरी से कोई दुश्मनी थी जो उसे पटना भेज दिया? यहाँ मिशनरी में था, घर आता-जाता था क्या बुरा था! हाँ, यह अलग बात है कि उसकी कमाई कम थी। कमाई करने के चक्कर में आदमी कम होते जा रहे हैं। एक चरी था वह भी...।"

गोइन्दा बाबू ने बागुन बाबा की अपनत्व भरी नाराजगी पर मुस्कराते हुए कहा, "बागुन चाचा, उसकी कमाई से हमको क्या! रेलवे की पेंशन और घर की खेती-बारी से घर चल जाता है। चरी भी पैसा का कहाँ भूखा है! वह तो कम पैसे में खुश रहनेवाला लड़का है। मिशनरी के लोगों ने जबरदस्ती भेजा उसे। देखिए वहाँ टिकता है कब तक! वैसे हर महीने आएगा ही आएगा। मुझसे अधिक उसको अपनी माँ का मोह सताता है।"

बागुन बाबा को दुख है कि चरी उनसे बोलकर नहीं गया। गोइन्दा बाबू यह समझ रहे हैं।

उन्होंने उनका मन रखने के लिए कहा, "चरी आपको कहने के लिए कहा कि बागुन बाबा के साथ ही रहना है। पटना तो पटना, गाँव तो गाँव।"

"झूठा कहीं का! बागुन बाबा का इतना ही मोह होता तो जाता ही क्यों! आने पर समझाऊँगा उसे कि कमाई के चक्कर में आदमी कम हो गए। तुम रहो, उस कमी को पूरा करो। अपने हिस्से की ज़मीन तुम्हारे नाम करता हूँ।"

बागुन बाबा से बातचीत चल ही रही थी कि डाकिया बाबू आ गए। आकर बताया, "कलकत्ता से फ़ोन आया था। कोई जनाना की आवाज़ बुझाया। तीन बजे फिर फ़ोन आएगा। अरजेंट बात है। ऐसा कहा है।"

गोइन्दा बाबू ने घड़ी देखा। दो बज रहे थे। झट से उन्होंने कपड़ा बदला जाने लगे कि बोधा मल्लाह आ गए। मिलते ही गोइन्दा बाबू का कन्धा पकड़ रोने लगे। गोइन्दा बाबू भी रुआँसा हो गए। कहा, "मेरे साथ पोस्ट ऑफ़िस चलो। रास्ते में बात होगी।"

रास्ते में टुकड़ों में बात होती रही। लगता था कि प्रेम का आवेग बहुत कुछ कहने को आतुर है मगर वह बाँध तोड़कर नहीं बल्कि बाँध के छोटे-छोटे छिद्र से आने में सुख का अनुभव कर रहा है।

"मेरे जाने के बाद तुम्हारी बहुत सांसत हुई न!"

"पार हो गया। उस बखत हमरा छाती में कतना बल आ गया कि जो हो जाए मगर, जगदम्बा के बारे में कुछ कहना नहीं है।"

"सुना कि औरत की कोई लाश नदी में मिली? खाको ने कहा हाँ, वह मेरी जनाना है।"

"सही बात। नदी पर लाश जलाने लोग आते हैं। कुछ मारकर किसी को रात में नदी में फेंक जाते हैं। कई तरह की बात है।"

"जगदम्बा के मायके के लोग?"

"नाम मत लीजिए, जानवर से गए-गुजरे हैं। आप बोलिए कि जगदम्बा को उसके मामा के यहाँ चहुँपा दिये न!"

गोइन्दा बाबू कुछ जवाब देते कि पोस्ट ऑफ़िस आ गया। वह फ़ोन के पास चले गए। लगभग बीस मिनट के बाद फ़ोन घनघना उठा। चोंगा डाकिया बाबू ने उठाया। आवाज़ सुनकर गोइन्दा बाबू को थमा दिया।

"मैं आलोमुखी बोल रही हूँ, आप गोइन्दा बाबू!"

"जी नमस्कार, हाँ मैं गोइन्दा।"

"पहचाना आपने कलकत्ता से पटना लौटते समय ट्रेन में भेंट हुई थी। मैंने अपना कार्ड भी दिया था। याद आया? और आपकी डायरी से आपके पोस्ट-ऑफ़िस का फ़ोन नम्बर भी नोट कर लिया था।"

"जी।"

"मुझे अपना डाक का पता लिखवा दीजिए फ़ोन पर बहुत बात नहीं हो सकती।"

गोइन्दा बाबू ने आलोमुखी को अपना पता लिखवा दिया उसके बाद फ़ोन कट गया।

पोस्ट ऑफ़िस से निकलने के बाद बोधा ने रुमाल में बँधा पायल खोलकर गोइन्दा बाबू को दिखाते कहा, "जगदम्बा के एक गोड़ का पायल खुलकर मेरे घर

में गिर गया था। उसके दूसरे गोड़ का पायल और कहीं गिर गया होगा। इसका क्या करें गोइन्दा बाबू?"

"रखे रहना। यदि वह लौटेगी तो उसके हाथ में दे देना। वह खुश हो जाएगी।"

"वह कब लौटेगी?"

"देखो।"

"उसे रोते हुए देखा है, हँसते हुए देखना चाहता हूँ। बड़ा मन है। हमारी छोटकी बचिया का और उसका मुँह एकदम मिलता है। लगता है कि पहिलौठी जो बचिया मर गई थी, वह जगदम्बा के रूप में वापिस आ गई।"

"उसका मोह लग रहा है?"

"लगेगा नहीं गोइन्दा बाबू! सोना जैसी लड़की बेलल्ला हो गई। हमारे मन में एक बात आई है। कहिए तो बोलूँ?"

"हाँ, बोलो न!"

"एक गोड़ का पायल है। दूसरे गोड़ का बनवा लेता हूँ। मन में नौ-छौ था कि एक नया, एक पुराना। ठीक नहीं। फिर सोचा कि उसका चिन्हासी है। आप बोलिए क्या करें!"

"तुम्हारा मन है, एक जोड़ा नया ले लो। इसको भी रखे रहो।"

"छूछे पायल ही देंगे गोइन्दा बाबू! बेटी जाना है तो बाप को जो जुरेगा, आटेगा, वह देगा।"

गोइन्दा बाबू रास्ते में रुककर बोधा को देखने लगे। छलछला आई दोनों की आँखें।"

"मुझे उसके मामा के यहाँ एक बार ले चलिएगा गोइन्दा बाबू!"

"ज़रूर।"

"कब?"

"तुम्हें ख़बर कर दूँगा जब चलना होगा।"

आधे रास्ते में बोधा गोइन्दा बाबू से विदा लेकर नदी पर चले गए। गोइन्दा बाबू बोधा और जगदम्बा के बारे में सोचते हुए अपने गाँव से आगे निकल गए। तन्द्रा जब टूटी फिर मुड़कर घर वापस आए। बोधा की बातों की ऊष्मा लिये हुए हैं।

अपिया दरवाज़े पर खड़ी थी। गोइन्दा बाबू उनका हाथ पकड़ दीवानख़ाने में आकर बैठ गए। अपिया में कोई उत्सुकता नहीं है। सुस्त-सी हैं। जहाँ बैठती हैं, वहाँ बैठी रहती हैं। गोइन्दा बाबू अपिया के भीतर खोए अपनी अपिया को ढूँढ़ने की कोशिश कर रहे हैं। उन्हें हँसाने का दस जतन कर रहे हैं।

दस बात करने पर किसी एक बात का जवाब देती हैं अपिया। खाने-पीने का ध्यान नहीं रहता। अकसर चीज़ें रखकर भूल जाती हैं। कुक्की के बाद खुद्दी, सुग्गी उनको सँभालने में जी-जान से लगी हुई है।

जिस दिन अपिया अपनी चेतना में रहेंगी उस दिन खाना बनाएँगी। गोइन्दा बाबू के पास बैठकर पहले की तरह गप्प मारेंगी और अन्त में पूछेंगी कि जगदम्बा का क्या हुआ?

रात में कुछ दिनों से अकसर गोइन्दा बाबू चौंककर नींद से जगकर बैठ जाते हैं। मानो अपिया उनके सामने आकर पूछ रही है कि जगदम्बा का क्या हुआ?

गोइन्दा बाबू की नींद जब टूटती है, वह लिखने बैठ जाते हैं डायरी। किसी से जो दिल की बात नहीं कह पाते उसे डायरी में कहते हैं। कुछ चीज़ें अपने से भी छिपाते हैं। न जाने कौन-सा डर है कि उन्हें लिखने नहीं देता। थोड़ा-थोड़ा उनका अनकहा उनके मन के कोने में इकट्ठा होता जा रहा है। उन्हीं में से एक जगदम्बा की बतकही भी है।

अपने मन की बात बोधा कह सकता है, वह क्यों नहीं? जगदम्बा कह सकती है वह क्यों नहीं? इसका उत्तर गोइन्दा बाबू ही दे सकते हैं। शायद उस दिन दें, जिस दिन उनके भीतर में बैठा इनसान जो उन्हें कहने से रोकता है, उससे पूछ सकें कि वह ऐसा क्यों कर रहा है!

आलोमुखी क्या चाहती हैं? गोइन्दा बाबू सोचते हैं कहीं उनके मन में कोई दूसरी बात तो नहीं! वह याद करके मुस्कराते हैं बागुन बाबा की बात कि जोगिन जोगी के फेरा में लकुटी भी गई, कवंडल भी गया...। बुझाया नहीं काहे जोगनियाँ नैना मटकावे, काहे जोगिया ताली बजावे!

...नारालगाते हुए लोग गाँव की गलियों से गुज़र रहे हैं। धर्म की जय हो, अधर्म का नाश हो...धर्म की जय हो... अधर्म का नाश हो...। गूँज कान में पड़ते गोइन्दा बाबू बिस्तर से उठ गए। दीवानख़ाने के बाहर निकलकर देखा कि हाथ में पताका लिये जवान, बूढ़े, बच्चे पचासों की संख्या में...। गोइन्दा बाबू ने अनुमान लगाया कहीं यज्ञ वगैरह होगा।

उन्होंने बफाती से पूछा, "कहाँ यज्ञ हो रहा है?"

"यह यज्ञ का नहीं, सनातन पारटी का लोग है।"

"यह कौन पारटी है?"

"कुनकुन सिह ने बनाया है। चुनाव लड़ेंगे।"

"क्या चुनाव अभी है?"

"कुछ होगा, बुझाता थोड़ो है। गांधी जी गए, देश में खींचा-खींची चलने लगा।"

नकछेदी उसी जुलूस में हाथ में एक पताका लिये चलते हुए दिखे। गोइन्दा बाबू ने उन्हें आवाज़ दिया। वे दौड़ते हुए गोइन्दा बाबू के करीब आकर खड़ा हो गए। हाँफते हुए कहा, "हाँ, बोलिए चाचा!"

"यह कैसा जुलूस है?"

"विजय जुलूस है?"

"विजय, विजय जुलूस है। कैसा विजय जुलूस है?"

नकछेदी चौकी पर बैठ गए। पताका को बगल में खोंस दिया। बोले, "आपको नहीं मालूम है क्या कि मिशनरी की आधी ज़मीन पर निचली अदालत से कुनकुन सिह नेता की डिग्री हो गई। ऊँची अदालत से भी डिग्री हो ही जाएगी। पार्टी की मीटिंग में नेता बोल दिया है कि कल से मिशनरी के सामने पचास आदमी शंख फूँकेगा और नारा लगाएगा धर्म की जय हो, अधर्म का नाश हो। अपने भागेगा ईसाई सब। अंग्रेज का बाल-बच्चा है। नेता जी आकड़ा बता रहे थे कि कितना हिन्दू को ईसाई बनाया गया। चलते हैं, आगे के गाँव में जाना है।"

नकछेदी दौड़कर पुनः उस जुलूस में शामिल हो गए गोइन्दा बाबू मिशनरी की बात सुनकर चिन्ता में पड़ गए। इस दुष्प्रचार से हिन्दुओं में गुस्सा पैदा होगा, यह ठीक नहीं। सही बात जानने के लिए गोइन्दा बाबू सरौता लाल के घर जाने लगे कि चटपट, खटपट की आवाज़ सुनकर गली में खड़ा हो गए।

"घुनघुन सेठ क्या बोल रहा था कि मिशनरी की ज़मीन चार कट्ठा खरीदेगा। कुनकुन सिहवा झगड़ा-फसाद करवा के छोड़ेगा। बेचारे कतल कर दिये जाएँगे ईसाई लोग...।"

गोइन्दा बाबू इतना सुनकर घर लौट आए। मन-ही-मन तय किया कि कल सुबह वह मिशनरी जाएँगे।

दीवानख़ाने में आकर एक पुराना बचा हुआ रिकॉर्ड लगाया। थोड़ा सुना फिर मन उचाट हो गया। वे घर के भीतर अपिया के कमरे में गए। उनके पलंग पर बैठकर अपने युवा दिनों की चर्चा करते, हँसी-मज़ाक़ शुरू कर दिया जिससे कि अपिया के भीतर की चहक वापस आ जाए।

अपिया थोड़ा-सा खिलीं कि तभी दीया की माँ के साथ अजोरे भगत की पत्नी आ गई। वह गोइन्दा बाबू का पैर पकड़कर रोने लगी। गोइन्दा बाबू ने उठाते हुए पूछा, "अब क्या हुआ? मेरे दामाद तो केस देख रहे हैं। मैं भी निगाह रखे हुए हूँ।"

वह आँसू पोंछते बोली, "वह जमानत पर कल छूटकर आ रहे हैं। आप गोसइयाँ हैं। भगवान होकर खड़े हो गए। हमरा उजड़ा घर फिर से बस गया।"

"इसमें रोने की क्या बात है, खुशी की बात है।"

"हम खुश हैं हुजूर! इतने बड़े गाँव में कोई साथ नहीं दिया न सरौता बाबू, न छपहार, न मिरदहा, न और कोई।"

अजोरे भगत बहु ने अपिया का चरण स्पर्श किया। अपिया ने उसका खोंइछा भरा। माँग में सिन्दूर लगाया, गले मिली, मीठा खिलाया। डेहरी खोलकर खुद्दी से थोड़ा काला नमक चावल देने के लिए बोला।

अजोरे भगत की पत्नी, चावल, मीठा लेकर विभोर होकर बोली—

"जइसे हमें जुड़वलू कि ओइसन
वैसे तोहार धियवा जुड़ास ओइसन...।"

अपिया ने शीतला माई का साक्षात्कार मानो कर लिया दोनों हाथ जोड़कर सिर झुकाए रहीं। आशीर्वाद की वर्षा में भीगती रही देर तक।

दूसरे दिन सुबह नाश्ता वगैरह करने के बाद बफाती को बोलकर गोइन्दा बाबू मिशनरी चले गए। करीब दो बजे के आस-पास वहाँ पहुँचे।

मिशनरी में सन्नाटा था। परिसर में लोग सहमे-सहमे थे। फ़ादर फिनिक्स ने उन्हें बताया कि उपद्रवी लोगों ने मिशनरी में घुसकर तोड़-फोड़ की और धमकी भी दे गए कि यहाँ से भागो नहीं तो जान से मार डालेंगे। बाहर गेट पर नारा लगाते हैं कुनकुन सिह के लोग कि धर्म परिवर्तन का खेल बन्द करो...।

गोइन्दा बाबू ने पूरी बात सुनने के बाद कहा, "कल सुबह से गेट के बाहर मिशनरी के लोगों को उपद्रवी तत्त्वों द्वारा नफरत फैलाने और मिशनरी में घुसकर तोड़-फोड़ करने के प्रतिकार में अनशन पर बैठना चाहिए।"

फ़ादर फिनिक्स, माइकल, फ़ादर होहो, एलर्ट, सिस्टर जूली, सिस्टर स्वीटी सभी ने एक स्वर में अपनी सहमति व्यक्त की। रातोंरात बैनर बना, प्ले कार्ड तैयार हुआ और सुबह नौ बजते-बजते मिशनरी के लोगों के साथ गोइन्दा बाबू अनशन पर बैठ गए।

गोइन्दा बाबू को बैठा देख बाज़ार के कुछ दुकानदार भी आ गए और दूसरे दिन कई विद्यार्थी, सामाजिक कार्यकर्त्ता उस अनशन में शरीक हुए।

प्रशासन जब तक मिशनरी की सुरक्षा के लिए आश्वस्त नहीं करेगा और असामाजिक तत्त्वों को गिरफ़्तार नहीं करेगा, तब तक यह अनशन जारी रहेगा।

माइक पर यह बोलते हुए गोइन्दा बाबू थोड़ा असहज महसूस करने लगे कि माइक दूसरे को थमा दिया। घंटा-भर भी बीता न होगा कि वह अचेत हो गए। फ़ादर फिनिक्स उन्हें गाड़ी में लेकर अस्पताल भागे। उन्हें इमरजेंसी में भर्ती कर लिया गया।

डॉक्टर ने जाँच के बाद मेजर हार्ट अटैक बताया। कहा, "हो सकता है ऑपरेशन करना पड़े।"

फ़ादर फिनिक्स ने द्रुत गति से चरी को ख़बर कर दिया और गाड़ी भेजकर अपिया, बफाती को बुलवा लिया। दूसरे दिन चरी, वकील साहेब, कुक्की, नैया सभी आ पहुँचे।

गोइन्दा बाबू को होश आ गया था लेकिन बोलने में कठिनाई हो रही थी। उन्होंने घर के लोगों से मिलने की इच्छा जाहिर की।

डॉक्टर ने परिवार के लोगों को इमरजेंसी रूम में गोइन्दा बाबू से मिलने के लिए भेजते हुए कहा, "तुरन्त मिलकर निकल आइए, अधिक बात नहीं करनी है।"

परिवार को देखकर गोइन्दा बाबू ने हाथ जोड़कर प्रणाम किया और अपिया का हाथ पकड़ अपनी छाती पर रखा कि हिचकी आई और...।

दौड़कर डॉक्टर को बुलाया गया लेकिन पंछी तो जा चुका था। अपिया पछाड़ खाकर गिर गईं। दाँत बैठ गया। बेसुध हो गईं। उन्हें उठाकर उसी इमरजेंसी में भर्ती किया गया।

कोहराम मच गया। कुक्की, चरी, नैया की सिसकियाँ देखकर ढाढ़स बँधाने की हिम्मत नहीं जुटा पा रहे थे फ़ादर फिनिक्स। वकील साहेब की आँखें भरी हुई थीं। वह बार-बार बेसिन में जाकर आँखें धुलकर आते थे कि फिर भर आती थीं। बफाती अलग बैठकर एक कोने में रोए ही जा रहे थे। उन्हें वकील साहेब चुप कराने गए अपनी सिसकियाँ रोके हुए।

इसी बीच एक और दुखद ख़बर आई कि अपिया नहीं रहीं। सब्र का बाँध टूट गया। वकील साहेब भी फूट-फूटकर रोने लगे।

अपिया, गोइन्दा बाबू के शवों को मिशनरी की भान से रातोंरात गाँव लाया गया। सुबह ख़बर लगते पूरा जबार फाट पड़ा। बोधा मल्लाह रात ही आ गए ख़बर पाते।

दूसरे दिन पूरब की बाग़ में दोनों की चिता सजाई गई। जब उससे लपट उठी वहाँ खड़े हज़ारों लोग बिलखने लगे। चिता के पास कभी औरतें नहीं आती हैं लेकिन इन चिताओं के पास सैकड़ों औरतें खड़ी थीं आँखों में अश्रु लिये।

सभी की ज़बान पर यही बात थी कि फरिश्ता थे वे लोग...। दूसरे के कष्ट को दूर करने के लिए अपना चैन-सुख गँवाया...।

सभी शोकाकुल लोग चरी को ढाढ़स बँधा रहे थे कि हम तुम्हारे साथ हैं। बागुन बाबा दूर में बैठे थे चुपचाप। भीड़ के छँटने के बाद भी वे चिता के पास बैठे रहे। शायद कुछ कहा-सुना बाकी रह गया हो, वह पूरा कर रहे हों।

अचानक बफाती ने चरी से आधी रात में कहा, "बागुन बाबा नहीं आए। चिता के पास तो बैठे हुए न हों। चलो ले आते हैं।" चरी ने कहा, "नहीं उन्हें लाने की ज़रूरत नहीं। वे स्वतः आ जाएँगे...।"

चरी की बात पर बफाती ने कान नहीं दिया। चुपके से वह उठे और दबे पाँव पूरब की बाग़ में टॉर्च लेकर निकल गए। चारों ओर सन्नाटा था। पूरब की बाग़ में चिता की राख ठंडी हो चुकी थी। पेड़ों के नीचे सूखे झरे पत्तों के खड़कने की आवाज़ आ रही थी रुक-रुककर। बफाती ने चिता को प्रणाम किया। चारों ओर टॉर्च जलाकर देखा लेकिन कोई नज़र नहीं आया। पीछे उनके कन्धे पर हाथ रखते बागुन बाबा ने पूछा, "किसे ढूँढ़ रहे हो बफाती?"

बफाती डर गए। उनके मुँह बोकार नहीं फूटा।

उनतीस

शोक में डूबा हुआ गाँव-घर। कहीं कोई आवाज़ नहीं। हवा भी शान्त है...।

दिन लुप-लुप कर रहा है।

धीरे-धीरे उसकी लाली विलीन हो रही है आसमान में। दरवाज़े की उटान से ध्यानपूर्वक उसे देख रहे थे बागुन बाबा।

सूरज जब विलीन हो गया तब उन्होंने नज़र हटाई। बफाती को पुकारते कहा, "सूरज कहाँ डूबा? जहाँ डूबा, वह आसमान का मध्य था या किनारा?"

बफाती कुछ समझ न सके। उनके सिर के ऊपर से निकल गई बागुन बाबा की बातें। वह चुप रहे। कोई जवाब न पाकर अपने आपसे बागुन बाबा कहने लगे, "न वह आसमान का मध्य था, न किनारा। वह हमारा मध्य था, हमारा किनारा था। हम अपना-अपना सूरज उगते और अस्त होते देखते हैं इसी तरह।"

यह बोलते हुए वह जाकर बफाती के पास बैठ गए।

"दो महीने ग्यारह दिन हो गए आज।" बफाती ने कहा।

"चरी की कोई ख़बर? कब आ रहा है?"

"पोस्ट ऑफ़िस में फ़ोन आया था। अगले महीने में आ रहे हैं सब।"

"सब माने?" बागुन बाबा ने पूछा।

"कुक्की, वकील साहेब, लड्डन, चरी, नैया...।"

"नैया! नैया कौन?"

"कुक्की की जान-पहचान की है। अस्पताल में भी आई थी। यहाँ भी। अच्छी लड़की है।"

बागुन बाबा उठकर बरामदे में टहलने लगे बोलते हुए, "पहले यह घर कितना मनसाहिन रहता था। दीवानख़ाने से गाना बजने की आवाज़, आँगन में चिड़िया की चू-चू और अपिया, गोइन्दा बाबू की बतकही...रसपूर्ण...सुनने को मिलती थीं। खुद्दी, सुग्गी चहकती रहती थीं अपिया के इर्द-गिर्द...। भरा-भरा रहता था सब कुछ...।"

"भौजी रोज छटाक भर चावल चिड़ियाँ-चुरंग को सुबह छींट देती थीं। दरवाज़े से कोई खाली कभी लौटा नहीं। कितना भी दुख क्यों न हो, गोइन्दा बाबू के पास आने से वह फुर्र हो जाता था। उनकी बोली...लगता था किसी गहरे से निकालकर कोई शीतल जल से प्यासे का कंठ तर कर रहा है।"

"खुद्दी, सुग्गी कभी नहीं आती?"

"चार-पाँच दिन पर आकर झाड़ू-बुहारू कर जाती है। कुक्की बहिनी कहती है उसे अपने पास ले जाने के लिए और मुझे भी। मैं यदि चला गया फिर यहाँ कौन देखेगा?"

बागुन बाबा उदास से हो गए यह सोचकर कि पुरन्दरपुर गाँव से नाता धीरे-धीरे

चरी ने ख़त्म करने को तय कर लिया है। वह भी आँखों से ओझल हो जाएगा। देखने का मन करेगा, मन मसोसकर रह जाना पड़ेगा।

"क्या सोच रहे हैं बागुन बाबा?"

"पटना ले जाने को कुक्की कह रही है तो चले क्यों नहीं जाते। यहाँ कौन चोरी-डकैती हो रही है?"

बफाती उठकर दरवाज़े के चौखट के पास गए। वहाँ से उठाकर एक ख़ाली डिब्बा ले आए। बागुन बाबा को दिखाते कहा, "देखिए इस डिब्बे में जूता था। मेरे लिए लाया था चरी। कोई जूता निकाल ले गया। डिब्बा छोड़ गया और आप कहते हैं कि कोई चोरी-डकैती हो रही है? चोरों के भय से मैं अपने घर खाना खाने नहीं जाता। घरवाली यहाँ खाना दे जाती है।

"आपको तो याद ही होगा जब गोइन्दा बाबू, भौजी पटना गए थे, चरी उस समय हॉस्टल में रहता था। घर में ताला बन्द था। लौटकर जब आए तो देखा कि चारपाई, बरतन सब गोल। उस रात पत्तल में लोग खाना खाए। गाँव तो वही है। इसलिए घर छोड़कर मैं कहीं डोलता नहीं।"

"उड़ती हुई बात सुनी है कि तुम बताओ सही है कि नहीं।"

"क्या?"

"मूरतवाली बात। गोइन्दा बाबू की मिशनरी वाले मूरत बनवा रहे हैं।"

"मुझे नहीं मालूम। नकछेदी को शायद मालूम हो। आजकल मिशनरी बाज़ार ही उनका अड्डा है।"

बागुन बाबा ने हाँक देकर नकछेदी को गुहराया। लुँगी बाँधते नकछेदी आ गए एक आदमी के साथ।

आने के साथ नकछेदी ने बागुन बाबा से कहा, "पारटी का मीटिंग में चलिएगा! गाड़ी आ रही है, वही गाड़ी चहुँपा भी देगी।"

"पारटी की मीटिंग में तुम जाओ, आओ। मुझे कोई लेना-देना नहीं। तुमको बुलाया है जानने के लिए कि क्या मिशनरी गोइन्दा बाबू की मूरत बनवा रही है?"

"बनवा नहीं रहा, बनवा लिया। यह फूलो गुप्ता हैं। मिशनरी बाज़ार में इनका घर-दुकान है। पूछिए न इनसे। इन्होंने ही मुझे बताया।"

फूलो गुप्ता ने अपने पीठ से बोरे को नीचे उतारा। ढेकार लेते बोले, "गैस बनता है। ठहरिए गोली फाँक लें, फिर बोलते हैं।"

नकछेदी ने पानी लाकर दिया। गोली निगलकर पानी पीते फूलो गुप्ता ने कहा, "देखिए...। देखिए...मिशनरी बाज़ार हमरा ममहर है। मामा रहा नहीं। हम ही देखते हैं दुकान-दौरी। ई तो जानते ही हैं नकछेदी नेता।"

"नकछेदी नेता?"

हँसते हुए नकछेदी ने कहा, "बागुन बाबा इसमें चौंकने की कौन-सी बात है।

नेता सभी कोई बोलता है। हाँ, बोलो फूलो गुप्ता...।"

"देखिए...मूरत कपड़ा से ओढ़ाया हुआ है। चुपके से हमको बाज़ार के एक आदमी ने भीतर ले जाकर दिखा दिया। उघार कर दिखा दिया। अपना आँख से देखा। मुँह काटकर बैठा दिया है उनका। कपड़ा-लत्ता सब वैसा है। विसवास न पड़े जाकर देख लीजिए।"

फूलो गुप्ता को नकछेदी बहु ने आवाज़ दी, वह पीठ पर बोरा उठाए, नकछेदी के साथ उनके घर चले गए।

बफाती के भीतर सोया उत्साह जग गया। पुलकित होकर उन्होंने बागुन बाबा से कहा, "बागुन चाचा, आपको इस खुशख़बरी पर सोहन हलुआ खिलाऊँगा।"

बागुन बाबा मुस्कराते हुए बोले, "सिर्फ़ सोहन हलुआ नहीं, बाज़ार से नमकपारा भी ले आना। एक दिन चलो मिशनरी, देखकर आते हैं।"

"ठीक है जब चलिए। देखिए नकछेदी फिर आ रहे हैं।"

बागुन बाबा ने हुलकी देकर पूछा, "क्या नकछेदी बड़ी हड़बड़ी में हो?"

"हड़बड़ी तो रहेगी बागुन बाबा। सनातन पारटी का कम काम है? झंडा बाँटना घरे-घर। पहले-पहल हमी ने इस गाँव में पारटी का चिराग जलाया था। बाद में खाको को पारटी से जोड़ा। वह आज बड़का नेता है। देखते नहीं हैं कि सरौता लाल के दरवाज़े पर लगनेवाली भीड़, खाको की बाइस दुआरी में लगने लगी।"

"सरौता लाल अपने बेटे के पास गए हैं न? दो महीने से ऊपर हो गया।"

"न बागुन बाबा, वह अस्पताल में हैं। हालत खराब है। बेटा के पास हैं। वही देखभाल कर रहा है।"

बफाती को लगा कि बागुन बाबा को मालूम होगा। उन्होंने नकछेदी की बात की पुष्टि करते कहा, "यह तो पूरा गाँव जानता है। चटपट, खटपट किसी-किसी को बोलकर दरवाज़े पर उनके झाड़ू लगवा देते हैं। फोटो जितना टँगा है, सबसे में मकड़ी का जाला लग गया है। हमारी हिम्मत नहीं पड़ती नहीं तो सीढ़ी पर चढ़कर साफ कर देते।"

डाकिया बाबू ने दरवाज़े के गेट को खटखटाया बफाती दौड़कर गए। गोइन्दा बाबू के नाम से आई चिट्ठी को जाकर ले लिया।

डाकिया ने कहा, "कौन पगला है जो मरने के बाद भी गोइन्दा बाबू के नाम से चिट्ठी भेजता है।"

बफाती चिट्ठी को दासे में खोंसते बोले, "कौन कहता है कि गोइन्दा मर गए? वह तो जिन्दा हैं।"

डाकिया चौंक उठे, "क्या बोले, जिन्दा! हम उनकी चिता के पास उस दिन थे। माताजी की भी साथ में चिता थी। दोनों की लपट देखा। कैसे कहते हैं कि वह जिन्दा हैं?"

“उनकी मूरत मिशनरी ने बनवाया है। इसे ही कहते हैं जिन्दा।”

“यह न कहिए! मुझे तो ऊ मालूम है।”

“मुझे नकछेदी ने बताया।”

“नकछेदी को थोड़ो सुहा रहा होगा? नदी पर तुम्हारी पत्नी जा रही न!”

“वहाँ क्या है डाकिया बाबू?”

“आप किस दुनिया में रहते हैं? नदी पर आज जगदम्बा का मेला है। पूरे जबार की औरतें कड़ाही चढ़ाने जा रही हैं। नदी पर बड़का मेला है आज। मेरी पत्नी भी सपर रही है।”

डाकिया की बात पर बफाती को पहले विश्वास नहीं हुआ। उन्होंने उसकी सत्यता को जाँचने के लिए बागुन बाबा से पूछने उनके दरवाज़े की ओर बढ़े कि मन में हठात् आया कि एक बार घर से घूमकर आते हैं। कुछ ऐसा होगा तो मालूम हो जाएगा। चहल-पहल क्या कोई छुपने की चीज है!”

बफाती घर जा रहे थे कि गली में औरतें भजन गाती हुई आती दिखीं। जब वे अपने घर पहुँचे देखा कि पीपल के नीचे बैलगाड़ी खड़ी है। अजोरे भगत की पत्नी नाक से माथे तक सेन्दूर लगाए, पीली साड़ी में औरतों को एक-एक करके बैलगाड़ी में बैठा रही है।

बफाती अपनी पत्नी से पूछने ही वाले थे कि उनकी पत्नी उन्हें घर की चाभी थमाते बोली, “खाना ढका हुआ। खा लीजिएगा। मैं जगदम्बा को कड़ाही चढ़ाने नदी पर जा रही हूँ।”

बफाती सुनकर अवाक!

“खाको की औरत जो डूबकर मरी थी वही जगदम्बा?”

“तो दूसरा कौन? वह देवी थी। धरती पर कुछ दिन के लिए ही आई थी। महतमा जी अजोधा जी से आए थे वही बोल गए हैं। जो मानता मानता है उनके नाम पर, उसका काज हो जाता है। अजोरे भगत थोड़ो जेल से छूटता, उसकी पत्नी जगदम्बा को कड़ाही चढ़ाने का मानता मानी थी, वह छूट गया। चलती हूँ, मुझे देर हो रही है।”

बफाती की पत्नी जाकर बैलगाड़ी में बैठ गई। बफाती अपने दरवाज़े पर खड़े मूक दर्शक बन देखते रहे।

चटपट, खटपट अपने दरवाज़े पर खड़े होकर मटकी मारकर बन्दर को चिढ़ाने में लगे थे कि बन्दर पेड़ की डाल से कूदा, बैलगाड़ी में बैठी औरतों में किसी औरत का बेलना लेकर पेड़ पर चढ़ गया। बैलगाड़ी से औरत चिल्लाती रही, “हमार बेलना, हमार बेलना...।” चटपट, खटपट ताली बजाकर नाचने लगे, बैलगाड़ी आगे बढ़ गई।

झन्नू गोवर्धन, नकछेदी, खाको, छपहार, कोदई मिसिर, जून्हा, चन्दर पासी, सुन्दर

सिह, विभा शर्मा बैलगाड़ी के पीछे-पीछे हो लिए। कोई साइकिल पर, कोई पैदल।

उन्हें जाते देखकर चपटपट ने चिल्लाकर कहा, "नदी की ओर गया है मरकहवा साँड़। बचाकर जाना, राह में मिलेगा, सींग पर टाँग लेगा।"

यह सुनकर नकछेदी पलटकर देखने लगे कि फिर दोनों भाई ताली पीटकर हँसने लगे।

बफाती को नजदीक देखकर चटपट ने पूछा, "बफाती काका आप मेला नहीं चलिएगा?"

"मेला?"

"जगदम्बा का मेला है नदी पर। हम लोग दूसरे जून से जाएँगे। अभी से जाकर क्या करेंगे। जोरू, जाँता वाला जो है वह गया है। कड़ाही चढ़ाएँगी औरतें, पूड़ी, लप्सी खाएगा सब।"

"नहीं, हम नहीं जाएँगे।"

"चलिए, बड़का मेला है। भूपतजोत का दो भेंड़ा अभी न गया है। हम तो भेंड़ा की लड़ाई देखने जाएँगे। टूट पड़ेगा टिटकारी जैसे मारेगा उसका मालिक गिरेऽ, गिरेऽ, गिरेऽ...कि भेड़ा दौड़ते हुए सामनेवाले भेड़ा की सींग पर करेगा चोट।"

बफाती ने उन दोनों से नहीं पूछा कि मिशनरी में जब गोइन्दा बाबू की मूरत बैठेगी तब चलोगे देखने कि नहीं। वह आहिस्ते-आहिस्ते गली से निकलकर गोइन्दा बाबू के दरवाज़े के तख्त पर आकर लेट गए।

बागुन बाबा ने आवाज़ देकर बफाती से कहा, "जगदम्बा के मेला में दीया की माँ भी चली गई। घर की चाभी कहाँ रखा, वह मिल नहीं रही है।"

"चाभी मुझे दे गई हैं।" बफाती ने जवाब दिया।

"चलो, यह सद्बुद्धि तो जगी!"

बफाती चाभी देने के लिए तख्त से उठे कि बागुन बाबा अपने आ गए। बफाती ने चाभी उन्हें पकड़ा दी। लगभग घंटा-भर बैठे रहे। बफाती के पास बागुन बाबा, मगर, कोई बात नहीं हुई। दोनों थे निःशब्द। हठात् बागुन बाबा धीरे से उठे, चले गए अपने रास्ते चुपचाप। बफाती जड़वत बैठे रहे। थोड़ी देर के बाद चटपट, खटपट आए। कन्धे पर कमीज रखे हुए। आते ही बफाती से चटपट ने कहा, "जगदम्बा के मेला नहीं चलना है?"

बफाती बोले, "नहीं। पूरा गाँव तो गया ही हुआ है। यहाँ भी तो किसी को रहना चाहिए।"

चटपट ने कहा, "आज सबेरे उठकर खटपट बोला कि मन उदास है। सोचा कि मेला में जाएँगे इसका मन आन हो जाएगा। बागुन बाबा से रास्ते में भेंट हुई उन्होंने कहा उदास मन लेकर मेला में जाओगे, मन आन नहीं होगा। उदास मन को

छोड़कर जाओ। हम कुछ समझ नहीं पाए, तुम बताओ कि मन कैसे छोड़ा जाता है?"

बफाती बिस्तर से उठकर बैठ गए। बफाती ने मौन में कहा यही समझ में आता तो दुख काहे होता...।

पहली बार इतना शान्त, इतना शिष्ट दिख रहे थे चटपट, खटपट।

तीस

आना था महीने-भर बाद गाँव कि पहले आ गए चरी, कुक्की, वकील साहेब, लड्डन, नैया। मालूम हुआ कि कुछ दिनों तक रहेंगे यहाँ।

इतने दिनों से बन्द घर के कमरों के खुलते ही भभक उठी। उस भभक में, गन्ध नहीं है। भभक है, बासीपन की जम्हाई। नींद में सोए कमरों को जब कोई जगाता है तो ऐसे ही जम्हाई लेते हुए कमरे जागते हैं। इस घर के कमरे कभी इतने दिनों तक नहीं सोए। अपने ही घर के लोगों को कमरे एक दिन पहचानना भूल जाते हैं। वे चाहते नहीं हैं कि कभी ऐसा दिन आए। वे अपने पास रखी पुरखों की थाती देना चाहते हैं, जिसे पुरखों ने अपने मौन में रखकर उन्हें दिया है। गोइन्दा बाबू, अपिया के कमरे आवाज़ सुन रहे हैं और ढूँढ़ रहे हैं उसे जिसके मुँह से निकला है अभी-अभी माँ, बाबूजी...।

खुद्दी अपिया के कमरे में झाड़ू लगा के गई। नैया ने अपिया के फोटो की बगल में गोइन्दा बाबू की प्रतिमावाली फोटो टाँग दिया। चरी ने चन्दन की माला झोले से निकाल नैया को बढ़ा दिया। कुक्की ने आगे बढ़कर नैया के हाथ से माला लेकर माँ और बाबूजी को पहना दिया।

कुक्की ने कहा, "माँ की आँखें कैसे बोलती हुई लग रही हैं। मैंने हमेशा पाया कि जितना वह मुँह से नहीं कहती थी उससे अधिक आँखों से बोलती थी।"

"चरी, तुमने बागुन बाबा और बोधा मल्लाह को प्रतिमा के उद्घाटनकर्ता के रूप में नाम सुझाकर अच्छा काम किया था।"

"मैं समझती थी कि मिशनरीवाले विधायक, मंत्री को बुलाएँगे। लेकिन उन्होंने ऐसा नहीं किया। एक बार कहने पर फ़ादर फिनिक्स मान गए। उन्होंने कहा कि चरी, इससे बेहतर नाम दूसरा नहीं हो सकता।"

"एक चीज़ पर ध्यान दिया?" वकील साहेब ने पूछा।

"किस चीज़ पर?"

"तुमसे नहीं चरी, नैया और कुक्की से पूछ रहा हूँ।"

कुक्की, नैया एक-दूसरे को देखने लगीं। वकील साहेब ने बताया, "प्रतिमा के

नीचे किस तरह अनावरणकर्ता में बागुन बाबा, बोधा मल्लाह का नाम खुदा हुआ है। दोनों ने अच्छा बोला, क्यों चरी?"

बोधा मल्लाह बोलते-बोलते रोने लगा लेकिन बागुन बाबा की दार्शनिक बातें... दिल को छू जानेवाली थीं। उन्होंने कहा, "जीवन जाते समय किसी-न-किसी के पास अपने अधूरे सपने छोड़ जाता है। ज़रूरी नहीं वह परिवार का व्यक्ति हो, पड़ोसी हो, परिचित हो, मित्र हो। जिसका भी ध्यान जाते पल आया, उसी के पास रह गए सपने। कौन कह सकता हे कि गोइन्दा बाबू के अधूरे सपनों को पूरा करने का उमँग किसके मन में है, इतना बड़ा है गोइन्दा बाबू का सरोकार!"

देर तक चुपचाप सभी बैठे रहे अपिया के कमरे में। कुक्की हाथ से बिस्तर के चद्दर को सहलाती रही। हठात् बोली, "बाबूजी यहाँ आकर बैठते थे माँ के पास।"

"माँ, दीवानख़ाने में जाकर बैठती थी कुर्सी पर बाबूजी हाथ पकड़ अपने पास बिठा लेते थे दीवान पर।"

"अच्छा, चरी तू बता कभी माँ, बाबूजी मेरी शादी के बाद मुझे याद करके रोते थे?"

"रोने के अलावा करते क्या थे? माँ तो हमेशा कुक्की-कुक्की रटी रहती थी, उसका गला रुँध आता था। बाबूजी चुपके-चुपके रोते थे। एक-दो बार मैंने रोते हुए उन्हें देखा था।"

"बाबूजी के पास कोई बक्सा नहीं था, तूने ध्यान दिया?"

"हाँ, नहीं था। माँ का बक्सा ही उनका बक्सा था।"

"माँ के पास तो बक्सा-ही-बक्सा था।"

वकील साहेब ने बात के बीच में पूछा, "दुक्खी को दाह के समय भी नहीं देखा।"

चरी चुप रहा। उसने दूसरी बात शुरू कर दी। चुनाव की बात।

वकील साहेब ने मजाक में कहा, "नकछेदी भी विधायकी में खड़े हैं?"

"नहीं, वे चुनाव लड़वा रहे हैं।"

वकील साहेब हँसने लगे। बफाती पपीता काटकर एक बड़े प्लेट में लाकर टेबुल पर सबके सामने रख दिया।

बफाती ने कहा, "अजोरे भगत विधायकी में और खाको सांसदी में खड़े हैं। दोनों चुनाव साथे हो रहा है।"

"किस पार्टी से?"

"सनातन पारटी।"

"और वह जो नकली नोट का धन्धा करता था, वह नहीं खड़ा हुआ?"

"वह ग्राम प्रधान बन गया। कुछ दिन पहले चुनाव हुआ, वह जीत गया।"

"बहुत अच्छे।"

खुद्दी, सुग्गी गोभी, आलू के पकौड़ी बनाकर लेकर आईं चिड़िया-सी फुदक

हुई। लड्डन थोड़ा समझदार हो रहा है। वह सुग्गी, खुद्दी को दीदी कहकर पुकारता है। खुद्दी ने एक-एक पैसा जोड़कर उसके लिए एक घड़ी खरीदी है।

लड्डन ने घड़ी को इधर-उधर घुमाकर देखते कहा, "खुद्दी दीदी यह घड़ी?"

"मैंने तुम्हारे लिए ली है।"

"कौन घड़ी है खुद्दी दीदी?"

"जितना रुपया जमा की थी, दुकानदार को दे दिया। नाम नहीं बताया उसने, घड़ी थमा दिया। बताया था उससे कि हमारी बुआ के बेटे के लिए चाहिए, अच्छी देना। उसने कहा अच्छी ही दूँगा।"

कुक्की, वकील साहेब, चरी सुन रहे थे खुद्दी की बात। सभी स्तब्ध थे। कुक्की ने खुद्दी का हाथ पकड़ अपने सीने से सटा लिया, "बोल, काहे को घड़ी लिया। उस पैसे से अपने लिए कुछ खरीदना था न! तुझे बुद्धि कब होगी?"

"कभी नहीं, मुझे बुद्धि नहीं चाहिए। मेरा मन क्या कुछ करने को नहीं होता है बुआ?"

"वह मैं थोड़ो कह रही हूँ लेकिन...।"

"लेकिन-वेकिन कुछ नहीं। कोई वह पइसा मैं कमा के थोड़ो लाई थी। माई, साहेब, चरी चाचा और बुआ तुम, तुम्हीं लोगों ने जब-तब जो पैसा मुझे दिया, उसी को जोड़कर रखा था और यदि अधिक पैसा होता तो लड्डन के लिए पैंट शर्ट भी लेती।"

वकील साहेब ने कहा, "और मेरे लिए कुछ नहीं?"

कुक्की, सुग्गी खी-खी कर हँसने लगीं।

हँसने से काम नहीं चलेगा। साथ चलना है। वहाँ स्कूल में नाम लिखा दूँगा, पढ़ना है। छुट्टी में गाँव आओगी।"

कुक्की बोली, "बफाती काका तुम भी चलोगे। नहीं अच्छा लगता। परान तुम लोगों में टँगा रहता है।"

वकील साहेब इस बीच उठे और घर के भीतर जाकर चाय बनाकर ले आए। खुद्दी, सुग्गी को चाय का कप देते बोले, "आज मेरे हाथ की चाय पीकर देखो और बताओ कैसी बनी है? तुम्हारी बुआ कहती है कि मुझे चाय बनाने नहीं आती।"

नैया, चरी मालभोग केले का घौद उठाकर ले आए। बफाती से कहा, "जो खाना हो, उतना रखकर बाकी लोगों में बाँट दीजिए।"

बफाती ने पटना जाने लिए हाँ-न कुछ नहीं कहा! वह कुक्की को कैसे बतावें कि इस घर को छोड़कर मेरा मन कहीं नहीं लगेगा। इस घर में गोइन्दा बाबू और भौजी की बास है। उस बास में मैं रहता हूँ और उनका होना अनुभव करता हूँ।

चरी ने दीवानख़ाने में जाकर ग्रामोफ़ोन में हवा भरी और सूई बदलकर तावा

लगा दिया। गाने की आवाज़ जैसे आई कि कुक्की सिसकने लगी, विलाप करने लगी, "अरे, हमार बाबूजी...।"

कुक्की, सुग्गी भी रोने लगीं। चरी भीतर कमरे में भरी पलकों से जाकर बैठ गया।

बफाती ने कमरे में जाकर ग्रामोफ़ोन बन्द कर दिया।

"कुक्की बहिनी रोओ मत...। तुम्हारा रोने से हमार परान भीतर से बाहर निकलने लगता है...।"

थोड़ा माहौल जब शान्त हुआ, कुक्की ने आँसू पोंछते कहा, "दीवानख़ाने की एक-एक चीज़ ज्यों-की-त्यों है। लगता है अभी-अभी बाबूजी उठकर कहीं गए हैं।"

चरी गांधी जी के फोटो के पास रखी घड़ी को उठाकर दिखाते बोला, "यह बाबूजी को शादी में मिली थी।"

"ऐसी कौन-सी बात है बाबूजी जी की जो तुम भूल नहीं पाते?" कुक्की ने पूछा।

"कहते थे दूसरों से कि मेरे चरी को दुनियादारी नहीं आती। मेरे पीछे कैसे सँभालेगा गृहस्थी। वह ठगा जाएगा। बाबूजी मुझे लेकर बहुत चिन्तित रहते थे। कहते थे मरने के बाद भी उसके साथ रहना पड़ेगा।"

"वह हैं तो तेरे साथ।"

"हाँ, मैं हमेशा उन्हें महसूस करता हूँ।"

"और माँ को?"

"माँ कहती थी तू बड़ा कब होगा? अब इतनी चिन्ता कौन करेगा?"

चरी बोलते-बोलते रुक गया। थोड़ी देर के बाद बोला, "किसी का जाना एक बार थोड़ो होता है! थोड़ा-थोड़ा करके वह जाता है। पूरा कभी जा ही नहीं पाता। कभी किसी खाने में, कभी कपड़े में, कभी किसी पर्व में, कभी किसी बरतन में, कभी किसी दुख में, कभी किसी उत्सव में, कभी किसी आदत में वह नज़र आ ही जाता है।"

दीवानख़ाने के बाहर से बागुन बाबा ने आवाज़ दी, "चरी, बाहर निकल, देख जरा...!"

चरी के साथ कुक्की, नैया निकल आयीं एक साथ।

बागुन बाबा झोले में मछली लिये खड़े थे। बोले, "नदी पर गया था। बोधा ने दिया है।"

कुक्की ने कहा—"यह मछली तभी पकेगी जब आप खाएँगे।"

बागुन बाबा पशोपेस में पड़ गए। वह अपनी पूरी उम्र में किसी के घर कच्ची नहीं खाया। यहाँ तक कि अपने ससुराल में भी नहीं। ऐसा भी नहीं है कि उन्हें अपने घर में छप्पन व्यंजन मिलता हो। दीया की माँ ने दस बात सुनाकर थाली में जो डाल दिया, उसी में सबुर कर लिया।

वह कुछ देर मन को बाँधे हुए थे जब परवश हो गए तो कुक्की से कहा, "हाँ,

बना, खाऊँगा। तेरे हाथ का नहीं खाऊँगा तो किसके हाथ का खाऊँगा? आँगन में बैठकर खाऊँगा।"

चरी की खुशी का ठिकाना नहीं रहा, सुनकर। खुद्दी, सुग्गी अचरज से देखतीं, कुक्की से छेड़खानी करतीं मचलने लगीं।

इकतीस

नकछेदी की भविष्यवाणी सही निकली।

मिशनरी की ज़मीन पर सर्वोच्च न्यायालय से कुनकुन सिह की डिग्री हो गई और वह चुनाव भी जीत गए। दुगनी खुशी। दुगनी क्या, चौगुनी। उनकी सनातन पारटी के चार लोग भी विजयी हुए जिनमें दो पुरन्दरपुर के अजोरे भगत और खाको हैं। जीत का भोज अलग-अलग दुकानदारों द्वारा पुरन्दरपुर गाँव में कई दिनों तक चला। उस भोज का नाम दिया गया कार्यकर्ता भोज। बैंड की धुन पर पन्द्रहियाँ नकछेदी की अगुवाई में झुंड के झुंड कार्यकर्ता थिरकते लगाते रहे नारा—

पुरन्दरपुर के दो लाल, अजोरे भगत, खाको पाल।
जीत गए, भाई जीत गए, नहीं चली किसी की चाल।

जीत के बाद नकछेदी की इलाके में पूछ बढ़ गई। जिसे भी अजोरे भगत से मिलना होता है, वह नकछेदी को पहले खोजता है। अजोरे भगत कम ही दिनों में विधायक के नाम से विख्यात हो गए। कोई उनके नाम से नहीं, विधायक के नाम से पुकारता है। जिस तरह नकछेदी को नेता और उनकी पत्नी को नेताइन। नकछेदी विधायक के साथ रहते हैं। जहाँ-जहाँ विधायक, वहाँ-वहाँ नकछेदी।

नकछेदी की व्यस्तता को देखकर उनकी धर्मपत्नी ने एक रात खाना परोसते कहा, "अपना भी कुछ सोचिए, नेतागीरी से पेट नहीं भरेगा। आगम सोचिए, आगम।"

मुस्कराते हुए नकछेदी बोले, "बेसी दिन नहीं, पार्टी अध्यक्ष दो कट्ठा ज़मीन मिशनरी में दे रहे हैं। कह दिया है कि घर बना लो। तुम पार्टी के पुराने कार्यकर्ता हो। महीने भर का समय अध्यक्ष जी ने मिशनरी के लोगों को खाली करने का दिया है।"

मिशनरी बाज़ार में घर बनने का नाम सुनकर, नकछेदी बहू को अपनी सहेलियों की याद आ गई। पहली बार यह नाम उनके ही मुँह से सुना था कि मिशनरी बाज़ार में सनीमा घर है, अंग्रेजी फूल की फुलवारी है, मेमिन, साहेब फिटिन में चलते हैं, शीशे के घर में मछली नाचती है, रंग-बिरंगी दुकानों में रंग बिरंगी चीज़ें मिलती हैं, किसिम, किसिम...। उसी समय सोच लिया था मन-ही-मन कि कभी जीवन में

घूमने का संयोग मिला तो सबसे पहले मिशनरी बाज़ार जाऊँगी।

उनके भीतर गुदगुदी उठने लगी। पेंग मारने लगे उनके सपने सात घोड़ों पर होकर सवार। अपनी खुशी को दबाकर वह घड़ी-भर भी नहीं रख सकी। दीया की माँ के पास जाकर बात-बात में उन्होंने जना दिया, "दादी, मुझे कौन रहना है यहाँ, मच्छर, गोबर में बेसी दिन। जितना दिन हैं, उतना बरस समझिए। महीना, दो महीना में मिशनरी बाज़ार में हमारा लिटर पिटाएगा। घर बनेगा। लोहे का गेट लगेगा और उसके दोनों ओर बाघ खड़ा रहेंगे। बड़े बब्बरी बाघ। दादी! आपको बुलाऊँगी, आएँगी तो?"

दीया की माँ नकछेदी बहू का मुँह ताकने लगीं। थोड़ी देर के बाद बोलीं, "जाने में उजुर नहीं है लेकिन बाघ से मुझे डर लगता है दुल्हिन।"

यह सुनकर हँसने लगी नकछेदी बहु। कहा, "आप भी दादी एकदम भोली हैं। वह तो पत्थर का बाघ होगा। सच्ची का थोड़ो ही। फिर हम तो बाघ के आगे जो खड़े रहेंगे तुम्हारी अगुवानी में। तब तो आओगी न?"

"काहे नहीं, इतनी सरधा से कह रही हो, ज़रूर आऊँगी।"

"लेकिन अपने साथ बागुन बाबा को मत लाइएगा।"

"काहे?"

"उनको दुख होगा देखकर जिस गोइन्दा बाबू की मूरत के नीचे उनका नाम खुदा है, वह मिट्टी में मिल गई।"

"मूरत टूटेगी क्या?"

"मूरत क्या, ईसाई का स्कूल, घर भी टूटेगा। ईसाई सब जानेवाला है अपना सामान लाद-लूदकर।"

दीया की माँ ने आगे कुछ नहीं पूछा। वह दूसरे-तीसरे काम में व्यस्त हो गईं। नकछेदी बहु उनका गोड़ लगकर चली गई। थोड़ी रात जब बीती दीया की माँ अपनी खाट से उठकर बागुन बाबा के पास आईं और उनकी खाट के सिरहाने आकर खड़ी हो गईं। देखा की नींद में हैं वे। असमंजस में खड़ी वह सोचती रही कि जगाऊँ कि न जगाऊँ। तभी उनके पाँव की ठोकर से खाट के नीचे रखा लोटा गिर गया। उसकी आवाज़ सुनकर बागुन बाबा उठकर बैठ गए।

दीया की माँ को पास खड़ा देखकर कुछ पूछना चाहा कि उनके पास दीया की माँ बैठ गई और आहिस्ते-आहिस्ते, साँय-साँय की आवाज़ में कहने लगी, "मिशनरी में लगी गोइन्दा बाबू की मूरत टूटेगी। वहाँ घर बनेगा, मिशनरीवाला जा रहा है। एक बार विधायक से कहकर देखिए न। वह चाहेगा, तो बात बन जाएगी। मूरत को छोड़कर जो करना हो, करें ज़मीन मालिक। महल बनावें, पोखर खोदवाएँ, बस, मूरत न तोड़ें।"

"हमारी सुनेगा अजोरे भगत?"

"काहे नहीं सुनेगा!"

"पहलेवाला अजोरे भगत थोड़ो है। वह विधायक है। नेता है। उसके आगे-पीछे धमालू पांड़े, जयश्री सिह जैसे लोग रहते हैं।"

"नकछेदी से कहकर देखिए। उसका मन तो लीजिए कि क्या कहता है वह। उसके बाद उसी के जोरे अजोरे भगत से भेंट कीजिए। भगवान चाहेंगे, काम बन जाएगा।"

"मेरा कहना ठीक नहीं होगा। झन्नू गोवर्धन, छपहार, चन्दर पासी, मुजफ़्फ़र अली से कहता हूँ। बैद जी, मिरदहा से भी कहूँगा।"

"खाको तो बड़का नेता हो गया। उसे डिल्ली वाली कुर्सी मिली है। मौका देखकर उसके भी कान में डाल दीजिएगा।"

"खाको यहाँ कहाँ रहता है। जब से जीता है, दिल्ली धर लिया। अजोरे भगत से भी गाँव में कितने दिन लोगों की भेंट होती है! मिशनरी बाज़ार में ही अधिक देखा जाता है। नकछेदी से पता करूँगा कि कब वह गाँव आएगा।"

"बफाती की बात सुनेगा नकछेदी। उनको भी साथ रखिएगा।"

"और लोग है न! जाओ सो जाओ! बफाती का कहना ठीक नहीं होगा।"

दीया की माँ घर में नहीं गईं। वहीं बागुन बाबा की खाट पर ओठंग गई करवाट फेरकर।

बागुन बाबा की आँखों में नींद नहीं थी। वह सोने के लिए सोए हुए थे। देखा जब दीया की माँ सो गई, वे उठे और निचलाई रात में निकल गए।

दूसरे दिन बागुन बाबा ने गाँव के अन्य लोगों से गोइन्दा बाबू की मूर्ति को टूटने से बचाने के लिए विधायक से मिलने को कहा। जिस दिन अजोरे भगत के गाँव में होने की ख़बर लगी वे न चाहते हुए भी खुद चले गए उससे मिलने। दरवाज़े पर उसके भीड़ देखकर लौट गए, नकछेदी से अपनी बात कहकर। नकछेदी ने बाद में अजोरे भगत से कहा होगा कि उसने आदमी भेजकर बागुन बाबा को बुलवाया और सम्मान के साथ उन्हें कुर्सी पर बैठाते हुए बोला, "हुक्म कीजिए बागुन बाबा। काहे को आपने कष्ट किया, बुला लिए होते।"

"क्या नकछेदी ने कुछ बताया नहीं?" बागुन बाबा ने पूछा।

"मूरत वाली बात। बताया था, बताया था। मिरदहा, छपहार, मुजफ़्फ़र अली, चन्दर पासी भी आए थे। सभी से मूरत पर चर्चा हुई। हमने तो सफा बोल दिया कि गोइन्दा बाबू की मूरत टूटने से बचाने के लिए कुनकुन नेता के सामने हाथ जोड़ेंगे, गोड़ पर गिरेंगे उनके। गाँव की इज्जत की बात है। वैसे भी गोइन्दा बाबू का कम एहसान नहीं है मुझ पर बागुन बाबा।"

"तो पक्का रहा कि मूरत नहीं टूटेगी।"

"बागुन बाबा, आगे से पक्का, कच्चा नहीं न कह सकता। कुनकुन नेता से

विनती करूँगा। असल में पेंच यह फँस रहा कि गोइन्दा बाबू ने मिशनरी का साथ दिया था। नेता के विरुद्ध अनशन किया था। कुछ हुआ भी नहीं, जान भी चली गई। दुश्मनी अलग से मोल ले लिया। नकछेदी भाई से खाको नेता ने कहा था कि मिनहा कीजिए उनको। पूछिए, किया था कि नहीं?"

बागुन बाबा के पूछने से पहले नकछेदी ने कहा, "मुझे झटक दिया था। ऐसा बिगड़े गोइन्दा बाबू जैसे कुत्ता, बिलाई पर बिगड़ता है। हम बुरा थोड़ो माने, बुरा मानता तो विधायक जी से उनकी मूरत को बचाने की बात नहीं उठाता। अब आप ही कहिए बागुन बाबा, जो आदमी दरवाज़ा अपने हाथ से दोस्ती-यारी का बन्द कर लिया हो...उसके लिए...। तब भी विधायक जी बोलेंगे। कुनकुन नेता विधायक जी की बात उठाएँगे नहीं, विश्वास है।"

बागुन बाबा अजोरे भगत और नकछेदी की आश्वासन भरी बातें सुनकर घर लौट आए लेकिन उनके मन में विश्वास नहीं जम रहा था। उन्होंने दीया की माँ को अपने दिल की बात कह दी, "मुझे नहीं लग रहा है अजोरे भगत कुनकुन सिह से गोइन्दा बाबू की मूरत नहीं तोड़ने के लिए कह पाएगा।"

दीया की माँ बोली, "यदि कहिए तो अजोरे भगत की जनाना से कहूँ। वह बोलेगी, अजोरे भगत जोरू की बात नहीं टालेगा।"

"न, न उससे नहीं, नकछेदी से कहकर देखो। नकछेदी अजोरे भगत का मन बना देगा। करना न करना कुनकुन सिह पर है।"

बफाती को जब ख़बर लगी कि बागुन बाबा अमुक-अमुक बात को लेकर विधायक के घर गए थे, उन्हें दुख हुआ। दो-तीन दिनों तक बागुन बाबा से वह कटे-कटे रहे लेकिन एक दिन जब रहा नहीं गया तो उन्होंने उनसे पूछा, "बागुन बाबा! विधायक ने क्या कहा? गोइन्दा बाबू की मूरत नहीं टूटेगी न!"

बागुन बाबा बफाती के नजदीक आकर बैठ गए। गम्भीर स्वर में कहा, "कुनकुन सिह से अजोरे भगत कहेगा तब तो? वैसे उसने कहा है कि कहेगा।"

"आपके साथ और कौन गया था?"

"कोई नहीं।"

"मुझे ले जाते तो अच्छा होता।"

दीया की माँ बोली, "जब इनकी नहीं सुनेगा अजोरे भगत तो क्या तुम्हारी सुनेगा?"

बागुन बाबा ने दीया की माँ को बोलने से मना किया। बफाती को बुझाते कहा, "ठीक कहते हो बफाती, मेरे ही सूरता से उतर गया था। तुम साथ में जाते अच्छा होता।"

इस बीच बफाती की जनाना खाना लेकर आ गईं। बागुन बाबा को बैठा देख, खाना पास के चबूतरे पर रखकर घूँघट के भीतर से बोली, "सखी ने आपको आठ-दस आदमी को साथ लेकर कुनकुन नेता से भेंट करने को कहा है। सब मिलकर

विनती करेंगे, गोइन्दा बाबू की मूर्ति टूटने से बच जाएगी। सखी ने यह भी कहा कि विधायक अपने बड़के नेता के मुखामुखी अतना भारी बात नहीं कह पाएँगे।" यह कहते हुए बफाती की जनाना चली गईं।

बागुन बाबा सुँघनी सूँघते पूछा, "सखी कौन?"

"अजोरे भगत बहु।"

अच्छा, अच्छा बोलते बागुन बाबा उठ गए। बफाती कुछ कहना चाहते थे लेकिन उनकी मुख-मुद्रा देखकर चुप रहे। बागुन बाबा के जाने के घंटे-भर बाद नकछेदी बफाती के पास आए। हाल-चाल पूछने के बहाने। जॉकेट के पॉकेट से रसीद वहीं निकालकर उनके आगे रख दिया। कहा, "बफाती काका, यह सनातन पारटी की सदस्यता रसीद है। सौ ठू सदस्य आपको बनाना है, बेसी नहीं। चार आना सदस्यता शुल्क है। आप सौ ठू सदस्य बना दीजिए, आपकी सदस्यता शुल्क की माफी हो जाएगी।"

बफाती ने कोई जवाब नहीं दिया। वह खाना खा रहे थे। नकछेदी घर चले गए। खाते-खाते बफाती सोचने लगे कि जिस व्यक्ति के अनाचार के विरुद्ध मिशनरी के लोगों के साथ धरने पर बैठना पड़ा और जिसके चलते उनकी जान गई—उसकी दया पर यदि मूर्ति को रहना है, उससे अच्छा है कि न रहे। लोगों के दिलों में गोइन्दा बाबू हैं। खाना खाने के बाद उठकर उन्होंने हाथ धुले रसीद बही लिया और सीधे चले गए नकछेदी के घर। घर पर नकछेदी नहीं थे। उनकी पत्नी को रसीद बही लौटाते कहा, "इसे नकछेदी को दे दीजिएगा और कहिएगा उनसे कि यह काम बफाती से नहीं होगा।"

बफाती यह बोलकर लौट गए। रास्ते में नकछेदी से उनकी भेंट हुई लेकिन उन्होंने कोई बात नहीं की। नकछेदी ने भी ध्यान नहीं दिया, वह दल-बल के साथ थे।

बत्तीस

चरी और नैया की शादी के दस वर्ष हो गए।

इन दस वर्षों में कितना कुछ घट गया।

पुरन्दरपुर, नरसिहपुर, मनइतापुर, झाबा सोहागपुर पर पाताल-देवता की भृकुटी ऐसी टेढ़ी हुई कि एक ही रात नदी चुपके से दबे पाँव आई और उन्हें अपने उदर में ले लिया। सँभलने तक का मौका किसी को नहीं मिला। कुछ थोड़े से लोग संयोगवश बच गए जो मिशनरी बाज़ार में डेरा लेकर रह रहे थे।

मिशनरी बाज़ार भी पहलेवाला कहाँ? मिशनरी की ज़मीन पर कुनकुन सिह

नाम से बड़ा मार्केट बन गया। न स्कूल रहा, न मूर्ति, न अस्पताल, न जच्चा घर। ले-देकर चर्च बचा हुआ है जिसकी बगल में देसी शराब का ठेका और चाट-अंडावालों की दुकानें हैं।

भले पुरन्दरपुर जल मग्न हो गया हो लेकिन अपने शादी के सालगिरह पर चरी नैया को लेकर वहाँ जाता है हर साल। अपिया और गोइन्दा बाबू को फूल चढ़ाने, जेवनार देने।

इस बार मुश्किल से पानी के जहाज में बैठने की जगह मिली। किर्तनिया ढोल, मजीरा बजाते चढ़ गए बड़ी संख्या में।

नैया ने अपनी साड़ी को सँभालते चरी को चेताया, "एक बार खलासी को फिर बोल दो कि पुरन्दरपुर जब आनेवाला होगा, मुझे बता देगा जिससे कि अपना और कुक्की दीदी का जेवनार जल में प्रवाहित कर दूँ और बाबूजी के नाम पर आई आलोमुखी की चिट्ठियाँ भी।"

"खलासी को बोल दिया है, कितनी बार बोलूँगा।"

सामने की सीट पर बैठे बूढ़े यात्री ने काग़ज़ पर लिखकर एक चिट चरी को बढ़ा दिया जिस पर लिखा था—महाशय, इस रूट में पुरन्दरपुर नहीं पड़ता है। क्षमा कीजिएगा, मेरा मौन व्रत है।

नैया ने चिट देखा, बोली, "कहीं सचमुच दूसरा जहाज तो नहीं पकड़ लिया? आपके गाँव की राह कभी आसान नहीं थी। पहले रास्ते में धूल उड़ती अब...।"

चरी ने आश्वस्त किया, "नहीं, ठीक जहाज पर बैठे हैं। मेरे गाँव के बारे में कोई दूसरा बताएगा?"

"अच्छा, बाइस दुआरी भी डूब गया होगा न?"

"तुम क्या समझती हो, वह बच गया होगा!"

"जगदम्बा वहीं से न भागी थी?"

"हाँ।"

"नदी में डूबकर जब जगदम्बा आत्महत्या कर ली थी तब कैसे आलोमुखी बाबूजी को लिखती हैं कि उसे रवीन्द्र सरणी के कॉफी हाउस में देखा?"

"देखा होगा, तभी तो लिखा।"

"तब खाको नदी की लाश को देखकर कैसे बोला, हाँ यही जगदम्बा है।"

"वह जगदम्बा को पहचानकर बोला होगा।"

"यह कैसे हो सकता?"

"खाको के लिए जगदम्बा कभी जीवित थी ही नहीं। लाश थी। उसने लाश को पहचाना।" चरी बोला।

"फिर पुरन्दरपुर गाँव की औरतें जगदम्बा के नाम पर कड़ाही चढ़ाती थीं, पूजा करती थीं, उसका नाम लेकर मानता मानती थीं। यह कैसे?"

"शोर में सच को दफन कर देनेवाले हम लोग उत्सवधर्मी हैं।" चरी ने असहाय, थके हुए मन से कहा।

खलासी चरी के पास आकर बोला, "वह देखिए, जहाँ अधिक लहरें खेल रही हैं, वही है पुरन्दरपुर और ऊ वहाँ जहाँ एक नाव रुकी हुई वह है जगदम्बा स्थान। किर्तनिया लोग वहीं जा रहे हैं।"

"और पूरब वाली बाग़?"

"उसी में है सर! सब मिला-जुला है। बाहर दूर-दूर रहनेवाला पानी के भीतर पहुँचकर नजदीक हो जाता है। वहाँ कोई दीवाल नहीं होती न!"

नैया ने गमछे के दो छोर में बँधा मिट्टी के पुरवा में से जेवनार को निकाल जल में प्रवाहित कर हाथ जोड़कर सिर झुका लिया। चरी ने थैले से फूल को निकाल थोड़ा-थोड़ा कर तैरा दिया। उसने भी प्रणाम किया जोर से पुकारते हुए, "बाबूजी, माँ।"

"वह किसका फूल था?" नैया ने पूछा।

"गुपचुप का फूल। बागुन बाबा ने इस फूल से परिचय कराया था। बाबूजी, माँ को इसकी खुशबू अच्छी लगती थी।"

"बागुन बाबा को देखा था मैंने।"

"और किसे जानती हो?"

"बफाती काका, सरौता लाल, चटपट, खटपट, नकछेदी, मिरदहा...।"

"बस, बस करो...। वे जैसे भी थे, अपने थे सब के सब। खलता है...इस तरह जाना...।"

"तुमने जगदम्बा को देखा था?" नैया ने पूछा।

"एक बार घर पर आई थी। खाको की माँ लेकर आई थीं। बाबूजी, माँ का पैर छुआने। उसी समय देखा था, धुँधला-सा चेहरा दिमाग़ में है। ठीक से नहीं देख सका था।"

"तुम तो बताते हो उसके बारे में कितना कुछ।"

"बाबूजी ने कहा था कि वह नई मुक्ति की बात करती है। उस मुक्ति को जीना चाहती है।" यह कहते हुए चरी लघुशंका के लिए केबिन की तरफ उठकर गया। लौटने लगा तो एक यात्री के हाथ में किताब देखकर ठमक गया। उत्सुकता भरे स्वर में यात्री से बोला, "प्लीज, एक मिनट के लिए किताब को दिखाएँगे।"

यात्री ने चरी को ऊपर से नीचे तक देखा। हुँह, करते बोला, "यस जैनटिल मैन, आपका प्रॉब्लम क्या है?"

"किताब देखना चाहता था।"

"इसमें क्या देखना चाहते हैं?"

"एक मिनट के लिए देंगे?"

“नहीं, पढ़ रहा हूँ। मेरा क्रम टूट जाएगा। मैं नहीं चाहता कि वह क्रम टूटे।”

“इसके राइटर का नाम क्या है?”

“किताब का नाम है स्टैच्यू ऑफ गोइन्दा बाबू, राइटर हैं—जगदम्बा। यू नो जगदम्बा?”

“कहाँ से किताब ली आपने।”

“हावड़ा जंक्शन के बुक स्टॉल से, थैंक्यू...!”

चरी के कौतूहल का ठिकाना नहीं। वह फहरने लगा अपने भीतर, उड़ने लगा परिन्दों-सा आकाश से बात करते। मुसकाता आया। अपने सीट पर बैठते नैया से कहा, “हम अगले घाट पर उतर जाएँगे और वहाँ से बड़की मोटरवाली नाव पकड़कर हावड़ा जाएँगे।”

“हावड़ा क्यों?”

“तुम्हें जगदम्बा से मिलना नहीं है क्या?”

“हठात्।”

“जीवन में हठात् ही सब घटित होता है।”

नैया यह सुनकर खिल गई। उसने जगदम्बा के इतने किस्से सुने जिसका ठिकाना नहीं। उसके लिए जगदम्बा एक मिथ हैं। आज उस मिथ की जीवन्त देखने की खुशी छिपा नहीं पा रही है।

वह सोचने लगी कि जगदम्बा से वह क्या बात करेगी। क्या पूछने पर वह बताएगी कि जगदम्बा का वही अर्थ है जिसे लोग बताते हैं? असली नाम न चरी ने बताया और न ही कुक्की दीदी ने। असली नाम भी क्या वह अपना बोलेगी? कुछ भी हो जाए यह पूछे बिना नहीं रहूँगी कि चलती हुई ट्रेन से बाबूजी की अँगुली छुड़ाकर उतर जानेवाली तुम्हीं हो जगदम्बा! या दूसरी...?

“कहाँ खो गई नैया?” चरी ने नैया के कन्धे पर हाथ रखते हुए पूछा।

“कहीं नहीं।”

“चुप-चुप-सी हो...।”

“कभी मिली नहीं हूँ। पहली बार जब मिलूँगी, कैसे पहचानूँगी?”

“आँखों से पहचानोगी।”

“तुम समझ नहीं रहे हो...।”

“मैं हूँ न!”

“तुम पहचान सकोगे?”

“आँखें किसलिए हैं!”

“मुझे मिलवाते समय नैया, नैया मत चिल्लाना। नैया नयनी पूरा नाम बोलना।”

“जी, सरकार जैसा हुकुम।”

नैया मन्द-मन्द मुस्कराती देखने लगी लहरों में तैरती मछलियाँ।

जहाज जेटी पर लगा। चरी, नैया उतरकर हावड़ावाली बड़की नाव में जाकर बैठ गए।

बादल छँट गए थे। आकाश में तारों के बीच झाँकते चाँद को दिखाते चरी ने नैया से कहा, "वही है दूज का चाँद।"

"दूज का चाँद...! ओह, दूज का चाँद...!"